„BÜCHER SIND WIE FALLSCHIRME. SIE NÜTZEN UNS NICHTS, WENN WIR SIE NICHT ÖFFNEN."

Gröls Verlag

Redaktionelle Hinweise und Impressum

Das vorliegende Werk wurde zugunsten der Authentizität sehr zurückhaltend bearbeitet. So wurden etwa ursprüngliche Rechtschreibfehler *nicht* systematisch behoben, denn kleine Unvollkommenheiten machen das Buch – wie im Übrigen den Menschen – erst authentisch. Mitunter wurden jedoch zum Beispiel Absätze behutsam neu getrennt, um den Lesefluss zu erleichtern.

Um die Texte zu rekonstruieren, werden antiquarische Bücher von Lesegeräten gescannt und dann durch eine Software lesbar gemacht. Der so entstandene Text wird von Menschen gegengelesen und korrigiert – hierbei treten auch Fehler auf. Wenn Sie ebenfalls antiquarische Texte einreichen möchten, finden Sie weitere Informationen auf www.groels.de

Viel Freude bei der Lektüre wünscht Ihnen das Team des Gröls-Verlags.

Adressen

Verleger: Sophia Gröls, Im Borngrund 26, 61440 Oberursel

Externer Dienstleister für Distribution & Herstellung: BoD, In de Tarpen 42, 22848 Norderstedt

Unsere „Edition | Werke der Weltliteratur“ hat den Anspruch, eine der größten und vollständigsten Sammlungen klassischer Literatur in deutscher Sprache zu sein. Nach und nach versammeln wir hier nicht nur die „üblichen Verdächtigen“ von Goethe bis Schiller, sondern auch Kleinode der vergangenen Jahrhunderte, die – zu Unrecht – drohen, in Vergessenheit zu geraten. Wir kultivieren und kuratieren damit einen der wertvollsten Bereiche der abendländischen Kultur. Kleine Auswahl:

Francis Bacon • Neues Organon • **Balzac** • Glanz und Elend der Kurtisanen • **Joachim H. Campe** • Robinson der Jüngere • **Dante Alighieri** • Die Göttliche Komödie • **Daniel Defoe** • Robinson Crusoe • **Charles Dickens** • Oliver Twist • **Denis Diderot** • Jacques der Fatalist • **Fjodor Dostojewski** • Schuld und Sühne • **Arthur Conan Doyle** • Der Hund von Baskerville • **Marie von Ebner-Eschenbach** • Das Gemeindekind • **Elisabeth von Österreich** • Das Poetische Tagebuch • **Friedrich Engels** • Die Lage der arbeitenden Klasse • **Ludwig Feuerbach** • Das Wesen des Christentums • **Johann G. Fichte** • Reden an die deutsche Nation • **Fitzgerald** • Zärtlich ist die Nacht • **Flaubert** • Madame Bovary • **Gorch Fock** • Seefahrt ist not! • **Theodor Fontane** • Effi Briest • **Robert Musil** • Über die Dummheit • **Edgar Wallace** • Der Frosch mit der Maske • **Jakob Wassermann** • Der Fall Maurizius • **Oscar Wilde** • Das Bildnis des Dorian Grey • **Émile Zola** • Germinal • **Stefan Zweig** • Schachnovelle • **Hugo von Hofmannsthal** • Der Tor und der Tod • **Anton Tschechow** • Ein Heiratsantrag • **Arthur Schnitzler** • Reigen • **Friedrich Schiller** • Kabale und Liebe • **Nicolo Machiavelli** • Der Fürst • **Gotthold E. Lessing** • Nathan der Weise • **Augustinus** • Die Bekenntnisse des heiligen Augustinus • **Marcus Aurelius** • Selbstbetrachtungen • **Charles Baudelaire** • Die Blumen des Bösen • **Harriett Stowe** • Onkel Toms Hütte • **Walter Benjamin** • Deutsche Menschen • **Hugo Bettauer** • Die Stadt ohne Juden • **Lewis Caroll** • *und viele mehr….*

Kurt Faber

Rund um die Welt

Irrfahrten und Abenteuer eines Grünhorns

Inhalt

Vom Wandern...

„Dem will er seine Wunder weisen,
In Berg und Wald, in Strom und Feld.“

Es ist wohl nicht ein bloßer Zufall, der diesen Vers aus dem „Taugenichts“ vor meine Augen zaubert, gleich zu Anfang dieser wilden Geschichten. In der Tat: wäre er nicht schon vergeben von einem großen Dichter, so würde ich ihn hier als Titel setzen und sehr passend finden:

„Aus dem Leben eines Taugenichts.“

Von Leichtsinn und Tiefsinn will ich erzählen, von der nimmer rastenden Unruhe, der gierigen Lust zu erleben, vom Abenteuer, das durch die Länder geht. Vom Wandern . . .

„Das Sträußel am Hute, den Stab in der Hand
Zieht fröhlich der Wandrer von Lande zu Land.“

So steht's in den Gedichten. Aber die Wirklichkeit sieht oftmals anders aus. Es ist schon so, wie es bei Eichendorff geschrieben steht:

„Welt hat eine plumpe Pfote,
Poesie geht ohne Schuh.“

Nicht nur Lerchen und Nachtigallen und murmelnde Bäche und klappernde Mühlenräder findet der Wandersmann auf seinem Wege. Er muß auch Staub schlucken auf der langen Landstraße, er muß auch tiefe Pfützen austreten, wenn es regnet, und wer sich da nicht gleich zu Anfang an die Philosophie des Till Eulenspiegel gewöhnt, der gehe lieber gar nicht erst unter die Wandersleute, wenigstens nicht unter die, bei denen es im Leben nicht langt zu einem Bädeker und nur allzuoft am Hotel bei Mutter Grün ein Stern zu finden ist.

Und die man so oft antrifft unterwegs, die Weggenossen, die Wanderbrüder, die Kollegen auf der Tippelei, die sind auch nicht alle so, wie sie gewöhnlich in den Gedichten stehen, es sei denn, daß man auch dieses dafür gelten lasse:

„Man sieht's euch an den Federn an,
Was ihr für Vögel seid.

Der Vater war ein Pferdedieb,
Die Mutter hat Soldaten lieb,
Die Schwester sitzt im Spinnehaus,
Euch hängt man an den Galgen!"

Mit einem Wort: Vagabunden.

Die sind heute Mode geworden bei den Leuten, die Bücher schreiben, von Maxim Gorki bis zu Karl Hauptmann und Waldemar Bonsels. Die reden in so schönen Worten und füllen ihre Notizbücher mit so tiefen Gedanken, daß es eine Blamage ist für die ganze Zunft. Die Ritter der Landstraße, die ich gekannt habe, sind weniger problematische Naturen. Da ist alles trocken und nüchtern und grau und grimmig, wie die Landstraße selbst. „Was gibste, was haste." Wo werde ich morgen meinen Magen füllen? Und damit basta. Von diesen will ich erzählen mit einigem Sachverständnis.

„It's the likes of me, that knows the likes of you" pflegen die Irländer zu sagen. „Es ist meine Sorte, die die deine kennt."

Und wie ich nun hier sitze und das alles hervorkrame aus den hintersten Winkeln meines Gedächtnisses, da sehe ich mich selber – mich, das große Grünhorn – mit Sack und Pack auf der langen Landstraße und oft auch keinem anderen Gepäck, als nur die brennende Sehnsucht nach der blauen Ferne und die Lust nach dem bocksbeinigen, wildäugigen Abenteuer. Und oh! Ich gäbe mein halbes Leben, wenn ich noch einmal so wild und verworren, so glorreich dumm und phantastisch, so hemmungslos unvernünftig wie damals sein könnte!

Man wird gewiß „vernünftiger" und „bedächtiger" mit den Jahren. Man wägt die Vorteile und schaut auf den Gewinn. Wenn ich heute diese Erlebnisse noch einmal überdenke mit dem kalten Kopfe eines Mannes „in den besten Jahren", so will mir das alles reichlich zwecklos und verworren vorkommen, und wenn ich daran denke, daß die anderen das nun auch zu lesen bekommen und was die wohl dazu sagen würden, so will es mich fast bedünken –

Aber die Jugend ist noch nicht feige, und die Vagabunden haben ihre eigenen Schutzgeister. Ja, und wenn ich zurückdenke an alle diese Erlebnisse und Abenteuer in allen Ländern und Meeren dieser Erde, und wenn ich mir vergegenwärtige, wie glimpflich das noch alles abgegangen ist trotz allem, so muß ich schon auf den Gedanken kommen, daß wohl auch so ein kleiner, netter Vagabundenschutzengel einmal Pate gestanden hat an dem Tage, da schon gleich mit Aufruhr und Protest auch dieses Grünhorn das Licht der Welt erblickte. Ich weiß es nicht, aber ich denke mir es so, und darum will ich mich auch nicht zum Richter aufspielen über die anderen, bei denen das wohl auch der Fall gewesen sein mag.

Ihr, die ihr mir einst über den Weg gelaufen seid in den entlegensten Winkeln dieser allzu kleinen Erde, die ihr mir Kameraden wart auf harten Schiffen in fernen Meeren, die ihr mit mir gewandert seid mit zerrissenen Schuhen auf staubigen Landstraßen, die ihr das Rechnen nicht lerntet und es wohl auch niemals lernen werdet, die ihr immer trotz allem auf das große Glück hofftet, das sich einmal finden würde und doch nimmer einen Löffel hattet, wenn es wirklich einmal irgendwo Brei geregnet; ich denke an euch, indem ich dieses schreibe! Denn aus eurem Holze war Columbus geschnitzt, Magellan war von eurer Sorte, Cervantes, der euer Ebenbild geschaffen, war ein Abenteurer, und so war Camoens und Daniel Defoe und all die anderen. Schon der alte Seneca war ein Taugenichts, Diogenes ein Faulpelz, und selbst der große Shakespeare war kein Musterknabe. Rousseau wohnte in einem Hinterhaus und Bakunin in einer Dachstube. Und doch sind Throne und Reiche zerschmolzen in nichts vor ihren feurigen Worten. Wo immer ein Großer seine Spur hinterlassen im Buche der Geschichte, da hat auch die Unruhe Gevatter gestanden und das Übermaß und die Rastlosigkeit.

Ist doch nicht jeder ein Cervantes oder ein Camoens, und am allerwenigsten die, von denen ich hier berichte, sondern ganz gewöhnliche Menschen, wie Hinz und Kunz und wie wir alle. Eben von den Menschen will ich erzählen und davon, wie es überall so menschelt auf dieser Erde. So wie sie sind, will ich sie lieben, wie ich das Leben liebe. Sie sitzen um mich her und schauen mich an mit großen erwartungsvollen Augen und möchten, daß ich von ihnen allen etwas erzähle.

Und das eben geht gegen meine heiligsten Vorsätze! Damals, da habe ich es mir fest vorgenommen: wenn es Gottes Wille ist, daß du je wieder mit heiler Haut zurückkommst in die Welt der vernünftigen Menschen, die da alle Tage satt werden und jede Nacht in einem Bette schlafen, so willst du keinem Menschen etwas erzählen von diesen Geschichten. Dann wissen sie wenigstens nicht, wie dumm du gewesen bist. Doch was sind Vorsätze, auch die heiligsten!

Da summt es in meinem Kopfe, da kribbelt es in den Fingern, da hopst es mir in die Feder, und schon steht es da aus purer, reiner Lust am Erzählen. Die schönen Geschichten sowohl wie die weniger schönen. Doch selbst nicht über diese kann ich die richtige Reue empfinden und es freut mich nur, daß ich hier als Kronzeugen keinen Geringeren als den frommen Dichter der „Palmblätter“ anführen darf:

„Und war's kein Gottesdienst im Kirchenstuhle
Und war's kein Tagewerk im Joch der Pflicht,
Auch in der Ferne hält das Leben Schule,
Es reut mich nicht!“

Erstes Kapitel

Allein in Paris

Die Launen des Lausbuben. – Es ist, wie wenn man einem Ochsen ins Horn pfetzt. – Ankunft in Paris. – Erster Schritt in die große Welt. – Im „Krokodil“. – Gaston der Verführer. – Intermezzo in der Apachenhöhle. – Im Auswandererheim. – „Was is das for ä Schrabbinche“. – Ein großer Moment! – Die Schlacht im Zwischendeck. – Allerlei Vergnügen. – Die verkannte Teufelsinsel. – Endlich Amerika!

Vielleicht ist es besser so. Ich will die Geschichte nicht von Anfang an erzählen. Es ist auch eine gar so alltägliche Begebenheit.

Da ist ein junger Tunichtgut, der nicht weiß, was er mit sich anfangen will. Und die anderen wissen es auch nicht, wie sehr sie ihm auch schon ins Gewissen geredet haben. „So setze dich einmal her zu mir. Ich habe etwas Ernstes mit dir zu bereden. Hast du schon einmal darüber nachgedacht – aber so benimm dich gefälligst manierlicher und schau mich nicht so an mit deinen verstockten Augen! – hast du schon darüber nachgedacht, was einmal aus dir werden soll? Nein? Dann wäre es aber höchste Zeit! Mir ist nämlich eben ein guter Gedanke gekommen: Wie wäre es denn, wenn du einmal das oder jenes anfingest? Das ist noch eine gute und aussichtsreiche Laufbahn. Nach so und soviel Jahren – laß mal sehen: Dann wärest du gerade so und so alt – hättest du schon das ganze Studium hinter dir mit allem, was drum und dran hängt. Hättest eine feste und gesicherte Stellung. Wärst ein gemachter Mann. Und könntest es am Ende noch zu dem und dem bringen. Ich weiß, daß du es könntest, wenn du nur wolltest – aber du willst ja gar nicht!“

„Ach ja“, pflegte zuweilen meine Großmutter zu sagen, „es ist ein Elend mit dem Lausbuben. Es ist, wie wenn man einen Ochs ins Horn pfetzt.“

Aber der Lausbub war und blieb verstockt. Alle diese Dinge interessierten ihn gar nicht. Wenn aber an lauen Frühjahrstagen der Märzwind die schwarzen Regenwolken vor sich herjagte, wenn die Septembernebel die feinen Fäden über die Ackerkrume webten, wenn draußen auf den Wiesen zwischen den Herbstzeitlosen die Störche sich nach dem Süden versammelten, ja, wenn nur irgendwo ein Eisenbahnzug vorüberdonnerte in die blaue Ferne, da bekam er es zu tun mit der Wanderlust, die von fernen Meeren und von stolzen Palmen träumte. Und eines Tages – nun ja, es kam einmal der Tag, der der Anfang dieser langen Geschichte war. Es war weder ein interessanter, noch ein lehrreicher, noch ein ruhmreicher Tag, und man tut wohl am besten, wenn man so wenig wie möglich davon erzählt. So beginne denn, du Geschichte der Abenteuer meiner ersten wilden Jugend in – Paris.

Während der ganzen Nacht war ich auf der Reise von Belfort her gerüttelt und geschüttelt worden, wie man nur in einem Wagen der dritten Klasse auf französischen Eisenbahnen geschüttelt und gerädert werden kann. Endlos schien die Fahrt durch das nachtschwarze Land, bis sich endlich in der Ferne unzählige Lichter wie Perlen aneinander reihten und die schwarzen, schattenhaften Umrisse des Häusermeeres der Großstadt aus dem dämmernden Tageslicht herauswuchsen.

„Paris!“ rief draußen die Stimme des Schaffners. Ich mußte mir die Augen reiben, um mich zu vergewissern, daß ich nicht träumte. Waren wir wirklich in Paris?

Wie die Unschuld vom Land – die ich ja auch war – taumelte ich durch die weiten Bahnhofshallen und gelangte schließlich in eine breite Straße, die in schnurgerader Richtung bis in endlose Fernen das Häusermeer durchschnitt. Wenn ich mich recht erinnere, war es der Boulevard Sebastopol. Da ich nichts Besseres zu tun hatte, schlenderte ich eine Weile diese Straße entlang. Es war noch früh am Tage. Etwa fünf Uhr morgens. Grau und übernächtig schauten die hohen, eleganten Gebäude in den dämmernden Morgen. Vor einem Kaffeehaus, in dem die Stühle auf den Tischen standen, lehnte ein befrackter Kellner und gähnte. An einer Straßenecke arbeiteten Leute mit großen Mützen und weiten

Hosen und schaufelten Kehricht in den eisernen Müllwagen, an dem in dicken Lettern „*Ville de Paris*“ stand. Ein Kamelot kam herangebraust wie ein brüllender Löwe. „*Le Matin! Le Journal!*“ schrie er so laut und gellend, wie nur ein Kamelot kann. Ein Bäckerbube ging vorüber mit einem Korb voll frischer Semmeln, der fast so groß war wie er selber.

Unversehens war ich bis hinunter zu den Markthallen gekommen. Dort war man schon emsig bei der Arbeit. Es war ein Kommen und Gehen von Wagen und Pferden, und geschwätzige Bauern mit langen blauen Kutten und klappernden Holzschuhen waren dabei, die Schätze aufzustapeln, die der Moloch Großstadt im Laufe des Tages verschlingt: üppige Krautköpfe und leuchtende Radieschen, Hasen, Gänse und glitzernde Fische. Eine alte Frau mit weißen Haaren bemühte sich vergebens, einen großen Korb voll Äpfel von einem Karren herunterzuschaffen. „*Allons, mon fils*“, wandte sie sich an mich, indem sie auf den einen Henkel des Korbes deutete.

„Ja, da sieht man's wieder“, meinte sie, als wir den Korb auf dem Boden hatten, „jung ist Herr!“

„Halt“, rief sie mir nach, als ich mich zum Fortgehen wandte, „du sollst ein Andenken von deiner Großmutter haben.“ Dann suchte sie mir den schönsten Apfel aus dem Korbe heraus.

Weiter wanderte ich durch die Straßen wie ein echtes Grünhorn, das mit großen, runden Augen die Fremde mit allen ihren Wundern aufsaugt. Da standen alle die großen Paläste, von denen man schon in der Schule gehört hat. Da war die Seine mit der prunkvollen Alexanderbrücke, die sich darüber spannte. Entlang des Ufers hatten fliegende Händler ihre Buden aufgeschlagen und verkauften geröstete Kastanien, Ansichtskarten, *pommes frites* und neumodische Romane von Maurice Barrès. Am jenseitigen Ufer breitete sich das *Champ de Mars* mit seinen Baumalleen und dem notorischen Eiffelturm. Es hatte einmal eine Zeit gegeben, wo er Mode war bei uns zu Hause im Elsaß. Da trugen die Damen Frisuren *à la tour d'Eiffel*. Da kaufte man keinen Briefbogen, auf dem er nicht vorgedruckt, und kein Nadelkissen, das nicht als Eiffelturm aufgebaut war. Da kamen die Buben in die Schule mit roten Mützen, auf denen ein weißer Eiffelturm aufgestickt war. Die roten Mützen! Die waren einmal mein Traum gewesen, und ich hatte es meinem Vater nie so recht vergessen, daß er mir keine kaufen wollte. Nun stand es plötzlich vor mir, dieses Neuntagewunder, in seiner ganzen Größe.

Der Mann mit den eisgrauen Haaren, der unten am Fahrstuhl als Portier aufgestellt war, war eine Figur, wie eine von Napoleons Grenadieren. Seine Brust war geschmückt mit Medaillen von der Krim, von Mexiko, von Tongking und Madagaskar. Ein wandelndes Zeugnis französischen Imperialismus. Als ich ihn im schlechten Französisch anredete, schaute er mich eine Weile unwirsch von oben bis unten an. „*Sacré nom de dieu*", brummte er mit grimmigem Schnurrbartstreichen, „kannsch nimmer rede wie dr dr Schnawel g'wachse isch. Ich bin jo o vu Milhüse!"

Da stand ich nun oben auf der obersten Plattform des hohen Turmes und schaute hinab auf das bunte Gewimmel der großen Stadt. Eben war die Sonne aufgegangen und ihre weichen Strahlen brachen sich tausendfältig in den leuchtenden Glaskuppen und den blitzenden Fensterscheiben. Unabsehbar breitete sich das Häusermeer, aus dem die Türme und Kuppen wie Inseln und Klippen hervorragten. Weit draußen am Horizont standen dicht nebeneinander die Schornsteine, und unzählige schwarze Rauchfahnen vermischten sich mit dem blauen Dunst, der über der Ferne lag.

Das also war Paris! Die *ville lumière!* Was ich nur hier wollte? Das war mir vorderhand noch ganz schleierhaft. Nur schauen wollte ich. Und etwas erleben! Während des ganzen Tages fuhr ich auf dem Dach des Omnibusses auf den Boulevards umher und schaute herab auf das Getriebe der Menschen, wie sie einander auf dem Straßendamm drängten, und auf die eleganten Kavaliere, die an den Marmortischen unter den Baumkronen ihre Zigaretten rauchten und bei einer Tasse Kaffee oder einem Glase giftgrünen Absinth gelangweilt auf dieses bis zur höchsten Intensität getriebene Leben schauten, als ob alles das, was sich hier abspielte, nur ein toter, wesenloser Film wäre, der vor ihren Augen vorüberflimmerte. Schon begann es dunkel zu werden. Da und dort blitzen Lichter auf; die tausendfachen Lichter der Großstadt, die die Bauernbuben vom Lande locken.

Hastiger wurde das Treiben in den Straßen. Die Autos, die Wagen und all das andere Fahrzeug, rasten vorüber mit sinnverwirrender Schnelligkeit, und die Kamelots schrien lauter wie je: „*La Presse! La Prrresse! La Libre Parole!*"

Mir wurde von alledem so dumm, als ginge mir, nein, nicht ein, sondern ein halbes Dutzend Mühlräder im Kopf herum. „Was ist es denn?" so fragte ich mich, „was ist's mit allen diesen fremden Menschen, die hier vorüberfluten?" Ein jeder weiß, was er zu tun hat, ein jeder weiß, wo er hingehört. Nur du – nur du! – Allein in Paris!

Da ich während des ganzen Tages noch nichts gegessen hatte, verspürte ich einen grausamen Hunger. Aber vergebens schaute ich mir die Augen aus nach einem passenden Lokal. Überall, wohin man blickte: Marmortische, Spiegelscheiben, befrackte Kellner und hohe Preise. Das flanierte und scharmierte auf dem glatten Parkettboden, das räkelte sich in den Sesseln und rauschte in Seidenkleidern. Madamen in Pudelhaaren und großen, wippenden Federhüten und entsetzlich vornehme Herren, wie man sie sonst nur auf den Bildern in den Schneiderwerkstätten zu sehen bekommt. Von marmornen Säulen leuchteten die goldenen Buchstaben. Die Buchstaben und die Zahlen, und was die zu verkünden wußten, das füllte mich mit bleichem Entsetzen.

Fünf Franken für ein Mittagessen! Das konnte sich nicht einmal der Bürgermeister leisten, bei uns zu Hause.

Vor einem Gasthause, das fast noch vornehmer aussah als die anderen, drängten sich die Leute wie vor einem Bienenstock. „Diner 2 francs“ stand in großen Buchstaben am Schaufenster. Das ließ sich zur Not noch hören. Ich stand vor einem der runden Tische auf der Terrasse unter den Bäumen und überlegte mir, ob ich mich setzen sollte. Aber, schon stand der Kellner vor mir.

„Monsieur . . .“

Er rückte mit den Stühlen und schaute mich dabei so intim-herablassend-vornehm-wohlwollend an, daß ich nicht umhin konnte, ihm die Ehre anzutun. In der Hand hielt er das Menü, bei dessen Anblick es mir im Kopfe summte. Französisch konnte ich ja, aber das hier war Küchenlatein. Wer jetzt gleich wüßte, was ein baiser á l'empire ist! Aber nur jetzt nicht schon das Grünhorn verraten! Nur jetzt nicht zu allem Anfang!

„Geben Sie mir also das da!“

„Parfaitement, monsieur.“

Lautlos wie er gekommen, verschwand er von der Bildfläche und erschien im nächsten Augenblick wieder mit drei leuchtenden Radieschen auf einem mächtigen Porzellanteller. Mit so viel Würde, wie mir das unter den Umständen möglich war, verzehrte ich die leckere Vorspeise, und schon stand er wieder vor mir mit derselben aalglatten Verbeugung und demselben unbeweglichen, wie aus Stein gemeißelten Gesicht.

„Que commandez-vous ensuite?“

Ah, man war höflich in Paris!

„Geben Sie mir das da!“

Diesmal war es eine mikroskopische Portion Kressensalat. So ging es eine ganze Weile weiter, das Frage- und Antwortspiel. Immer wieder zog ich eine Niete in diesem grausamen Lotteriespiel. Ein hors d'oeuvre nach dem anderen erschien auf der Bildfläche. Mir wurde abwechselnd heiß und kalt bei der Sache. Ich glaubte die Blicke der Gäste an den Nachbartischen zu fühlen. Ich sah die Menschenmenge vorüberfluten in der lärmenden Straße und ich dachte mir: Wenn du nur schon wieder mit einigem Anstand draußen wärst! Der einzige, der die Ruhe nicht verlor, war der Kellner. Immer neue Delikatessen brachte er auf einer Schüssel. Nicht eine Bewegung regte sich in seinem harten Gesicht. Nicht um einen Tonfall änderte sich die Stimme, die so ölig war wie die Pomade auf dem Scheitel.

Endlich hatte ich genug vom „Kommandieren“.

„Die Rechnung!“

Mit einer Miene, die man sich nur durch langjährige Kaffeehauspraxis aneignen kann, zog er den Papierblock heraus und fing an zu rechnen mit dem langen Bleistift.

„Zwei, drei, vier, sechs . . . acht Franken fünfzig, Monsieur.“

Ich zahlte ohne mit den Wimpern zu zucken. Es gibt im Leben Situationen, die über die Proteste erhaben sind. Man zahlt, man schweigt, man drückt die Augen zu. An so etwas hat man sich ja gewöhnt heutzutage.

Niemand war glücklicher als ich, als ich wieder versunken war in dem Strom der Straße, nach diesem ersten verunglückten Schritt in die große Welt. Aber hungrig war ich mehr als je, trotz der 8,50 Franken.

Nach langem Suchen fand ich endlich ein Gasthaus, das meinem Geldbeutel einigermaßen angemessen erschien. Es trug einen spaßigen Namen: „Zum Krokodil“, eine ärmliche Kneipe mit kahlen Wänden, an denen rauchgeschwärzte Reklamebilder hingen. Unter einer riesigen Käseglocke auf dem Schanktisch träumten Würste, Schinken, hartgesottene Eier und andere Herrlichkeiten, und darüber summten die Fliegen. Der einzige Gast im Zimmer war ein kleines Mädchen, das sich beinahe die Zunge abbiß, während es die

Zahlen auf die Schiefertafel malte. – Wie still es hier war! Man hörte das Ticken der großen Wanduhr und das Malen des Griffels auf der Tafel.

Eine dicke Wirtsfrau, die sich im Gehen die nassen Hände an der Schürze abtrocknete, kam diensteifrig herbeigelaufen. Sie mußte mir wohl angesehen haben, daß ich hungrig war. Unaufgefordert setzte sie mir eine Flasche Wein und einen Laib französischen Weißbrots vor. Dann erst fragte sie, was ich essen wollte.

„Gebratene Eier – Frische Pastete – pommes frites – Artischocken – Omelette mit Früchten –"

„Nein."

„Dann eine Suppe."

Nachdem ich gegessen hatte, führte sie mich über eine knarrende Treppe hinauf in ein riesengroßes, kahles Zimmer mit einem jener breiten französischen Betten, die so groß sind, daß eine fünfköpfige Familie darin übernachten könnte.

„Das da", sagte die Alte mit einem Blick auf das einzige Bild im Zimmer, „das ist mein Sohn – ah le pauvre garçon! – er muß jetzt etwa so alt sein wie Sie."

„Und wo ist er jetzt?"

„Wer weiß? Vor einem halben Jahr ist er fortgelaufen. Wer weiß, wohin? Vielleicht ist er tot."

Dann ging sie schnell hinaus, ohne sich noch einmal umzusehen.

In jener Nacht habe ich nicht gut geschlafen. Lange wälzte ich mich umher in dem riesengroßen Bett, und in meinem heißen Kopfe rumorten die Bilder und die Gedanken, wie sie nur in einem achtzehnjährigen Kopfe rumoren können. Die fremde Stadt. Die fremden Menschen. Die Straßen und Plätze mit dem geschäftigen Leben und den bunten Lichtern. Und ich dachte mir: Was wohl die und jene jetzt sagen würden? Ob sie schelten würden? Oder ob sie traurig wären? Oder – ja, und was wollte ich nun eigentlich anfangen?

Wie würde es mir ergehen, hier draußen in der kalten, bösen Welt? – Ah, pfui! Wer wird denn jetzt schon jammern! Geht es nicht täglich Tausenden wie dir, daß sie hineinfallen in das wilde Meer des Lebens, ehe sie das Schwimmen gelernt haben? Und haben dir die Leute nicht von jeher gesagt, daß du ein Dickkopf seist, der mit dem Kopf durch die Wand geht? Nun ist die Zeit, wo du es beweisen kannst!

Als ich am nächsten Morgen hinunter in die Wirtsstube kam, war diese bereits gut besetzt. Verdächtig aussehende Kerle mit weiten Hosen und schreiend roten Tuchgürteln saßen an den Tischen. Sie spielten mit schmierigen Karten und blinzelten mit den kleinen Augen, die fast verdeckt waren unter den großen, weit in die Stirn gezogenen Mützen. Richtige Pariser Galgenvögel. Ein Bursch mit einem ausgemergelten Gassenbubengesicht kam auf mich zu.

„*He George, t'as une cigarette?*"

„George? So heiße ich nicht."

„Als ob's darauf ankäme! Ich nenne dich George, wenn es mir Spaß macht. Es ist ein so schöner Name wie nur einer. Was mich anbelangt, so heiße ich Gaston. Einfach Gaston."

Während er noch redete, hatte die Alte schon zwei Gläser mit giftgrün schillerndem Absinth auf den Tisch gestellt.

„*C'est ça*", fuhr Gaston fort, als er merkte, mit wie wenig Liebe ich die verdächtige Flüssigkeit betrachtete, „ich sehe wohl, daß du aus der Provinz kommst. Savoyarde, he? Oder von der spanischen Gegend? Oder aus dem Lyonnais? – Aber das macht nichts. Du wirst noch lernen. Halte dich nur an mich. Ich werde dir zeigen, wie man Zigaretten raucht und Absinth trinkt und wie man Eindruck macht bei den Frauenzimmern. Denn ich kenne mich aus. Ich bin keiner von den Hergelaufenen. Echter Pariser – *parisien de Paris!*"

Noch vieles erzählte er mir in seinem Pariser Apachenfranzösisch, von dem ich nicht die Hälfte verstand, und rauchte dazu Zigaretten und stürzte ein Glas Absinth nach dem anderen die durstige Kehle hinunter.

„Und halte dich an mich!" fuhr er eifrig fort, „denn ich bin ein Mann – ich, und du bist nur eine Handvoll. Ich will dir etwas beibringen, weil du mich dauerst, und je schneller du lernst, um so besser wird es für dich sein. Denn hier ist es nicht so wie bei euch in der Provinz, wo sie tagsüber in den Holzschuhen zwischen den Misthaufen klappern und abends mit den Hühnern schlafen gehen. Die wissen nur von Kühen und Pferden, und wenn sie einmal sterben, so legen sie sich hin und haben nie gelebt. Aber nicht arbeiten und doch leben, das ist die Kunst! Von was meinst du wohl, daß sie leben, die Jungens hier in der Wirtschaft? Da ist Antoine de la grande bouche, der mit dem roten Gürtel und den Händen in der Tasche, der dort hinten bei Josephine steht. In seinem ganzen Leben hat er noch keinen Streich Arbeit getan und ist doch fett wie nur einer.

Und Alphonse mit dem schiefen Gesicht und der großen Mütze – keine Nacht vergeht, in der er nicht ein Zehnfrankenstück an den Mann bringt mit den anderen Jungens. Und woher er es wohl hat, möchtest du wohl wissen? Woher hat man's? He! he! Es liegt auf der Straße in Paris, wenn man einen gewitzten Kopf und fixe Finger hat wie ich und Alphonse, um es zu finden. Woher? Man darf nicht alles sagen, was man weiß. Nichts hab' ich gesagt; nicht mehr als dieses Stuhlbein. Wenn man den Mund zumacht, so kommen die Fliegen nicht herein. So spielt man in Paris! So mischt man die Karten in Venedig und bei Hof! Tu du nur was ich dir rate, und ich mache aus dir mit der Zeit noch einen halben Pariser!"

Er machte große Augen, als ich ihm Mitteilung machte von meinen amerikanischen Reiseplänen.

„Ho la la!" rief er aus, „nach Amerika willst? Ja, hast du denn Geld genug?"

Ich erzählte ihm, daß es wohl noch dazu langen würde, worauf er ohne ein weiteres Wort seine Mütze noch tiefer in den Kopf setzte und mich nach der in der Nähe des Nordbahnhofes gelegenen Agentur der Holland-Amerika-Linie führte. Es war ein pompös aufgemachtes Lokal mit verlockenden Schiffsbildern an den Wänden.

„Haben Sie Papiere?" fragte der Beamte am Schalter.

„Papiere? Nein." Daran hatte ich gar nicht gedacht.

„Ja, dann könnten wir Sie eigentlich nicht befördern, aber diesmal wollen wir eine Ausnahme machen."

So zahlte ich denn die Fahrkarte für die Reise nach Neuyork mit dem Dampfer „Potsdam". Bare 150 Franken in blanken Zwanzigmarkstücken. Es war der größte Teil meiner Barschaft.

„So", meinte Gaston, als wir wieder draußen auf der Straße standen, „nun bist du schon so gut wie in Amerika. Eigentlich hätte ich auch nicht übel Lust zu einer Reise übers große Wasser. Doch nein! Was rede ich für Unsinn. Keine zehn Gäule könnten mich von hier wegbringen. Es gibt nur ein Paris!"

Während des ganzen Restes des Tages gab sich Gaston redliche Mühe, mir auf seine Weise – natürlich auf meine Kosten – die Sehenswürdigkeiten des Seinebabels zu zeigen. Er schleppte mich von einem Kino ins andere. Er führte mich in die Tingeltangels und von dort in die Cafékonzerts, wo dicke Komiker und leichtgeschürzte Sängerinnen ihre Kunst zum besten gaben.

„Das ist aber alles noch gar nichts“, meinte er, als wir glücklich wieder zurück im „Krokodil“ waren, „bei Nacht muß man Paris sehen! – ich muß jetzt einen Augenblick fortgehen; aber in einer Stunde, wenn's dunkel ist, komme ich wieder, und dann werden wir zusammen hinauf nach dem Montmartre gehen. Da ist Betrieb. Und billig ist alles dort oben! Für ein paar Sous kannst du die ganze Bude auskaufen!“

Dann verschwand er durch die Tür. Ich aber packte schleunigst meine sieben Sachen zusammen und machte mich aus dem Staube. Denn der Knabe Gaston fing an mir fürchterlich zu werden.

In Boulogne sur Mer sollte ich mich einschiffen. Da der Dampfer aber erst in vier Tagen fällig war, erachtete ich es trotz meiner bereits bezahlten Fahrkarte als eine gute Idee, wenn ich einstweilen ein Stück des Weges zu Fuß wanderte. Denn es war eine wunderschöne, sternklare Nacht, die zum Marschieren geradezu einlud. Mit der Straßenbahn fuhr ich bis zur nördlichen Vorstadt von St. Denis. Ein Mann, den ich dort fragte, wo denn der Weg nach Boulogne ginge, schaute mich verwundert von oben bis unten an.

„Nach Boulogne? – le bois de Boulogne? – ja, da sind Sie aber ganz falsch gelaufen, mein Lieber!“

„Nein. Boulogne sur Mer!“

„He??“

Dann verschwand er lautlos in der Dunkelheit.

Auf gut Glück wanderte ich weiter nach Norden auf der breiten Landstraße, die nach Beaumont führt. Es ging durch eine häßliche Gegend voll Ruß und Schmutz und Teer und Armeleuteluft. Düstere Fabrikgebäude und langweilige Mietkasernen. Überall ragten riesige Schornsteine wie Gespenster in die dunkle Nacht. Salzige Gerüche aus einer chemischen Fabrik lagen dick über der Straße und setzten sich beißend in den Augen fest. Dann kamen Gärtnereien mit blanken, vom Mondschein übergossenen Treibhäusern und schmutzige Holzhöfe, wo frischgeschnittene Bretter einen süßen Duft verbreiteten und bissige Hunde in die Nacht hinaus bellten. Dann kam unversehens das flache Land, wo Erdgeruch von den Schollen aufstieg und Mond und Sterne vom weiten Himmel leuchteten. Ah! dachte ich mir, in diesen Tagen habe ich schon allerlei Lichter gesehen, dort hinten in der „Lichtstadt“! Weiße, rote, grüne und blaue Lichter. Lichter, die wechseln und vergehen; Lichter, die tanzen und flimmern;

Lichter, die zischen, fauchen und schreien können, und was sonst noch eine Menschenphantasie an Teufelszeug erfinden kann, aber ihr dort oben, die ihr niemals verlöscht, ihr seid doch noch etwas ganz anderes!

Immer schneller schritt ich durch die schwarze Nacht der lockenden Ferne entgegen. Der weiche Atem einer lauen Frühjahrsnacht lag über der Landschaft. Ein leiser Windhauch strich durch die Baumkronen. Die Grillen zirpten am Wege, und irgendwo in der Wiese quakten die Frösche. Etwa um Mitternacht kam ich in eine Ortschaft mit einem großen Güterbahnhof, über dem elektrische Bogenlampen surrten. Als ich das Städtchen schon fast hinter mir hatte, traf ich unter dem trüben Schein einer Gaslaterne mit einem Schutzmann zusammen. Ein wohlgenährter Mann, mit einem spitzen, angegrauten Napoleonsbart.

„He, junger Mann", redete er mich an, „zeig mal deine Papiere".

Er schien nicht wenig erstaunt, als ich ihm sagte, daß ich keine hätte.

„Was? Keine Papiere?" meinte er mit hochgezogenen Augenbrauen, „wie kann man sich nur so bei Nacht und Nebel herumtreiben ohne einen Ausweis? Du bist doch kein Zigeuner und kein Landstreicher. Da scheint mir irgend etwas faul zu sein. Haben Sie wirklich gar nichts Geschriebenes bei sich? Einen Brief, eine Postkarte, eine unbezahlte Rechnung" – da fiel mir ein, daß ich ja die Bescheinigung der Holland-Amerika-Linie bei mir hatte. Ich gab sie dem Beamten, der sie beim unsicheren Licht der Laterne aufmerksam studierte. Dann schaute er eine ganze Weile wortlos bald mich, bald das Papier an. „Nom de dieu", meinte er schließlich, „das ist ja ein Billett nach Amerika! Und bezahlte Eisenbahnfahrt nach Boulogne! Ja, warum treibt der Bursche sich dann hier herum? Ho la, la! Das wäre ja noch schöner! Kommen Sie mit! In einer halben Stunde fährt der Expreßzug nach Boulogne."

Höchstpersönlich führte er mich nach dem Bahnhof und sah zu, daß ich auch fortfuhr. Eine Weile schaute ich in die Nacht hinaus, während der Zug nach Norden eilte. Aber nicht lange. Denn ich war todmüde.

Als ich am nächsten Morgen erwachte, begann eben der Tag zu grauen. Draußen breitete sich ein flaches Land mit fetten Wiesen, auf denen schwarzweißgetupfte Holsteinkühe weideten. Da und dort klapperte eine Windmühle in den Tag hinein. Flandrisches Land. In der Ferne lag hinter einem Schleier von Kanalnebeln die Stadt Boulogne.

Dort angelangt, machte ich mich sogleich auf die Suche nach dem Auswandererheim der Holland-Amerika-Linie, wohin die Anweisung lautete, die ich in Paris erhalten hatte. Es war aber ein „Heim“ von besonderer Sorte, dieses graue, schmutzige Haus mit den weißgemalten Fensterscheiben und der dumpfen Luft, die nach schlechtem Tabak und abgestandenen Speiseresten duftete. Eben war ein neuer Schub von Auswanderern angekommen, und das Haus wimmelte von Menschen. Allerlei Menschen. Russen, Polen, Armenier, Syrier, Araber und sonst noch allerlei merkwürdiges Völkergemisch.

Ein polnischer Jude mit schwarzem Bart und langem schwarzen Kaftan redete mich an.

„Werde Sie auch fahre nach Amerika, Herr Graf?“

„Natürlich!“

„Un werde Se fahre allein, wenn mer frage darf?“

„Selbstverständlich!“

Da schaute er mich lange und nachdenklich von oben bis unten an und schüttelte dazu den Kopf. „Gott, was for ä Schrabbinche! Was is das for ä Schrabbinche!“

Ein Mann ging umher und verabreichte jedem einen Blechteller und einen Löffel. Ein anderer brachte das Essen. Haufen von Fleisch und Kartoffeln in riesigen Schüsseln. Und dann fielen sie alle darüber her mit Händen und Füßen: die Araber, die Russen, die Syrier und die Zigeuner. Nie wieder habe ich Menschen so essen sehen.

Da der Dampfer erst in drei Tagen fällig war, hatte ich reichlich Zeit, mir das malerisch am Küstenhang gelegene Städtchen anzusehen. Ich trieb mich am Hafen umher, wo die braunen, geflickten Segel der Fischerboote durch den Dunstschleier leuchteten. Ich schaute den wettergebräunten Fischern zu, wie sie ihre glitzernde, zappelnde Beute in die Körbe luden. Am liebsten aber war ich weit, weit draußen, dort, wo der Leuchtturm am Ende des langen Wellenbrechers stand, und schaute auf das weite, unendliche Meer und auf das Toben der Brandung, die zwischen den aufgeschichteten Felsblöcken ein donnerndes Lied von Wind und Wellen und von fernen Ländern sang.

Dort draußen hatte eine alte Frau ihre Bude aufgeschlagen und verkaufte knusprige, appetitlich aussehende pommes frites. Da ich ihr öfter mal etwas abkaufte, wurden wir bald gute Bekannte. Sie hatte einen Sohn in Amerika gehabt, von dem sie jahrelang nichts gehört hatte. Aber eines Tages war er zurückgekommen. Krank und matt und müde und gebrochen von der schweren Arbeit. Nicht lange danach hatten sie ihn begraben. „Gehen Sie nicht nach Amerika!“ beschwor mich die Alte, „es ist ein Land voll Spitzbuben“.

Nach drei Tagen ungeduldigen Wartens kam endlich der große Augenblick, wo alle Bewohner jenes famosen „Auswandererheims“ – jeder mit seinem Blechteller, der Blechtasse und einem Strohsack als Matratze – wie's liebe Vieh an Bord des Leichters geschafft wurden, der uns nach dem weit draußen auf der Reede liegenden Dampfer bringen sollte. Bald hatten wir die enge Hafeneinfahrt hinter uns gelassen. Das kleine Fahrzeug schlingerte in der Dünung des Kanals, und in der Ferne versank die französische Küste immer tiefer in den blauen Fluten.

Und ich dachte mir – doch am Ende ist es ja gleichgültig, was ich mir dachte. Höchstwahrscheinlich sind meine Gedanken überhaupt abwesend gewesen; so sehr rumorte es in meinem Kopf; so benommen war ich von dem Gedanken, daß es nun wirklich hinaus in die weite Welt, nach Amerika gehen sollte. Da faßte mich plötzlich jemand mit beiden Händen und schlang ungestüm seinen Arm um meinen Nacken. Es war ein kleiner neapolitanischer Gassenjunge. Ein richtiger funkelnder Bambino. Er rüttelte und schüttelte mich, als ob er sagen wollte: so wach doch auf! So sieh doch zu, was eben hier vorgeht! In seinen großen kohlschwarzen Augen brannte es wie Feuer, während er mit der Hand nach dem entschwindenden Lande deutete: „Addio! addio, Europa!“

Doch da waren wir schon längsseits des großen Dampfers, dessen gewaltige Masse mit den von Menschen wimmelnden Decksaufbauten sich wie eine schwimmende Stadt vor uns auftürmte. Durch eine breite Luke in der schwarzen Schiffswand wurden wir, wie die wilden Tiere der Menagerie, in einen düsteren, riesiggroßen Raum getrieben, wo rohgezimmerte Tische und Bänke in endlosen Reihen standen und längs der Wände, zu je drei übereinander, die Kojen angebracht waren, auf denen es von Menschen wie von Ameisen wimmelte. Über dem allen aber lag ein dicker Dunst von giftigen Gasen und eine widerlich süßliche, verpestete Luft. Zwischendecksluft.

Ehe ich noch Zeit hatte mich ordentlich umzusehen in dieser fremdartigen Umgebung, heulte draußen die Dampfsirene. Von der Kommandobrücke kam das scharfe, klingende Signal für die Maschine. Ein Zittern ging durch den

Riesenleib des Dampfers, während die Schrauben sich langsam in Bewegung setzten. Fort ging die Reise.

Zehn Tage brauchten wir zur Überfährt nach Amerika. Zehn fürchterliche Tage, von denen man wohl am besten so wenig wie möglich erzählt. Bessere Federn wie die meine haben schon vor mir – besser und anschaulicher als ich es könnte – die Hölle des Zwischendecks geschildert.

Schon gleich am allerersten Tag geriet ich in eine glorreiche Rauferei, und schuld daran war nichts anderes als jener Blechteller, den man mir, wie allen anderen, bei der Abreise von Boulogne mitgegeben hatte. Ein wunderschöner, nagelneuer Blechteller, dessen funkelnder Glanz wohl ein Zigeunerauge bestechen konnte. „Verwahren Sie den nur gut“, hatte mir einer von den Schiffsstewards gesagt, „die Kerle stehlen wie die Raben.“ Ach was, dachte ich, wer wird denn einen Blechteller stehlen? Und ich ließ in meinem Leichtsinn das Wertobjekt ganz unbewacht auf meinem Strohsack in der Koje liegen. Am Abend war es natürlich verschwunden. „Das haben Sie davon!“ lachte voll Schadenfreude der Steward, „nun müssen Sie einen Gulden bezahlen für einen neuen Teller.“ Ich bezahlte und versteckte meinen Schatz sorgfältig unter dem Strohsack. Dann legte ich mich in die Koje und versuchte eine Weile zu schlafen.

Schlafen! Wer konnte denn schlafen in solch stickiger, verpesteter, schwindelerregender Atmosphäre! Stundenlang lag ich auf meiner engen, sargartigen Schlafgelegenheit und starrte mit großen Augen hinaus in den kahlen, düsteren, endlos großen Raum. Die Lampen pendelten nach den schlingernden Bewegungen des Schiffes, und in ihrem matten, verschleierten Licht sah man ein paar elende Gestalten, die, den Kopf auf die Hände gebeugt, wie jämmerliche Kleiderbündel an den langen Tischen saßen. Meine Koje lag mitten im Araberviertel. Über mir, unter mir, neben mir, überall hausten Araber. Die einen stöhnten und jammerten, weil sie seekrank waren, und die anderen, die noch nicht von dem Übel erfaßt waren, vertrieben sich die Zeit mit dem Singen, oder vielmehr Murmeln eines unsagbar eintönigen arabischen Singsangs. Und andere – nein, ich will es gar nicht weiter ausmalen! Es gibt Menschen, die schlimmer sind als das liebe Vieh. In dieser Höhle konnte ich es nicht länger aushalten. Droben an Deck war wenigstens frische Luft. Ich hüllte mich in meine dünne Baumwolldecke, verkroch mich unter der Back und fror wie ein Schneider. Denn es war eine kalte, frostige Frühjahrsnacht. Dann litt es mich nicht länger auf dem Plätzchen. Die Ungeduld wachte auf wie ein Pudel, der das Wasser von sich schüttelt. Auf und ab schritt ich auf dem Verdeck, nicht anders wie ein alter Quartiermeister in der Kaiserlichen Marine. Ich hörte auf das immer gleiche Rauschen des Wassers vor dem Bug des Schiffes, ich sah das Leuchten der Blinkfeuer entlang der Küste, die schwärzer noch als die Nacht unter dem Horizonte lag. Und meine Gedanken waren unruhiger als das Meer und wilder als der Wind, der darüber wehte.

Als ich am nächsten Morgen wieder hinunter ins Zwischendeck stieg, um eine Tasse Kaffee zu trinken, da sah ich zu meinem maßlosen Ärger, daß zwei Araber – ein Männlein und ein Weiblein – in meiner Koje saßen und seelenruhig ihren Haferbrei aus meinem Eßnapf löffelten. Wenn man mich heute auf Ehre und Gewissen fragen würde, ob es auch wirklich mein Eßnapf war, den die beiden benutzten, so könnte ich es nicht beschwören. Vielleicht war es auch gar nicht meine Koje, in der sie saßen, aber damals wenigstens war ich überzeugt von der Untat, und ohnehin hatte ich eine Wut auf die Araber. In einem Augenblick hatte ich der arabischen Dame den Teller aus der Hand gerissen und klatschte ihr den ganzen Inhalt ins Gesicht. Dann machte ich mich wie ein brüllender Löwe über den Ehegatten her, packte ihn bei der Gurgel und bearbeitete ihn mit Händen und Füßen.

Was nun folgte, das war ein Hexensabbat. Alles was Araber, Syrier, Armenier und Levantiner hieß, war im Nu auf den Beinen, und ein einziger Schrei der Entrüstung durchbebte das Zwischendeck. Es war, als ob alle Geister der Hölle sich ein Stelldichein gäben. Ich aber – kann ich dafür, daß ich jähzornig bin? – ich erfaßte eine mächtige, wohlgefüllte Suppenschüssel, die gerade auf dem Tisch stand, und schleuderte sie in den tobenden Haufen. Hinterher ein steinernes Salzfaß und einen Pot voll siedend heißem Kaffee. Dann bewaffnete ich mich mit einer scharfkantigen Bratpfanne und ging zur Offensive über. Eine Weile stand ich mitten im Kampfgetümmel. Löffel und Gabeln flogen vorüber wie die Pfeile. Blechteller trommelten auf meinen harten Schädel, und vor mir wirbelte es von blitzenden Messern, kampfgierigen Fingernägeln und funkelnden Araberaugen. Keinen Pfennig mochte ich mehr für mein Leben geben, als plötzlich unerwartet Hilfe auftauchte.

Die Polen, die in der Nähe einquartiert waren, und die ebenfalls die Araber nicht leiden mochten, kamen herbeigerannt und stürzten sich in die Schlacht mit großer Übermacht, und es regnete furchtbare Hiebe.

Händeringend erschien der Koch auf der Bildfläche. Die Stewards wetterten und fluchten, aber es gab keine Ruhe, bis der Kapitän mit dem Revolver dafür sorgte. Da ich der Stein des Anstoßes zu der ganzen Rauferei gewesen war, bekam ich ein gewaltiges Donnerwetter zu hören. Dann aber wandte sich der Schiffsgewaltige an die Stewards, fluchte auf Holländisch und sagte ihnen, daß es keine Art sei, „den duitsche Jong“ unter die Araber zu stecken. „Schafft ihn nach achtern“, befahl er, „der Hitzkopf macht mir noch das ganze Schiff rebellisch.“

So hatte das Abenteuer doch ein Gutes im Gefolge gehabt. Denn das Achterende des Zwischendecks, wo ich jetzt untergebracht wurde, sah schon bedeutend menschlicher aus. Es war nicht so überfüllt, und die Reisegesellschaft war auch nicht ganz so gemischt, wenn auch noch immer gemischt genug. Da war einer – ein wohlgenährter Herr mit einem ansehnlichen Bäuchlein – der aussah wie ein billiger Hochstapler. Er trug einen hellen, sehr eleganten Sommeranzug und einen schmutzigen Strohhut. An den dicken Fingern trug er goldene, mit kostbaren Steinen besetzte Ringe, und schwarze Fingernägel. Täglich erzählte er ein dutzendmal die Geschichte von seinem Wirtshaus in Czernowitz und von der Art und Weise, wie er dessen Käufer hereingelegt hatte. Er hatte alle Kunden und Vagabunden der weiten Umgebung eingeladen und ihnen Freibier verzapft, damit sie ein volles Haus vorzauberten.

„Ja, ›smart‹ muß man sein!“ sagte er mit einem befriedigten Blick in den kleinen Taschenspiegel, in dem er hundertmal am Tag seine schäbige Eleganz zu mustern pflegte. „Smart! Ha! Das sind sie drüben wohl alle. Und das bin ich auch. Sie sagen zwar, daß man das nicht an einem Tage lerne, aber das kommt gewissermaßen ganz auf die Persönlichkeit an. Ich bin schon amerikanischer als die Amerikaner, noch ehe ich drüben gewesen bin.“

Da war ein anderer, schon älterer Mann, der den ganzen Tag in seiner Koje lag und sich den Teufel um seine Umgebung scherte. „Laßt mich in Frieden mit eurem Amerika“, pflegte er zu sagen, wenn ihn jemand anredete, „ich kenne den Rummel. Ich bin schon dreimal drüben gewesen.“ Einmal fuhr er einem modisch gekleideten Berliner Jüngling ins Wort, der eben den anderen seine amerikanischen Zukunftspläne auseinandersetzte. „Tätest besser den Schnabel halten“, fuhr er ihn an, „dann wüßten die Leute wenigstens nicht, daß du ein Grünhorn bist. In Amerika mußt du zehnmal so viel arbeiten wie in Europa. Und verdammt froh kannst du sein, wenn sie dir überhaupt Arbeit geben, denn wenn die Zeiten schlecht sind, dann werfen sie dich aufs Pflaster, und kein Mensch fragt danach, ob du dich sattessen kannst oder nicht. Denn der Arbeiter in Amerika –“

„Ja, der Arbeiter –“ meinte wegwerfend der Berliner.

„Und was bist denn du?“

„Mann, ich bin Kaufmann! Ich werde mir doch die Hände nicht schmutzig machen!“

„Daß du dir nur keine großen Rosinen einbildest“, brummte der Alte, während er sich auf das andere Ohr legte.

Einige Wochen später habe ich den Berliner zufällig in Neuyork angetroffen. Er war Geschirrwascher in einem billigen Hotel an der Bowery und machte sich die Hände alle Tage schmutzig.

Das Ende der Reise kam in Sicht. Schon näherten wir uns der amerikanischen Küste. Das stürmische Wetter, das wir zu Anfang der Überfahrt hatten, war vorüber und die See glatt wie ein Spiegel. Und wie wir nun in südlichere Breiten kamen und die Sonne immer wärmer brannte, da wurde es auf dem Verdeck immer lebendiger. Auf schmutzigen Kleiderbündeln thronten Polen mit riesigen Schirmmützen und hohen Wasserstiefeln, Italiener mit farbigen Hemden und schreiend roten Tuchgürteln, Rumänen, Griechen, Türken, Armenier und phantastisch aufgeputzte Zigeuner. Alle waren voll Hoffnung und Erwartung, und jeder vertrieb sich die Zeit nach seiner Weise. Die Zigeuner spielten, und die Ungarn tanzten. Da war auch eine Gesellschaft: von sehr sauberen, aber sehr seltsam aufgeputzten Menschen, die sich stets etwas abseits von den anderen hielten. Sie sprachen eine eigenartige Sprache, die mir so fremd und doch wieder so merkwürdig bekannt vorkam. Weiß der Kuckuck, aus welcher Himmelsgegend die hierher geschneit waren. Aber eines Tages, als der Mondschein auf dem Wasser tanzte und der heiße Dampf aus dem Schornstein am klaren Nachthimmel zitterte, da holte einer von ihnen seine Geige hervor, und die anderen sangen dazu im reinsten Deutsch:

> Nach der Heimat möcht' ich wieder,
> Nach dem teuren Vaterhaus.

Endlich kam der große Augenblick, den wir alle erwarteten. In einer klaren Nacht tauchte gerade voraus das Leuchtfeuer von Montauk auf, und als der Morgen graute, zog sich an Steuerbord die flache, langgestreckte Küste von Long Island hin. Alles, was Augen hatte, starrte und staunte, über die Reeling hinweg, hinüber nach dem fremden Land, dem Ziel ihrer Träume.

Nun war es mit unserer Gemütlichkeit vorbei. Das Verdeck gehörte jetzt wieder einzig den Seeleuten. Die Ladebäume wurden hergerichtet, die Luken aufgerissen und die aus dem unersättlichen Schiffsbauch heraufgeschafften Taue und Taljen mit viel Geschäftigkeit auf dem Verdeck ausgebreitet.

Während wir entlang der Küste fuhren, machte sich alles fertig zur Landung in Amerika. Das war ein Getue und ein Getriebe! Das putzte, schrubbte, bürstete, wusch und kämmte sich! Da wuschen sich Leute, die sich ihr Lebtag noch nicht gewaschen hatten, da kämmten sich andere, die noch nie zuvor einen Kamm gesehen.

Nun tauchten in der Ferne grüne Hügel auf, von denen die weißen Landhäuser leuchteten. Ein flinkes Segelboot brachte den Lotsen an Bord, und dann ging es, vorüber an Sandy Point, gerade hinein in die weit ausgespannte Bai von Neuyork, langsam vorbei an üppigen Feldern und qualmenden Fabriken. Weit im Hintergrund, hinter dem dünnen Schleier der Morgennebel, ragten die Wolkenkratzer wie Gespenster in den Himmel. Überall wurde es lebendig von großen und kleinen Dampfern und Seglern und flinken Motorbooten, die blitzschnell das Wasser durchfurchten. Und inmitten dieses hastigen Lebens stand starr und unbewegt, mit erhobener Fackel, die Statue der Freiheit.

Zweites Kapitel

Von Kühnen, Pferden und anderen Dingen

Die Angst vor Ellis Island. – Ein Vorgeschmack der Freiheit. – Die erste Lüge. – Ein freundlicher Herr nimmt sich meiner an. – Im Emigrantenhotel. – Allerlei Zukunftspläne. – „Du Ring an meinem Finger!“ – Ein schlechtes Geschäft. – Wenn die Großstadt schläft. – Schwierige Sprachstudien. – Im Arbeitsbüro. – Der Mann mit dem System. – Ein Rettungsengel. – Ich werde verkauft wie Joseph. – Auf der Farm. – Hannibal auf dem Maisfeld. – Auf nach Texas!

Das also war Neuyork. Und das dort drüben, das sich so kunterbunt übereinandertürmte, wie ein wildphantastisches Würfelspiel gewaltiger Riesen, das waren die berühmten Wolkenkratzer. Schwarz ragten die Türme in den abendlichen Himmel, und die protzigen, vergoldeten Kuppeln funkelten in der untergehenden Sonne.

Langsam näherten wir uns den Docks von Hoboken. Die Musik spielte lustige Weisen, derweilen sich jedermann an Bord in seinen feinsten Staat warf. Es war wie ein Festtag. An der Pier war alles schwarz von Menschen. Sie winkten mit den Taschentüchern und schwenkten zahllose kleine Sternenbanner. Und die oben auf dem Promenadendeck antworteten in gleicher Weise. Ja, die dort oben hatten es gut! Sobald das Schiff ordentlich festgemacht war, nahmen sie den eleganten Lederkoffer zur Hand und spazierten über das Gangplank hinunter ins freie Land Amerika. Lauter feine Leute. Sie hatten Geld und ein Scheckbuch und obendrein noch allerlei Verwandte und Bekannte, die sie abholten und für sie sorgten. Wer aber war da in dem ganzen weiten Land Amerika, um für mich zu sorgen? Ich fing an, darüber nachzudenken, und zum erstenmal in meinem Leben begann so etwas wie ein giftiger Proletarierneid in meinem Kopfe zu rumoren.

Die Sonne kam erst hinter den Bergen hervor, als wir am nächsten Tag von Zollbeamten geweckt wurden, die uns mit vielen Püffen und Flüchen mitsamt unserem Hab und Gut hinunter in eine riesige, scheunenartige Halle trieben. An den Wänden der Halle waren riesige Buchstaben angemalt, unter denen sich die Auswanderer nach dem Alphabet zu Nationen zu ordnen hatten. Dann kamen Beamte, die mit Kreide allerlei Zeichen auf das Gepäck malten. Die Zollrevision. Sie ging mit amerikanischer Fixigkeit vor sich. Warum auch nicht? Was konnte so ein armer Teufel von Zwischendeckpassagier an verzollbaren Kostbarkeiten mit sich führen?

Nachdem auch diese Förmlichkeit erledigt war, ging es noch immer in demselben amerikanischen Zeitmaß weiter auf eine dreistöckige Arche Noah, die uns an Land bringen sollte.

An Land? O nein! Der Weg, der von den Docks von Hoboken ins Land der Verheißung führt, ist noch endlos weit. Denn er führt über Ellis Island, die Insel der Tränen. Keinen Ort gibt es auf der weiten Erde, der im Lauf der Zeiten so viel Kummer und Not und so viele Tränen gesehen hat, wie diese Insel. In die Legionen geht die Zahl derer, die mit vollen Segeln über das große Wasser gekommen sind, nur um sich hier, angesichts des gelobten Landes, im Gestrüpp der Paragraphen zu verlieren, die Onkel Sam für seine neuen Untertanen aufgerichtet hat.

Auch bei uns begann die Angst vor Ellis Island umzugehen wie ein Gespenst. Die einen zitterten vor der ärztlichen Kontrolle, bei anderen begannen alte europäische Sünden aufzusteigen. Mir selbst war gar nicht geheuer. 25 Dollars mußte man bei der Einwanderung als Zehrgeld aufweisen können, sonst wanderte man ohne Gnade wieder zurück nach Europa. Aber woher nehmen und nicht stehlen? Je näher wir ans Ziel kamen, desto mehr wuchs die Erregung. Ein lebensgefährliches Gedränge entstand in der engen Pferche.

Doch da waren wir schon längsseits der Insel der Tränen, am Fuße einer breiten hohen Freitreppe, über die es im „*Time is money*"-Tempo gerade hinaufging. Durch ein weites Portal unter einem mächtigen Sternenbanner gelangten wir in eine weite Halle mit merkwürdiger muffiger Luft. Zwischendeckodeur. Viel Zeit blieb jedoch nicht zu Betrachtungen. Immer im gleichen Tempo, mit Kisten und Kasten, mit Kind und Kegel wurde die lange Menschenschlange vorwärts getrieben.

„Weiter, weiter! Nicht stehen bleiben!" fuhr mich ein Beamter an, als ich einen Augenblick verschnaufen wollte, „so ein neugieriges Grünhorn! Da kannst du es einmal weit bringen hierzulande, wenn du dich an jeder Ecke einmal umsehen willst."

Ehe ich mich versah, stand ich in einer langen Reihe, in der die Menschen dicht hintereinander standen und ihr Geld zählten. Gerade vor mir stand ein dicker Russe in einem Pelzmantel und zählte einmal ums andere seine Hundertrubelscheine. Wie ich ihn beneidete! Wie ich ihn haßte! Ja, die hier hatten Geld! Das klimperte nur so mit den Batzen. Nur ich –

Endlich stand ich selbst an der Spitze der Polonaise ins Land der Verheißung. Ein großer, glattrasierter, unheimlich amerikanisch aussehender Herr stand hinter einer Schranke.

„Wieviel Geld haben Sie?" fragte er ohne Umschweife.

„Hundert Dollar", antwortete ich mit einem kühnen Griff nach dem Geldbeutel, denn hier, wo Sein oder Nichtsein die Frage war, kam es auf eine kleine Notlüge wahrscheinlich auch nicht mehr an. Die Lüge aber hatte nur sehr kurze Beine. Der Mann bestand darauf, daß ich meinen Schatz vorzeige, und so kam es dann ans Tageslicht, daß ich nur 16 Dollar Vermögen hatte.

„Hm", meinte der Beamte, ohne eine Miene seines steinernen Gesichts zu verziehen, „ist das alles?"

„Ja."

„Und haben Sie keine Verwandten oder Bekannte im Land?"

„Nein.“

„Beruf?“

Auf diese Frage war ich vorbereitet. „Wenn er dich fragt, was für einen Beruf du hast, so mußt du ihm ein recht handfestes Handwerk angeben“, hatte man mir geraten.

„Schlosser“ log ich mit dem Brustton der Überzeugung. Das machte entschieden Eindruck auf den Beamten. Er betrachtete mich um eine Schattierung wohlgefälliger, während er ein paar englische Worte wechselte mit einem hintenstehenden Herrn, der aussah wie ein Pastor. Dann wandte er sich wieder an mich in einem so schönen Deutsch, wie ich es ihm niemals zugetraut hätte: „Na, meinetwegen mach', daß du weiter kommst, aber sieh mal zu, daß du nicht über deine eigenen Füße stolperst.“

Der freundliche Herr, mit dem der Beamte gesprochen hatte, war kein anderer als der Pastor des Deutsch-Lutherischen Emigrantenhauses. Er hatte gegenüber den Behörden die Garantie für mein Wohlverhalten übernommen und er mußte nun auch dafür sorgen, daß ich mit heiler Haut hinüber kam nach Neuyork. Wir kamen in einen anderen großen Raum, wo die Leute in langen Reihen auf schmierigen Bänken saßen und ihr Bier direkt aus den Flaschen tranken. Ich fand das unmanierlich, aber ich dachte mir, das gehöre sich wohl für den freien Bürger. Der Herr Pastor bestellte Kaffee und Kuchen und bezahlte alles. Nachdem er noch eine Anzahl anderer deutscher Grünhörner, darunter auch den Berliner, zusammengebracht hatte, ging es mit dem flinken Motorboot durch das glitzernde Wasser hinüber ins Land der Verheißung.

Im Nu waren wir an der Landungsbrücke von Castle Garden. Vor uns breitete sich der Batteriepark mit den staubigen Baumkronen und den vergilbten Blumenbeeten, und im Hintergrund türmten sich die Wolkenkratzer. Über den Kopf hinweg donnerten die Wagen der Hochbahn, und wie das dumpfe Brausen einer weit entfernten Brandung drang das Murmeln von Millionen Geräuschen ans Ohr. Das war die Stimme von Neuyork.

In einem jener hohen grauen Gebäude am Batteriepark, die in meinen Grünhornaugen schon Wolkenkratzer waren, befand sich das Deutsch-Lutherische Emigrantenheim, und ganz oben im obersten Stockwerk, von wo man eine wunderbare Aussicht hatte auf die weite Bai mit ihren unzähligen Lichtern, lag der große helle Schlafsaal.

Nie werde ich sie vergessen, jene erste Nacht in Neuyork! Lange saß ich auf dem Bett und schaute wie gebannt hinunter auf das fremde Leben. Das elektrische Licht blitzte zwischen den Baumblättern am Batteriepark und über die hohen Eisengerüste, die so phantastisch in das Dunkel hineinragten, brauste alle Augenblicke ein Hochbahnzug wie eine funkelnde, lichtumflutete Schlange. Neben mir lag der Berliner und wurde nicht müde zu schwatzen. Amerika konnte ihm nicht sonderlich imponieren, und Neuyork schon gar nicht, trotz aller Hochbahnen. „Bei uns in Berlin . . .“

Es sei wohl das gescheiteste, wenn wir beide aufs Land gingen zu einem Farmer. Da verdiene man 15 Dollars im Monat neben der Kost. Das wären 60 Mark, ein Haufen Geld. „Aber Gras mähen, Mist fahren, Kühe melken – da wären wir beide – du und ich – in 14 Tagen tote Männer! Bleiben wir lieber hier in der Stadt. Da machen wir dann zusammen eine Destille auf und einen Bouillonkeller mit Weißbierausschank. Weiße mit Himbeer! Damit ist noch was zu machen. Die Kadetten kommen ganz von selber.“

Weiter kam er nicht mit seinen Betrachtungen, denn ein in einem benachbarten Bett liegender Graubart, der sich schon mehrfach geräuspert hatte, fiel ihm eben nicht sanft ins Wort: „Wenn ihr aber jetzt nicht den Mund haltet, ihr Grünhörner dort drüben, dann sollt ihr etwas erleben! Von wegen Bouillonkeller! Könnt froh sein, wenn ihr nicht eines Tages auf der Straße verreckt in diesem gesegneten Lande!“

Ein Murmeln ging durch den Saal bei diesen Worten. Ein beifälliges Murmeln, wie mir schien.

Ganz früh am andern Morgen, als eben das erste Tagesgrauen durch den weiten Raum kam, erschien der Hausknecht und weckte uns mit echt lutherischer Grobheit. Er riß die Fenster auf, er rückte mit den Stühlen, er fluchte wie ein Sackträger an den Eastriverdocks, und kurzum: es war kein Bleiben mehr in der Herberge. Mißmutig gingen wir alle hinunter in einen großen Raum im Kellergeschoß, wo schöne Bilder und Sprüche an den Wänden hingen. Die waren alle ausgewählt nach dem Geschmack und den Bedürfnissen eines armen Auswanderers. Einer aber war darunter, den ich nur mit Kopfschütteln lesen könnte. Das war der von der Schlange: „Du wirst ihr den Kopf zertreten, und sie wird dich in die Ferse stechen.“

Den fand ich einigermaßen unpassend, aber später ist er noch manchmal wieder vor mir aufgetaucht wie ein Orakel.

Auf den langen Tischen lagen bunte Decken von gewürfeltem Muster, ganz wie zu Hause; es gab Kaffee und Milch, soviel man wollte und Schinken und gebackene Eier und Bratkartoffeln schon am frühen Morgen. So weit schien Amerika ein ganz erträgliches Land.

Später nahm der Hausvater jeden einzelnen der Ankömmlinge ins Gebet und erkundigte sich eingehend nach Name, Stand und Herkommen, welche Angaben er dann, Wahrheit und Dichtung, gewissenhaft notierte in einem mächtig großen Buch. Einen großen, stattlichen, militärisch straffen Mann, den man nicht erst zu fragen brauchte, um zu wissen, daß er einmal ein preußischer Offizier gewesen war, schickte er mit einem Zettel nach einem Hotel, wo sie Geschirrspüler brauchten, einen ehemaligen Apotheker orderte er als Gehilfen in einen Kramladen, aus einem Kontoristen machte er einen Friseurgehilfen, einen Zuckerbäcker suchte er bei den Erdarbeitern unterzubringen. „Für Sie hätte ich eine Stelle auf dem Lande", sagte er zu einem Fabrikarbeiter. Als die Reihe an mich kam, waren die offenen Stellen schon alle vergeben, wenigstens soweit sie für mich in Betracht kamen. Etwas herablassend musterte er mich durch seine goldumränderten Brillengläser.

„Du sollst erst mal deine Hörner ablaufen", sagte er nicht eben freundlich, „dann kannst du ja wieder kommen."

Ich ging hinaus auf die helle Straße und schaute unschlüssig und nicht wenig verstört nach allen Seiten. – Die Hörner sollte ich mir ablaufen? Das hatten mir andere schon vorher gesagt und das war wohl auch richtig, aber – wie machte man so etwas? Wie machte man es, wie stellte man sich an, wenn man sich über Wasser halten wollte in dieser kalten, bösen Welt? Ich setzte mich auf eine Bank im Batteriepark und versuchte nachzudenken über diese tiefen und für mich immerhin sehr zeitgemäßen Fragen. Im Nu war die Phantasie wieder davongelaufen zu den grellen Sonnenflecken, die auf den Sandwegen tanzten, zu der weiten Bai, die blau und verlockend sich ausbreitete im weichen Lichte des frühen Tages und den qualmenden Schornsteinen am Horizont.

Während ich noch da saß und meine Augen weidete an den fremdartigen Bildern des fernen Landes und Amerika mir eigentlich zum erstenmal so recht gefiel, da kam der böse Geist dieses Landes selbst herbei und setzte sich neben mir auf die Bank. Ein ziemlich schäbig gekleideter Bursche mit unsteten Augen, herabhängendem Schnurrbart und zittrigen Händen, in denen der Alkohol rumorte. In diese vergrub er den wirren Haarschopf und stöhnte zum Steinerweichen. Dann schaute er eine Weile starr vor sich hin und dann wieder auf den glänzenden Goldring, zu dem seine rauhen Hände paßten wie der Rabe zu den Pfauenfedern. Plötzlich zog er ihn vom Finger und warf ihn mit zorniger Gebärde mitten in den Weg. Das gab mir einen Stich ins Herz. Manches traute ich dem Lande Amerika zu, aber daß man hier goldene Ringe zum Wegwerfen hatte, das konnte ich vorerst noch nicht glauben. Und also – so schloß ich – war ich hier im Begriff, einem tiefen Drama auf die Spur zu kommen. Ich bückte mich nach dem Ring und gab ihm den Schatz wieder zurück. Nun warf er ihn noch weiter weg mit einem greulichen Fluche. „Verdammt das Land Amerika!"

Das sagte er auf deutsch und betrachtete mich dabei mit so grimmiger Miene, daß ich nicht wagte, mich noch einmal nach dem Ring zu bücken.

„'s ist mein Verlobungsring", fuhr er fort, „ein verdammt feines Stück Arbeit! Massiv Gold mit zwei Stempeln. Aber so falsch wie sie selber war! Kannst ihn haben für zehn Dollars. Nur fort mit Schaden, damit ich ihn nicht mehr sehe."

Ich wußte nicht recht, was ich zu alledem sagen sollte, und so sagte ich vorerst gar nichts, während der andere immer lauter stöhnte.

„*Well*", sagte er nach einer Weile, „hast du keine zehn Dollars? Sollst ihn haben für fünf."

Auch darauf wußte ich noch nichts zu antworten, also ermäßigte er sein Angebot von fünf auf vier, drei, zwei und zuletzt sogar auf einen Dollar, immer mit entsprechenden Kunstpausen, die mit herzerreißenden Seufzern angefüllt waren. Schließlich wurden wir handelseinig bei fünfzig Cents. Mürrisch steckte er das Geld ein und wankte davon in einem derartigen Zustand der Zerknirschtheit, daß ich mich fast schämte meiner Kaltherzigkeit, die sich nicht entblödete, Kapital zu schlagen aus dem Elend der Mitmenschen. Trotz allem freute ich mich meiner Erwerbung. Von allen Seiten betrachtete ich den Schatz und ließ ihn in der Sonne glänzen. Der Anfang zum *Business*-Menschen war also gemacht. Rockefeller hatte wohl auch einmal nicht anders angefangen. Nun konnte es mir nicht fehlen in Amerika. Schon hörte ich die Dollarscheine in der Tasche knistern als Saldo des großen Geschäfts. So schnell mich die Beine trugen, rannte ich nach einem der orientalisch-amerikanischen Basare, wo es nach Motten und alten Kleidern duftete und in schmutzigen Buchstaben über der Türe zu lesen stand:

„*Second Hand Store.*"

Der dicke Herr, der da wie ein Pascha zwischen seinen Schätzen thronte, empfing mich nicht eben freundlich, und was er sagte, das stürzte mich aus allen Himmeln. „A feiner Ring! a nobler Ring! Werd' ich Ihne gäbe fünf Cents for de Ring."

Tief gekränkt ging ich weiter durch die lärmenden Straßen. Der Weg zum Glück, zum Reichtum, zu den Dollars war wohl auch hier gepflastert mit Mühen und Enttäuschungen, und wenn man nicht untergehen wollte in diesem wilden Strudel, so mußte man es vorerst machen, wie anderswo auch: Arbeiten!

Das hatte ich noch nie getan in meinem jungen Leben. Damit würde ich indes schon fertig werden, wie die anderen auch. Das wußte ich. Und trotzdem füllte mich der Gedanke mit Abscheu. Von Büffeln, Mustangs und Indianern hatte ich geträumt, von dämmrigen Urwäldern und weiten Prärien unter der hellen Sonne, von einem großen, lustigen Lande, wo das Erlebnis an allen Ecken lauert und mit wilden Augen das Abenteuer durch die Gegend geht. Daß aber auch hier die Dinge so hart beieinander liegen, daß auch hier die Menschen sich alle Abend schlafen legten und morgens wieder aufstanden und tagsüber in irgendeiner Tretmühle verdorrten und überhaupt alles so kahl und nüchtern war wie anderswo auch, das konnte ich nicht ertragen!

So machte ich es denn wie alle anderen und verlegte mich auf das Studium der „New Yorker Staatszeitung", die täglich in einem gewaltigen Umfang mit langen Reihen von ausgeschriebenen Stellen erscheint. „Die muß man um drei Uhr morgens lesen", sagten die Kenner der Verhältnisse. „Es sind die frühen Vögel, die die Würmer fangen. Wer da nicht schon gleich beim Erscheinen am Tor steht, der kommt immer zu spät."

So stand ich in jener Nacht schon um Mitternacht in der langen Reihe und wartete geduldig mit den anderen. Es war eine kalte, rauhe, unfreundliche Nacht, wie ich sie noch nie zuvor und selten nachher erlebt habe. Immer stiller wurde es in den Straßen; so still und unheimlich, wie es nur immer sein kann, wenn zwischen den kahlen Mauern der hastige Atem der Großstadt erstirbt. Matt nur schimmerten die elektrischen Lampen durch die dicken Frühnebel, die eiskalt herunterrieselten zwischen den schwarzen, hohen Wolkenkratzern und wie die Gespenster hockten auf dem nassen Asphaltpflaster.

Immer mehr Menschen kamen herbei und reihten sich an das Ende der langen Schlange. Hungrige und wohlgenährte, meistens aber hungrige. Schäbige und wohlgekleidete, meistens aber schäbige. Alle aber mit jenem müden Blick, den man nur bei denen finden kann, die um Mitternacht die Arbeit suchen. Und wir standen und warteten mit aufgeschlagenem Rockkragen und den Händen in den Hosentaschen und traten von einem Fuß auf den anderen vor lauter Kälte und Ungeduld, und es wollte und wollte nicht drei Uhr werden. Die einzigen, die etwas vorstellten in dieser Umwelt der Ärmlichkeit, waren die Schutzleute, die schönen, gutgenährten amerikanischen Schutzleute mit den zierlichen Gummiknüppeln, die für Ordnung sorgten.

Noch einige Minuten fehlten bis zur vollen Stunde. Alle spitzten die Ohren wie die Raubtiere bei der Fütterung. Es fiel mir auf, wie viele Raubtiere unser Herrgott doch in seinem Garten hat und wie schlecht sie oft gefüttert werden.

Dann endlich war es so weit. Drei Uhr morgens ist die Geburtsstunde des neuen Tages in Neuyork. Um diese Stunde flattern – noch naß von der Presse – die ersten Zeitungen über die Straße. Die erste Sensation fliegt brüllend durch die Gassen und hört nicht mehr auf zu brüllen, bis in die späten Nachtstunden. Um diese Stunde ist es auch, wo für die im Hinterhause der Großstadt der Kampf um's Dasein beginnt.

Da stand ich nun mit der großen Zeitung in der Hand und betrachtete mir die da ausgeschriebenen nagelneuen Stellen nicht anders wie einer, der eine leckere Speisekarte mustert.

„Porter gesucht für Saluhn. – Janitor für Boardinghaus. – Mann zum Barrelsfixen. – Boy mit Bycicle für Deliverystore. – Zweite Hand an Kandies. – Smarter junger Mann, der auch Schuhe scheinen und Disches waschen kann, für Hotel“ usw.

Das war alles deutsch, aber was wohl so eine „zweite Hand an Kandies“ zu tun hätte? fragte ich einen umherlungernden Tagedieb. „Was wird er wohl zu tun haben?“ sagte er mürrisch, „er muß dem Boß eine Hand reichen beim Mixen; er muß die Boxes muhven; er muß die Tins putzen, die Disches waschen, die Office sweepen –“

Der Rest der Rede ging unter in dem Lärm der Straße.

Zwei Tage, bzw. zwei Nächte lang versuchte ich mein Glück auf diesem nicht mehr ungewöhnlichen Wege. Dann gab ich es auf in Verzweiflung. Als letzter Rettungsanker blieb nur noch das Stellenbüro von Castle Garden. Das runde, zirkusartige Gebäude, in dem vor Zeiten das Auswanderungsamt untergebracht war, ist täglich das Ziel von Hunderten und Tausenden armer Teufel. Dicht gedrängt sitzen sie auf den langen Bänken und warten. Lange, geduldige Stunden. Es soll Leute geben, die dort schon seit Jahrzehnten warten.

Ich setzte mich neben einen dicken, wohlgekleideten Mann, der einen sehr soliden Eindruck machte.

„Schon lange von drüben?“ fragte er herablassend.

„Drei Tage.“

„So, so.“

Weiter sagte er nichts.

Am Ende des Saales saß auf einem Katheder ein Mann, der mit schnarrender Stimme die einlaufenden Stellen ausrief.

„Geschirrwascher für Hotel!“

Ein Dutzend Hände flogen in die Höhe.

„Hausknecht für Wirtshaus!“ Wieder ein paar Dutzend Hände.

„Nachtwächter für Fabrik!“

„Mehrere kräftige, ungelernte Leute für Landarbeit.“

Feierliche Stille. Kein Mensch meldete sich.

„Ja“, sagte der dicke Mann, der neben mir saß, „dafür wird sich wohl keiner finden! Die Sorte verhungert lieber auf dem Straßenpflaster, als daß sie sich bei den Bauern die Hände schmutzig machen. Steifer Hut, Stehkragen und was sonst noch, aber keinen roten Cent in der Tasche. Das ist so die Mode heutzutage. Ich wette einen Dollar, daß die Hälfte von den Burschen noch nicht das Schlafgeld für die Nacht zusammen hat.“

Dann fing er an zu erzählen von Amerika und den Amerikanern. Allerlei Weisheiten, die ich begierig aufsaugte wie lauteres Evangelium. Sein Vater, sagte er, sei drüben ein Bäckermeister gewesen und er sollte später das Geschäft übernehmen. Aber da es ihm zu wohl geworden war, „machte“ er nach Amerika. O ja, es sei ihm nicht immer schlecht gegangen! Zuweilen habe er plenty Geld gemacht. Zuweilen auch nicht. Das sei so üblich hierzulande. Er habe eine Farm gehabt in Minnesota und einen Laden in St. Louis. Aber dann habe er eine amerikanische Frau genommen, und das hätte nicht gut getan. „So eine amerikanische Frau, mußt du wissen, ist eine Lady und mit der ist nicht zu spaßen. Du mußt ihr morgens das Frühstück ans Bett bringen und abends mußt du im Boardinghaus essen, weil sie nicht kochen mag."

Da war aber einer darunter – ein verwegen dreinschauender Bursche mit schwarzem Haarschopf und kohlschwarzen Augen hinter buschigen Augenbrauen –, der alles besser wußte als die anderen. Amerika, so meinte er, sei nicht schlechter als andere Länder. Die Hauptsache sei das System. „Wer das beizeiten erfaßt hat", so meinte er, „der spart sich viele Umwege und vielen unnützen Ärger. Ich selbst habe zehn Jahre gebraucht, um das herauszufinden. Ob ich es kenne, das Leben! Ich habe Schuhe ›gescheint‹ und Disches gewaschen und mit den Italienern in den Straßen gearbeitet. Ich habe in Chikago mit Patentmedizin gehandelt und den Farmern in Missouri Bilderbücher aufgeschwatzt mit dem verstorbenen Präsidenten Mac Kinley. Ein Sündengeld konnte man dabei verdienen, aber am Ende habe ich doch wieder die Nickelstücke an den Straßenecken erfochten und in den kalten Winternächten auf den Bänken im Zentralpark geschlafen.

Da sagte ich mir eines Tages: ›Jim, so kann das nicht weitergehen!‹ Ich gab meinem Herzen einen Stoß und bewarb mich um eine Stelle in einer Gießerei. Es war eine kleine, schmutzige Gießerei drüben in New Jersey. Sie wollten mich nicht nehmen, weil sie ohnehin schon mehr Leute hatten, als sie brauchten. Aber ich habe darum gebettelt mit Tränen in den Augen, bis sie mich anstellten für einen Dollar im Tag. Ein lumpiger Dollar! Aber ausgehalten habe ich und meine Zeit abgewartet mit der Geduld eines Heiligen. Vier Monate lang. Neben mir in der Werkstatt arbeitete ein anderer Geselle für anderthalb Dollars täglich. Er war ein großer, gutmütiger Junge, der mir täglich sein halbes Frühstück gab. Ein dutzendmal im Lauf des Tages klopfte ich ihm auf die Schulter: ›*Hallo, Billy! How are you?*‹ Aber nach Feierabend, wenn ich die Werkstatt auszukehren hatte, da machte ich sein Werkzeug stumpf und pfuschte noch einmal mit der Feile an dem Eisen, das er eben gefeilt hatte. Und eines Tages bekam Billy den Sack, und ich verdiente die anderthalb Dollars. Armer Billy! Ich habe mich oft gewundert, was aus ihm geworden ist. Aber kann ich dafür? Wenn ich es nicht getan hätte, hätt's ein anderer getan. Das System hat ihn umgebracht.

„Den Meister", fuhr er fort, „mochte ich gar nicht leiden. Er konnte nur schimpfen und fluchen. Den ganzen Tag ging es ›*hurry up! get a move on you!*‹ Ich haßte ihn wie eine Schlange. Aber wenn ich ihn kommen sah, machte ich eine Verbeugung bis zum Boden und lächelte. Und wenn er uns bis 10 Uhr in der Werkstatt hielt, so biß ich die Zähne zusammen und blieb noch länger, wenn er es verlangte. Und wenn die Kameraden murrten, so sagte ich ihnen, daß Mr. Jones ein Gentleman sei und daß ich noch nie einen so guten Meister gehabt hätte. Aber eines Tages hängte ich ihm eine häßliche Geschichte an und verklatschte ihn beim Boß. Und heute bin ich selbst Meister! – Siehst du, das ist das System. Was Ehrlichkeit! Was Rechtschaffenheit! Ammenmärchen für die kleinen Kinder! Plunder für die Narren! Die Hauptsache ist, daß man mit allen vier Füßen auf dem Boden steht."

Am Nachmittag kam er wieder und klimperte mit den Dollars in der Tasche. „Komm' mit", sagte er zu mir, „wir wollen eine kleine Reise durch den Hafen machen. Ich will dir zeigen, wo es etwas zu sehen gibt."

Wir gingen zusammen hinüber nach Hoboken.

Man hat diesen Stadtteil oft die Bremer Vorstadt Neuyorks genannt. Man könnte ihn ebensogut eine Hamburger Vorstadt nennen. Denn die Stimmung ist ganz Sankt-Pauli. Kneipen, Spelunken, Tanzlokale, billige Kinotheater und landfeine Matrosen. In den hellerleuchteten Bars waltet eine schimmernde Pracht von leuchtenden Glaskristallen, glitzernden Spiegeln und kitschigen Bildern von Frauenzimmern in allen Stadien der Nacktheit.

Der Mann mit dem weiten Gewissen schleppte mich von einer Bar in die andere. Wir tranken Bier und Whisky und Portwein und Sherry alles durcheinander und er zahlte alles, nicht nur für mich, sondern oftmals auch für das ganze Haus. Er warf mit den Dollars nur so um sich. „Das ist das Leben!" sagte er, indem er mit den dünnen Händen durch den Haarschopf fuhr, der noch viel dünner war.

Offenbar war er darauf aus, alle Vergnügungen Hobokens systematisch durchzukosten. Sein bleiches, bartloses Gesicht war vom Wein gerötet, und in seinen müden Augen hatte der Alkohol ein Feuer entzündet. Mit dem besten Willen kann ich nicht mehr sagen, wo er mich an jenem Abend überall hingeführt hat. In eine Schießhalle, ein Tanzlokal, eine Waffelbude, einen Billardsaal, in ein Panoptikum. Schließlich landeten wir in einer chinesischen Teestube mit geblümter Tapete und staubigen Plüschsofas, auf denen gepuderte, geschminkte und bemalte Frauenzimmer saßen. An der Decke hingen Lampions und Girlanden, chinesische Fächer und anderer Firlefanz. Ein Jüngling in schwarzem Gehrock, schwarzen Locken und einem kreideweißen Gesicht spielte auf einem Klavier. „Kurasche!" ermunterte der Mann mit dem System, „ich zahl' alles!"

Ich aber hatte keine „Kurasche“. Und überhaupt – dieser systematische Mensch war mir unheimlich. Sobald mein neuer Bekannter außer Sicht war, benutzte ich die Gelegenheit, um mit großen Schritten in die Nacht hinaus zu verschwinden.

Es war draußen schon ganz still. Über den Docks brannten die Bogenlampen und warfen ein weißes Licht auf das Gewirr der Schienen. Fern im Osten, hinter den Schornsteinen von Jersey City, begann eben der Tag zu grauen. Arbeiter eilten geschäftig vorüber mit ihren Frühstückseimern. Die Dampfkräne begannen sich rasselnd in Bewegung zu setzen. Der Pulsschlag der Arbeit durchzitterte das erwachende Neuyork.

Ja, Arbeit! Hier redeten alle nur von Arbeit. Vom Arbeiten und vom Dollarmachen. Aber wie, beim Kuckuck, sollte man es anfangen, um diese Arbeit zu finden? Da lief ich nun schon fünf Tage lang in Neuyork herum, ohne eine Spur davon zu entdecken. Und die Dollars waren inzwischen auch nicht mehr geworden. Oft saß ich auf den schmutzigen Bänken im Arbeitsbüro und wartete mit den anderen. Aber es wollte und wollte sich nichts finden. Die Porter-, Janitor- und Dischwascherstellen wurden stets von anderen weggeschnappt, die natürlich alle viel „smarter“ waren als ich, und für eine Stelle auf dem Lande wagte ich mich nicht zu melden, weil ich fürchtete, damit den Spott der ganzen Versammlung herauszufordern.

Ich müßte jedoch lügen, wenn ich behaupten wollte, daß diese Mißerfolge mir besonders nahe gegangen wären. Vorderhand war ich ja für einen Dollar im Tag gut aufgehoben im Emigrantenhaus, und im übrigen – so dachte ich mir – würde sich schon etwas finden. Glücklicher Leichtsinn der Jugend! Täglich machte ich große Streifzüge durch Neuyork. Ich bestaunte die großen wildwestlichen Büffel im Zentralpark und bahnte meinen Weg durch das Gewühl der Börsenjobbers in Wallstreet vor J. Pierpont Morgans Haus. Einmal stand ich oben auf der Brooklyn-Brücke und schaute viele Stunden lang hinunter auf das wimmelnde Leben im Hafen.

„*Time is money*.“ Ich war noch nicht Amerikaner genug, um das Wort zu kennen. „Kommt Zeit, kommt Rat.“ Bei diesem Gedanken beruhigte ich mich immer wieder, und Amerika hätte mich sicherlich über kurz oder lang *vis-à-vis de rien* gesehen, wenn nicht ein launischer Zufall zu Hilfe gekommen wäre. Als ich eines Tages gedankenlos durch die Greenwichstraße schlenderte, kam ein dicker Mann in Hemdsärmeln und ohne Hut hinter mir her gekeucht.

„Hallo, Landsmann! Suchscht Arweit?“ rief er atemlos. Ehe ich wußte, wie mir geschah, hatte er mich schon in eine Kneipe geschleppt, die den in dieser Umgebung etwas fremd anmutenden Namen „Zur Stadt Balingen“ trug. Dort traktierte er mich mit säuerlichem, abgestandenem Bier und ließ dazwischen ein wahres Trommelfeuer von Fragen auf mich niederprasseln. „Schon lang in Amerika? Bischt a Schwob? Was hescht g'lehrt? Was kannscht schaffa?“

Ja, das war es eben! Eigentlich hatte ich gar nichts „gelehrt“, das mir etwas zunutze sein konnte, und mit dem „schaffa“ hatte ich es noch nicht versucht.

„Oh!“ meinte er, als ich ihm sagte, daß ich am liebsten aufs Land ginge, „da kannscht gleich a Dschob kriege! Was die Farmer sind, die brauchet immer Hand.“

„Ich möchte aber nicht so weit von der Stadt.“

„Nein, ganz nah! mit der Streetcar kannscht jeder Dag in d' City fahra.“

Es war also alles in schönster Ordnung. Der Boß machte sich gleich auf den Weg zu der Kundschaft und schon nach einer halben Stunde kam er wieder zurück mit einem Farmer, der mit seinem langen Ziegenbart und der rasierten Oberlippe aussah wie der leibhaftige Onkel Sam. Eine ganze Weile beschaute er mich mißtrauisch von oben bis unten etwa so, wie man eine neu gekaufte Kuh betrachtet.

„*Well*“, meinte er bedächtig, „*I guess, I reckon* –“

Und dann besprachen sich die beiden in einem amerikanischen Englisch, von dem ich nur das wenigste verstand. Der liebe Landsmann erzählte dem Farmer, daß ich auf einer Farm aufgewachsen wäre. Ich könnte Wagen fahren und Pferde einschirren. Ich könnte Mais hacken und Kartoffeln häufeln und mit der Heugabel hantieren wie nur einer. Nur Kühe melken könnte ich nicht, denn das besorgten in Europa die Frauen. Der Farmer hörte bedächtig zu und sagte zuweilen: „*Allright, very fine* –.“ Und derweilen saß ich großes Grünhorn dabei und hatte nur eine halbe Ahnung von dem ganzen Komplott. Es war wie ein Kuhkauf. Der liebe Landsmann bekam einen Fünfdollarschein, und der Farmer nahm mich mit hinüber nach Long-Island-City, wo wir den Schnellzug bestiegen. Bald lag Neuyork weit hinter uns.

Aber hatte er nicht gesagt, die Farm läge am Rande der Stadt und wäre mit der Straßenbahn zu erreichen?

In rasender Fahrt eilte der Zug durch das flache Land, Städte und Dörfer tauchten auf und verschwanden, und immer noch saß der Farmer mir gegenüber und betrachtete mich wieder und wieder und machte keine Miene zum Aussteigen. Wir kamen in eine schöne Gegend mit saftigen Wiesen und hübschen, ganz in Grün gebetteten Dörfern. In der Ferne schimmerte das Meer.

„Amagensett", rief der Schaffner. Das war die Endstation. Der letzte Ort auf Long Island.

Durch den tiefen Sand einer breiten, von mächtigen Ulmen beschatteten Straße, vorbei an einem Schild, an dem in riesigen Lettern zu lesen stand: „Nach Neuyork 120 Meilen", marschierten wir nach dem etwas abseits gelegenen Dorfe.

Wie still hier alles war! Nur die Vögel sangen in den Hecken. Der Seewind rauschte in den Baumkronen, und die Grillen zirpten leise am Wegrand. Vom Dorfe her kam ein Wagen mit Milchkannen herangetrabt.

„Hallo, Mr. Mulford", rief der Farmer auf dem Wagen im Vorüberfahren, „schön Wetter heute!"

Und dann, als er meiner ansichtig wurde, hielt er unvermittelt den Wagen an.

„Grünhorn?" meinte er, indem er mich mit kritischem Blick von oben bis unten musterte.

Und dann standen sie noch eine gute Stunde mitten auf der Straße beisammen und redeten über das Wetter, über die Getreidepreise, über den neuen Zolltarif, über die Kartoffelkäfer, über das neueste Patenthühnerfutter und wohl auch über mich, so viel ich ausmachen konnte, denn der andere klopfte mir alle Augenblicke wohlwollend auf die Schulter.

Breit und behäbig, wie ein deutsches Pfarrhaus, lag die Farm hinter den uralten Ulmen. Da es gerade Sonntag war, saßen alle Hausbewohner sonntäglich geputzt vor der Tür und hielten Siesta unter den Bäumen oder spielten Mühle auf der Haustreppe. Ein etwa 14 Jahre alter Junge, namens Charley, war eben dabei, mit einem Luftgewehr nach der Scheibe zu schießen. Er traf fast immer ins Schwarze und forderte mich energisch auf, es ihm gleichzutun. Ich aber – wie schon so oft – schoß immer daneben, worüber der andere sich anscheinend unbändig freute. Ja, da hatte er einmal einem blamierten Europäer gezeigt, was ein Yankee kann! Noch heute höre ich das Indianergeheul, mit dem er jeden Fehlschuß begleitete: *„You never headed!"* – Nix getroffen!

*

Nein, ich kann es nicht über mich bringen, nun auch noch im einzelnen von den kommenden Wochen zu erzählen. Die Geschichte von den zerschundenen Knochen, von dem schmerzenden Rücken und den blutigen Händen. Von den grauen, düsteren Morgen und den langen, langen Arbeitsstunden in der glühenden Sonnenhitze. Wer noch nie um 3 Uhr morgens einen bocksbeinigen Maulesel angeschirrt hat, der weiß nicht, was harte Arbeit ist!

Die Hauptarbeit war draußen auf dem Maisfeld, wo eben die jungen Pflanzen aufgegangen waren und man mit dem Pflug zwischen den endlosen Reihen hingehen mußte. Eine eintönige, langweilige Arbeit. Die Hitze flimmerte über der Ackerkrume, die Sandkörner tanzten in der heißen Luft und es wollte und wollte nicht Mittag werden. Der alte Hannibal – das war der Gaul – trabte immer geradeaus wie eine wesenlose Maschine. Er hörte nicht auf die Spatzen, die in den Zaunhecken lärmten und nicht auf das Lied der Lerchen in der blauen Sommerluft. Längst schon war er abgestumpft gegen alle äußeren Eindrücke. Arbeit – Arbeit – Dollars machen.

War man mit dem Pflügen fertig, so mußte man mit der langen Hacke das Unkraut weghacken, das dicht unter den Stauden wucherte. Und das war noch langweiliger als das Pflügen. Denn wenn man an einem Ende des Feldes mit der Arbeit fertig war, wucherte das Unkraut schon wieder fußhoch am anderen. Eine richtige Tretmühle. Hätte ich Geld gehabt, so wäre ich gleich am ersten Tage auf und davon gelaufen. Aber so hieß es die Zähne zusammenbeißen.

Der Farmer hatte natürlich bald herausgefunden, wie es in Wahrheit um meine landwirtschaftlichen Kenntnisse stand. Er machte ein saures Gesicht, aber ich muß ihm nachsagen, daß er sich wie ein Mann in das Unvermeidliche gefunden hat und sich fortan die redlichste Mühe gab, mich in die Geheimnisse der Landwirtschaft einzuweihen, obwohl ich mich oftmals dabei anstellte – nun ja, wie sich nur ein Grünhorn anstellen kann, das sein Lebtag noch keine harte Arbeit getan hat. Es kamen Tage, an denen ich nichts lernen und begreifen wollte. Tage, an denen ich an mir selbst verzweifelte. „Nicht einmal zum Bauernjungen bist du zu gebrauchen“, pflegte ich mir zu sagen.

Langsam war eine Woche um die andere vergangen. Draußen auf den Feldern begann der Mais sich goldgelb zu färben, und über das hohe Gras auf den Wiesen huschte es wie Silber, wenn der heiße Sommerwind darüber hinstrich. Das war die Zeit der Heuernte. – Die Mähmaschine surrte. Die Blumen verdorrten, und der süße Duft von neugemähtem Heu lag in der Luft. Die Grillen zirpten auf der

Wiese, die Frösche quakten in dem nahen Teiche, und die aufgewirbelten Heusamen tanzten in der heißen, flimmernden Atmosphäre. Zuweilen stand ein grollendes Sommergewitter am Himmel und scheuchte die Krähen auf, die aufgeregt schwatzend auf den Bäumen und an den Zaunhecken saßen. „Ein bißchen fix mit eurer Arbeit!“ schienen sie zu sagen, „es wird ein Regenwetter geben, und man muß Heu machen, solang die Sonne scheint.“

Als mit dem Fortschreiten der Ernte die Arbeit sich immer mehr häufte, kam ein halbes Dutzend Landarbeiter auf die Farm. Es waren seltsame Menschen mit roten Haaren und schwarzen, unruhigen Augen. Und sie redeten ein Englisch, von dem ich nur das wenigste verstand. Der Farmer behandelte sie schlecht. Er gab ihnen das Mittagessen im Stall bei den Pferden und überwachte ihre Arbeit nach einer Art Taylor-System. Keinen Augenblick ließ er sie aus den Augen, und wenn einmal einer von ihnen sich etwas viel Zeit nahm, um seine Pfeife zu stopfen, so zog er das Scheckbuch, das er immer bei sich führte, schrieb sein Guthaben aus und schickte ihn ohne ein weiteres Wort zum Teufel.

„Es sind Irländer“, sagte er zu mir, „mit denen darf man sich nicht gemein machen, sonst glauben sie am Ende gar, sie seien so gut wie unsereiner.“

Und die Herren Irländer mochten wohl dasselbe von uns denken. Sie hielten sich stets abseits und redeten nicht mehr als unbedingt notwendig, weder mit mir, noch mit einem anderen von der Farm. An einem Sonntagnachmittag aber kam einer von ihnen an der Farm vorbei und lud mich ein, mit ihm zu gehen. „Es ist heute Sankt-Patriks-Tag“, sagte er, „da gibt's ein großes Fest im Dorfe.“ Er führte mich in einen großen Saal, in dem Hunderte von Männern, Frauen und Kindern im bunten Durcheinander saßen, alle mit grünen Schleifen und Kleeblättern geschmückt.

Die Sankt-Patriks-Feier wurde ein großer Erfolg. Aber sie hatte für mich ein böses Nachspiel. Als nämlich der Farmer erfuhr, wo ich gesteckt hatte, wurde er im höchsten Grade ungnädig und sagte mir, ich könne gefälligst zum Teufel gehen, wenn er noch einmal erfahre, daß ich mich mit dem Pack herumtreibe. Vor allem konnte er den Leuten das Whiskytrinken nicht vergessen, denn er war, wie die meisten Farmer Neuenglands, ein fanatischer Puritaner.

Doch ich will damit nichts Böses gesagt haben über den alten Mr. Mulford. Er behandelte mich gut trotz aller Tyrannei. Er mochte wohl gedacht haben, daß er an dem Grünhorn eine große Stütze in seiner Wirtschaft großziehen könne, denn er verwendete keine geringe Mühe darauf, mir die Vorzüge des

Farmerlebens auf Long Island ins rechte Licht zu setzen. Im Winter – so sagte er – da sei es schön. Da gebe es fast nichts zu arbeiten, und im nächsten Sommer wollten wir uns schon so einrichten, daß uns die Arbeit nicht über den Kopf wachse.

In mir aber rumorte die Reiselust, und ich zermarterte meinen Kopf mit Plänen, wie ich es wohl am besten anfinge, um mit Anstand wieder fortzukommen.

„Es ist eben nicht mehr viel Arbeit auf der Farm“, sagte ich eines Tages, „wenn der Monat aus ist, werde ich weiter gehen.“

„Oho! Wo willst du denn hin?“

„Nach Westen.“

„So, du hast nicht genug zu tun? Spann man gleich die Pferde an. Wir wollen in den Wald fahren und eine Ladung Holz holen. Morgen werden wir die Zäune ausbessern, übermorgen bauen wir einen Stall für die Hühner und dann – keine Arbeit! Was! Es gibt immer etwas zu tun, wenn man sich danach umsieht.“

Wir holten das Holz, wir flickten die Zäune und bauten den Stall, und es gab immer noch Arbeit. – Nein, es war nichts mit dieser Ausrede! Ich brachte andere Gründe vor, bis ich eines Tages den Stier bei den Hörnern packte und ganz amerikanisch erklärte, daß ich an dem und dem Tag um so und so viel Uhr nach Neuyork und von dort nach Texas reisen würde.

„*Well*“, meinte der Farmer mit bedächtigem Streichen seines Ziegenbartes, „geh' du nach Texas. Oder meinetwegen nach dem Nordpol. Es wird eine Zeit kommen, wo du noch einmal an Long Island zurückdenken wirst. Denn Amerika – ja es ist ein feines Land – das feinste Land der Welt – *Gods own country* – aber es ist auch ein interessantes Land – manchmal zu interessant, namentlich für die Grünhörner in Texas.“

Drittes Kapitel

Nach Texas

Wie man Poker spielt. – Seine amerikanische Tante. – Gespräch mit Donna Elvira. – Ankunft in Galveston. – Wo der Ernst des Lebens beginnt. – Im Spital. – Müßige Prophezeiungen. – „Kannscht nimmer deutsch schwätza?“. – Die „Farbenlinie“. – Ich versuche mich als Zuckerbäcker.

„So, da wären wir!“ sagte der Mann vom Emigrantenhaus, als wir vor dem großen Dampfer der Mallorylinie angelangt waren, „nun machen Sie Ihre Sachen gut dort unten. Immer mit dem Kopf durch die Wand! Das ist die beste Methode. Und halten Sie die Augen offen und den Geldbeutel zu, denn Texas – nun, Sie werden ja schon selbst sehen!“

Und ohne ein weiteres Wort war er in dem Menschengewühl an der Pier verschwunden.

Am Abend ging es mit der Flut hinaus ins offene Meer. Langsam, ganz langsam glitten wir durch den Long-Island-Sund zwischen den Häusermeeren von Brooklyn und Manhattan, die mit ihrem Gewühl von Menschen und Fahrzeugen vorüberhuschten wie ein Film. Dann ging es vorbei an Governors Island mit der Freiheitsstatue und an dem großen Menschenkäfig der Ellis-Insel. In der Ferne qualmten die Fabriken. Grüne Hügel umsäumten wie Teppiche die glitzernde Wasserfläche. Dahinter zogen sich andere Hügel hin, die in allen Farben von Blau und Lila schillerten, und darüber lag das Abendrot wie flüssiges Gold. Als wir in der offenen See ankamen, war es schon dunkel.

Lange stand ich in jener Nacht oben auf der Back und schaute über die Reeling hinweg dem vorüberrauschenden Wasser nach und fing an zu träumen von Büffeln, Prärien und Cowboys. Dann kam ich unversehens auf ganz andere Gedanken, und ich dachte mir: Ach, Texas! Wär' ich zu Hause!

„*Success*“ hieß der Dampfer, der uns nach Texas brachte. Auf den Prospekten der Mallorylinie war er ein Salondampfer. Ein Wunder von Schnelligkeit und Seetüchtigkeit. Das letzte Wort von Eleganz und Bequemlichkeit. Die Matrosen aber behaupteten, er sei ein alter Kasten und reif zum „Absaufen“, damit die Gesellschaft endlich ihre Versicherungsprämie daran verdiene. Nur auf dem Promenadendeck der ersten Klasse, wo die freien Amerikaner mit dem großen Geldbeutel wohnten, war so etwas wie Luxus zu bemerken. Da flanierten die

Damen und Herren in blütenweißen Tennisanzügen mit seidenen Sportmützen und breiten Krawatten von unwiderstehlicher Schönheit. Und die alten Dollarjäger lagen derweilen behaglich in ihren Deckstühlen und schauten blasiert über die endlose Wasserfläche. Sie rauchten ihre kurzen Maiskolbenpfeifen und spuckten zuweilen im großen Bogen hinunter auf das Großdeck, wo sich die Amerikaner zweiter Klasse ergingen.

Und die Amerikaner zweiter Klasse, lauter rauhe, wildwestlich aussehende Männer mit eckigen, glattrasierten Gesichtern, saßen vom frühen Morgen bis weit in die Nacht hinein auf dem Verdeck und auf den Kanten der Luken und spielten Poker. Poker – das war ihre einzige große Passion! Kein Wind und kein Wetter, nicht die sengende Mittagshitze und nicht die Seekrankheit konnten sie davon abhalten.

Schweigend saßen sie über den Karten und beobachteten einander mit mißtrauischen Mienen. Zuweilen wuchs die Zahl der Dollarscheine in dem Einsatz zu phantastischer Höhe, und das ganze Schiff kam herbeigelaufen, um das große Ereignis mitzuerleben. Alle betrachteten dann ihre Karten mit funkelnden Augen, aber ohne eine Miene zu verziehen. „*Full house!*“ sagte einer und steckte den ganzen Reichtum ein. Alles pokerte. Wer Geld hatte, mischte die Karten, und die übrigen saßen dabei und sahen zu, wie die anderen verloren.

Da war aber auch eine Gesellschaft von schwäbischen Bauern an Bord, die noch nicht lange genug in Amerika waren, um das Pokerspiel zu erlernen. Wenn man sie so abseits von den anderen auf der Back sitzen sah, da nahmen sie sich aus wie eine Abbildung zu dem Gedicht von Freiligrath. Die Männer spazierten gemessen auf und ab und schauten mit ernster Miene über die weite Wasserfläche voraus nach Süden, wo bald die neue Heimat auftauchen würde, von der sie sich so viel versprachen. Und die Frauen strickten Strümpfe und kämmten wohl zehnmal am Tage die blonden Zöpfe der kleinen Kinder, die täglich aufs neue mit großen blanken Augen in die fremde Welt hineinblickten. Einer aber war unter der Gesellschaft – der vierschrötige Sohn eines Böblinger Bierbrauers –, der schon eine beträchtliche amerikanische Erfahrung hinter sich hatte. Er konnte ein Liedlein singen von dem Leben in Amerika, denn es hatte ihn schon tüchtig bei den Ohren genommen. Die alte Geschichte! Vor Zeiten war er übers große Wasser gekommen, um die sagenhaft reiche Tante zu besuchen, die irgendwo in Colorado eine unermeßlich große Farm ihr eigen nannte. Die Enttäuschung war groß, als er an Ort und Stelle anlangte und statt des erwarteten Landgutes nur Dornbusch, Schakale und Präriewölfe fand.

Die Erbtante, die eine kleine, weit abseits der Bahn gelegene Hühnerfarm besaß, empfing den Neffen nicht gerade ungnädig. Sie verwahrte für ihn sein väterliches Erbteil, das er von Deutschland mitgebracht hatte, und sorgte im übrigen dafür, daß er nie ohne nützliche Beschäftigung war. Irgendwelchen Lohn erhielt er nicht, und an das anvertraute Geld wollte sie sich nicht mehr erinnern. „Kannscht froh sein, daß bei mir z'essa hascht, denn in Amerika hat's böse Leut'."

So vergingen ein paar Wochen und schließlich ein paar Monate, bis die schwäbische Geduld des Bierbrauers ein Ende hatte. Er verschaffte sich einen Revolver, mit dem er, zu allem entschlossen, vor die listenreiche Tante trat. „Glei gibscht mer mei Batza, sonst dreht sich's Rädle!"

Das wirkte.

Doch fast hätte ich über alledem die Hauptperson an Bord vergessen. Die stolze Donna Elvira. Sie war in der Tat eine Erscheinung, und ich muß gestehen, daß sie in ihrer exotischen Aufmachung bestrickend wirkte auf meine jugendliche Phantasie. „Sieh' sie dir gut an!" hatte einer der Pokerspieler gesagt, „so sehen die Weiber in Texas aus." Da betrachtete ich sie mit verdoppeltem Interesse. Sie hatte einen kastanienbraunen Teint, blauschwarze Haare, dichte, gefärbte Augenbrauen und Augen so schwarz wie chinesische Tusche. Dazu zwei Ohrringe von funkelndem Silber, eine seidene Mantilla und einen bunten Fächer, der mit chinesischen Vögeln bemalt war.

Morgens saß sie am Büfett und trank „ice cream soda" und Kaffee mit sehr viel, sehr starkem Wermut und giftgrünem Absinth und rauchte dazu eine Zigarette um die andere. Ihre Fingerspitzen waren schon ganz gelb vom Zigarettendrehen. Abends aber saß sie mitten unter den Pokerspielern und rauchte Zigaretten und verlor mit Grazie. Geld? Ha, Geld spielte keine Rolle bei Dona Elvira!

Allmählich waren wir schon weit nach Süden gekommen. Die Sonne stieg höher und höher an dem dunkelblauen Himmel, fremdartige Seevögel wiegten sich über den Wellen, und die Bonitos und Schweinsfische sprangen übermütig aus dem Wasser vor dem Bug des vorwärtseilenden Schiffes. In einer lauen Nacht voll südlichen Zaubers fuhren wir durch die Floridastraße. Ich war gerade an Deck und schaute dem Glimmen und Glühen im vorübergleitenden Kielwasser zu, als eben Donna Elvira samt Fächer und seidener Mantilla herangerauscht kam. „Was für eine Nacht!" rief sie aus, indem sie sich mit einem tiefen Seufzer in einen Deckstuhl warf, *„que noche bellessima!* Eine Texasnacht! Eine mexikanische Nacht! – *Ah, gringito!* Du weißt nicht, wie schön die Nächte in Mexiko sind! Wenn auf der Plaza die Musik spielt und die Kaballeros in den Anlagen flanieren! Richtige Kaballeros, die noch etwas anderes können, als nur Tabak kauen und Dollars machen!"

Dann war sie auf einmal gar nicht mehr die große Dame. Ganz vertraulich setzte sie sich neben mich auf die Luke und erzählte allerlei aus ihrem bewegten Leben.

„Ja, die schönen Zeiten sind vorbei!" sagte sie mit einem schmachtenden Blick hinüber nach dem Leuchtfeuer von Key West, das eben über dem Horizont aufzublitzen begann. „Dort drüben habe ich meine schönsten Tage verlebt. Geld wie Heu. Austern, Kaviar, Sekt und was sonst noch. Und einen Diamantring an jedem Finger. Das war damals, als Kuba noch spanisch war. Damals war Key West das große Eldorado für alle Glücksritter. Hübsche Jungens waren darunter, mit Taschen voll Dollars und einer Miene ›Was kost' die Welt!‹. Und immer von Zeit zu Zeit ging bei Nacht und Nebel mit abgeblendeten Lichtern ein Schiff in See, zum Sinken voll mit Kanonenkugeln und mit *gentlemen of fortune*. Ja, Geld! Die Bars an der Wasserfront waren Goldgruben, die Straßenhändler verkauften Glaskugeln für Diamanten, und ich selbst – du kannst mir's glauben oder nicht – da war kein Tag, an dem ich nicht meine fünfzig Dollar machte!"

„Mit was denn?" fragte ich.

Da schaute sie mich groß an.

„Mit was? – *madre dios* – Was für ein Grünhorn. Aber wir werden alle nicht klüger und besser mit den Jahren!"

Zwei Tage später kam an einem grauen Morgen die flache Küste von Texas in Sicht, und bald darauf liefen wir in der grellen Mittagshitze im Hafen von Galveston ein. Ein dunkelhäutiger, etwas phantastisch aufgeputzter Lotse kam an Bord und führte mit sicherer Hand den Dampfer durch das Gewirr von Klippen und Sandbänken. Langsam und schwerfällig ging es mitten durch das bunte Hafenleben. Die braunen Segel der Fischerboote schlichen träge vorüber. Eilige Motorboote durchpflügten blitzschnell das glitzernde Wasser. Auf den Piers rasselten und schnaubten die Dampfwinden. Mächtige Baumwollballen tanzten in der Luft und verschwanden in dem unersättlichen Rachen der schmutzigen Trampdampfer. Überall auf den Straßen und Plätzen entlang der Landungsbrücken war es schwarz von Negern. In meinem ganzen Leben hatte ich noch nie so viele Neger beisammen gesehen. Vor dem Schuppen der

Mallorylinie machte der Dampfer fest, und dann ging es über das Gangplank hinunter in das Land Texas.

*

Vielleicht ist es gut, daß uns sterblichen Menschen hienieden nicht die Gabe der Propheten verliehen ist, denn wenn ich die hungrigen Tage der kommenden Wochen und Monate vorausgesehen hätte, so wäre meine Freude über die Ankunft in Texas gewiß um ein Beträchtliches herabgestimmt worden. Ich weiß nicht mehr, wie viel Geld ich bei meiner Landung in Galveston in der Tasche hatte. Sicher waren es nicht mehr als fünf Dollar. Aber das bereitete mir weiter kein Kopfzerbrechen. Ich hatte noch eine Fahrkarte nach der Hauptstadt Austin, und dort würde sich das Weitere schon finden. Mit dieser Gewißheit schlenderte ich durch die breite Hauptstraße, wo sich die Dollarjäger drängten und die funkelnde Pracht der Spiegelscheiben in den Bars in allen Farben des Regenbogens leuchtete. Aber es war alles nur Bluff! Potemkinsche Dörfer aus Holz und Gips über steinernen Ruinen. Sobald man in eine der Seitenstraßen einbog, war kaum etwas anderes zu sehen, als Schutt und Trümmer. Ja selbst in der Hauptstraße standen da und dort, wie Gebilde aus einer anderen Welt, die grauen Ruinen zwischen der schimmernden Eleganz von Wirtshäusern und Kaufläden. Auf Schritt und Tritt stolperte man noch über die Spuren der furchtbaren Katastrophe, die vor noch nicht allzu langer Zeit die Stadt heimgesucht hatte. Noch jetzt erzählten die Leute einander mit schauderndem Erinnern von der gewaltigen Flutwelle, die unversehens über die auf einer flachen Insel gelegene Stadt hinweggebraust war und über fünfzehntausend Menschen mit sich in die Tiefe gerissen hatte, ehe man Zeit hatte, darüber ein Vaterunser zu sagen.

Im übrigen ist Galveston, auch abgesehen von den Flutwellen, ein gefährliches Pflaster, wie ich bald zu meinem Schaden herausfinden sollte. Gleich an dem Pier wurde ich von einem Neger angesprochen. Er war nicht einmal übermäßig schwarz, sondern von einem kastanienbraunen Teint, ähnlich dem der Donna Elvira. Zudem trug er niedrige Lackschuhe, seidene Strümpfe und eine himmelblaue Krawatte. Ich tat mir etwas darauf zugute, daß ein so vornehmer exotischer Herr mich seiner Aufmerksamkeit würdigte.

Wir schlenderten zusammen durch die Straßen, und der Neger wurde nicht müde, mir allerlei zu erzählen, als plötzlich ein vierschrötiger Schutzmann auf uns zu kam. „*Move on, you nigger!*“ fuhr er den anderen an in einem Tonfall von unnachahmlicher Geringschätzung. „Das ist ja eine feine Art, sich mit den Niggers abzugeben!" wandte er sich an mich, der ich mich vergeblich nach meinem neugefundenen Freunde umsah. Im Augenblick hatte sich ein entrüstetes Publikum versammelt, und es hagelte Schimpfworte wie bei einer Wählerversammlung von Tammany Hall.

Das Grünhorn hatte die Farbenlinie überschritten.

In diesen Dingen hörte zu jener Zeit bei den Bewohnern der amerikanischen Südstaaten die Gemütlichkeit auf. Den Nigger mochte er nicht leiden. Zwar ist er ein ebenso großer Menschenfreund wie alle seine anderen Landsleute – aber den Nigger zählte er nicht unter die Menschen. Er würde eher mit seinen Kühen und Pferden zu Mittag essen, als daß er sich mit einem Nigger an denselben Tisch setzte. Ich aber konnte von Glück sagen, daß ich heil aus der Affäre herauskam.

Am Abend machte ich mich auf die weite Reise nach Austin. In einem jener eleganten, mit Polstersesseln ausgestatteten Pullmanwagen *„for white passengers only"* fuhren wir in die dämmernde Nacht hinein. Es war ein schwüler Abend. Die Farmer nahmen ihre breitkrempigen Cowboyhüte ab und wischten sich mit großen bunten Taschentüchern die dicken Schweißtropfen von der Stirn. Dann erzählten sie einander, daß man heuer wohl eine schlechte Ernte haben werde, daß die Hitze die Maisfelder verbrenne, daß der Käfer in der Baumwolle wäre, daß die Melonen nicht halb so groß würden wie im vorigen Jahr, daß das Schweinefleisch auf dem Markt in Chikago um drei Cent das Pfund gefallen sei und daß überhaupt das Leben in diesem irdischen Jammertal sich von Tag zu Tag verschlimmere. Draußen huschten die Maisfelder und die Baumwollplantagen vorüber. Dürre Steppe und Stacheldrahtzäune. Hitze und Sonne und sandige Einöde. Staubige Straßen zogen schnurgerade hinaus ins Land, das die Ferne mit tausend Farben malte. Langsam verschwand die Sonne hinter dunkelvioletten Hügeln. Am nächsten Morgen in aller Frühe waren wir angelangt.

Das war also Austin. Die Hauptstadt von Texas! Ich hatte sie mir ein bißchen anders vorgestellt. Ein bißchen freundlicher und lebendiger und – nun ja – ein bißchen großstädtischer. Hier war alles grau und eintönig. Sand und Sonne und dürrer Buschwald. Hitze und Sonne. Sie sprühte von den weißen Steinen des mächtigen Kapitolgebäudes und von den grellen Firmenschildern an den niedrigen, flachen Häusern. In den unendlich breiten Straßen, in denen die hohen Telegraphenstangen wie Galgen in die blaue Luft hineinragten, brütete die Langeweile wie ein grinsendes, gähnendes Gespenst. Kaum ein Mensch war auf der Straße zu sehen.

Gleich an einem der allerersten Häuser stand an einer schmutzigen Hauswand in großen Buchstaben zu lesen: „*Employment agency*“ (Stellenvermittlung). Vor der Tür stand ein wohlgenährter Herr mit einem Gesicht wie ein Preiskämpfer.

„Kostet drei Dollar“, antwortete er auf meine Frage.

„Drei Dollar? Soviel habe ich nicht.“

„Ist nicht meine Schuld. Ohne Geld können Sie hier nichts bekommen. Oder meinen Sie, daß ich mein Geschäft für meine Gesundheit führe?“

Weiter wanderte ich durch tiefen Sand und grelle Sonne, bis zu einem kleinen Haus, das draußen in der Vorstadt ganz geduckt hinter staubigen Büschen stand. Dort wohnte der evangelische Pfarrer der deutschen Gemeinde, an den man mir vom Emigrantenhaus ein Empfehlungsschreiben mitgegeben hatte. Der Herr Pastor schien jedoch nicht sonderlich erbaut von meinem Besuch. „Das ist nun schon der dritte seit heute morgen“, sagte er mit einem tiefen Seufzer, „was nur in die jungen Leute gefahren ist, daß sie alle auf einmal nach Austin kommen! Hier ist nichts los, mein Lieber. Absolut gar nichts. Da können Sie acht Tage herumlaufen, ehe Sie irgendwelche Arbeit bekommen. – Vielleicht besuchen Sie mich nächste Woche noch einmal. Es ist möglich, daß sich bis dahin etwas findet.“

Nächste Woche! Wenn man ohne einen Pfennig in der Tasche durch die Straßen irrt und sich nach Arbeit umschaut, so bekommt man das Wort gar häufig zu hören, und – bei allen Heiligen – es hat dann immer einen besonderen Klang!

Traurig schlich ich davon und wanderte sinnlos durch die Straßen, ohne selbst zu wissen wohin. Es war ja auch so gleichgültig. Mehrmals zählte ich die paar Nickelstücke in der Tasche, ohne daß ihre Anzahl sich dadurch vermehren wollte. – Schon war die Sonne feurig rot hinter den Hausdächern verschwunden und die Nacht begann ihre Schatten vorauszuwerfen, die Nacht, die so wenig Verlockendes hat für den, der bei Mutter Grün logieren muß. Schnell, wie immer in den südlichen Zonen, war es dunkel geworden. Nachtfalter flatterten um die Büsche. In den Straßen begann es lebendig zu werden von Menschen. Sie saßen auf den hohen Schemeln in den Konditoreien und schlürften Eiskaffee und

Eiscreamsoda. Sie gingen hochnäsig vorüber und klimperten mit den Dollars in den Taschen. Alle hatten Geld, alle waren zufrieden. Nur ich – ja, so sah er am Ende aus: Der Ernst des Lebens! Aber wir leben in einer launischen Welt voll wunderlicher Zufälle, die unser Schicksal bestimmen. Als ich an jenem Abend mit einem Kopf voll weltschmerzlicher Gedanken an einer Straßenecke der Texasstadt stand, kam auf einmal ein dicker Mann mit sonnverbranntem Gesicht unter einem großen grauen Cowboyhut auf mich zu. „*Looking for work?*" redete er mich an.

Verständnislos betrachtete ich ihn von oben bis unten. War der ein Engel, den eine gütige Vorsehung in meiner Not zu mir geschickt hatte, oder wollte er mich auch nur zum Narren halten, wie so viele andere in Texas?

„*Well?*" drängte der andere mit ungeduldiger Miene. „Ich hab' meine Zeit nicht gestohlen! Wollen Sie mitkommen?"

Ob ich mitkommen wollte? Ja, bis ans Ende der Welt, wenn's sein müßte! Am liebsten wäre ich ihm – rauh und häßlich wie er war – gleich um den Hals gefallen. Ohne ein weiteres Wort schritt er mit seinen langen Beinen, mit denen ich kaum Schritt halten konnte, durch endlose Straßen, über kahle Hügel und durch ein ausgetrocknetes Flußbett hindurch nach dem Stadtspital, wo ich gegen ein fürstliches Honorar von 15 Dollars eine Stelle als „Yardman" erhielt.

*

Ach, die Zeiten vergehen, aber sie gleichen sich nicht! Was je in vergangenen Zeiten unsere Seele bewegt, was je in bösen Stunden voll zitternder Unruhe unser Herz mit Sorge und Not und wilder Leidenschaft erfüllte, am Ende steht immer das graue Vergessen. Wie ich hier sitze und aus den hintersten Winkeln meines Gedächtnisses die Erinnerungen an jene Wochen im Texasspital hervorsuche, da taucht aus dieser Atmosphäre von Hitze und Sonne, von Staub und Jodtinktur und Chloroformgerüchen eigentlich nur die Gestalt der Gräfin Esterhazy auf.

Sie stammte aus dem Ungarlande, wo die Grafen und Gräfinnen so billig waren wie anderwärts die Brombeeren. Einstmals war sie an heißen Sommertagen vierspännig über die Pußta gefahren und hatte den Winter an der Riviera verbracht, und nun waltete sie als oberste der Küchenfeen im Texasspital. Das ist der Lauf der Welt. Zur Mittagszeit, wenn die Hitze wie ein Ungeheuer über dem grauen, kasernenartigen Gebäude lag, wenn die Moskitos vor dem Mückennetz schwirrten und der bleierne Schlaf wie ein Gespenst durch die kahlen Räume schlich, da war sie gewöhnlich am lebendigsten. Sie setzte sich auf einen Küchenstuhl neben den hitzesprühenden Herd, trank eine Tasse Eiskaffee nach der anderen und erzählte jedem, der es wissen wollte, in einem äußerst zungenfertigen, mit französischen Brocken geschmückten Englisch von Pariser Akzent ihre ganze Lebensgeschichte. Daß sie einmal schön gewesen sei wie ein Kinostar, daß sie bei den Magnaten in Temesvar das „Geriß“ gehabt, daß sie den Kavalieren auf dem Prater ihr „Weaner Herz“ und der goldenen Jugend in der Rue de Rivoli ihren Seelenfrieden geraubt hätte. Entführung, Duell, gebrochene Herzen, Selbstmord und was sonst noch. Und dann ist am Ende alles, alles – Geld und Gut, Schönheit und Reiz mitsamt den Toiletten – in Monte Carlo geblieben.

Dann hatte sie rasch entschlossen ein neues Blatt in ihrem schon so reichhaltigen Lebensbuch aufgeschlagen und in Galveston einen biederen Klempnermeister geheiratet – *„Ah le pauvre garcon!* – er hat kein Glück gehabt. Er ist in der Flut von Galveston zugrunde gegangen – *le pauvre petit bonhomme!* – Und denken Sie sich dieses Unglück! – Er war in einer Lebensversicherung für 7000 Dollars, und man hat bis jetzt noch nicht seine Leiche finden können!“

Nach einigen Tagen wurde ich aus „Madames“ Reich weggenommen und als Wärter über die Kranken gesetzt. Das war eine Rangerhöhung, die mir 25 Dollars im Monat einbrachte. Aber auch viel Mühe und Arbeit und Verdruß und allerlei sonderbare Erfahrungen.

Die Weißen, die im Spital waren, litten fast alle an der Texaskrankheit. Dem Säuferwahn. Sie sahen Schlangen und Skorpione am hellen Tage und waren überhaupt sehr ungenießbare Patienten. Einer aber war darunter, der sich durch Geduld und Fügsamkeit sehr vorteilhaft von den anderen unterschied. Immer lag er still und ergeben in seinem Bett und lächelte zufrieden vor sich hin, obwohl er jeden Tag weniger wurde und seine Lebensgeister langsam verlöschten wie ein Kerzenlicht. Für alles, was man ihm tat, hatte er einen dankbaren Blick aus seinen großen, schwarzen, fieberglänzenden Augen. Mehrmals in der Woche kam seine Frau, um ihn zu besuchen. Sie kam herein wie die Sonne. Mit strahlendem Gesicht und lachenden Augen. *„How are you, dearie?“* pflegte sie den Kranken anzureden. „Oh, du siehst aber schon viel besser aus! Warte nur, du Schelm, du wirst mir noch zu stark und zu gesund, wenn du noch lange hier liegen bleibst!“ Dann setzte sie sich neben ihn ans Bett und erzählte ihm unter Lachen und Scherzen allerlei Geschichten, wie sie ihr gerade einfielen. Daß Maggy eine gute Note in der Schule gehabt hätte, daß Charley seinem Teddybär den Kopf abgerissen habe, und daß die Blumen im Garten noch nie so schön geblüht hätten wie in diesem Jahr. Und nachdem die Glocke geläutet hatte, die die Besucher fortrief, da wartete sie draußen im Vorsaal mit bleichem Gesicht und flackernden Augen voll brennender Spannung.

„Was sagen Sie, Herr Doktor? Wird er davonkommen? Wird er leben?“ Und der Doktor schaute hart und kalt durch seine goldene Brille. Man könne noch nichts sagen. Man müsse die Krisis abwarten. Das Fieber sei hoch, die Entkräftung groß. Aber immerhin – immerhin. So sagte er dies und das, lauter schöne und tröstliche Dinge, aber das eine, was sie gern hörte, das Wort, das sie ihm vom Munde reißen wollte, das sagte er nicht. Eines Tages aber wandte sie sich in ihrer Verzweiflung an mich.

„Wird er sterben?“

„Ei, warum nicht gar? Wenn man so lange krank war, hat's mit dem Sterben auch keine Eile!“

Am nächsten Morgen war er tot.

Es scheint, daß ich den Beruf des Krankenwärters ebenso verfehlt habe, wie den eines Propheten. Ich bildete mir zwar ein, daß ich meine Sache ganz leidlich machte, aber der Boß war jedenfalls anderer Ansicht. Als mein Monat um war, erklärte er mit dürren Worten, daß er fernerhin von meinen Diensten keinen Gebrauch mehr zu machen wünsche.

Das war mir eben recht. Noch am selben Tage packte ich meine sieben Sachen und fuhr nach San Antonio, der größten Stadt im Staate Texas.

Der erste Mensch, der mich dort vor dem Bahnhof anredete, war ein rabenschwarzer Neger.

„Hallo, Landsmann“, sagte er mit freundlichem Grinsen.

„*What you want?*“ antwortete ich nicht eben höflich.

Er: „Kannscht nimmer deitsch schwäza?“

Wir gingen zusammen in eine benachbarte Schenke „for coloured people“, d. h. ein Negerlokal. Ich gab ein Glas Bier aus, und dann führte er mich durch alle Straßen und zeigte mir die Sehenswürdigkeiten der Stadt.

San Antonio ist eine merkwürdige Stadt. Ihr Äußeres ist noch stark mexikanisch, das Geschäftsleben amerikanisch, aber das Herz ist deutsch. Sie leistet sich den Luxus von zwei deutschen Zeitungen. Die „Texas-Staatszeitung" und die „Texas Freie Presse". In jedem Wirtshaus hängen an den Wänden die vergilbten Bilder des alten Kaisers Wilhelm und des Kaisers Franz Josef. Es gibt aber da auch noch andere, weniger loyale Bilder, die über schwarz-rot-goldenen Fahnen die Wände schmücken: Struve, Herwegh, Freiligrath und der alte Hecker mit der Reiherfeder und den Kanonenstiefeln, ganz so wie es im Liede steht:

„Seht, da steht der große Hecker,
Eine Feder auf dem Hut,
Seht, da kommt der Volkserwecker,
Lechzend nach Tyrannenblut."

Die größte Sehenswürdigkeit San Antonios war jedoch die Alamo, ein alter Gebäudekomplex, halb Burg, halb Kloster, um den die ganze wunderbar verträumte Stimmung des spanischen Amerika lag. Vor vielen Jahren, als Texas noch mexikanisch war und der wilde Sam Houston mit seinen Flibustiern von Kansas herüberkam, um das Land zu „befreien", gelang es ihm vorübergehend, San Antonio zu besetzen. Als er sich aber vor dem anrückenden Heer des Präsidenten Santa Ana zurückziehen mußte, geschah es, daß ein paar hundert dieser Gurgelabschneider, die in der Alamo zurückbleiben mußten, von den ergrimmten Mexikanern bis zum letzten Mann niedergemacht wurden. Das Schicksal jener Amerikaner auf der Alamo wird noch heute gefeiert, und auf die Steintafel vor der Burg schrieben sie mit echt amerikanischem Überschwang:

„Die Thermopylen hatten ihren Boten
Die Alamo hatten keinen."

Doch ich wollte ja von ganz anderen Dingen erzählen.

In der staubigen, sonnigen, endlos langen Buenavistastraße mietete ich ein Zimmer, das als einziges Mobiliar ein Bett und einen Stuhl enthielt und machte mich dann auf die Suche nach Arbeit. Einen blanken Dollar wagte ich an einen Arbeitsagenten, der damit offenbar unsere gegenseitigen Geschäftsbeziehungen für erledigt hielt. Ein anderer Dollar wanderte in den großen Moloch der vergeblichen Straßenbahnfahrten, die anscheinend in der ganzen Welt das Kreuz der stellenlosen Menschen sind. Dann versuchte ich es mit den vielen

Stellenangeboten in den Zeitungen, hinter denen immer so verheißungsvoll zu lesen stand: „German prefered!“, Deutscher bevorzugt.

Ah, wenn ich zurückdenke an jene vergeblichen Wanderungen durch die langen, staubigen, sonnendurchglühten Straßen von San Antonio! An jene kalten, herzlosen Menschen, die mich so mißtrauisch und geringschätzig anschauten wie einen Spitzbuben, oder bestenfalls wie einen Bettler! Es gibt Leute, die da sagen, das Arbeitsuchen sei keine Schande. Vielleicht haben sie nicht unrecht. Am Ende ist es kein Vergehen, wenn einer mit seiner Arbeitskraft hausieren geht, wie andere mit Butter und Käse. Und doch – und doch –

Wer sich in Amerika nach Arbeit umsieht, der tut gut daran, sich mit einem Gastwirt gut zu stellen. Denn er ist eine gar gewichtige Persönlichkeit. Von morgens bis abends steht er zwischen den schreienden Bildern und den blitzenden Spiegelscheiben in seinem „Saloon“ und bedient mit hemdsärmeliger Geschäftigkeit die Gäste vor der Bar.

Er „mixt“ die Cocktails, er plätschert in dem Spülwasser, er gießt das Bier aus den halbgeleerten Gläsern weg. Abends, nachdem es dunkel geworden ist und die Leute von der Arbeit kommen, da drängen sich die „Boys“ vor der Bar und „treaten“ einander mit teurem Whisky in winzig kleinen Gläsern und werfen mit dem Geld um sich, als ob sie samt und sonders kleine Vanderbilts wären. Derweilen kommt mit fliegenden Fahnen und großem Tam-Tam die Heilsarmee angezogen. Draußen vor der Tür rasselt das Tamburin, und mitten in den Lärm vor der Bar dringt der Chor der dünnen, gebrochenen Fistelstimmen der Hallelujamädchen.

„Down, down. Down, down
Down in a vicy saloon – –.“
„Tief, tief. Tief, tief
Gesunken in ein lasterhaftes Wirtshaus.“

Ja, er ist eine gewichtige Persönlichkeit, der Herr „Bartender“! Gehaßt, gefürchtet und verachtet. Wer wird denn in einen Saloon gehen? – Shocking! Vorn an die Bar, unter den tausend grellen Lichtern, zwischen den verräterischen Spiegelscheiben – nicht um ein Vermögen! Aber durch die *„family entrance“* im Vorübergehen schnell ein Gläschen Whisky oder auch mehrere. Und dann gleich ein paar Tabletten Pfefferminz, damit zu Hause die Lady nichts merkt!

So kommt es, daß so ein vielgeschmähter Barbesitzer sich mit der Zeit eine große Weltweisheit erwirbt und einem hilflosen Grünhorn noch am ehesten verraten kann, wo Arbeit und Verdienst zu finden ist.

Da war ein Barbesitzer an der Plaza, der es gut mit mir meinte und sich redliche Mühe gab, etwas für mich ausfindig zu machen.

„*Well*“, sagte er eines Tages, als ich müde und hungrig von einer vergeblichen Reise nach dem Saloon zurückkehrte, „ich hab' ein Job für dich.“

„Was?“

„Ja, bei einem Zuckerbäcker. – Da nimm den Zettel und geh damit zu Nummer so und soviel in der Houstonstraße. Dort fragst du nach der Madam. Sie ist allright.“

Das war gute Nachricht. Müde wie ich war, machte ich mich doch schleunigst auf den Weg. Im Nu stand ich vor der glänzenden Fassade eines hohen Hauses und schaute hinein in ein so vornehmes Lokal, daß ich dreimal an meinem zerknitterten Anzug hinunter schauen mußte, ehe ich mir ein Herz zum Eintritt fassen konnte. Hier war alles blitzblank sauber. Die Gläser, die Teller, die Spiegel an den Wänden. An der Decke summten die Ventilatoren. Zwischen Blumen und Palmen standen weiße Marmortische. Vornehme Herren mit weißen Panamahüten und Damen von letzter Eleganz saßen auf hohen Schemeln über langstieligen Gläsern und saugten ihren Eiskaffee aus dünnen Strohhalmen. Im Hintergrund schalt eine alte Dame mit einem Kellner.

Ob die Madam zu sprechen wäre, fragte ich sie.

„Das bin ich selber.“

Ich gab ihr den Zettel, den sie nur flüchtig ansah, um mich dann um so aufmerksamer zu mustern.

„Gel, Sie sin e Pälzer?“

„A, jo.“

„Guck emol do! Ei, ich bin von Rockehause!“

Kurzum: Sie war zufrieden mit ihrer neuen Erwerbung. Und ich auch. Der Bartender hatte recht gehabt: Die Madam war *allright*.

Aber der Manager, der in dem schmutzigen Hinterhof die Eiscremefabrikation beaufsichtigte, der war nichts weniger wie „*allright*“. Er gehörte zu der Sorte von

Deutsch-Amerikanern, die die Worte „mixen" wie der Barwirt einen Cocktail, die das Deutsche vergessen, noch ehe sie ordentlich Englisch gelernt haben, und sich überhaupt amerikanischer gebärden als die Amerikaner. Schon gleich am ersten Tage hielt er mir eine Strafpredigt, die sich gewaschen hatte.

„Du mußt viel mehr eine Muhv an dich geben", fuhr er mich an, „das gleich ich nit, daß man hier so herumsteht. Das ist nicht der Juhs hier in Amerika! Immer *quick smart, hurry up!* Verstanden?"

Ich hatten verstanden, und in den nächsten Tagen bemühte ich mich nach Möglichkeit, „eine Muhv an mich zu geben", ohne jedoch dabei die nötige Gewandtheit zu entwickeln. Die Arbeit war schwer und anhaltend und erforderte kein geringes Maß von Aufmerksamkeit. Von der Kraft des Dampfkessels getrieben, drehten sich fünf mächtige Kupferkessel um ihre Achse. Sie waren alle bis zum Rand gefüllt mit feinster Eiscreme und Soda. Für jeden Kessel verwandte man die gleiche Mischung. Alle waren gefüllt mit dem gleichen Rohmaterial. Kunst und Wissenschaft der Eiscremefabrikation kamen erst im weiteren Verlauf des Herganges zur Geltung. Nachdem der Stoff in den Kesseln schon fast gefroren war, warf der Boß eine Handvoll schwarzen Pulvers hinein, die dem Ganzen eine wunderschön braune Färbung verlieh. Das nannte man dann *peach cream* – Pfirsicheis. In einen anderen Kessel warf er eine weitere Messerspitze voll roter Tinktur und machte daraus Erdbeereis. Die gelbe Farbe zauberte Vanilleeis, die rötlich-weiße verwandelte sich in Ananas usw. Nebenher wurden auch noch Candies, Zuckerstangen, Delikateßtörtchen und wunderschöne Pralinés gemacht. Für die Herstellung der Pralinés – doch ich will nicht aus der Schule plaudern!

Die Madam ließ es sich nicht nehmen, überall selbst die Oberaufsicht auszuüben. Mehrmals im Lauf des Tages rauschte sie in ihrer ganzen Korpulenz durch die Werkstätten, die Lagerräume, den Garten und den Hühnerhof, und es hagelte dabei Verordnungen und Verfügungen wie bei einer Kriegsgesellschaft.

„Laßt mer so das Werkzeug auf dem Bode rum fliege? – Fritz, baß uff, daß die Turkeys nit de Jam wieder fresse." Die Madam war Millionärin. Ihr Geschäft war das größte in San Antonio. Sie lebte schon 50 Jahre lang in Texas. Aber Englisch sprechen konnte sie nicht, und sie duldete auch kein amerikanisches Wort in ihrer Nähe.

„Wie ich vor fufzig Jahr übers Wasser komme bin", pflegte sie zu sagen, „da sein die Buffalos noch uff der Gaß rum gelaufe, un die Rattelsnakes haben unter de Better gelege, aber mir sein auf Deutsch damit fertig geworde – da werd' ich jetzt auf meine alte Dag auch nimmer Englisch lerne."

Was soll ich nun noch weiter erzählen von dem Boß, dem Eiscreme und der Madam?

Ach, die Sitten verwildern schnell, und auch das harmloseste Grünhorn amerikanisiert sich mit der Zeit. In Austin hatten sie mich ohne Federlesen zum Spital hinausgeworfen, nun wollte ich es einmal gerade so machen. Als mein Monat abgelaufen war, stellte ich nach Feierabend ein Ultimatum.

Fünf Dollars mehr im Monat.

„Was? Du bist wohl verrückt!"

Da rollte ich meine blaue Jacke zusammen und fühlte mich dabei schon ganz amerikanisch.

„Madam, ich reise morgen nach Kalifornien!"

Viertes Kapitel

Der Kettengang

Beim Baumwollpflücken. – In der Ölmühle. – Eine Höllenqual, die Dante vergessen. – Nächtlicher Spuk. – Ich erlange eine Lebensstellung. – Wärter im Irrenhaus. – Mr. Jones und der energetische Urstoff. – Hamlet auf dem Kriegspfade. – Wieder Vagabund. – Das große Schützenfest. – Gänzlich abgebrannt. – Das „Känguruhgericht". – Im Gefängnis. – Ungnädiger Empfang. – Der Kettengang. – Das Grünhorn als Kammerkätzchen. – Wieder in Freiheit. – Besuch im Zirkus. – „Jetzt bleibt nur noch die Eisenbahn!"

Von Lumpen und Vagabunden will ich in diesem Kapitel berichten. Von Hunger und Not und endlosen Nächten in den düsteren Straßen. Vom Kettengang und vom Känguruhgericht.

Es ist ein heikles Thema, und ich sitze nun hier schon eine ganze Weile und denke darüber nach, wie ich alles der Tinte und Feder anvertraue, wie ich wohl das und jenes so zurecht mache, daß es sich nicht gar so sehr – doch nein! Es ist wohl am besten, wenn ich ohne Schminke und Puder alles so erzähle, wie es sich zugetragen hat.

Die Zeiten waren schlecht in Texas, zumal für die Grünhörner. Die Dürre hatte die Maisfelder versengt, und die Spekulanten hatten den Baumwollpreis geworfen. Die Marktnotierung der Baumwolle ist das Barometer der Stimmung in jenem Lande, in dem „*King Cotton*", der König Baumwolle, regiert. Steht der Preis unter 10 Cents, so klopft die Not an alle Türen, und die Bauern leben von Maisbrot und von Wassersuppen, ist er dagegen etwa 15 Cents, so kaufen sie sich silbernes Zaumzeug und Pianos.

Eine solche Periode des Maisbrots und der Wassersuppen brütete nun wieder über dem Lande. Die Arbeit war knapp, die Löhne fielen immer tiefer, und die Zeiten waren traurig, zumal für die Grünhörner, die als „Yardmen", Zuckerbäcker und Tagelöhner ihren Unterhalt verdienen. Es war ein ständiges Suchen und Haschen nach Arbeit und Verdienst. Ein Leben von der Hand in den Mund, wobei für letzteren gar oft nicht allzuviel übrigblieb. Kampf ums Dasein in einem Gewande von Leichtsinn und Gedankenlosigkeit. Kaum weiß ich es selber, in wieviel Stellen ich mich in jenen Monaten betätigt habe, aber wenn ich es an den Fingern abzähle, so wird wohl das Dutzend voll. Es war, als ob ein böser Geist es darauf abgesehen hätte, mich immer wieder auf die Straße zu setzen. Einmal paßte dem Boß meine Arbeit nicht, ein andermal nahm ich dafür bei meinem nächsten Arbeitgeber Rache, indem ich ganz amerikanisch mitten in der Arbeit davonlief. Immer kam etwas dazwischen. Beim Brunnengraben, beim Zäunebauen, beim Kühehüten, beim Heumachen, beim Baumwollpflücken.

Ah, Baumwollpflücken! Das ist ein Martyrium, das ich meinem schlimmsten Feinde nicht gönne. Dieses Spießrutenlaufen unter der Texassonne. Staubig sind die Felder, staubig die Stauden und heiß wie ein Höllenofen die Sonne. Mit dem ersten Schimmer des Tageslichts geht es hinaus ins Feld, wo man in der flimmernden Hitze die weiße Frucht von den staubigen Stauden pflückt. Nach einer Stunde sind die Hände blutig und zerrissen und voller Stacheln und Dornen. Eine Stunde später geht es wie ein Messer durch die Eingeweide, wenn man versucht, den Rücken gerade zu machen. Um Mittag hat die Sonne die Augen geblendet, und wenn man spät abends nach Sonnenuntergang sein Tagewerk beschaut, so macht man die Entdeckung, daß man noch nicht das Wasser verdient hat, das man bei der Arbeit trinken mußte. Wer noch nicht weiß, wieviel ein Pfund Baumwolle ist, der gehe auf ein Texasfeld und prüfe es nach. Alles will gelernt sein. Auch das Baumwollpflücken. Dort, wo ich im Schweiße meines Angesichts meinen Beruf verfehlte, haben die alten, dicken, fetten Negerweiber drei Dollars im Tag verdient. Halb kniend, halb kriechend huschten sie wie die leibhaftigen Teufel durch die langen Reihen und zupften die Baumwolle von den Stauden. Es war, als ob sie Tausendfüßer als Hände hätten. Sie lachten und schwatzten und trieben allerlei Unfug, und dennoch blähte sich der vorgebundene Sack mit Baumwolle. Weiß der Kuckuck, wie sie es machten.

Ich kenne aber ein Inferno, das noch schlimmer ist als die Baumwollfelder. Dantes Hölle unter der Texassonne, das ist die Ölmühle.

Eines Tages, als ich wieder einmal mit wenig Geld und ohne Beschäftigung in den Straßen von San Antonio herumlief, kam ein Mann auf mich zu und fragte mich, ob ich Lust hätte, für ihn zu arbeiten. Er zahle vier Dollars im Tage.

„Wieviel?“

„Vier Dollars! Und dabei gar keine schwere Arbeit. Nur ein bißchen schmutzig.“

So gingen wir denn zusammen nach der Ölmühle, einem großen grauen Gebäude, in dessen Nähe alles mit einer dünnen, grünlichen Staubschicht überzogen war. Er gab mir eine Schaufel und einen Sack und führte mich dann durch einen düsteren Hof, durch lange Gänge und über knarrende Treppen in einen großen Raum, erfüllt von einer dicken Wolke von grünem Staub, in der man kaum die Hand vor den Augen sehen konnte. Sekundenlang tauchten halbnackte Menschen auf wie die Gespenster und verschwanden dann wieder ebenso plötzlich in dem Nebel. Der Boden zitterte. Die Maschinen surrten, und die Treibriemen sausten an der Decke. Plötzlich stand eines von diesen schattenhaften Wesen vor mir. War es ein Mensch? War es ein Gespenst? Und wenn es ein Mensch war: war es ein Schwarzer oder ein Weißer? Ich weiß es nicht. Grün war es vom Scheitel bis zur Sohle, und nur das Weiß der Augen funkelte unheimlich aus der Hülle.

„Hier, fass' mal den Sack an“, wandte er sich an mich. „Nein, anders herum, du Rindvieh!“, dann schaufelte er das grüne Baumwollmehl in den Sack, wobei bei jeder Schaufel eine Wolke mir gerade ins Gesicht flog. Die Hitze trieb mir den Schweiß aus allen Poren. Das grüne Mehl setzte sich in den Haaren fest, und es dauerte nur wenige Minuten, bis ich ein ebenso grünes Wesen war wie der andere. „Oh, das ist doch nichts“, sagte er, „es kommt noch viel schlimmer.“ Ich aber hatte an dieser Erfahrung schon gerade genug. Ohne ein weiteres Wort warf ich den Sack hin und eilte über die knarrende Treppe hinunter in den Hof, wo Luft und Sonne war.

„*God damn*“, sagte der Geschäftsführer, „Sie haben's ja nicht lange ausgehalten! Aber das ist alles nichts, wenn man sich erst mal daran gewöhnt hat. Es ist ein Geschäft wie alle anderen, und wenn Sie erst eingearbeitet sind, bekommen Sie fünf Dollars im Tag.“

Fünf Dollars? Nein, nicht um ein Vermögen! Fort eilte ich über den großen Hof. In einem nahen Bach wusch ich mir, so gut es ging, den grünen Staub aus dem Gesicht. Dann eilte ich weiter und schaute mich nicht einmal um, bis ich mir diese Hölle in Grün aus der Ferne besehen konnte.

Doch weil ich nun einmal bei diesen alten Erinnerungen verweile, muß ich noch eine andere Geschichte aus jenen Tagen mitteilen, selbst auf die Gefahr hin, für einen abergläubischen Gespensterseher gehalten zu werden.

Eines Tages, als ich an einer in der Nähe der Stadt gelegenen Milchwirtschaft beschäftigt war, sollte ich eine Ladung Baumwollmehl als Viehfutter von der Ölmühle holen. Da aber bei meiner Ankunft die Mühle bereits geschlossen und der nächste Tag ein Sonntag war, stellte ich den Wagen bei einem Bekannten ein und kehrte zu Fuß nach der Farm zurück, obwohl die Nacht bereits hereingebrochen war. Jetzt erst, da ich die Strecke zum erstenmal zu Fuß zurücklegte, merkte ich, daß der Weg sehr lang war. Die breite Straße streckte sich endlos in der Ebene. Hinter den weißen Zäunen knurrten die Hunde. Der Nachtwind rumorte in den Pfefferbäumen, und die hohen Telegraphenstangen summten in der Finsternis. Da und dort krähte ein übernächtiger Hahn.

Allmählich verschwanden die Lichter am Wege. Schwarze Dornbüsche standen in der Prärie. Schakale heulten in der Ferne. Die Nacht lag schwer wie ein Ungeheuer über der Landschaft. Lange marschierte ich gedankenlos weiter, bis die Straße immer schlechter wurde und allmählich bis auf ein paar Wagenspuren vollständig aufhörte. Verwundert schaute ich mich um. Die Telegraphenstangen waren verschwunden. Kein Stacheldrahtzaun war zu sehen. Dornbusch und Prärie überall, und in der weiten Runde keine Spur menschlicher Tätigkeit, mit Ausnahme eines anheimelnden Lichtes, das weit in der Ferne zwischen den Büschen hervorleuchtete. Ich ging darauf zu, um Erkundigungen über den Weg einzuziehen.

Aber je näher ich kam, desto sonderbarer schien mir das Licht. Ein merkwürdig flackernder Schein, wie das Irrlicht auf einem Sumpfe. Nach einer Weile kam ich an ein Farmhaus; eine jener primitivsten Bretterbuden, wie sie der ärmere Farmer in Texas bewohnt. Das Zauntor stand weit offen. Die Tür zum Hause war ausgehängt, und durch die offenen Fenster flackerte ein unruhiges Licht. Nirgendwo zeigte sich eine Spur von Leben. Nicht einmal das unvermeidlichste Haustier einer Texasfarm, ein Hund, war zu sehen. Ich rief, ich schrie, ich klatschte in die Hände, aber niemand meldete sich. Das war höchst sonderbar. Aber meine Verwunderung verwandelte sich in Erstaunen, als ich mich dem Haus näherte und neugierig zum Fenster hineinschaute. Da standen in einem großen, kahlen Raum zwei mächtige, zum größten Teil schon heruntergebrannte Kerzen. Der Nachtwind strich durch die offenen Fenster und hielt die Lichter in flackernder Bewegung. An der Wand hing ein Bibelspruch:

„I need thee every hour."

Ich brauch' dich jede Stunde! Zu Füßen der Kerzen aber lag starr und kalt ein Toter.

Eine Weile stand ich sprachlos. Was sollte der Spuk in der Nacht? Wie kam der Tote hierher? Und wo waren die anderen, die die Bescherung hergerichtet hatten und nun auf und davon geritten waren? Und wie würde es sein, wenn binnen kurzem die Kerzen ganz heruntergebrannt waren, bis der Strohsack auf dem Bett von Flammen erfaßt würde und das Haus mitsamt dem Toten verbrenne? Mit einemmal kamen alle diese Gedanken über mich. Der Tod, die Nacht und das Grauen erfaßten mich zu gleicher Zeit. Ohne mich noch einmal umzukehren, lief ich davon in die Dunkelheit, weiter und weiter durch die Wildnis. Es war eine häßliche Nacht voll Bilder und Gestalten der überhitzten Phantasie. Die Steine am Wege wuchsen zu Ungeheuern, aus dem Buschwald huschten Gespenster, und das Mondlicht lag wie ein Leichentuch über der Prärie. Der Tod, der Tod überall!

So war über allen diesen Ereignissen mehr als ein Vierteljahr ins Land gegangen, ohne daß es mir gelungen wäre, auf der sozialen Stufenleiter höher hinaufzuklettern, als zu der Klasse von Menschen, die man in der Sprache des Gerichts und der Polizei „Gelegenheitsarbeiter" nennt, bis dann mit einemmal mein Geschick eine glorreiche Wendung zu nehmen versprach. Eine festbesoldete Staatsstellung mit Pensionsberechtigung stand in Aussicht. Eine Anzeige im „Herald" suchte einen wohlerzogenen jungen Mann als Wärter in einer Irrenanstalt. Auf mein hochachtungsvolles Bewerbungsschreiben war nun wirklich in einem dicken gewichtigen Umschlag eine Antwort gekommen: Ich solle mich umgehend beim Direktor melden.

Da stand ich nun vor dem grauen, düsteren Gebäude. Ein Diener führte mich über den weiten Hof und durch die langen Gänge in das Büro. Nach einer Weile kam der Direktor, ein stattlicher Herr mit weißen Haaren.

„Wo haben Sie Ihre Zeugnisse?“ fragt er ohne Umschweife.

„Die habe ich in meinem Koffer, der noch von Galveston unterwegs ist.“

„Merkwürdig – die Papiere läßt man nicht im Koffer liegen. Wo haben Sie denn bisher gearbeitet?“

„Drei Jahre lang war ich auf einer Farm in Pennsylvanien beschäftigt, zweiundeinhalb Jahre in einer Spezereihandlung in Neuyork und anderthalb Jahre in einem Speditionsgeschäft in New Orleans.“

„Hm, ja. Sonst noch etwas?“

„Und ein Jahr in einer Maschinenfabrik in Pittsburg, ein halbes Jahr in einem Spital in Austin. Drei Monate lang war ich bei einem Zuckerbäcker in Atlanta, Georgia, beschäftigt, und dann . . .“

„Allright, allright – das genügt schon! Lassen Sie mal sehen. Das wären drei, zweieinhalb, anderthalb, eins, einhalb – wie alt sind Sie eigentlich? Sie sollten einen alten Mann wie mich nicht belügen.“

Der alte Herr hatte aber ein Einsehen trotz aller meiner Lügen, und ich wurde, vorerst zur Probe, an der Farm angestellt, die zur Anstalt gehörte. Eine Weile ging die Sache ganz leidlich.

Da war Mister Jones, einer der Kranken, die wir auf der Farm beschäftigten. Er hatte ein bleiches, durchgeistigtes Gesicht und große, schwarze, tiefliegende Augen. „Den mußt du gut behandeln“, hatte mir der Verwalter der Farm gesagt, „er ist ein feiner Mann und ein kluger Mann. Er hat studiert. Er kann reden wie ein Buch über alle Heiligen im Kalender. Er kann den Mücken die Haare auf dem Kopfe zählen. Aber er ist auch ein gefährlicher Mann. Ganz verdammt gefährlich zuweilen. Am besten ist es, wenn man ihn ganz allein läßt. Und vor allem darfst du nicht vergessen, daß er eine Handhabe an seinem Namen hat. *Mister* Jones mußt du ihn nennen. Sonst garantiere ich für nichts mehr.“

Wir wurden bald gute Freunde, Mr. Jones und ich. Wenn in der Mittagspause die Sonne brannte, setzte er sich zu mir unter den Schatten des Ahornbaumes und verwickelte mich in tiefsinnige Gespräche über Kunst, Wissenschaft, Philosophie und noch einiges andere. Der Verwalter hatte recht gehabt: er konnte reden wie ein Buch. Vernünftig, logisch und mit einer Beredsamkeit, die einem Tammanyagitator Ehre gemacht hätte. Einmal dozierte er über Kant und Fichte. Ein andermal ließ er kein gutes Haar an Herbert Spencer.

„Sehen Sie", sagte er eines Tages zu mir, „das ist nun mein System: die Erde, wie wir sie sehen, die Bäume im Walde, die Steine am Wege, die Menschen, die darauf wandern, das ist alles das Entwicklungsprodukt eines energetischen Urstoffs. Aus dem Nebel, der vor Zeiten das Nichts erfüllte, ist alles Leben erwachsen, und je mehr dieses sich zu Gestalten verdichtete, desto mehr begannen die Verschiedenheiten und die Ungleichheiten in der Welt und unter den Menschen überhand zu nehmen. Darum ist es doch ganz natürlich, daß es das Bestreben aller Wissenschaft sein muß, die Welt und das Wesen alles Seins wieder diesem Urstoff zu nähern. Ist das nicht richtig?"

„Gewiß", sagte ich, „das ist ganz natürlich."

„Nicht wahr, das sagen Sie doch auch!" rief er triumphierend aus, „gewiß ist das selbstverständlich! So muß jedermann aus dem Volke sagen! Aber die Großen im Lande, die wollen nichts davon hören. Darum verfolgen sie die Männer, die solches lehren und machen sie unschädlich auf ihre Weise. Aber die Wahrheit – ja, die Wahrheit! Die läßt sich nicht aufhalten auf ihrem Wege! Sie marschiert voran und macht nirgendwo halt, nicht vor Bergen und Strömen, nicht vor Irrenhäusern und nicht vor Gefängnistoren!"

Wenn er so redete, da wich auch das letzte Tröpfchen Blut aus seinem bleichen Gesicht, und seine schwarzen, irrsinnigen Augen glühten wie zwei feurige Kohlen.

Da war ein junger Mann, den sie in der Küche beschäftigten. Ein schöner Mann von schlanker, stattlicher Gestalt. Dazu ein hübsches Gesicht mit scharfen, ausgeprägten Zügen. Immer trug er eine mexikanische Mantilla, die er lose über die Schultern schlang, so daß er aussah, wie Hamlet auf dem Theater. Dieser Hamlet hatte auch seine Ophelia. Fast jeden Tag, wenn ich nach der Küche kam, um etwas zu besorgen, packte er mich mit einer Hand beim Arm und mit der anderen deutete er theatralisch nach einem Fenster in einem weitabgelegenen Flügel des Gebäudes, in dem die Frauen untergebracht waren.

„Siehst du sie dort? Hinter diesem Fenster, da wohnt sie, mein *sweet heart* – die Geliebte meines Herzens. Ich weiß, daß sie dort wohnt, denn mein Herz sagt es mir! Zwar, gesehen habe ich sie noch nicht. Ich weiß noch nicht, ob sie groß ist oder klein, ob sie schwarz ist oder weiß, oder eine Mexikanerin. Ich weiß nicht, wie sie heißt und woher sie kommt, aber ich weiß, daß sie schön ist wie ein Gott, und daß sie mich liebt mit ihrer ganzen Seele!"

Da war ein anderes, gar gebrechliches Geschöpf, das täglich mehrmals in der größten Sonnenhitze über den schattenlosen Hof spazierte. Das war Miß Nothing – das Fräulein Nichts. Es war ihr schlecht gegangen auf dieser Erde, und das Leben hatte es so mit sich gebracht, daß sie sich viel in Geduld und Entsagungen üben mußte, bis sie sich eines Tages einbildete, nichts – absolut nichts zu sein. Rings um sich breitete sie eine undefinierbare, schleierhafte, nebelige Atmosphäre von Nichts. Nur wenn jemand von ungefähr in ihre Nähe kam, geriet sie in große Aufregung. „Lassen Sie mich gehen, mein Herr – um Gottes willen, rühren Sie mich nicht an! Ich bin ja Nichts!"

Das war Miß Nothing. Fürwahr, eine sonderbare Dame! Aber am Ende hat sie den Sinn des Lebens besser erfaßt als wir alle, die wir uns ängstigen und grämen in dieser Welt von Nichts und Nichtigkeiten.

Da war ein anderer Patient in der Anstalt, der nichts von dem tiefen Geist der Miß Nothing verspürte und nebenbei in allem und jedem das Gegenstück von Hamlet war. Er hatte ein breites, verschwommenes Gesicht und keine Spur von Hamlets Temperament. Beständig kauerte er in einer Ecke und murmelte vor sich hin. „Da hockt er nun schon seit zwanzig Jahren", sagte der Wärter, „und wer weiß? Es können noch einmal zwanzig Jahre darüber hingehen, bis wir ihn los werden, denn er ist gesund wie nur einer. Wir müssen ihn füttern, wir müssen ihn waschen, denn von selbst wird er niemals etwas tun."

Nach wenigen Wochen nahm meine Tätigkeit ein plötzliches und wenig ruhmreiches Ende. Und schuld daran war niemand anders als Hamlet. Eines Tages, als ich mir herausnahm, mich etwas skeptisch über seine Ophelia zu äußern, geriet er in namenlose Wut. Ohne ein weiteres Wort packte er eine riesige Schüssel voll Mehl und stülpte sie mir über den Kopf. Ich blieb die Antwort nicht schuldig. Hamlet bekam ein blaues Auge und eine blutige Nase. Der Küchenchef telephonierte nach der Verwaltung, und schon nach wenigen Minuten kam der Herr Direktor selber herein, gestiefelt und gespornt wie Fortinbras in das Dänenschloß. Was mir denn einfiele? Sei das eine Art, mit den

Kranken umzugehen? Ich solle sofort aufs Büro kommen und mein Geld in Empfang nehmen. Dann könne ich mich gefälligst zum Teufel scheren.

Traurig, mißmutig und wirklich niedergeschlagen wanderte ich über die staubige Straße zurück nach San Antonio. Krankenpfleger – ja, das war am Ende doch nicht der richtige Beruf für mich! Ich kam gerade noch recht zum großen Schützenfest. Die ganze Stadt war geschmückt mit schwarzrotgoldenen Fahnen. In den Schaufenstern standen zwischen Blumen und Palmen die Büsten von Bismarck und Moltke, und über die Straßen weg waren Leinwandstreifen gespannt, auf denen in großen Buchstaben zu lesen stand: „Willkommen, ihr Schützen!“ Eben kam gerade der Festzug um die Ecke. Ein stattlicher Zug mit Musik, Fahnen und allem Zubehör. Voraus ritt eine Schar Polizisten. Dann kamen Musik und Fahnen und dahinter, in endlosen Reihen, die Schützen in grauen Joppen und Federhut. Ganz wie bei uns. Dann wieder Musik und Fahnen, weißgekleidete Ehrenjungfern, und dann – was war denn das? – eine kriegsstarke Kompanie von bayerischem Militär mit dem alten Raupenhelm. Vor den Haustüren standen die jungen Damen und konnten sich nicht genug tun mit Winken und Heilrufen. Plötzlich rannte einer der Soldaten ganz vorschriftswidrig aus Reih und Glied davon auf eine der bestürzten Jungfrauen zu, packte sie um den Hals und gab ihr einen Kuß, den man drei Straßen weit hörte. „Alleweil hot's awer g'schellt!“

Es dauerte fast acht Tage, bis das Schützenfest vorüber war und der graue Alltag allmählich wieder in seine Rechte trat. Das Geld war mir inzwischen noch besser als sonst durch die Finger gegangen, und ich erlebte keinen geringen Schreck, als ich meine Barschaft zusammenzählte. War denn dieser einzige graue Silberdollar mein ganzes Vermögen? Ich suchte und suchte immer wieder. Ich durchsuchte alle Taschen, aber abgesehen von ein paar Nickelstücken wollte sich nichts weiter finden. Es war wirklich höchste Zeit, daß ich mich um eine Existenz bemühte. Ich sparte wie ein Geizhals mit meinen paar Cents, ich rannte alle Türen ein nach Arbeit und Verdienst, aber alles umsonst. Drei Tage später stand ich auf der Straße, wie schon so mancher vor mir, angesichts des Nichts. Eine ganz verteufelte Lage! Du gehst durch die Straßen und weißt nicht wohin. Du siehst mit knurrendem Magen die anderen essen. Die Müdigkeit liegt wie Blei in deinen Gliedern, aber schlafen darfst du nicht. Du siehst die anderen Menschen vorübergehen. Sie drängen sich vor den Bars, sie füllen die Wirtschaften, vor deren Türen die süßen Bratengerüche schweben. Nur du –.

Die Mitternacht war schon vorüber, und es begann still zu werden in der Stadt. Das spärliche Licht der Laternen spiegelte sich in dem Asphaltpflaster, und eilige Schritte verspäteter Nachtschwärmer verhallten zwischen den Häusern. Ein messerscharfer „Norder“ fegte durch die Gassen. Ziellos wanderte ich weiter. Wohin?

Ich setzte mich auf eine Bank in der Plaza und versuchte zu schlafen, aber ich konnte es nicht. Der Nachtwind zog seufzend und klagend durch die Baumkronen. Das Mondlicht schaute neugierig durch das Fiederkleid der Palmen. Ein Uhr schlug es auf der Turmuhr der Kathedrale. – Zwei Uhr. – Drei Uhr. Endlos lange Stunden. Unwillkürlich begann ich nachzudenken über mein vergangenes wildes Leben und erschien mir selbst als das nutzloseste Geschöpf in ganz Amerika.

Da legte sich plötzlich eine schwere Hand auf meine Schulter. „*Hallo young fellow!*“ sagte die gewichtige Stimme eines riesenhaften Schutzmannes, „das ist hier keine Schlafgelegenheit!“ Dann betrachtete er mich von oben bis unten.

„Hast du Geld?“

„Nein.“

„Zeig mal deine Hände!“

Ich hielt ihm eine Hand hin, die er so kritisch betrachtete, wie eine wahrsagende Zigeunerin auf dem Jahrmarkt.

„Well“, meinte er schließlich, „man sieht, daß du ein Arbeitsmann bist. Komm' mal mit!“

Er führte mich zur Polizeiwache, wo sie mir alle Taschen untersuchten und alles abnahmen, was ich bei mir führte: mein Taschentuch, mein Taschenmesser – nur nicht mein Geld. Dann brachten sie mich in einen kahlen Raum mit eisernen Wänden, vergitterten Fenstern und einem Fußboden aus Zement. Unter einer bunten Wolldecke in einer Ecke des Raumes lag ein anderer Arrestant und schnarchte so laut, daß die Eisenstäbe vor dem Fenster zitterten. Ein Beamter warf mir eine Decke zu, etwa so, wie man einem wilden Tiere ein Stück Fleisch in den Bärenzwinger wirft.

„Da, schlaf!“

Der Tag war schon weit vorgeschritten, und ein ganz dünner Sonnenstrahl fiel durch das vergitterte Fenster unter der Decke, als ich am nächsten Morgen aufwachte. Der Schnarcher in der anderen Ecke – ein junger Bengel mit einem spitzen Gassenbubengesicht – war auch schon aufgewacht. „Hallo!“ rief er mir zu, „was hast du denn ausgefressen?“

„Gar nichts“, antwortete ich, „der Schutzmann hat mich einfach mitgenommen.“

„Und Geld hast du wohl keins?“

„Nein.“

„Noch niemals vorher hier gewesen?“

„Nein.“

„Zehn Tage.“

Das sagte er mit der Entschiedenheit des Fachmanns, etwa so, wie ein Arzt die Diagnose stellt. Und er ließ sich auch nicht durch alle meine Einwendungen von seinem Urteil abbringen.

„Aber das ist doch kein Grund, um darüber zu weinen! Zehn Tage! Das ist ja gar nichts! Gerade eine kleine, nette Erholung von der Reise. Was würdest du denn sagen, wenn du in meinen Schuhen stecktest? Ich bekomme nämlich sechzig Tage aufgebrummt, obwohl ich an der ganzen Sache so unschuldig bin wie die Mücken hier an der Wand. Mein Kamerad Billy aus Missouri – ich hätte mir's auch denken können, daß er nichts taugt – hat mir die ganze Suppe eingebrockt. Montag nacht wollten wir zusammen ein Ding drehen bei einem Farmer drüben in Castroville. Ich springe gleich hinein in den Hühnerstall und ergattere mir einen von den Welschhähnen. Wie ich mich nun nach den anderen umsehe, da fällt Billy von der Hühnerleiter herunter gerade in den Schweinestall. Das gab einen Höllenspektakel. Die Hühner fangen an zu schreien, die Schweine grunzen und quieken, der Hund reißt an der Kette, und der Farmer kommt mit einem Schießprügel. Ich natürlich auf und davon und gerade einem Schutzmann in die Hände. Und Billy – ha, Billy! Der hat sich beizeiten aus dem Staub gemacht. Nun sage mir einer: wo bleibt da die Gerechtigkeit?“

Im Laufe des Vormittags kam ein Diener und brachte uns nach dem Gerichtsgebäude. Über eine breite Steintreppe ging es hinauf in einen schönen, großen Saal mit hohen Fenstern hinter dicken, grünen Vorhängen, durch die das Licht nur gedämpft hindurchfluten konnte. Ein betreßter Gerichtsdiener saß an einem Tisch hinter einem dicken Aktenbündel. Vor ihm, an einem Pult, thronte ein würdiger, alter Herr mit einer schwarzen Mütze auf den grauen Haaren. Das war der Richter. Und zu seinen Füßen – nun, es war nicht eben die Auslese von San Antonio, die sich dort versammelt hatte! Sie waren alle hübsch sortiert, je nach dem Charakter des vermuteten Delikts, die Spitzbuben, die Hühnerdiebe, die Kampfhähne, die Messerstecher, die Trunkenbolde. Mich hatten sie unter die Vagabunden eingereiht.

Was nun begann, das war summarische Justiz. Rechtsprechung im Automobiltempo. Man nennt das in Amerika ein Känguruhgericht, weil der Richter sich nie länger als ein paar Sekunden bei einem Opfer aufhält, sondern immer nach der Weise des Känguruhs von einem zum anderen springt. In der Tat: Geschwindigkeit ist keine Hexerei! Es laufen greuliche Ungerechtigkeiten unter, aber es dient zur Vereinfachung der Verwaltung und spart das Geld der Steuerzahler.

Der Herr Richter hatte sich eben die Trunkenbolde vorgenommen.

„Nun, was haben Sie zu sagen?“ wandte er sich an einen Menschen, der nach seinem ganzen Äußeren seine leidenschaftliche Vorliebe für den Alkohol nicht wohl leugnen konnte, „Schuldig oder nicht schuldig?“

„Schuldig, euer Gnaden.“

„Drei Tage.“

In solch bündiger Weise fertigte der Gewaltige einen nach dem anderen ab. Die Trinker, die Raufbolde, die Taschendiebe. Alle sagten: *guilty your worship* – schuldig, Euer Gnaden. Und es hagelte Urteile von der Höhe des Pultes. Drei Tage, zehn Tage, sechzig Tage, sechs Monate. Die Vagabunden sparte er sich bis zuletzt auf, weil hier der Fall nicht ganz so einfach lag. Zuerst nahm er sich einen gewerbsmäßigen Landstreicher vor; einen zerlumpten ausgefransten Kerl mit einem fetten Gesicht voll Sommersprossen. Man konnte ihm ansehen, daß er bereits müde zur Welt gekommen war.

„Ich habe gearbeitet“, sagte er trotzig.

„Sechzig Tage“, sagte der Richter.

Nach diesem Exemplar der edlen Zunft kamen noch einige Tagediebe an die Reihe, die alle mit einem kleinen Geschenk von je fünf bis sechzig Tagen beglückt wurden. Zuallerletzt kam die Reihe an mich.

„Was haben Sie zu sagen? – Schuldig?“

„Nein, nicht schuldig!“

„Ah! Was? Sieh' mal einer an! Ja, haben Sie denn Geld?“

„Nein.“

„Zehn Tage!“

Ich wollte noch etwas darauf erwidern, aber der neben mir stehende Polizeidiener schnitt mir kurz das Wort ab. „Come on!“

Ehe ich wußte, wie mir geschah, stand ich schon in dem schattenlosen Hof des Bezirksgefängnisses vor einem grauen düsteren Gebäude. Knarrend fiel das Schloß hinter mir zu. Da war ich. Ein rothaariger Wärter mit einem mächtigen Schlüsselbund nahm sich meiner an und führte mich durch die langen kahlen Hausgänge. Wie öde und traurig es hier war! Keine Spur von Wohnlichkeit. Eisen, Zement und Mörtel, und über dem allen eine dumpfe, muffige, merkwürdig süßliche Luft. Gefängnisluft. Schließlich gelangten wir in einen großen, düsteren Raum mit eisernen Wänden und einem Fußboden aus Zement. Etwa zwanzig Kerle lagen, in bunte Decken gehüllt, auf dem nackten Boden. *„Halloh, Jack, what are you in for?* – Was hast du ausgefressen?“ riefen sie mir wie aus einem Munde zu.

Ich hätte etwas darum gegeben, wenn ich es selbst gewußt hätte.

„Wo kommst du her?“ fragte mich ein magerer Bursch mit einer grauen, ungesunden Gefängnisfarbe. Eine Weile musterte er mich kritisch von oben bis unten. Dann spuckte er mit einer Bewegung voll unnachahmlicher Verachtung vor mir auf den Boden. „Pah, schon wieder ein Grünhorn! Seit einem Monat von Sonntagen ist kein dufter Kunde mehr hier hereingeschneit. Nichts wie verhungertes Pack, zu dumm, ein Butterbrot zu fechten, oder gar ein ordentliches Ding zu drehen! Aber dies hier ist ein verdammt schlechter Platz zum Sattessen! Der Herr Direktor ist ein Magenräuber. Die Hälfte von dem Geld für die Verpflegung wandert in seine eigene Tasche, und an dem, was übrig bleibt, machen sich die Wärter gesund. Ich bin, bei Gott, schon in allen Gefängnissen gewesen, von New Orleans bis San Franzisko, aber dieses hier ist das schlimmste von allen. Das ist es eben, warum in ganz San Antonio kein Grünhorn mehr sicher ist. Weil sie an jedem Prozente verdienen.“

„Ja, so ist es“, stimmten die anderen bei, „das schlechteste Gefängnis in ganz Amerika.“

Ich sollte bald selbst herausfinden, wie recht sie hatten. Die Mahlzeiten waren mehr als kärglich. Morgens und abends gab es eine dünne Scheibe Brot und mittags eine noch dünnere Bohnensuppe. Nach dem „Frühstück" kam ein Wärter und holte die Leute für die Arbeit ab. Alle wurden aneinander gefesselt mit schweren Ketten, die vom Handgelenk zum Fußgelenk und von dort zum Vordermann führen. Das nennt man den *chain*-Gang – den Kettengang.

Ich selbst entging nur dank der besonderen Umstände diesem Schicksal. Die Frau des gestrengen Gefängnisverwalters war nämlich eine sehr delikate Dame. Morgens stand sie erst um zehn Uhr auf, und bis sie sich fertig geschminkt und gepudert hatte, war es Zeit für den „Lunch". Mittags mußte sie die Modezeitschriften durchblättern und die Gesellschaftsneuigkeiten in der Zeitung studieren, und gegen Abend ging sie „*shopping*". Solche Lebensweise erforderte natürlich viel Bedienung. Ein Chinese herrschte in der Küche. Ein junges Ding aus dem Weibergefängnis versah das Amt eines Kammerkätzchens, und das Mädchen für alles – das war ich.

Ja, es ist erstaunlich, welche Fülle von schlummernden Talenten in einem Menschen geweckt werden, wenn er erst einmal anfängt, sich darin zu versuchen. Ich mußte die Stuben fegen und die Teller waschen. Ich mußte die Möbel abstauben und die Blumen vor dem Fenster gießen. Vor allem aber mußte ich den ganzen Tag über auf Kitty aufpassen. Kitty war eine große Zibetkatze mit wunderschönem silberglänzendem Fell. Täglich mußte sie gewaschen und gekämmt werden, und die Gnädige ließ es sich nicht nehmen, diese Arbeit persönlich zu beaufsichtigen, damit ich auch mit dem nötigen Zartgefühl zu Werke ging.

Ja, Kitty war die Hauptperson im Haushalt! Sie war die Sonne, um die sich alles drehte. Gar keine Nummer dagegen hatte Papa, oder einfach „Pa", wie sie ihn nannten. Er mußte der Lady das Essen ans Bett bringen, er mußte das Kind in den Schlaf wiegen, wenn es gar so unruhig war, er mußte die Bilder aus den Modejournalen ausschneiden und in eine Mappe heften. Und er fand es auch ganz in der Ordnung, daß dem so war und nicht anders.

Ein weiteres Mitglied des Haushaltes war Fifi, ein junger Galgenstrick von etwa 11-12 Jahren. Er war ein fast noch größerer Tyrann als Kitty. Wie er sprach, so geschah es, und wie er gebot, so stand es da. Und wenn Papa einmal Miene machte, seine Wünsche nicht zu berücksichtigen, so stampfte er den Boden mit den kleinen Füßen. Einmal geriet er aus irgendeinem Grund in wahnsinnige Wut. Darüber kam er in die Küche und zertrümmerte Teller und Schüsseln im Wert von mindestens zehn Dollars. Aha! dachte ich mir, der Krug geht so lange zum Wasser, bis er bricht! Nun wird Fifi endlich, endlich seine Schläge bekommen! Was wußte ich von transatlantischer Kindererziehung! Mama bekam über die Geschichte einen Nervenschock, „Pa“ rannte spornstreichs, ohne Hut und Mantel zu einem Arzt, und Fifi bekam eine Tüte voll Pralinés zur Beruhigung der Nerven.

Es war also kein leichtes Auskommen mit Kitty und Fifi. Aber – wie schon gesagt – es war immer noch besser als am Kettengang. Nur spät abends, wenn alle Arbeit getan war, kam ich hinunter zu den anderen in die Zelle. Mir grauste jeden Tag von neuem vor diesem Augenblick, denn was dort drinnen hauste, das war eine so nichtsnutzige, verdorbene Gesellschaft, wie ich sie nur je gesehen habe. Einige waren darunter, denen es so gegangen war wie mir. Man hatte sie erwischt, weil sie kein Geld hatten, und nun mußten sie auch an den Kettengang. Die große Mehrheit war jedoch eine Gesellschaft von grauen, verwelkten, morphiumsüchtigen Gefängnisvögeln. Ein wahrer Abgrund von Schlechtigkeit und Verwahrlosung. Opium, Morphium, Kokain – es ist wohl am besten, wenn ich gar nichts davon erzähle. Dazu kam, daß sie mich alle haßten, wegen meiner vermeintlichen Vorzugsstellung. Sie nannten mich das Kammerkätzchen der Lady und wurden nicht müde, diese meine Tätigkeit in den gewagtesten Kombinationen auszuspinnen.

Zuweilen aber, wenn sie einander von ihren unsteten Reisen und Wanderungen erzählten, da horchte ich auf. Also: in Amerika konnte man auf der Eisenbahn fahren, ohne einen Pfennig in der Tasche! In den leeren Packwagen, in den Eiskisten der Obstzüge, zwischen den Rädern der Pullmanwagen, bei dunkler Nacht auf dem Tender der Expreßzuglokomotive – das mußte probiert werden bei nächster Gelegenheit! Schon wanderte die Phantasie unter kalifornischen Palmen und im Geiste hörte ich die Brandung des Stillen Ozeans gegen die Klippen des fernen Gestades brausen.

Wo sind die Tage länger als im Gefängnis? Mir war, als ob ein Jahr vergangen wäre, als ich endlich wieder draußen vor dem schweren Tore stand. So schnell ich konnte, eilte ich davon und machte nicht eher halt, als bis das graue Haus mit all seinem Elend hinter den Giebeln der anderen Häuser verschwunden war. Aber was nun? Ich war in den zehn Tagen nicht reicher geworden. Meine Kleider sahen noch abgerissener aus als zuvor, und der Hunger rumorte gewaltig in den Eingeweiden. Sie hatten mich ohne Frühstück an die Luft gesetzt, weil der Wärter ein kleines Geschäft daran machen wollte. Wie ich nun so plan- und ziellos weiter durch die Straßen irrte, fiel mein Blick plötzlich auf das Bild eines struppigen Löwen mit weit aufgerissenem Maul, das mich von einer Hauswand anstarrte. Also eine Zirkusreklame! Das war am Ende noch ein Rettungsanker. Ein Zirkus braucht immer Leute.

Auf einem freien Platz am Rande der Stadt, wo mächtige Sternenbanner wehten und neugierige Kinder durch den Lattenzaun schielten, stand der Zirkus. Ein Duft von Schweiß und Sägmehl und billiger Limonade lag schwer wie eine Wolke in der Luft. Zwei Elefanten standen verträumt in einer Ecke und fingen Fliegen mit den langen Rüsseln. Hinter einem dicken Eisengitter sonnte sich ein Löwe. Zwei mottenzerfressene Tiger gaben ihre bösen Launen mit gurgelnden Tönen kund. Affen lärmten in ihrem Käfig. Ein Kakadu kreischte auf einer Stange. Vor dem Eingang eines riesigen, mit Fahnen und Girlanden geschmückten Zeltes stand eine üppige, kastanienbraune Dame und daneben ein dicker Herr mit einem roten, aufgedunsenen Gesicht und vielen Ringen an den Fingern.

Ob er der Direktor wäre?

„Was wollen Sie?“

„Ich suche Arbeit.“

„Kommen Sie morgen, aber punkt 6 Uhr früh, denn dann reisen wir ab. Und sehen Sie zu, daß Sie noch einen Kameraden mitbringen. Wir zahlen einen Dollar den Tag bei freier Station.“

Ich wollte ihn noch um einen Vorschuß bitten, aber da er mich gar so grimmig anschaute, unterließ ich es lieber. Bis zum nächsten Morgen war es ja zur Not noch auszuhalten.

Lange irrte ich in den Straßen der Stadt umher. Es wurde Mittag und Abend, und dann kam wieder die Nacht, der große Feind der Vagabunden und Arbeitslosen. Eine endlos lange Nacht. Die Dunkelheit flüsterte zwischen den Häusern und ein kalter Nordwind fegte durch die Straßen. Im Osten begann schon der Tag zu grauen, als ich um eine Straßenecke herum gerade dem Schutzmann in die Hände lief, der mich zum erstenmal festgenommen hatte.

„Heda! Wohin?“

„Ich gehe zur Arbeit.“

„Ja, das kennt man schon! Komm mal mit!“

Wieder ging es zu Polizeiwache, wieder kam ich vors Känguruhgericht und wieder wurde ich von Seiner Gnaden verurteilt. Diesmal aber nur zu einer Haft von 24 Stunden, weil ich nachweisen konnte, daß ich mich um Arbeit bemüht hatte.

Die Kerle im Gefängnis begrüßten mein Wiedererscheinen mit lautem Freudengeheul. „So ein Grünhorn! Ha! Ha! Ja, das kannst du an den Fingern abzählen, daß der Policeman dich wieder erwischt, wenn du dich weiter in der Stadt herumtreibst! Die lassen ein so gutes Ding nicht mehr laufen, und wenn du nicht auf die Walze gehst, kommst du aus dem Kittchen nicht mehr heraus. Jetzt bleibt für dich nichts mehr übrig, als die Eisenbahn!"

Der Zirkus war schon abgereist, als ich am nächsten Morgen an dem Platz ankam. Die schimmernde Pracht von fliegenden Fahnen war verschwunden wie eine tückische Fata Morgana. Zerbrochene Flaschen, zerfetzte Papiere, zerrissener Tand und Flitter lagen unordentlich auf dem Sägmehl umher. Ein trüber Morgen malte alles grau in grau. So grau wie meine eigene Stimmung. Vergeblich suchte ich mir auszudenken, was aus alledem noch werden sollte. Nun sollte ich wohl wieder in die Stadt gehen und dort so ziel- und zwecklos in den Straßen herumlaufen? Ich sollte mich um Arbeit bemühen und doch keine finden? Dafür würden sie mich wieder eine Weile ins Gefängnis sperren und dann wieder hinauslassen, in die kalten Straßen. Und das sollte nun so weitergehen? Nein! Genug von diesem Leben! Jetzt kam die Eisenbahn an die Reihe!

Schon stand ich vor dem großen Güterbahnhof, wo die Lokomotiven schnaubten. Die Straße war breit und staubig, und die Sonne des letzten Dezembertages brannte mir im Nacken. Und ich war so hungrig wie nur einer, der seit vierzehn Tagen nichts Ordentliches mehr gegessen hat. Es wurde dunkel, ohne daß ich es beachtete. Mechanisch tappte ich weiter in die Nacht hinein. Vor mir wuchsen die Büsche und Bäume wie die Gespenster aus der Finsternis, weit hinten lag die Stadt, von einem hellen Schein übergossen. Von dorther kam der Lärm der Menschen wie das Brausen eines fernen Meeres. Von den Dächern flatterten die Fahnen in der Finsternis, und von allen Türmen läuteten die Neujahrsglocken durch das Land.

Ich hab' einmal irgendwo einen Spruch gelesen, der mir immer wieder durch den Kopf geht:

Das neue Jahr hat harte, kalte Augen,
Hart wie das Schicksal, und das Schicksal spricht:
„Leben allen, die zum Leben taugen,
Für den Schwächling ist das Leben nicht!“

Fünftes Kapitel

Als ‚Hobo‘ nach Westen

Auf der Lauer. – Der Hunger wird immer stärker. – Die Kuchen der Landsmännin. – Ein schwarzer Gentleman nimmt sich meiner an. – Er weiht mich in die Geheimnisse des „Schwarzfahrens“ ein. – Ich bekomme es mit der Angst zu tun. – Die Fahrt auf dem Wagendach. – Sekretär beim Chinesenkoch. – Ein Dollar und das „Tschau“. – Ein Kapitel über die Tramps. – Allerlei Gelichter. – Die Heilsarmee als Rettungsanker. – Ankunft in El Paso. – Unter den Dollarjägern. – Die Lady und der Struwelpeter. – Mord in der Spielhölle. – Ein sonderbares Stück Arbeit. – Viva Mejicol – Das Stiergefecht. – Beim Eisenbahnbau. – Ich werde Boß. – Eine kurze Karriere.

Das ist indes kein echter Glücksritter, der sich durch ein paar trübe Tage die Unternehmungslust rauben läßt. Hunger, Not, Polizeigefängnis – das alles hat nichts Tragisches für den Mann auf der Landstraße. Es kommt über ihn wie ein Hagelwetter. Er duckt sich, solange es dauert. Er schüttelt es ab, wenn es vorüber ist, wie ein Hund das Wasser, wenn er aus dem Bade kommt. Und doch ist es ein böses Erlebnis, wenn man bei Nacht und Nebel mit knurrendem Magen und zerrissenen Schuhen zur Stadt hinausmarschiert.

Langsam wanderte ich westwärts den Schienenstrang entlang, auf einer breiten, sandigen Straße. Nach einer Weile begann dicht neben der Bahn der große Schlachthof von San Antonio aufzutauchen. Die schattenhaften Umrisse großer Gebäude wuchsen aus der Dunkelheit heraus, riesige Schornsteine hoben sich scharf und bestimmt vom helleren Nachthimmel ab. In dem Viehhof scharrten und stampften die Kühe und muhten in die Nacht hinein, um den Nachtfrost abzuschütteln, der sich allmählich von dem klaren, winterlichen

Sternenhimmel herabzusenken begann. Ein schwerer, beißender Geruch von Dung und Fäulnis und Verwesung lag in der Luft.

Das also war die Stelle! Hier, an der Kreuzung der beiden Bahnlinien, wo auf das Signal vom Stellwerk die Züge ihre Fahrt auf geringe Geschwindigkeit herabmindern mußten, da war der Platz, wo die schwarzfahrenden Fahrgäste gewöhnlich den Zug bestiegen. Man brauchte nur am Abhang des Bahndamms auf der Lauer zu liegen und dann in einem unbewachten Augenblick auf einen der vorüberrollenden Wagen aufzuspringen. So hatten sie es mir auseinandergesetzt, die Fachleute im Gefängnis. Nun lag ich schon eine Weile im Graben und horchte gespannt auf die Melodien der Nacht. Auf das Summen des Windes in den Telegraphendrähten, auf das Zirpen der Grillen im Grase, auf das Muhen der Kühe, das Stampfen der Pferde und auf das Klirren und Poltern der rangierenden Züge weit draußen im Güterbahnhof. Plötzlich blitzten rote und grüne Lichter vor dem Stellwerk auf. Der Boden zitterte leise, und wie eine funkelnde, leuchtende Schlange jagte ein Schnellzug über die Schienen. Er kam heran wie ein Ungewitter. Der Bahndamm zitterte wie bei einem Erdbeben, und es sauste, schnaubte, brüllte und donnerte in der Luft. Schon war es vorüber. Nein, nur ein Wahnsinniger hätte es versuchen können, sich hier einen Freipaß zu verschaffen!

Eine halbe Stunde später kam ein Güterzug herangekeucht. Langsam, schwerfällig und gewichtig. Kurz vor der Kreuzung verminderte er seine Fahrt zu einem Schneckentempo, so daß selbst ein Kind beim Aufspringen keine Gefahr gelaufen wäre. – Aber wo? und wie? Die ganze endlose Reihe bestand nur aus verschlossenen und versiegelten Packwagen, die selbst bei größter Phantasie keine Fahrgelegenheit boten, es sei denn, daß man mit dem Dach vorlieb nehme. Schnell war der Spuk vorüber, und nur noch die beiden Endlichter grinsten wie zwei höhnische grüne Augen in der Ferne, bis auch sie von der Nacht verschlungen wurden.

Wieder wartete ich lange Stunden, ohne daß ein neuer Zug in Richtung Kalifornien aufgetaucht wäre. Ein grauer, trüber, tropfender Morgen fand mich immer noch in San Antonio. Ein häßlicher Morgen. Mich erfaßte das graue, ungewaschene Gefühl, das beim Grauen des Morgens den zu erfassen pflegt, der die Nacht bei Mutter Grün zugebracht hat. Ich hatte einen häßlichen Geschmack im Munde. Ein schneidender Wind durchschauerte mich bis aufs Mark, und der Magen, der schon seit Tagen sich mit dumpfem Knurren begnügt hatte, fing nun an zu bellen nach allen Regeln der Kunst. Es war ein Glück, daß in einem nahen

Garten ein Feigenbaum stand, an dem noch einige runzlige, vertrocknete Früchte hingen, die man bei der Ernte vergessen hatte. So stieg ich denn wie einst Zebedäus auf den Baum, und noch nie haben mir Feigen so gut geschmeckt wie damals.

Mißmutig und vorsichtig um mich schauend wanderte ich zurück nach der Stadt, von der ich am Abend zuvor für immer Abschied genommen hatte. Es wurde Mittag, die Sonne brannte, und der Staub der Straßen wirbelte in der trockenen Luft. Es mag wohl sein, daß mein ganzes Äußere nach Almosen schrie, denn als ich an einem deutschen Bäckerladen vorbeiging, wo allerlei wunderbare Kuchen im Schaufenster standen, da fragte die Bäckerfrau, die gerade vor der Tür stand, ob ich etwas davon haben möchte. Ich sagte natürlich nicht nein, und sie führte mich in die handfest möblierte Wohnstube, wo sie mich mit Kaffee und Kuchen traktierte. Die Tasse füllte sie immer wieder von neuem, und der Teller mit dem Kuchen wurde niemals leer. Indessen erzählte sie mir ihre ganze Lebensgeschichte mitsamt einer Angabe des Stammbaums der Familie bis ins dritte und vierte Glied. – Ah, Deutschland!

Sie sei in der Gegend von Koblenz zu Hause und erst vor sieben Jahren übers große Wasser gekommen. Vor einem Jahr sei ihr Mann unter ein Fuhrwerk geraten und tödlich verunglückt. Ihre drei Töchter seien verheiratet. Die zwei ältesten Söhne führten das Geschäft. Nur der jüngste, der sei ein Dickkopf und ein Tunichtgut. Er treibe sich überall in der Welt herum, ohne daß man zumeist wüßte wo. Eine Weile habe er in Milwaukee gearbeitet. Dann sei er in Dakota bei der Ernte beschäftigt gewesen und zuletzt wollte er nach Kalifornien, wahrscheinlich weil einem dort die gebratenen Tauben in den Mund fliegen. – Ja, es sei ein Kreuz mit den unruhigen Geistern, die in die Jugend von heutzutage gefahren wären. – Ob ich nicht noch ein Stück von dem Streuselkuchen essen wollte? – Ich wollte schon, und wenn ich mich auch ein bißchen zierte, so aß ich doch ein Stück Kuchen ums andere, und als ich mich zum Fortgehen anschickte, gab sie mir ein Paket mit, in dem Kuchen genug waren, um ein ganzes Mädchenpensionat damit für vierzehn Tage zu versorgen.

Als ich am dämmernden Abend mit meinen Schätzen zurück zu meinem alten Versteck an der Bahnkreuzung beim Schlachthaus kam, da hatte sich dort inzwischen ein anderer blinder Fahrgast eingefunden; ein großer, herkulisch gebauter Neger mit nußbraunem Gesicht und lackglänzenden Augen. Er trug einen langen, speckigen, grünverschossenen Schwalbenschwanzrock, niedrige Oxfordschuhe mit koketten Schleifen und zerrissenen Lackkappen. Dazu einen steifen, staubigen, an der Spitze etwas eingedrückten Hut, einen hohen, schmutzigen Kragen und eine fettglänzende Krawatte, die in besseren Tagen wohl einmal knallrot gewesen sein mochte. Er saß über einem kümmerlichen Feuer und kochte Tee in einer Tomatenbüchse. Alles an ihm erinnerte an vergangene Größe in einem Zirkus oder einer Schmiere.

„Hallo, Jack!" rief er mir zu, „wo machst du hin?"

„Nach Westen."

„Dann wird's aber höchste Zeit. Eben stellen sie drunten den Zug zusammen. In einer halben Stunde wird er hier sein. Aber was – was hat das Baby denn da? Kuchen, bei Gott! 's ist ein Monat von Sonntagen her, seit ich keinen Kuchen mehr gesehen habe. Ha! Ha! Ein Hobo und Kuchen!"

Und dann, als ob ihm jetzt erst der Sinn für das Komische an der Sache aufgegangen wäre, fing er an zu lachen, wie nur ein Nigger lachen kann. „Kuchen! Ha! Ha!" Zuerst lachte er langsam und gewichtig mit einem tiefen Brummbaß. Dann ging es über alle Stufen der Tonleiter hinauf bis zum höchsten C der Primadonna auf dem Theater, um dann plötzlich und unvermittelt mit einem Salto mortale wieder hinunterzufallen zur düsteren Grabesstimme.

„Wenn du Kuchen fechten kannst", sagte er mit Tränen in den Augen, „so verstehst du dich besser aufs Handwerk als ich, und ich bin schon auf der Walze gewesen, als du noch nicht geboren warst. Nun hör mal zu. Ich hab' eine feine Idee! Wir beide – ich und du –, wir wollen zusammen ein Kompagniegeschäft machen. Du wirst die Kuchen fechten, und ich werde auf den Hinterhöfen nach Eiern, Hühnern und Wassermelonen Umschau halten. Droben in El Paso kenne ich eine farbige Dame, die uns durchfüttern wird, bis das Frühjahr kommt. Dann werden wir langsam weiter machen nach Kalifornien. Wir werden uns viel Zeit nehmen unterwegs, denn wenn man immer wieder drauf losfährt, wie manche von den Jungens, so wird man mit der Zeit müde werden, und das ist das Dümmste, was einem passieren kann. Was liegt denn daran, ob du da oder dort bist?"

Solche Philosophie war nun allerdings gar nicht nach meinem Geschmack, aber da der farbige Gentleman offenbar ein Mann war, der sich auskannte, suchte ich möglichst viele Kenntnisse auf dem Gebiet des Schwarzfahrens und anderer Schwarzkünste aus ihm herauszulocken. Er lachte mitleidig, als ich ihm von meinen mißglückten Versuchen berichtete.

„Du bist ein großes Grünhorn", meinte er, „wenn im Zug kein Platz ist, so fährt man eben darunter auf den Stangen zwischen den Rädern – die Jungens nennen das *riding the rods*. Es ist die bequemste Art zu reisen. Und ganz ungefährlich. Du rennst neben dem Zug her und packst eine der Stangen über den Radachsen. Dann fliegst du ganz von selbst darauf. Das ist alles. Ein kleines Kind kann das machen. Aber ein bißchen aufpassen mußt du schon, damit du dich nicht etwa auf die Radachsen selber oder gar auf die Bremsstangen setzt, denn dann wirst du alle Sterne im Himmel mitsamt den Kometen sehen, und dein Name wird nichts sein, ehe du Zeit hast, darüber ein Vaterunser zu sagen. Wenn du aber gar –"

Mitten im Satz unterbrach er seine Rede. Mit einem Fußtritt beförderte er den behelfsmäßigen Teekessel in den Graben, und während er den steifen Hut noch fester in den Wollkopf drückte, rannte er den Bahndamm hinauf, daß die Schöße seines langen Rockes nur so flogen. Im Nu lag ich neben ihm auf dem Bahndamm und wartete mit klopfendem Herzen auf den Eilzug, der eben vom Osten herangebraust kam. Es war noch heller Tag, und das niedrige Buschgras neben den Schienen bot nur ein schlechtes Versteck. Schwer wie ein Ungetüm donnerte die Lokomotive über die zitternden Schienen. Der Nigger schnellte in die Höhe wie ein Pfeil und rannte eine Weile in geduckter Haltung wie ein Wiesel neben den vorüberrollenden Wagen her. Plötzlich verschwand er von der Bildfläche, als ob ihn der Boden verschlungen hätte. Einige Augenblicke später tauchte irgendwo zwischen den Rädern ein steifer Hut und darunter ein grinsendes Negergesicht auf. Er winkte mit der Hand. „*Come on! Come on!*" Mitkommen sollte ich? Dorthin? Nein, das war vorerst zuviel der Zirkuskunst für mich. Verblüfft stand ich da, wie einer, der ein Gespenst gesehen hat. Lange noch, während der Zug in die Prärie hinausrollte, konnte ich ihn sehen, wie er winkte und grinste zwischen den Rädern.

Wieder lag ich stundenlang auf der Lauer und schalt mich ob meiner Ängstlichkeit. Der nächste – der mußte gemacht werden! Ging's nicht unter dem Wagen, so könnte man's mit dem Dach probieren. Es kam die Nacht und mit ihr ein anderer Güterzug in westlicher Richtung. Ich packte eine der Leitern, die an der Außenseite eines jeden amerikanischen Packwagens angebracht sind, und kletterte hinauf aufs Dach. In der Hitze des Gefechts verlor ich das Bündel, das alle meine irdischen Habseligkeiten enthielt, aber ich achtete es nicht. An einer scharfen Kante riß ich mir den Finger auf, ohne es mehr zu spüren, als etwa einen Moskitostich. Ganz flach legte ich mich hin und harrte in atemloser Spannung der Dinge, die da kommen sollten. Was würde wohl der nächste Augenblick bringen? Würden sie den Zug festhalten und mich dem rächenden Arm der Gerechtigkeit überliefern? Oder würden sie mich gar von dem Dach des davonrollenden Zuges herunterwerfen, wie man es zuweilen in den Geschichten hört?

Doch es geschah nichts von all dem Schrecklichen, das ich mir ausmalte in meiner Aufregung. Schon hatte der Zug die Kreuzung hinter sich. Schneller und schneller wurde seine Fahrt und bald jagte er mit einer Geschwindigkeit von 30 Meilen durch die wellige Ebene der Prärie.

Nach Westen!

Das Dach war so schmutzig und so rußig, wie nur das Dach eines Güterwagens sein kann. Alle Augenblicke machte er einen kleinen Luftsprung über eine Weiche, und man mußte sich krampfhaft festhalten, um nicht von der stark gewölbten Fläche herunterzukugeln. Dann wurden die Bewegungen gleichmäßiger, wie das Schlingern eines Schiffes auf offenem Meere. Weit vorne, vor der langen Reihe der schwankenden Wagendächer qualmte die Lokomotive und immer von Zeit zu Zeit, wenn der Heizer unten an den Feuern rüttelte, spie sie einen Funkenregen in die sternklare Nacht hinaus. Weit draußen, dicht unter dem westlichen Horizont, lag noch das Tageslicht in einem hellen, dünnen Streifen, aber ringsum in der Prärie hatte die Nacht alles schwarz in schwarz gemalt. Riesige Ahornbäume reckten schwarz und phantastisch ihre Äste in die Finsternis. Die Windmühlen über den Brunnen der Farmhäuser klapperten in die Nacht hinein. Nur da und dort blitzte ein anheimelndes Licht in der Prärie. An den Schildern der vorüberhuschenden Telegraphenstangen konnte man die Meilen zählen, wenn auch die Ziffern darauf nicht auszumachen waren. Zwei, drei, fünf, zehn, zwanzig Meilen – Donnerwetter! Wenn das so weiter ging.

Schon fing ich an, mich in den kühnsten Reiseplänen zu wiegen, als mit einemmal dicht hinter der Lokomotive eine Gestalt auftauchte, die groß und breitspurig, in der Hand eine Laterne, und anscheinend völlig gleichgültig gegen die damit verbundene Lebensgefahr, über die schwankende Reihe der Wagendächer gerade auf mich zukam. Schon stand er vor mir; ein handfester Bahnbeamter im blauen Kittel und derben Stiefeln, mit einem brutalen, glattrasierten Gesicht.

„Wohin?“ herrschte er mich an.

„Nach Westen.“

„Das kann ich mir schon selber denken, du Einfaltspinsel. – Hast du Geld?"

„Keinen Cent."

„Dann mach', daß du runter kommst! Und zwar gleich, ehe ich dir nachhelfen muß!"

Zu solchem Selbstmord verspürte ich nun allerdings gar keine Lust. Am Ende, so dachte ich mir, ist er auch nur ein Mann wie du. Die Partie ist gleich. Auf eine kleine Rauferei könnte man es schon ankommen lassen.

„Versuch's mal!"

„Well, well", meinte beschwichtigend der andere, „kein Grund zur Aufregung! Ich kann ja nichts dafür, daß du kein Geld hast. Was mich anbelangt, so habe ich nichts dagegen, wenn die Jungens mitfahren, solange sie nur Verstand genug haben, sich ordentlich zu verstecken. Aber hier auf dem Dach? Ist das auch eine Art? Ganz neue Mode, wenn die Hobos wie die Maikäfer auf dem Dach sitzen! An der nächsten Haltestelle machst du, daß du von hier oben herunter kommst und steckst deine Nase zwischen die Bretter in einem der Flachwagen dort hinten."

Ich tat, wie mir geheißen und fuhr nun unbehelligt die ganze Nacht hindurch bis in den hellen Tag hinein.

Der graue Morgen lag über einer Gegend voll Sand und Sonne. Soweit das Auge reichte, dehnte sich eine wellige Prärie, auf der die Grasbüschel nur vereinzelt standen. Bald gelangten wir in einen großen Bahnhof mit Stellwerken, Maschinenhallen und einem ausgedehnten Netz von blanken Schienen. Der Ort, der zu dem Bahnhof gehörte, bestand jedoch aus wenig mehr als einem weiten, sandigen Platz und einem Stacheldrahtzaun, hinter dem eine Herde langhorniger Texaskühe träumte. Etwas weiter abseits lagen in der grellen Sonne ein paar erdfarbene Lehmhütten, zwischen denen die dicken Schmeißfliegen summten und meckernde Ziegen sich an alten Säcken, Papierfetzen und leeren Konservenbüchsen gütlich taten. Vor jeder Hütte hing über dem Tor ein irdener Wasserkrug, und unter jedem Wasserkrug hockte im Schatten seines gewaltigen zuckerhutförmigen Sombrero ein verschlafener Mexikaner. An sonstigen Wahrzeichen städtischen Lebens stand hier noch ein niedriger, bis über das flache Dach hinaus mit bunten Reklameschildern verzierter Kramladen, ein Saloon, vor dessen Tür geduldige Cowboyponys auf ihre trinkfesten Herren warteten, und daneben eine chinesische Speisewirtschaft mit der verlockenden Inschrift: „*meals 35 cents*".

Ja, wer jetzt 35 Cents hätte!

Noch stand ich ganz in diesen verlockenden Gedanken versunken, als ein Chinese in der Tür des Gasthauses erschien und gerade auf mich zukam.

„Können Sie schreiben Brief?" wandte er sich an mich.

„Gewiß!"

„Schön. Sie können schreiben Brief? Sehr gut. Ich Ihnen bezahle einen Dollar ›mex‹ und das ›Tschau‹."

Wir gingen zusammen in das Haus und durch die große Gaststube zwischen den wachstuchüberzogenen Tischen, an denen schmatzende Eisenbahnarbeiter schmausten, in die düstere, übelriechende Küche, wo noch ein anderer Sohn des Himmels seines Amtes waltete. Die beiden vollführten eine Weile einen Spektakel wie eine Schar Papageien. Dann wischte der eine, der mich hergebracht hatte, mit seiner Schürze den Tisch ab und legte ein paar schmutzige Briefbogen darauf. „So", sagte er, nachdem er mit einigen energischen Handbewegungen die Fliegen fortgescheucht hatte, „*allright, very fine*, Sie werden schreiben, daß ich soll haben Bohnen, Erbsen, Speck und Büchsenfleisch, daß sie nicht sollen sein gut, aber billig. – Sehr billig! – *Muchee cheap!* Sie werden schreiben an Meßrs Jones u. Co. in San Antonio, daß ich werde bezahlen zehn Dollars weniger für das Pferd, weil es ist nicht gut."

Ich nahm alle meine Kenntnisse zusammen und tauchte die kratzende Feder in die vertrocknete Tinte. Vieles von dem Englisch, das ich dem geduldigen Papier in Ah Sings Küche anvertraute, schmeckte nach der Oberrealschule, aber der Sohn des Himmels mochte dennoch wohl auf seine Kosten gekommen sein, denn er hielt mich beschäftigt beim Briefeschreiben bis zum dämmernden Abend. Dann gab er mir mit einem tiefen Seufzer den mexikanischen Dollar, und – was mir unter den gegebenen Umständen fast noch lieber war – das „Tschau", das er mir versprochen hatte, und als die dunkle Nacht hereingebrochen war, schlenderte ich neugestärkt hinaus auf den Platz und hinüber nach dem Güterbahnhof, wo ich mir bei dem frostigen Licht der Bogenlampen unter den langen, schwarzen Wagenreihen ein Plätzchen für die Weiterreise nach El Paso aussuchte.

*

Doch nein, ich will nicht weiter im einzelnen erzählen von den kommenden Wochen und Monaten auf dem Schienenstrang der südlichen Pazifikbahn.

Jedes Land hat seine Vagabunden. Das erbt sich fort wie eine ewige Krankheit, solange es unruhige und abenteuerlustige Menschen gibt. In Amerika aber, diesem Sammelbecken der unruhigen Geister, hat sich eine besonders malerische Abart des Lumpazius Vagabundus herausgebildet: der Tramp.

Der Name ist eindeutig. Man hört es förmlich aus den Buchstaben, wie sich ein Fuß vor den anderen setzt mit schwerfälliger Würde. Aber er ist trügerisch, wie oftmals die Namen. Wenn es etwas gibt, das den amerikanischen Landstreicher in der Seele zuwider ist, so ist es eine lange Fußreise. Keine staubige Landstraße, keine wunden Füße, kein schwer bepackter „Berliner“ für Jack im fernen Westen. Nur entlang des Schienenstrangs kann er gedeihen. Die leeren Packwagen – die „*box cars*“ –, die überall umherstehen auf den Schienen, sind seine Heimat. Hier verkriecht er sich vor der prallen Sonne zu einem ausgedehnten Mittagsschlafe, hier breitet er bei sinkender Nacht seine Zeitung – die große amerikanische Zeitung mit dem Riesenformate – als Nachtlager aus und läßt sich von dem Rollen der Räder in den Schlaf singen. So geht es weiter, Nacht für Nacht über die Weiten des unendlichen Landes, nach Westen, nach Osten, oder wo einen gerade der Geist hintreiben mag. Vor jeder Station kommt der Bremser mit der Laterne, der die Runde über die Dächer des fahrenden Zuges macht. Unangenehm scharf leuchtet er von oben in das Dunkel des Wagens.

„Hallo, Bo!“

Keine Antwort.

Mit einem Satz ist er unten, mitten in der Schar der geängstigten Lämmer, denn es sind oftmals zehn und mehr Vertreter der Zunft, die sich da in einem einzigen Wagen versammelt haben. Rot liegt der Schein der Laterne über dem Gelichter, das sich in die hintersten Ecken verkrochen hat. Jedem einzelnen leuchtet er scharf ins Gesicht.

„Wo macht ihr hin?“

„Nach Kalifornien.“

„Hm – habt ihr Geld?“

Fünfundzwanzig Cents pro Person wechseln ihre Besitzer, und man ist gut für die nächsten 200 Kilometer bis zur folgenden „Division“, wo die Züge neu zusammengesetzt werden. Wer kein Geld hat oder nichts bezahlen mag, der muß sich schon der Mühe unterziehen, beim Herannahen des Zuges an die Station sich durch einen schnellen Sprung vom Wagen vor der Rache des Personals und den umherlungernden Bahndetektiven zu retten. Er versteckt sich in dem nahen Busch oder anderen Wagenreihen, um dann beim Abfahren auf denselben Zug wieder aufzuspringen, womöglich im selben Wagen, wo sich dieselbe Szene wiederholt. So vergeht mit Auf- und Abspringen die ganze lange Nacht. Aber zum Ziel kommt er so gut wie die anderen, denn ein echter Vagabund kommt stets dahin, wo er sich vorgenommen hat.

Doch das ist eine Reisemethode, die gerade noch gut genug ist für einen blutigen Anfänger. Für den Fachmann ist der Schnellzug eben noch gut genug als Fahrgelegenheit, und es ist wahrhaft erstaunlich, wie unendlich viele Möglichkeiten es dort geben kann für einen unternehmenden Schwarzfahrer, der sich auskennt. Auf dem Dach, auf dem Kohlentender, auf der Plattform vor dem Packwagen, auf den Stangen zwischen den Rädern, auf dem sog. Kuhfänger vor der Lokomotive. Ich habe einmal einen kleinen Schuhputzerjungen von der Bowery zu Neuyork angetroffen, der grundsätzlich nur „Treppen fuhr". Er war so klein, daß er sich unter der zum Pullmanwagen hinaufführenden Treppe verkriechen und dort festhalten konnte. Solche Art des Reisens war nicht ungefährlich, denn wenn er einmal den Halt verlor, so war's um ihn geschehen. Aber das Glück verläßt den Mutigen nicht, und die Vagabunden haben ihre eigenen Schutzgeister.

Ja, wenn man dem deutschen „Kunden" von den Vorteilen erzählen würde, die ein gütiges Geschick seinem amerikanischen Kollegen, dem Tramp oder Hobo, in den Schoß gelegt hat, so würde er blaß werden vor Neid. Da ist einer, dem Raum und Zeit keine Hindernisse sind. Der lockende Frühling zieht ihn nach den Neuengland-Staaten, die brennende Sommersonne bescheint ihn auf der kanadischen Prärie, und die langen Septembernächte mit ihrer kalten, grauen, tropfenden Dämmerung vor Sonnenaufgang treiben ihn hinunter nach Texas oder nach dem sonnigen Kalifornien. Der Abschied fällt ihm nirgends schwer, weil er nirgendwo zu Hause ist, und das Gepäck – nun ja, ein echter Hobo führt nie mehr Gepäck mit sich herum als das, was man in der Westentasche tragen kann. So führt er jahraus, jahrein ein unstetes Leben. Immer unterwegs. Immer auf der Jagd. Ja, nach was denn eigentlich? Wohl nach dem Glück?

Kein härteres Leben kann man sich denken als dieses. Und doch – auch dieses hat seinen Zauber! Wenn ich heute zurückdenke an die Zeiten, da ich selber „Trains gedschumpt" und „Boxcars gebietet" habe und dabei über dem Schreiben ein wenig die Augen zumache, so sehe ich im Geiste wieder die bunten Lichter über den blanken Schienen, ich höre das Rumpeln und Poltern der Wagen, ich höre das Schnauben und Fauchen in den Maschinenhallen, vor denen die Schlackhaufen glutrot brennen, die wilden Expreßzüge, die donnernd hineinjagen in die unendliche Ferne des weiten Landes, wo groß und stelzfüßig mit wilden Augen das Abenteuer einherschreitet. Da denke ich nicht mehr an die hungrigen Tage und die schlaflosen Nächte. Ich sehe nicht mehr die Armut, den Schmutz und die Verkommenheit und nicht mehr die bösen Blicke des Zugpersonals. Es ist alles rosig in der Erinnerung. Ah, wenn man noch einmal so ganz und gar unvernünftig sein könnte wie damals!

Es gibt Leute, die nie darüber hinwegkommen. Ihr Leben lang reisen sie auf Kuhfängern und Kohlentendern von einem Ende der Staaten zum anderen, als ob es auf der Welt nichts Wichtigeres zu tun gäbe, bis sie alt und grau werden und eines Tages mit gebrochenem Schädel unter den Rädern liegen. Denn der Krug geht schließlich auch hier so lange zum Wasser, bis er bricht. Die große Masse der Ritter der Eisenbahn besteht jedoch aus ganz jungen Leuten, die abenteuernd durchs Land ziehen, auf der Suche nach Arbeit. Diese nennt man „Hobos“, aus welchem Namen sich dann wieder das Prädikat „Bo“ ableitet, das als Anrede für alle Mitglieder der Zunft Verwendung findet. Tramps und Hobos genießen nicht den besten Ruf in Amerika. Zahllos sind die Gesetze, die zur Steuerung dieses „Unfugs“ erlassen wurden. Und doch – würde heute der letzte Vagabund vom Schienenstrang verschwinden, so müßten sie morgen ebenso viele Gesetze und Verordnungen ersinnen, um nur wieder zum alten Zustand zurückzukommen. In der Tat: Wie wollte man die Ernten auf den schier unermeßlichen Getreidefeldern des Nordwestens bergen, wo wollte man Arbeitskräfte finden für Minen und Eisenbahnbauten im fernen Westen, wenn nicht aus diesem ewig unruhigen, ewig ausgebeuteten Zigeunervolk, das da immer zur rechten Zeit auftaucht, wo immer andere sich anschicken ihr Heu zu machen, solang die Sonne scheint.

„Misery loves company“, pflegen die Engländer zu sagen. Darum reist auch der Tramp nicht gerne allein. Dicht neben dem großen Güterbahnhof, dort wo das Licht der Bogenlampen nicht mehr hindringen kann, liegt die Dschungel, der Treffpunkt der Tramps. Hier versammeln sich die zerlumpten Gestalten wie die Raben auf dem Zaungitter und kochen ihr Nachtessen aus den umherliegenden Tomatenbüchsen. Es duftet nach fetten Hühnersuppen, gebratenen

Süßkartoffeln und saftigen Wassermelonen. Der flammende Feuerschein spielt auf den spitzen Gesichtern.

„Hallo, Jack!“ (Jack – das ist ohne weiteres der Name für jedermann, wenn es nicht gerade „Bo“ ist.)

„Hallo, *yourself!*“

„Wo machst du hin?“

„Nach Westen.“

„Nach Westen? Was willst du denn dort? 's ist alles überlaufen von den Jungens, die dorthin machen. Mußt dir eine ganz neue Geschichte ausdenken, denn die alten Märchen ziehen nicht mehr. Die Farmer sind hartgesotten.“

„Ich suche ja nur Arbeit.“

„Ja so, das ist etwas anderes. – Und wie sieht's drunten im Osten aus?“

„Miserabel! Sie sind jetzt verdammt scharf drüben in Texas, und die *„cops“* sind hinter den Hobos her wie der Teufel auf die arme Seele, weil sie an jedem Prozente verdienen. Nein, Texas ist nicht mehr, was es war, seitdem sie in Austin einen neuen Gouverneur haben. Namentlich vor den Distriktsfarmen muß man sich höllisch in acht nehmen.“

So ungefähr ist der Inhalt der Gespräche, die sich täglich am Lagerfeuer im Dschungel abwickeln. Ein wunderliches Gemisch von Enttäuschung und Illusionen.

Unter dem vielen jungen Volke, das sich so entlang des Schienenstrangs herumtreibt, findet sich, wie gesagt, immer wieder da und dort ein alter, grauköpfiger Sünder, dem die rauhe Romantik dieses Lebens es angetan hat, so daß er nicht mehr davon lassen kann. Düstere Menschen mit großen, träumerischen Augen und einem schwermütigen Zug in dem sonnverbrannten Gesicht. Woher sie kommen? Wohin sie gehen? Wer weiß es.

Da habe ich einmal einen gekannt, den sie Nevada-Slim nannten, weil er sich meistens in Nevada herumtrieb und weil er lang und dünn war wie eine Hopfenstange. Er hatte ein langes, vertrocknetes Gesicht, das die Sonne zu Leder gegerbt und die Zeit mit ihren Furchen versehen hatte. Dazu ein paar entsetzlich wilde Augen. Ein mürrischer, verdrießlicher Geselle, ein unruhiger Philosoph, der nun schon viele Jahre lang dozierend von Ort zu Ort gezogen war als ein böser Geist, der auf der Welt nichts liebte als seinen beißenden Spott und seine zersetzende Rede. Eines Tages traf ich ihn in einer Dschungel an der Santa-Fe-Bahn. Wir tippelten an jenem Nachmittag ein Stück Weges zusammen über den Bahndamm. Es war ein heißer Nachmittag, und eine schwüle Gewitterstimmung lag in der Luft. Aber Slim dozierte immer weiter. Über Sokrates und Mac Kinley, über Freihandel und Schutzzoll, über Gold- und Silberwährung, über das Problem des Geburtenrückgangs, über das Perpetuum mobile und einiges andere.

Nun wollte es der Zufall, daß ich einige Monate später in einer Herberge zu Los Angeles mit einem Kunden zusammentraf, der damals auch zu Slims Füßen gesessen hatte.

„Erinnerst du dich noch an Nevada-Slim?“ fragte er mich.

„Der die schönen Reden halten konnte?“

„Armer Slim! Er wird keine Reden mehr halten. Zuletzt hat er doch seinen Mann gefunden. In einer Kneipe in Denver hat er einen Jungen angetroffen, der darauf bestand, daß er ebensogut recht habe wie er. Weil er aber keinen so langen Kopf hatte wie Slim und obendrein eine schwere Zunge, über die er dreimal in jedem Satz stolperte, kann man es ihm am Ende nicht verdenken, wenn er die Sache an einem Ende anpackte, das ihm handlicher erschien.“

„Und?“

„Well, er holte sein Schießeisen aus der Tasche, und es ist nicht mehr viel übriggeblieben von Slim.“

Ein anderer Typus war Doughnuts, so genannt nach den braunen, knusprigen Kuchen, die die Yankees so gern essen. Doughnuts war schon länger auf der Walze als irgendeiner von den anderen Kunden, obwohl auch unter diesen nicht wenige waren, die schon auf eine Tätigkeit von einer ganzen Reihe von Jahren zurückblicken konnten. Er hatte eine unüberwindliche Abneigung gegen jede geregelte Tätigkeit. Er lebte vom Betteln und allerlei kleinen Felddiebstählen, und wenn das alles ihm auch nicht eben ein üppiges Dasein ermöglichte, so brachte es doch genug ein, um sich ein behäbiges Doppelkinn, ein ansehnliches Bäuchlein und eine gutbürgerliche Glatze anzuschaffen. Als erfahrener Wandersmann richtete Doughnuts es stets so ein, daß er im Frühsommer, kurz vor der Ernte, in den großen Weizendistrikten ankam, weil dann die Bauern in Erwartung der Dinge, die da kommen sollten, das wandernde Volk am liebsten durchfüttern. Wenn aber der erste surrende Laut eines Binders oder einer

Mähmaschine über die Felder huschte, so war es Zeit, an die Weiterreise zu denken, denn wenn es etwas gab, was Doughnuts haßte, so war es harte Landarbeit.

Einmal aber hatte sich der Sommer selbst in der Jahreszeit verrechnet. Als Doughnuts nach Kansas kam, war die Ernte schon im Gang, und die Bauern jagten die arbeitsscheuen Vagabunden mit der Mistgabel von der Tür. Der Himmel war grau, die Straße war schmutzig, ein feiner Regen rieselte herunter, und Doughnuts war so hungrig wie nur je ein Märtyrer der Zunft. Aber die Not ist der Vater der guten Gedanken. Als er vor einem freundlichen Farmhaus eine vielversprechend aussehende junge Dame vor der Türe stehen sah, ging er nicht wie sonst sofort auf sie zu mit dem Sprüchlein, das er längst schon auswendig kannte: „*Missis, please give me a drink of water* –." Er stellte sich vielmehr vor dem Hause auf und fing an von dem Gras zu essen, das am Wege wucherte. Die Missis schaute ihm eine Weile verwundert zu. Dann rieb sie sich die Augen und blickte noch einmal hin. Dann schlug sie die Hände über dem Kopf zusammen: „*Goodness, gracious!* Der arme Mann! Wie hungrig muß er sein! Kommen Sie doch in den Hinterhof; das Gras ist dort viel höher." Es nimmt jedoch alles einmal ein Ende. Ich wollte ja davon erzählen, was aus Doughnuts geworden ist. Einige Jahre nach den Ereignissen, von denen ich hier berichte, war ich an einem Wintertag in Tacoma im Staate Washington. Durch das Gewühl der nächtlichen Straßen kam eben mit fliegenden Fahnen und großem Tamtam die Heilsarmee anmarschiert. Vor einem hellerleuchteten Wirtshaus pflanzte sich das Völklein in einem Halbkreis auf, und die Hallelujamädchen fingen an zu singen zum Takt der großen Trommel: „*You must – be born – again . . .*"

Es wurde gesungen, gebetet und wieder gesungen. „Bruder Amandus wird uns nun ein Bekenntnis ablegen", sagte der Kapitän. Bruder Amandus – das war der kleine, dicke Mann mit der großen Trommel. – Er wischte sich die Schweißtropfen von der Stirn, trat in den von wildem Fackellicht erleuchteten Halbkreis und sagte seine Litanei herunter wie ein auswendig gelerntes Vaterunser: „Heute abend, o Sünderfreunde, stehe ich vor euch, um Zeugnis abzulegen für das Wunder, das die Gnade des Herrn an meiner Seele getan. Oh, ich war tief in Sünden und Verderbnis wie einer von euch. Ich habe gebettelt an den Hinterhöfen, ich habe gestohlen in den Feldern und gehungert auf den Straßen. Ja, das habe ich! Aber eines Tages kam ich in eine Heilsversammlung, und der Geist des Herrn kam über mich in dieser Stunde. Seit diesem Tage wandert er immer vor mir, wie das Feuer vor den Kindern Israels in der Wüste.

Er gibt mir zu essen, wenn ich hungrig bin, und ein Dach, unter dem ich schlafen kann. Und am Ende werde ich in den Himmel kommen, wo ihr allesamt zur Hölle fahrt. Halleluja!"

„Halleluja!" riefen die versammelten Heilssoldaten.

„Aber Menschenskind, Doughnuts!" sagte ich voll Erstaunen.

„Laß mich in Frieden", antwortete der, „ich habe genug von den Kindereien. Es sieht ein jeder, wie er im Trockenen sitzt."

Dann packte er seine große Trommel. Das Tamburin begann zu rasseln, und noch lange, während sie weiter die Straße entlang zogen, hörte man den Takt der wilden Musik: *„You must – be born – again . . ."*

Doch ich habe über diese Geschichten von Lumpen und Vagabunden und Rittern der Landstraße und des Schienenstrangs meine Erzählung vergessen . . .

*

Die Bahnlinie, die von San Antonio nach El Paso führte, durchkreuzte eine der wüstesten und unfruchtbarsten Landstriche der Vereinigten Staaten. Ein welliges Land mit dürrer Steppe, wo vereinzelte Grasbüschel auf dem losen Treibsand standen. Öde und Einsamkeit überall. Sand und Sonne. Nur da und dort die armselige Lehmhütte eines Kuhhirten oder eine Herde von spindeldürren, langhornigen Texaskühen hinter Stacheldrahtzäunen.

Tagsüber zittert die Hitze in der staubigen Luft und es herrscht drückende Stille ringsum; wenn aber mit Sonnenuntergang ein frostiger Hauch über die Prärie zieht und der Mond sein kaltes Licht ausgießt, dann erhebt sich die Stimme der Wildnis in einem Chor von tausend winselnden, heulenden, jammernden Coyotes. Nur an den etwa 120 englischen Meilen voneinander gelegenen sogenannten Divisionen der südlichen Pazifikbahn zeigen sich die Anfänge größerer menschlicher Siedlungen. Hier erheben sich inmitten der baumlosen Wildnis die rauchgeschwärzte Maschinenhalle, der Schornstein der Reparaturwerkstätte und um das Gewirr der Schienen die flüchtig gebauten Wohnstätten der Angestellten. Dazu noch ein oder zwei Wirtshäuser, eine Spielhölle, ein Krämerladen und nicht zuletzt ein chinesisches Speisehaus.

Es scheint, als ob die Talente des Chinesen vor allem häuslicher Natur sind. Wohin man auch gehen mag in den amerikanischen Weststaaten, überall findet man ein chinesisches Gasthaus und eine chinesische Wäscherei. Und man muß es ihnen lassen, daß sie Tüchtiges leisten in ihrem Fach; sehr zum Mißvergnügen ihrer weißen Konkurrenten, die die gelbe Gefahr nicht schwarz genug an die Wand malen können. Längst hat man schon durch strenge Einwanderungsverbote den gelben Strom unterbunden, aber es tröpfelt immer noch. Die mexikanische Grenze, obwohl auch sie durch eine Barrikade von Paragraphen gesperrt ist, läßt sich nicht so hermetisch abschließen, wie die pazifische Küste. Schon gleich während meiner ersten Bekanntschaft mit den „Boxcars“ der südlichen Pazifikbahn, nicht allzuweit hinter San Antonio, lief mir solch ein unternehmender Sohn des Himmels in die Quere. Er mochte mich für einen Fachmann in dem schwarzen Gewerbe halten, denn nach seinem ganzen Auftreten hatte er offenbar die Absicht, seine Sache vertrauensvoll in meine Hände zu legen.

„*Me come China*“, sagte er, zu mir in seinem Pidgin-Englisch, „*me go El Paso*“.

„*Me go el Paso, too*“, antwortete ich.

„*Allright, vely well.*“

Er gab mir einen blanken Silberdollar und wir reisten nun zusammen im selben Wagen weiter gen Westen. Soweit wäre alles gut gewesen, wenn nicht der Chinese von einer krankhaften Furcht besessen gewesen wäre, daß er sein Reiseziel verpassen könnte. An jeder Haltestelle rannte er in die Nacht hinein und packte jeden, dem er begegnete, beim Kragen: „*El Paso! El Paso!*“ Es kam, wie es kommen mußte. Er rannte einem Bahnpolizisten in die Hände, der für seine umgehende Rückbeförderung über die Grenze sorgte.

Alles will gelernt sein. Auch das Schwarzfahren auf der Eisenbahn. Fast betrachte ich es als eine Entwürdigung der Zunft, daß ich beinahe acht Tage brauchte für die lumpigen 500 Kilometer, die San Antonio von El Paso trennen. Doch nun waren wir hart am Ziel. Draußen in der Prärie begann es lebendiger zu werden, und die grellen Reklameschilder an den Stacheldrahtzäunen verrieten das Herannahen einer großen Stadt. Als der Tag zur Neige ging, hoben sich fern im Westen die Häuser und Türme vom Abendrot ab. Dann blitzten weiße, rote und grüne Lichter in der Dunkelheit auf. Langsam fuhren wir in einen großen Güterbahnhof ein.

Also El Paso!

Ich reckte und streckte meine geräderten Glieder.

Vorsichtig kletterte ich aus dem Güterwagen heraus. Man hatte mir viel erzählt von Geheimpolizisten, die hier den schwarzfahrenden Hobos auflauern sollten;

aber die Luft war anscheinend klar. In der weiten Runde war niemand zu sehen als ein rußiger Heizer, der sich mit einer Ölfackel an der Lokomotive zu schaffen machte. Zwischen schwarzen Lagerschuppen ging ich dem hellen Schein entgegen, der weithin über den Dächern der fremden Stadt sich ausbreitete. Die Nacht war kalt und rauh. Ein eisiger Wind pfiff von der Prärie herüber. Ich hatte keinen roten Cent mehr in der Tasche.

Ich tappte durch die dunklen Gassen, in denen sich das erste Leben regte, und als eben der Morgen graute, stand ich wieder einmal vor einem schmutzigen Hause, an dem in verwaschenen Buchstaben die Inschrift prangte, die ich in den letzten Monaten so gründlich hassen gelernt hatte:

Employment-Office.

Ich glaube, daß zu allen Zeiten und bei jeder ausdenkbaren Form der menschlichen Gesellschaft die Klugen, die Weisen, die Sparsamen, die Vorsichtigen, die Seßhaften und die Geduldigen, aber auch die Gerissenen und die Rücksichtslosen ganz von selbst von der Flut des Lebens hinaufgetragen werden über die Massen der anderen, die da kein Talent haben zu einem *Businessman*. Das war, wie jedermann weiß, von jeher so gewesen und es wird wohl immer so bleiben. Und es ist gut, daß dem so ist.

Eines aber hat mich immer gewurmt als eine soziale Ungerechtigkeit: Wenn schon nicht immer Arbeit und Verdienst vorhanden ist für all die unzähligen Soldaten der großen industriellen Reservearmee – wie läßt es sich da rechtfertigen, daß irgendeiner, der früher aufgestanden ist als die anderen, die ganzen Arbeitsmöglichkeiten eines Ortes für sich monopolisiert, um dadurch einem armen Teufel, der darauf angewiesen ist, den letzten Dollar aus der Tasche zu locken, oder, wenn er auch den nicht hat, ihn kaltblütig hungern zu lassen in den Straßen?

Da stand ich nun wieder, wie schon so oft in Texas, vor einer solchen „*Employment-Office*“ und starrte mit all den anderen Arbeitsuchenden auf die vielen offenen Stellen, die hier auf den Tafeln angemalt waren.

Farmhand – dreißig Dollars im Monat.

Fünfhundert Mann für Eisenbahnarbeit – zwei Dollar für den Tag.

Aber der Mann mit dem Preiskämpfergesicht, der über alle diese unbegrenzten Arbeits- und Verdienstmöglichkeiten verfügte, der spielte nur mit seiner goldenen Uhrkette und klimperte mit den Dollars in der Tasche. Breitspurig stand er in der Tür, und nur von Zeit zu Zeit warf er einen verächtlichen Blick auf die graue Ärmlichkeit, die dicht zusammengepfercht auf den schmutzigen Bänken seiner *Office* saß.

Drüben in Arizona, bei der neuen Eisenbahnlinie, gebe es viel Arbeit, meinte einer, der neben mir saß, aber man brauche drei Tage mit dem Güterzug, um dahin zu fahren. Da klingelte das Telephon.

„Hallo ... *very well* ... *allright!*“ antwortete es hinter der Glastür, die ins Allerheiligste führte.

„Ein *Officeboy!*“ brüllte der Mann mit dem Preiskämpfergesicht in den Saal hinein.

„Warum nicht gleich einen Schulbuben?“ murrte der Mann neben mir.

Der andere schaute sich im Kreise um.

„*Well?*“ wandte er sich an mich, „feine Sache! Der Boß zahlt die Gebühr.“

„Und was wird es einbringen?“

„Zehn Dollars im Monat bei freier Verpflegung. Mister Vanderbilt hat auch einmal mit so viel angefangen.“

Zehn Dollar! – Das war nicht eben viel.

Schon nach wenigen Minuten kam der Boß hereingestürzt; ein smarter Yankee mit einem schmalen, glattrasierten Gesicht und grauen, unruhigen Augen. Er warf mir einen Seitenblick zu, während er die Gebühr bezahlte. „Sieht ein bißchen verlottert aus. Nun, wir werden ihn schon auffixen.“

Wir gingen zusammen über die Straße. Er voraus mit kleinen hastigen Schritten und ich hinterdrein wie ein echtes Grünhorn. Ich kam mir reichlich ausgewachsen vor für einen *Officeboy*. Nach einer Weile waren wir vor einem funkelnden Schaufenster angelangt, an dem mit goldenen Lettern geschrieben stand:

James J. Miller,
Real Estate.

„Da wären wir!“ sagte der Boß, während wir durch eine Glastür in ein großes, geräumiges Büro eintraten, wo geschäftige Ventilatoren an der Decke summten und hemdsärmlige Menschen über Schreibmaschinen und Kopierpressen saßen.

Keiner nahm sich die Mühe, um aufzusehen. Ein neuer *Officeboy!* Das kam und ging wie in einem Taubenschlag . . .

Über der Tür hing in einem Käfig ein Papagei. Der mochte seelenverwandt sein mit jenem, der den alten John Silver nach der Schatzinsel begleitete, nur daß er nicht von „*pieces of eight*", sondern von Dollars kreischte. Einen Augenblick blieb ich stehen und machte Augen wie Teetassen vor diesem Neuntagewunder. Ein entrüstetes Murmeln erhob sich unter der Schar der Herren mit den seidenen Hemdsärmeln. Ein Kollege *Officeboy*, der eben vorübersauste mit einer Aktenmappe, die fast so groß war wie er selber, fuhr mit dem Finger an die Stirn, und ein langer, magerer Herr, der aussah, als ob er etwas zu sagen hätte in dieser Welt der Dollarjäger, kam auf mich zu mit einer Miene, als ob er mich eben niederboxen wollte. „He! Du! Willst wohl unseren Papagei behexen? Marsch! spring! *Get a move on you!* Zieh deinen Rock aus, sonst kannst du gleich mal wieder gehen."

Ich tat wie mir geheißen und übte mich im Springen an diesem und allen folgenden Tagen.

Ja, das war ein rauschender Akkord von Arbeit und von Dollarsmachen! Ein und aus ging es in der Tür. Hin und her sausten die Boten. Die Schreibmaschinen klapperten, und dazwischen schrillte immer wieder das Telephon mit greller, aufreizender Stimme. Nach vierzehn Tagen war ich schon so smart wie die anderen auch, was ja nicht wunder nehmen konnte, angesichts eines solchen Lehrmeisters. Dieser Mr. James J. Miller war in der Tat ein vollendeter *Businessman*. Sein Kopf war bis zum Zerspringen vollgepfropft mit Kombinationen und mit Zahlen. Er konnte nur denken in Dollars. Hastig marschierte er in seinem Privatgemach auf und ab: ein quecksilberiges Bündel Nerven in seidenen Hemdsärmeln. Er handelte in Häusern und Hausplätzen und machte nebenbei noch in Versicherungen. Ab und zu kam ein Kunde von draußen herein. Irgendein starkknochiger Farmer mit einem großen, grauen Cowboyhut und sonnverbranntem Gesicht, das sich mißtrauisch nach allen Seiten umsah. Dann war Mr. Miller zwar stets sehr höflich, aber doch ohne Begeisterung bei der Sache. Die Verhandlungen gingen sehr ruhig und nüchtern vonstatten. Kam das Geschäft zustande, so malte der Farmer mit ungelenker Hand seine Unterschrift auf den Bogen, und Mr. Miller setzte die seine darunter mit einem Seufzer.

Wie langweilig das alles war! So ein Farmer war ja fast ebenso smart wie Mr. James J. Miller selber.

Zuweilen aber tauchte ein Unschuldslamm aus dem Osten auf, und es gab eine kleine Sensation in dieser Welt der Dollarjäger. Für einen Augenblick stockte das Ticken der Schreibmaschinen und das Kratzen der Federn auf dem Papier. Ein ahnungsvolles Schmunzeln ging über die Gesichter bis hinunter zum jüngsten Officeboy.

Der Mann aus Neuyork ist nämlich im wilden Westen ein ebenso leicht gerupftes Grünhorn, wie der Europäer in Neuyork, der eben übers Wasser gekommen ist; nur nennt man ihn dort einen *Tenderfoot*, einen Zartfuß.

In der Behandlung solcher Zartfüße übertraf Mr. Miller sich selber. Ehe man recht wußte, wie es geschehen, hatte er den Ahnungslosen schon in einem bereitstehenden Klubsessel versenkt. – Wie es ihm wohl gefiele in dieser aufblühenden Stadt? – Ob er eine Zigarette nehme? – Oder ein Gläschen von dem feinen Cocktail? – Dann fingen sie an, von Geschäften zu reden. Von Häusern und Hausplätzen, von Farmen und Ranchos und von der märchenhaften Fruchtbarkeit des Bodens in Neu-Mexiko. Ein wahrer Wirbelwind von Zahlen und von Dollars.

Und dann kam stets das Unvermeidliche: „Boy, bring mir die Gläser herüber – aber *hurry up!*"

Mit diesen Gläsern hatte es seine eigene Bewandtnis. Sie dienten zur praktischen Demonstration des Gesagten. Sie waren angefüllt mit in Spiritus eingemachten kalifornischen Pflaumen. Jede dieser Pflaumen hatte die Größe eines stattlichen Hühnereis, aber wenn man sie durch das besonders zu diesem Zweck geschliffene Glas im Spiritus beschaute, waren sie so groß wie ausgewachsene Kindsköpfe. Wem mochten bei solchem Anblick die Augen nicht übergehen!

Wenn dann das Geschäft zustande kam, da rieb sich Mr. Miller die Hände mit einer Miene voll Freundlichkeit und Wohlwollen, und beim Abschied begleitete er den Kunden bis zur Tür, wo er sich verneigte bis zur Erde. Denn Mr. James J. Miller konnte grob und höflich sein, je nach Bedarf. Seine Augen konnten Gift und Galle sprühen und im nächsten Moment wieder von Freundlichkeit und Wohlwollen strahlen wie die eines Methodistenpredigers in der Sonntagsschule, je nachdem es die Geschäftslage erforderte. Am freundlichsten aber war Mr. Miller stets, wenn Mr. Smiles in der Tür erschien. Mr. Smiles war das, was man in der Sprache der Deutsch-Amerikaner einen „prominenten Mann“ nennt. Ein großer, nicht eben elegant, aber sehr kostbar gekleideter Herr mit dicken, roten, ausgearbeiteten Fingern und halbverwachsenen Fingernägeln. Er funkelte von Diamanten.

Jeden anderen Tag kam Mr. Smiles in die *Office*, wo Mr. Miller ihm eine Anzahl Dokumente zur Unterschrift vorlegte. Nachdem sie sich beide eine Weile beim Rauchen einer schweren Zigarre über die Aussichten bei den Distriktswahlen unterhalten hatten, verabschiedete sich Mr. Smiles persönlich von jedem einzelnen mit einem warmen Händedruck und im Fortgehen klopfte er mir väterlichwohlwollend auf die Schulter.

„Das ist der Notar“, sagte mir der Buchhalter. „Er kommt hierher, um die Akten zu prüfen.

„Dazu braucht er aber nicht viel Zeit.“

„Kein Wunder. Das Lesen und Schreiben ist seine starke Seite nicht.“

„Wenn er aber doch Notar ist –“

„Du bist ein Schaf. Das macht hier alles die Politik.“

Fast hätte ich vergessen, zu erwähnen, daß Mr. James J. Millers Wiege auch jenseits des großen Wassers gestanden hat. Damals war er freilich noch ein Herr Jakob Müller. Auch jetzt hielt er noch große Stücke auf die „alte *Country*“ und beliebte oft, sich mit mir in einem Deutsch-Amerikanisch zu unterhalten, von dem ich nachstehend einige Stilproben gebe:

„Das gleich ich nit, wenn man sich auf der Straße herumtreibt, wann die Sonn' sich gesetzt hat.“

Oder: „Boy, ring' die Lady an und sag' ihr, daß ich heut nicht zum Lunch kommen kann.“

Die Lady – das war seine Frau. Sie stammte aus Nürnberg und konnte Deutsch so gut wie ich. Sie wohnte ziemlich weit draußen in der Vorstadt in einer jener kleinen häßlichen, grell-grün angestrichenen „*Cottages*“ und blätterte den ganzen Tag in den Modejournalen. Das Essen bestellte sie in einem benachbarten Restaurant, und um die häuslichen Arbeiten bemühte sich ein Chinese. Aber sie war nebenbei auch noch eine *Businesslady*. Wenn immer Mr. Miller eine besonders diskrete Angelegenheit zu besorgen hatte, so schickte er mich mit den Akten in die Wohnung, wo die Lady alles fein säuberlich abtippte.

Und eines Tages – doch ich weiß selbst nicht, warum ich diese kleine und herzlich unbedeutende Geschichte gerade hier erzählen muß. Wohl nur deshalb, weil sie durch all die Jahre so schön in meinem Gedächtnis haften geblieben ist.

Eines Tages, als ich wieder dort war, hieß sie mich eine Weile warten, bis sie einen Brief fertig geschrieben hätte, den sie mir mitgeben wolle. Es war ganz still in dem kleinen Zimmer. Nur die Schreibmaschine klapperte, und das kleine Töchterchen – ein richtiges ungezogenes, naseweises Girl mit einem Röckchen, das schon eine Handbreit über dem Knie aufhörte – blätterte in einem Bilderbuch. Mit einem gelangweilten Gesicht warf es das Buch auf den Boden.

„*Shoking!*“

„*You must not be so naughty, Maggie*“, sagte die Mutter mit verweisender Miene, aber als sie sich bückte, um das Buch aufzuheben, da ging ein Lächeln über ihr Gesicht – ein ganz unamerikanisches Lächeln:

„Sieh mal an. Der Struwelpeter!“

Vorsichtig blätterte sie weiter in dem Buche. – Ah, da war die Geschichte von dem Nikolaus mit dem Tintenfaß und von den zwei Katzen, die vor dem Aschenhaufen weinten! – Und wie sie sich immer weiter in das Buch vertiefte, da war sie auf einmal gar keine *Businesslady* mehr. Schreibmaschine, Modejournale – alles war vergessen, und es war, als ob der Geist des alten Deutschland durch das Zimmer ging.

Er mag wohl recht gehabt haben, der Dichter, als er dem Schwarzwaldmädchen prophezeite:

„Wie wird das Bild vergang'ner Tage
Durch eure Träume glänzend weh'n,
Gleich einer stillen frommen Sage
Wird es vor eurer Seele steh'n.“

Immer eifriger blätterte sie in dem Buch. Aber wie sie gerade bei Hans-Guck-in-die-Luft war, da klingelte das Telephon – ein schrilles, aufreizendes, echt amerikanisches Klingeln – vergessen war der Struwelpeter – *Business!*

„Hallo . . .“

So waren über allen diesen Geschichten allmählich drei Wochen vergangen, ohne daß es einen Tag gegeben hätte, der mich nicht bis spät in die Nacht hinein bei der Arbeit sah. Täglich wurmte es mich mehr, daß hier alle so smart waren und so viel Dollars machten, während ich nur deren zehn im Monat verdiente. So faßte ich mir denn ein Herz, und machte zu gelegen scheinender Zeit den Boß auf das schreiende Mißverhältnis zwischen Arbeit und Verdienst aufmerksam. „*Well*", meinte der mit trockener Miene, „du kannst gehen." Dann griff er in die Tasche und zählte acht blanke Silberdollars auf den Tisch. – Aus war es mit dem Paradies der Dollarjäger. Mit Schimpf und Schande war ich entlassen.

Ich war aber nicht mehr grün genug, um das tragisch zu nehmen. Im Vollgenuß meines neuen Reichtums schlenderte ich durch die Stadt „*to see the sights*", wie die Amerikaner sagen.

El Paso war das Eldorado der Spitzbuben. An der Grenze von drei Staaten gelegen, war die Stadt ein idealer Aufenthaltsort für Leute, die aus gewichtigen Gründen Wert darauf legen, von Zeit zu Zeit die Wohltaten der „Exterritorialität" zu genießen. Nirgendwo spazierte das Laster so ungeniert über die Straße wie hier. Andere Städte mögen auch nicht moralischer gewesen sein, aber während sich dort das Laster und Verbrechen in die hintersten Winkel der schmutzigsten Gassen verkroch, hatte es hier sein Quartier in der Hauptstraße aufgeschlagen. Abends, wenn das elektrische Licht über der breiten Houstonstraße leuchtete, begann es in den niedrigen Häusern lebendig zu werden mit roten, grünen und weißen Lampen und Lampions. Wie die Glühwürmer leuchteten sie in der lauen Nacht. Durch die weitoffenen Schaufenster offenbarten sich beim Scheine der roten Lampe die Zimmereinrichtungen bis zu den intimsten Einzelheiten.

Irgendwo zwischen diesen Häusern stand ein schimmernd weißer, lichtumfluteter Palast. Eine strahlende Herrlichkeit aus Gips und Glas. Vor dem Eingang war ein Kommen und Gehen von verwegen dreinschauenden Menschen. Ein prächtiger „Saloon" mit blitzenden Spiegeln und bunten Bildern in dicken Goldrahmen tat sich vor uns auf. Die breite Bar funkelte von Messing und Marmor. An der Decke hingen schwere Kronleuchter mit farbensprühenden Kristallen. Geviertmetergroße Spucknäpfe standen auf dem getäfelten Fußboden. Es war ein großes Geklimper von Dollars. Funkelnde Goldstücke wanderten über die Bar. Im ersten Stock des Gebäudes ging es ruhiger zu. Dort saßen, umhüllt von blauen Tabakswolken, wohl hundert Männer über den Karten. Hemdsärmelig, den Hut auf dem Kopf und das immer bereite Schießeisen im Gürtel. Sie pokerten. Die Silberstücke in dem Einsatz wurden zu

Gold und das Gold wuchs zu einem stattlichen Häuflein an. „*Full house!*“ sagte einer und steckte die ganze Geschichte ein.

Die anderen verzogen keine Miene. Neue Karten wurden ausgegeben. Das Spiel ging weiter.

Nicht weit von diesem schimmernden Glaspalast stand eine Soldatenwirtschaft. An den grauen, von einer gleichmäßigen Staubschicht überzogenen Fenstern war ein mächtiger schaumgekrönter Humpen und darunter ein Ei aufgemalt. Der Humpen – so stand hier zu lesen – sollte fünf Cents kosten, und das gesottete Ei bekam man als Dreingabe völlig umsonst. Das war nun wirklich eine neue und eigentümliche Art, die Kundschaft anzuziehen. Neugierig, wie ich nun einmal bin, ging ich hinein, um mich von dem Sachverhalt zu überzeugen.

Es hatte alles seine Richtigkeit. Der Humpen war zwar nicht ganz so groß wie der am Fenster, aber man bekam wirklich sein Ei, und wer da wollte, der konnte auch noch einen Teller voll mexikanische Bohnensuppe essen oder sich an dem langen „*free lunch counter*“ an Käsebrot und eingemachtem Lachs erlaben.

Soweit war alles gut; aber was sich hier an der Bar zusammendrängte, das war nichts weniger als ein erstklassiges Publikum. Soldaten, Erdarbeiter, Vagabunden, Tagediebe, Gewohnheitssäufer, Verbrecherphysiognomien, wie man sie sonst nur in der üblichen Bouillonkellerszene auf der flimmernden Leinwand eines Vorstadtkinos zu sehen bekommt.

„Es ist nichts los in diesem gesegneten Lande“, sagte einer mit einem Seufzer, „bei uns in Chikago sind die Humpen noch einmal so groß, und man bekommt dazu Knackwürste mit Sauerkraut.“

Inzwischen waren zwei Raufbolde aneinandergeraten. Der eine war ein junger Soldat mit einem Sommersprossengesicht und einem ungeheuer großen, impertinent roten Haarschopf, der andere ein dunkler Mexikaner, dessen Augen Dolche schossen. Der Kampf begann mit kecken Herausforderungen und mit Flüchen, vor denen sich die Tinte schämt. Und ehe man wußte, wie es geschehen, hatte der Soldat ein langes Bowiemesser gezogen, und der Mexikaner stürzte zur Erde. Alle „Jungens“ eilten herbei, um sich den „Spaß“ zu besehen. „Er ist tot“, sagte einer mit Kennermiene, „gleich ins Herz getroffen, *by Jove!* Ein sauberes Stück Arbeit!“

Zwischen den Köpfen der anderen hindurch betrachtete ich mir die Bescherung. Da lag er lang ausgestreckt auf dem Boden. Das schmutzige Hemd war rot von Blut. Die offenen Augen starrten gläsern zur Decke. Es war das erstemal in meinem kurzen Leben, daß ich einen Toten so dicht vor mir gesehen hatte.

Nur einen Augenblick hatte die Sensation auf die Gäste gewirkt, dann saßen sie alle wieder über den Whiskygläsern und den Pokerkarten, und keiner dachte mehr an den Toten.

Mir aber wurde ungemütlich zumute in dieser Gesellschaft. Alles begann sich vor mir im Kreise herumzudrehen; die Bar, die Bilder und die Bierhumpen mitsamt den Eiern. Lange irrte ich ruhelos in den Straßen umher. Fast während der ganzen Nacht konnte ich keinen Schlaf finden, weil der Tote immer wieder vor mir auftauchte wie ein Gespenst. Ach, ich war doch nur ein großes Kind!

Als aber am nächsten Morgen die Sonne zum Fenster hereinlachte, da war das Abenteuer wieder ganz vergessen; die Welt war auf einmal wieder wunderschön und der Kopf voll uferloser Reisepläne. Tags zuvor hatte ich irgendwo etwas von dem an der Grenze von Guatemala gelegenen mexikanischen Staate Oaxaca gelesen. In Oaxaca wohnten deutsche Kolonisten, die sich mit Kaffeebau beschäftigten. In Oaxaca gab es düstere Urwälder, wo Schlangen und Wildkatzen hausten und bunte Kolibris sich auf dem Federkleid der Palmen wiegten. In Oaxaca war das Land des Sonnenscheins. In Oaxaca war der Himmel viel blauer als anderswo. In Oaxaca wuchsen einem die Bananen und Apfelsinen in den Mund hinein. Ja, ich mußte unbedingt und sofort nach Oaxaca reisen!

Da stand ich nun auf der großen internationalen Brücke, die über den Rio Grande nach Mexiko führt. Ich hatte mir stets die größten Vorstellungen von diesem Flusse gemacht, denn in den Landkarten ist er so dick eingezeichnet.

Hier war nichts zu sehen, als ein breites, sandiges, fast vollkommen ausgetrocknetes Flußbett, in dem die Mexikaner mit ihren Packeseln hin und her zogen, weil sie das Brückengeld sparen wollten.

Wenn man von El Paso hinüber nach der mexikanischen Grenzstadt Juarez kommt, so ist es, als ob man in eine andere Welt versetzt werde. Dort alles nervöse dollarmachende Hastigkeit, hier ein saumseliges dolce far niente.

„*Manana, quien sabe*" – das heißt auf Deutsch: „Komm ich heut' nicht, komm ich morgen."

Schweigend stehen die flachen einstöckigen Häuser in der grellen Sonne. Nicht ein lebendes Wesen zeigt sich in den Gassen; es sei denn ein knurrender Hund zwischen dem Kehrichthaufen oder ein schäbiger Schutzmann mit Sandalen an den nackten Füßen. Totenstille liegt über der weiten Plaza. Brennende Sonne über staubigem Rasen und welken Blumenbeeten. Die heiße Luft zittert um die Türme der Kathedrale. Kein mitleidiges Wölkchen trübt das tiefe Blau des Himmels. In einer Fonda sitzen Arbeiter und essen ihr *„chili con carne“*, ein merkwürdiges Gericht aus wenig Fleisch, viel Öl und sehr viel rotem Paprikapfeffer.

„Yankee?“ fragte mißtrauisch der Fondero, der mir ein Glas Rotwein brachte. Er schien befriedigt, als er hörte, daß ich nicht aus *„God's own country“* stammte. „Mexiko ist ein feines Land, Kaballero“, sagte er zu mir. „Das feinste Land der Welt und das schönste, Kaballero! Hier sind die Leute noch Menschen, aber die dort drüben – die Yankee – das sind nur Apparate zum Dollarmachen.“

Wohl eine halbe Stunde lang schilderte er mir die Vorzüge Mexikos in einem äußerst zungenfertigen Englisch, gewürzt mit spanischen Brocken und mexikanischen Gebärden. Allmählich mischten sich die anderen ins Gespräch, und es gab eine hitzige Auseinandersetzung, die ebenso spanisch war, wie sie mir vorkam. Nur ein Wort tauchte immer wieder auf in einem Tonfall von Gift und Galle und unnachahmlichem Sarkasmus: „Yankee!“ Die Yankees waren offenbar ihre Freunde nicht.

„Und werden Sie heute nachmittag auch zu *„Los toros“* gehen?“ wandte sich der Fondero wieder an mich.

„Los toros?“

„Nun zum Stiergefecht! Die ganze Stadt wird dort sein. Sie werden etwas versäumen, Kaballero, wenn Sie nicht hingehen.“

Er deutete auf ein buntes Plakat an der Wand, auf dem zu lesen stand, daß am Nachmittag in der Arena draußen vor der Stadt ein Stiergefecht abgehalten werde. Sechs rasseechte Stiere von der Hazienda des Fürsten Soundso würden auf dem Kampfplatz erscheinen. Der berühmte Matador Don Manuel Morena habe seine Mitwirkung zugesagt und das Eintrittsgeld betrage, je nach dem Platze, von 50 Dollars bis zu 50 Cents.

Fünfzig Cents sind nicht viel Geld, aber für den, der nur drei Dollar sein eigen nennt, ist es doch eine ganz erhebliche Summe. Lange stand ich unschlüssig auf dem Platz und starrte auf das bunte Leben. – Sollte ich es wagen? Konnte ich es mir erlauben? – Aber ehe ich noch recht wußte wie es geschehen, hatte ich schon die 50 Cent an der Kasse bezahlt und wurde fortgeschoben mit der großen Menge, die in die Arena strömte. Hoch im Olymp auf der obersten Reihe der Bänke war mein Platz. Neben mir saßen ärmlich gekleidete Peone mit bunten Ponchos und zuckerhutartigen Sombreros. Sie rauchten Zigarillos und spuckten auf den Boden. Von Zeit zu Zeit verkürzten sie sich die lange Pause durch einen Höllenlärm mit ihren Holzsandalen. Ich mußte an einen alten Vers denken, den ich einmal irgendwo gehört hatte:

„So sind die Leut' in Mexiko,
Die Mexikaner sind mal so."

Weiter unten drängte sich Kopf an Kopf in riesigem Kreise die Menge, die nach Tausenden zählte. Ein buntes Farbenspiel, wie ich es noch nie gesehen. Bunte Kleider, flatternde Mantillas, wedelnde Fächer und blitzende Augen. Und über dem allen der tiefblaue Himmel des Südens.

Noch ist alles still dort unten in der Arena. Nur die Hitze tanzt über dem gelben Sande.

Doch plötzlich ertönt schmetternde Musik. Berittene Trompeter erscheinen auf der Bildfläche. Dann phantastisch geputzte Pikadores mit langen Lanzen auf tänzelnden Pferden.

Und dann, – dann erscheint Er – der Matador!

Eine Bewegung geht durch die Menge. „*Viva Don Manuel!*" ruft aus dem Publikum eine Dame in schwarzseidener Mantilla. „*Viva Don Manuel!*" ertönt es da und dort.

Dann pflanzt sich der Ruf wie ein Sturmwind durch das Theater fort: „*Viva Moreno!*"

Der Matador – oder, wie man meistens sagt: Der Espada – verbeugt sich höflich und mit Grandezza. Der Chor der Stimmen wird zum Orkan, und wie der Donner eines entfesselten Unwetters braust es hinauf zum blauen Himmel dieses lachenden Landes:

„*Viva Mejico!*"

Feierlich bewegt sich der Zug rings um die Corrida unter Führung einer Magistratsperson in würdigem Ornate.

Vorbei ist der Zauber.

Von der mit Fahnen bunt geschmückten Tribüne der Ehrengäste wirft jemand einen Schlüssel hinunter. Der Toredor wird aufgeschlossen, und der Leu mit Gebrüll –

Doch ich will nun nicht weiter im einzelnen erzählen. Der Weg von der Corrida bis zur Höhe meines Sitzplatzes war weit, so daß die Vorgänge dort unten sich nicht allzu plastisch vor meinen schlechten Augen abhoben. Und wenn ich bedenke, daß seither schon manches Jahr ins Land gegangen ist, so finde ich es eigentlich ganz begreiflich, wenn die Erinnerungen an jenes längst vergangene Erlebnis vor mir auftauchen wie die Farbenkleckse eines futuristischen Gemäldes.

Was mir am meisten auffiel, das war die verhältnismäßige Kleinheit der Stiere. Während meiner Tätigkeit auf den Farmen in Texas hatte ich selbst schon manches Stiergefecht ausgefochten mit widerspenstigen Ochsen und Zuchtbullen, die ich zur Tränke führen mußte. Die waren alle viel größer und stärker gewesen als das, was sich dort unten herumtrieb. „Aber die kleinen“, so belehrte mich ein neben mir sitzender Mexikaner, der etwas Englisch sprach, „das sind gerade die wilden.“

Ein Trompetenstoß ruft die Pikadores auf den Kampfplatz – eine Gruppe von Reitern mit langen Lanzen auf kleinen, struppigen, äußerst unansehnlichen Pferden. Ihre Aufgabe ist es, das Temperament des Stieres zum Höchstmaß der Raserei aufzustacheln, was sie mit den stumpfen Spitzen ihrer Lanzen aufs gründlichste besorgen. Blindlings stürzt sich das gehetzte Tier auf seine Widersacher. Schon haben die scharfen Hörner einem Pferd den Bauch aufgerissen. In großem Bogen fliegt der Reiter auf die Erde. Nur mit knapper Not gelingt es ihm, sich mit einem kecken Sprung über die Schranken in Sicherheit zu bringen, derweil der Stier in den Eingeweiden seines Opfers wühlt. Auch ein Stier ist ein Ungeheuer, wenn er erst einmal Blut gerochen hat. Wütend schaut er sich um nach neuer Beute. Schon hat er einen anderen Reiter zu Boden geworfen. *„Bravo el toro!“* ruft die begeisterte Menge. Aber von allen Seiten kommen neue Lanzenstiche wie Mückenschwärme. Wütend wühlt er im Sande der Corrida. Zornig schaut er sich um mit wilden, blutunterlaufenen Augen.

Nun ist der Augenblick gekommen, wo die Banderilleros ihre Künste zeigen können. Auf ein weiteres Trompetensignal reiten die Pikadores hinaus, und phantastisch gekleidete Männer treten auf mit roten Tüchern und langen, buntbewimpelten Stäben, Banderillos, die sie dem Stier in den Nacken stoßen. Immer um Haaresbreite vermeiden sie die mordgierigen Hörner des blindlings anrennenden Tieres, während die herbeieilenden Männer mit der roten Capa seine Aufmerksamkeit stets nach einer anderen Richtung lenken.

Nachdem auch sie wieder abgetreten, erscheint auf dem Kampfplatz der Espada. Er kommt herein wie ein Gott. In der Hand ein blitzendes Schwert. Herrlich gekleidet in Samt und Seide nach altspanischer Mode. Schlank, elegant und voll Grandezza. Jeder Zoll ein Hidalgo. Stolz und demutvoll zugleich verneigt er sich vor den Honoratioren auf der Tribüne. Er spricht einen graziösen Spruch, mit dem er den zu erlegenden Stier einer bevorzugten Persönlichkeit widmet – dem Präsidenten, dem Alcalde oder auch einer holden Dame.

Dann – als ob ihm plötzlich die Idee gekommen wäre – wirft er die Mütze nach rückwärts und schreitet nach der Mitte der Corrida; in der Rechten das Schwert und in der Linken eine kleine rotseidene Fahne.

Das Schweigen der Erwartung liegt über der Menge.

Da stand er nun starr wie eine Statue an seinem Platze. Das Schwert zum Stoß bereit und die rote Fahne in der weit ausgestreckten Linken. Wie ein schnaubender Schnellzug kam der Stier herangebraust. Blindwütig stürzt er sich auf die rote Flagge. Aber während er eben unter dem linken Arm des Verwegenen durchrannte, stieß dieser ihm mit dem anderen den blanken Stahl zwischen den Rippen hindurch bis in die Eingeweide. Es war ein Schauspiel für die Götter!

Schon manchen tollkühnen Burschen habe ich angetroffen in meinem Leben der Wanderungen und Abenteuer; ich bin dabei gewesen, als verwegene Harpunierer vom schwankenden Boot die zitternde Lanze in den Schlund des wütenden Walfisches stießen, aber nie wieder habe ich etwas gesehen, bei dem Kühnheit und Eleganz sich so schön zusammengefunden haben, wie hier auf dem Sande der Corrida von Juarez.

Kaum war das Tier verendet, als ein prunkvoller vierspänniger Wagen den Körper aus der Arena wegfuhr. Der Espada aber wanderte stolz wie ein Spanier entlang der Schranken und nahm mit Würde die nicht endenwollenden Huldigungen der Menge entgegen.

„*Viva Moreno!*“

Er war maßlos eitel; aber er war es mit Grazie.

Nach diesem ersten Stier kamen noch fünf weitere an die Reihe, die alle in der oben beschriebenen Weise erledigt wurden. Immer heißer wurde es in der Corrida. Der Blutgeruch stieg bis hinauf zur Höhe meines Sitzes.

Am Abend ergoß sich der Menschenstrom über die Stadt. Es war ein wunderbarer lauer Abend. Ein leiser Wind spielte mit den Blüten der Bäume. In den Büschen leuchteten die Glühwürmchen. Die Musik spielte auf der Plaza, und alle Welt spazierte unter dem sternbesäten Himmel.

Ja – Mexiko!

Einige Tage später befand ich mich zwar nicht in jenem paradiesischen Lande Oaxaca, von dem ich geträumt hatte, aber noch weit im Inneren des mexikanischen Staates Chihuahua (sprich: Tschiwaua).

Eine Agentur in El Paso hatte mich zusammen mit einem großen Schub Arbeiter hierhergeschickt. Es war eine wüste, weltverlassene Gegend, in der die Schakale, die Präriewölfe und die Klapperschlangen zu Hause waren. Tagsüber brannte die Sonne heiß wie ein Höllenofen über den gelben Sandhügeln, und nachts war es oft so kalt, daß das Waschwasser in den Eimern gefror. Alle paar Tage gab es einen Sandsturm, der die Sonne verfinsterte.

Wir wohnten in dünnen Zelten mitten in der Prärie. Nachts lagen wir fröstelnd in dem kalten Sande und tagsüber quälten wir uns mit den bockigen Maultieren. Denn wir arbeiteten an dem Bau einer neuen Eisenbahnlinie.

Dort im wilden Westen, wo die Kraft des Pferdes noch billiger ist als die des Menschen, spielen Picke und Schaufel nur eine untergeordnete Rolle bei derartigen Arbeiten. Das Pferd besorgt alles. Will man einen Hügel abtragen, so bricht man zuerst den Boden auf vermittels eines mächtigen, von acht schweren Gäulen gezogenen Pfluges. Dann kommt der „Skinner“ mit einer Riesenschaufel, die von vier nebeneinander angeschirrten Pferden oder Mauleseln fortbewegt wird. Ein einziger Handgriff genügt, um die Schaufel zu füllen, während die Pferde weiterstampfen durch den Sand bis zu der Stelle, wo die Ladung „gedumpt“ wird. So entsteht aus Tal und Hügel allmählich der Bahndamm.

Oftmals sind bis zu zwanzig derartige Pferdeschaufeln beschäftigt. Im großen Kreise marschieren sie immer vom Tal zum Hügel und wieder zu Tal. Zehn Stunden lang an einem Tage: eine so öde und geisttötende Arbeit, wie man sich's nur immer denken kann. Die Sonne brennt auf dem gelben Sande. Der Staub der Wüste tanzt in der blauen Atmosphäre. Schwer wie Blei sind die Glieder. Weiter, immer weiter! Nicht zu schnell und nicht zu langsam, aber immer vorwärts in gleichmäßiger Bewegung. Du darfst nicht wagen, einen Augenblick deinen steifen Rücken zu strecken, hier im Lande der Freiheit. Denn dort oben auf dem Hügel hält hoch zu Roß der Aufseher mit dem Notizbuch in der Hand. Solltest du einmal einen Augenblick versagen, du Rädlein an der Maschine, so wird er in vollem Lauf herangesprengt kommen und dir einen Scheck ausschreiben auf das Büro in El Paso. „Da, pack dich!“ Gib dir keine Mühe, du Grünhorn. In ein paar Tagen bekommst du doch den Scheck, denn der dort oben, der hat das größte Interesse daran, wenn es hier zugeht wie in einem Taubenschlag. Er bekommt Prozente von der *Employmentoffice*. Und die Kompagnie – die ist die letzte, dich zu halten! Denn du bist beim Monat bezahlt. Gehst du vorher fort, so darf sie dir laut Abmachung ein Viertel deines Lohnes einbehalten. Also wird sie im günstigsten Falle nach 29 Tagen keine Arbeit mehr für dich haben. Außerdem wird sie dir Krankengeld berechnen für ein nicht vorhandenes Spital, sie wird dir Steuern ankreiden, die sie niemals bezahlt hat, und wenn du dann wieder zurückkommst nach El Paso, so wirst du ungefähr gerade noch einen Dollar übrig haben für die Stellenagentur.

Wie lang hier die Tagen waren! Täglich beobachtete ich durch lange Stunden meinen eigenen Schatten auf dem gelben Sande mit den Augen eines Peter Schlemihl. Wollte er denn gar nicht länger werden? Schon fangen die Maulesel an ungeduldig zu werden. Eine vereinzelte mißtönende Eselstimme durchzittert die Wüste. Nach einer kurzen Pause ist es schon ein Chor von drei oder vier. Immer lauter wird das Konzert, um schließlich anzuschwellen zu einer ohrenzerreißenden Serenade aus hundert Eselsschlünden. Dumme blöde Tiere! Grünhörner, die ihr seid! Wie könnt ihr es wagen, eure Stimme zu erheben gegen den Boß!

Schon steht die Sonne tief am Horizont und ihre weichen Strahlen malen den Himmel der Wüste in allen Schattierungen von Rot und Blau. Es ist nun endlich Feierabend. Müde sind die Glieder von der zehnstündigen Wanderung in dem Sande; aber mit der Arbeit ist man noch lange nicht am Ende. Jetzt, wo schon die frostigen Sterne am Himmel stehen, muß man noch die Pferde ausspannen.

Dann müssen sie getränkt, gefüttert und geputzt werden, sintemalen sie doch viel wertvoller sind als die Menschen. Die gleiche Arbeit muß am frühen Morgen, eine Stunde vor Sonnenaufgang, besorgt werden. Macht also zehn und zwei gleich zwölf Stunden Arbeitszeit. Nein, dreizehn! Denn ein böses Geschick will es so, daß des Aufsehers Uhr am Vormittag um eine halbe Stunde vor und am Abend um ebenso viel nachgeht. Wir alle wissen das. Wir murren darüber. Aber wir sagen nichts.

Manchmal wunderte ich mich, was wohl ein deutscher Arbeiter sagen würde, wenn man von ihm in der eigenen Heimat das verlangen würde, was man dem freien Mann drüben jeden Tag zumutete.

*

Manchmal glaube ich auch an die „Tücke des Objekts".

Täglich hatte ich alle Qualen der Hölle herabgewünscht auf das Haupt des Unholds mit dem Notizbuch, der dort von der Höhe des Sandhügels auf das Gewürm zu seinen Füßen herunterschaute, und nun – o Land der unbegrenzten Möglichkeiten!

Drei Wochen lang hatte ich schon in dieser Tretmühle gearbeitet und fühlte mich bereits als Veteran unter diesen Menschen, von denen keiner länger als vierzehn Tage aushielt. Eigentlich wunderte ich mich selbst am meisten über meine Seßhaftigkeit. Am ersten Tage wollte ich schon am Abend weglaufen; am zweiten schwor ich heilige Eide, daß ich nicht länger als eine Woche dieses Inferno ertragen würde; am dritten biß ich die Zähne zusammen und machte mich auf einen ganzen Monat gefaßt. Nach vierzehn Tagen war ich bereits so stumpfsinnig, daß ich gar nichts mehr dachte. Mir war, als ob es auf der weiten Welt nichts mehr gäbe als diese Tretmühle; als ob Ehre und Seligkeit und meine ganze Zukunft nur abhingen von dieser Plackerei. Nur zuweilen, wenn irgendeiner etwas von Kalifornien erzählte, da packte mich die Ungeduld wie ein Wirbelwind und mir war, als ob ich im nächsten Augenblick davonlaufen müßte. Doch nein: das könnte denen wohl so passen, wenn ich vor der Zeit fortliefe und ihnen ein Viertel meiner heiß verdienten Dollar schenkte!

Da kam eines Abends nach der Arbeit der Oberboß aus dem Hauptlager gerade auf mich zugesprengt.

„*Well*", sagte er von der Höhe seines tänzelnden Pferdes, „Sie können morgen Mr. Mc. Cradys Stelle einnehmen."

Ohne ein weiteres Wort jagte er wieder davon und überließ mich meiner Verblüffung.

Mr. Mc. Crady – das war ja der mit dem Notizbuch auf dem Sandhügel! Drei Dollar verdiente er im Tag! Hätte mich jemand in diesem Augenblick zum Präsidenten der Vereinigten Staaten ernannt, mein Erstaunen hätte nicht größer sein können. Ich fand mich indes schnell in die Lage. In der Commissaria kaufte ich mir ein Notizbuch, ein Paar Lederhandschuhe und einen großen grauen Cowboyhut, wie ich ihn bei Mr. Mc. Crady gesehen hatte. Ich kam mir reichlich smart vor für ein Grünhorn.

Da stand ich nun oben auf dem Sandhügel unter dem Schatten meines Cowboyhutes, Notizbuch in der Hand, giftgeschwollen wie nur einer. Willst du harte Herren haben, so suche sie bei deinen Sklaven. Bald aber merkte ich jedoch, daß auch ein Herrenleben seine Schattenseite hat. Drunten bei der Arbeit waren die Stunden lang gewesen; hier wurden sie zu Ewigkeiten. Brennend heiß lag die Sonne auf dem Sande. Dicke Staubwolken tanzten um die grauen Kaktusbüsche. Trübe, bleierne Langeweile lag über der Landschaft. Nur mit Mühe konnte ich die Augen offen halten. Die Gruppe von Arbeitern, über die ich hier zum Herrn und Meister gesetzt war, bestand nur aus Mexikanern. Sie ließen sich, je nach Charakter und Fähigkeiten, deutlich in zwei Klassen teilen: die einen waren *„no sabe“* (ich kann nicht), die anderen *„no quiere“* (ich will nicht). Zu der ersten Gruppe gehörte ein kleines vertrocknetes Männchen mit einem lederfarbigen Gesicht, auf dem vereinzelte graue Barthaare wie ein Grasbüschel in der mexikanischen Wüste wuchsen. Dieses Männchen hatte sich seine eigenen pädagogischen Ansichten über den Umgang mit Mauleseln gebildet. Was andere rohe Patrone mit der Peitsche durchsetzten, das suchte er durch Milde und durch gütiges Zureden zu erreichen. Während des ganzen Tages widerhallte die Wüste von seinen Wehklagen: *„Andate mi niño! Vamos mi corazon!* Gehe, mein Kind! Vorwärts, mein Herz – mein Liebling – mein Engel!“ Worauf dann der Esel jedesmal in ein wieherndes Gelächter ausbrach. Nachdem ich es lange genug mit angesehen, nahm ich ihm die Peitsche aus der Hand und versetzte der Bestie eins über die störrischen Ohren.

„Siehst du, nun läuft er wieder!“

„Señor!“

Das kleine Männchen beschwor alle Heiligen im Kalender. Mit Tränen der Wut und des Schmerzes in den Augen hielt er mir eine spanische Rede, von der ich glücklicherweise nichts verstand. Dann rannte er verzweifelt hinaus in die Wüste und tauchte erst nach drei Tagen wieder auf, um seinen Scheck zu holen.

Die Anhänger der anderen Klasse – *no quiere* – waren wesentlich bösartiger. Die waren gerade klug genug, um boshaft zu sein. Sie haßten die „Gringos", und wo sie ihnen einen Schabernack spielen konnten, da taten sie es mit der ganzen Inbrunst ihrer schwarzen Seele. Da war einer – ein dunkelhäutiges Stück Bosheit mit einem mächtigen schwarzen Haarschopf und giftgrünen Augen – der sich hierin besonders auszeichnete.

Dieser Sohn einer Bestie hatte die Gewohnheit, kurz vor dem Ziel seine Pferde zu solcher Eile anzutreiben, daß der am „Dump" stehende „Gringo" nicht Zeit fand, den Apparat zu kippen. Hohnlachend fuhr er dann mit den vier Pferden und der vollen Ladung den Abhang hinunter, während der lose Sand weit über die Markierungspfähle hinausfloß. Gleich kam der Oberboß herbei und fluchte, während drunten ein Gelächter ertönte aus einem Dutzend Mexikanerkehlen.

Einmal aber war das Maß voll. Wie ein brüllender Löwe ging ich auf ihn los.

„Willst du wohl aufpassen?"

„No quiero."

Wäre ich nun smart gewesen wie die anderen auch, so hätte ich wohl kaltlächelnd das Scheckbuch gezückt und ihm mit dürren Worten bedeutet, daß man von seinen ferneren Diensten keinen Gebrauch mehr zu machen gedenke. Statt dessen muß ich als gewissenhafter Chronist einen bedauerlichen Mangel an Selbstbeherrschung von seiten des durch die unerwartete Rangerhöhung offenbar vom Cäsarenwahnsinn befallenen Grünhorns feststellen. Mit einem Satz sprang ich dem Wüstling an die Kehle.

Wir stürzten beide den Bahndamm hinunter. Der Sand rollte wie eine Lawine über uns weg; aber keiner achtete es in der Hitze des Gefechtes. Mit sicherem Instinkt griff der Kaballero nach dem langen Messer, das ich nur mit Mühe seinen Händen entwinden konnte. Von allen Seiten kamen kampfgierige Mexikaner herbeigerannt, die im farbenreichsten Kastilianisch meinen Widersacher zum Kampf gegen den Gringo ermunterten. Vor mir wirbelte es von blitzenden Messern und funkelnden Mexikaneraugen. Doch als der Kampf auf dem Höhepunkt angelangt war, erschien der Oberboß auf der Bildfläche. In voller Kriegsbemalung, Revolver in der Hand, sprengte er in den Kreis der Kampfhähne.

„Hallo! Was zum Teufel? Marsch zur Arbeit mit euch! Nach Feierabend könnt ihr einander umbringen, soviel ihr wollt!“

„Und du“, wandte er sich dann an mich, „well, Sir, Sie sind entlassen!“

Noch in derselben Nacht saß ich im Schnellzug nach El Paso mit der Miene eines Mannes, der mit sich und der Welt ganz außerordentlich zufrieden ist. Eigentlich hatte ich ja noch etwas länger bleiben wollen, um die hundert Dollar voll zu machen – na, denn nicht! Die Welt war auch so ganz wunderschön. Draußen war alles so still und feierlich. Die hellen Sterne standen über dem Buschwald, und der Widerschein der schmalen Mondsichel lag wie ein Streifen von flüssigem Silber über dem Horizont. Bei Tagesgrauen fuhren wir über die Brücke des Rio Grande, dessen breites Bett nun fast bis obenan mit brüllenden Wassermassen gefüllt war, die dick und braun wie Erbsensuppe vorüberrauschten.

Drüben in El Paso löste der Kassierer der Nationalbank meinen Scheck ohne weitere Umstände ein. Sechzig blanke Dollar! Soviel Geld würde nie, niemals ein Ende nehmen! Davon war ich ganz überzeugt. Lange lief ich planlos in der Stadt umher. Es war ein trüber, stürmischer Tag. Der Regen peitschte durch die Straßen, und der Sand der Prärie tanzte vor dem Winde. Draußen auf dem Güterbahnhof stießen polternd und klirrend die Wagen aufeinander, und tatendurstige Lokomotiven standen qualmend auf den Schienen – ah, reisen! Eben rumpelte ein langer Frachtzug hinaus in die Prärie. Nach Westen. Nach Neu-Mexiko. Nach Arizona und dann weiter und immer weiter – hinunter, hinunter ins Land des Sonnenscheins und der Palmen.

Sechstes Kapitel

Durch Arizona nach Westen

Kriegsrat im Dschungel. – Ein Abenteurer. – Die Fahrt in der Eiskiste. – Seltsame Schlafgenossen. – Beim Pokerspiel. – Schwarzfahren auf dem Expreßzug. – Eine phantastische Geschichte. – Der Zug, der Wasser im Fliegen nahm! – Mitten in der Wüste. – Zwischen Palmen und Schneebergen. – Und endlich Kalifornien!

Das Wetter war schnell vorübergebraust, und der Himmel war wieder so klar und wolkenlos wie nur ein Texashimmel sein kann. Noch zitterten in der Ferne ein paar scheidende Sonnenstrahlen und malten den westlichen Himmel mit bunten Farben. Weit draußen am Horizont zogen sich die dunkelvioletten Berge Neu-Mexikos hin mit ihren phantastisch gezackten Spitzen und Kegeln, die sich scharf gegen das Abendrot abhoben. Kerzengerade stieg der Rauch eines Lagerfeuers zum dunklen Himmel, von wo schon vereinzelte Sterne in das Zwielicht des sinkenden Tages hineinleuchteten.

Dort am Feuer lag die Dschungel, der Treffpunkt der Tramps am Güterbahnhof von El Paso. Es hatte sich bereits eine ansehnliche Gesellschaft von Wandersleuten zusammengefunden, die in Tomatenbüchsen ihren Tee kochten und dazu den kalten Braten und die Biskuits verspeisten, die sie an mildttätigen Hintertüren in der Nachbarschaft erfochten hatten. Schmutzige, verkommene Gesellen. Spitzige Gassenbuben mit dem Hunger der Bowery in den unsteten Augen; rauhe Verbrechergesichter mit borstigen Stoppelbärten, an denen der Ruß von zwanzig Lagerfeuern klebte. Etwas abseits von den anderen kauerte ein seltsamer Mensch mit einem bleichen, bartlosen Gesicht und kohlschwarzen Haaren, die ihm bis zur Schulter herunterhingen. Man hätte ihn schön nennen können, wenn er nicht so klein und buckelig und unansehnlich gewesen wäre.

„Hallo, Jack“, begrüßte mich wie üblich einer der Kunden, „wo machst du hin?“

„Nach Kalifornien.“

„Was willst du dort? Es ist ein Affenland.“

„So?“

„Ja, und nur die Affen sind es, die dort hingehen. Dumme Grünhörner mit dem Kopf voll großer Rosinen; von wegen Palmen und Orangen und warmem Wetter und dem bißchen blauen Himmel. – Alles recht schöne Dinge für die Reichen. Aber was hat denn unsereiner von alledem? Die Palmen kann ich nicht essen, von den Orangen wird man nicht satt, und was nun gar diesen glorreichen blauen Himmel anbelangt – du kannst mir's glauben: der Himmel ist überall grau für den, der kein Geld hat!“

Die anderen stimmten alle eifrig bei. Ja, so sei es! Sie hätten alle die Nase voll von Kalifornien und „machten“ nun hinüber nach St. Louis und Kansas City oder hinauf nach Dakota, wo man wenigstens noch leben könne wie ein Amerikaner.

Es sei überhaupt nicht gesund, sich lange hier in der Gegend herumzutreiben. Es wimmle von „Geheimen“, die den schwarzfahrenden Hobos auflauerten, um ihnen zehn Tage am Kettengang zu verschaffen.

Bald waren wir mitten im schönsten Fachsimpeln. Wir redeten vom S.P., vom U.V., vom N.P., vom „Lake Shore“ und der Santa-Fe-Bahn, von den Arten und Unarten der Bremser und Lokomotivführer, von den „flycops“, die an den Bahnhöfen lauern, von durchgehenden Fracht- und günstigen Nachtexpreßzügen, von „riding the rods“ und von der Methode, wie man am schnellsten und sichersten auf einen Kohlentender „dschumpt“. Lauter Kauderwelsch, das nur für ein Hoboohr verständlich war, für dieses aber um so besser. El Paso – so meinten sie – sei ein besonders schlimmer Platz wegen der „flycops“, die es namentlich auf die Kalifornienfahrer abgesehen hätten. Da täte man gut daran, an einem der Wasserbehälter an der Strecke den Zug zu erwischen.

Den Rat dieser gewiegten Fachleute durfte ich nicht in den Wind schlagen, und also machte ich mich sogleich auf den Weg nach dem Wassertank, obwohl die Nacht schon hereingebrochen war.

Ich war noch nicht weit gekommen, als jemand atemlos hinter mir hergetrippelt kam. Es war niemand anders als der kleine Bucklige mit den langen Haaren. Er wischte sich den Schweiß mit dem Rockärmel von der Stirn, als er mich erreicht hatte.

„Nein“, sagte er ohne Umschweife, „es ist nicht wahr, was sie sagen, von wegen der schlanken Gestalt und dem martialischen Schnurrbart. Der Magnetismus ist's, der den Eindruck macht. Wenn man den hat, so kann man sie alle in die Tasche stecken.“

„Ja, wen denn?“

„Die Frauenzimmer.“

„So? – Schon möglich.“

„Möglich? Nein, by Jove, gewiß ist's! Sieh' zum Beispiel einmal *mich* an! Ich bin nicht das, man so einen stattlichen Kerl nennt. Ich bin nur eine Handvoll, die man in die Tasche stecken könnte. Und doch – soll ich dir etwa in dieser Mondnacht die Geister beschwören von all den Mädchen, die ich unglücklich gemacht habe, dort hinten auf den Farmen von Missouri, oder in den Gasthäusern von Chikago, oder auf dem großen Rummelplatz von Coney Island?

Du würdest Augen machen! Denn ich – ich besitze einen persönlichen Magnetismus. Ja, das tue ich! Und damit mache ich Eindruck bei den Frauenzimmern. Sie müssen mir alle dienen, ob sie wollen oder nicht. Ich behandle sie wie die Hunde; ich putze meine Schuhe an ihnen ab; sie müssen vor mir auf dem Kopf stehen, wenn es mir so gefällt. Ja, ich reiße ihnen die Seele aus dem Leibe und den Glauben aus dem Herzen; ich sauge an ihrem Leben wie ein Vampyr; ich winde sie aus wie ein nasses Handtuch und hernach, wenn ich ihrer müde bin – dann – dann werfe ich sie weg wie eine ausgepreßte Zitrone. So!

Denn ich bin ein Kerl – ich! Es macht mir Freude, die Menschen zu beherrschen und meine Herrschaft zu mißbrauchen."

Da ich nichts Gescheites zu antworten wußte, trippelte er eine Weile wortlos hinter mir her, um dann unvermittelt das Gespräch auf ein anderes Thema zu lenken:

„Hast du schon einmal gehört von Reibungselektrizität?"

„Von was?"

„Von Reibungselektrizität. Die entsteht, wenn man in einer Mondnacht einer Katze vom Schwanze her über den Rücken streicht."

Der Kleine wartete gespannt auf eine Antwort, und er schien offenbar enttäuscht, als ich keine Neigung zeigte, auf den interessanten Gesprächsstoff einzugehen.

„Du hältst mich wohl für dümmer als ich bin", fuhr er in etwas gereiztem Tone fort. „„Wenn du dir da nur keine Dummheiten einbildest! Ich weiß manches, von dem du keine Ahnung hast. Ah, wenn ich reden wollte! Ich kenne einen, der sich arm stellt wie eine Kirchenmaus und doch erst gestern mit einem Scheck aus der Nationalbank herausgekommen ist."

„Woher weißt du das?"

„Ich weiß alles."

„Nichts weißt du!"

„Allright! Dann weiß ich eben nichts. Nicht mehr als einer der Präriewölfe da draußen. Nichts habe ich gesagt. Wo werd' ich denn! Nur die Narren sagen, was sie denken! Aber, unter uns gesagt – zwischen mir und dir und der Telegraphenstange – sechzig Dollar sind's doch gewesen?"

„Und wenn es hundert gewesen wären?“

„Well, ich sage ja nicht, daß es auch so viel gewesen sein können. Ich sage nicht, daß das ein Haufen Geld wäre für uns beide; daß ein paar liebe Freunde hier in der Nähe auf mich warten, und daß mein Schießeisen –“

Was hatte er gesagt? Schießeisen? Das hieß den Spaß doch ein bißchen weit treiben. Schon hatte ich ihn beim Genick und durchsuchte alle seine Taschen. Er ließ mich ruhig gewähren und zeigte sich keineswegs entrüstet über den schwarzen Verdacht. Nicht die geringste Spur einer Waffe war bei ihm zu finden. Aber wie kam der Mensch zu der Drohung? Wollte er mir bloß einen Schabernack spielen, um sich an meiner Angst zu weiden; hatte er in der Geschwindigkeit die Waffe in die Nacht hinausgeworfen? Wer konnte es wissen? Jedenfalls tat man gut daran, ihn vorauslaufen zu lassen.

So schritten wir noch zwei Stunden lang durch die mondüberglänzte Landschaft. Der Nachtwind summte in den Telegraphenstangen, und die Schakale heulten in der Ferne. Mir war nicht ganz geheuer zumute. Die Augen, die der Mensch im Kopfe hatte, wollten mir gar nicht gefallen. Wenn es nicht Magnetismus war, was da drinnen brannte, so war es doch etwas, das einen entschieden nervös machen konnte. Mindestens einmal in fünf Minuten schaute er sich nach mir um. Dann trippelte er wieder weiter wie der Zwerg im Märchen.

Als wir an Ort und Stelle ankamen, war eben ein Güterzug abgefahren, und wir mußten lange warten, ehe wieder einer auftauchte. Es war eine lange, langweilige Nacht. Melancholisch fielen die dicken Wassertropfen von dem rostigen Behälter hinunter in die Pfützen, die wie Quecksilber im Mondschein glitzerten. Eintönig klang die Windmühle der Pumpe in die Nacht hinein. Im Osten begann der Tag schon zu dämmern, als endlich wieder ein Frachtzug von El Paso herangekeucht kam. Es war nur ein kurzer Zug mit roten Plakaten, auf denen zu lesen stand: „Eilfracht. Durch nach Los Angeles.“

Durch nach Los Angeles! Der Frauentöter, der mir das nächtliche Abenteuer nicht weiter nachzutragen schien, rieb sich vergnügt die Hände. Feine Sache! Ich selbst konnte keinen Grund zur Freude entdecken. Die Packwagen waren alle fest verschlossen und versiegelt; Flachwagen waren keine da. Also keine Fahrgelegenheit, es sei denn, daß man sich zwischen den Rädern einlogierte wie mein schwarzer Freund drunten in San Antonio.

Schon zischte die Lokomotive. Schwerfällig begann sich schon der Zug in Bewegung zu setzen.

„Jetzt in die Eiskisten!“ rief der kleine Bucklige. Mit einer Gewandtheit, die ich ihm niemals zugetraut hätte, kletterte er an einem der Wagen hinauf. Schon war er oben auf dem Dach. Eine Luke öffnete sich und schloß sich wieder. Weg war er.

Das also war das Geheimnis!

Schnell wie der Blitz kletterte ich hinter ihm her auf das Wagendach und durch die offene Luke gerade auf den Kopf des anderen. Der schimpfte gewaltig und meinte, ich hätte mir auch einen anderen Kasten aussuchen können, wo hier ohnehin kaum Platz für einen Menschen wäre. Daran war indessen nun nichts mehr zu ändern. Wir machten es uns nach Möglichkeit bequem in der engen Behausung und versuchten, noch etwas von dem verlorenen Schlaf nachzuholen, während der Zug weiter nach Westen rollte.

Diese Eiskisten gehören zur Ausrüstung der Spezialwagen, die zur Beförderung der kalifornischen Früchte dienen. Auf dem Wege nach Osten werden sie mit Eis gefüllt, um die Ladung frisch zu halten. Auf der Rückfahrt sind sie eine beliebte und vielbenutzte Fahrgelegenheit für die schwarzfahrenden Hobos.

Als ich wieder aus meinem Halbschlaf aufwachte, schien der helle Tag durch die Ritzen des Wagens. Der Zug hielt an einer großen Station, wo mein seltsamer Reisegefährte sein Glück versuchen wollte. Ich gab ihm einen Silberdollar, und wir trennten uns als beste Freunde.

Weiter rumpelte der Zug. Es wurde Nacht und wieder Tag, und noch immer saß ich in dem Kasten. Der Magen fing an zu knurren und dann zu bellen. Es fiel mir ein, daß ich schon lange nichts mehr gegessen hatte; aber an Essen und Trinken dachte ich nicht. Der Gedanke, daß ich um solcher Kleinigkeit willen die Fahrt unterbrechen könnte, schien mir geradezu grotesk. „Nein, jetzt nur weiter – weiter – nach Westen!“ Das Reisefieber war wie ein Unwetter über mich gekommen.

Wie oft dieser Zug noch halten mußte! Hier nahm er Wasser, dort Kohlen. Dann hielt er wieder mitten auf der Strecke aus keinem erkennbaren Grunde. Mußte das sein? Nun steht er gar schon eine Stunde lang einsam und verlassen auf einem Seitengeleis. Das Zugpersonal unterhält sich gemütlich neben dem Wagen, derweil im nahen Stationsgebäude die Hühner gackern. Ein Schnellzug braust vorüber wie ein Unwetter. Nun setzen auch wir uns wieder gemächlich in Bewegung.

Am Morgen des zweiten Tages hielten wir an einer großen Station so lange, daß die Neugierde über die Vorsicht siegte und ich über die Luke hinaus einen Blick in die Umgegend wagte. Es gab hier in der Tat allerlei zu sehen. In der Ebene dehnte sich eine ansehnliche Stadt mit stattlichen Häusern, in deren Fenstern sich der rote Schein der aufgehenden Sonne spiegelte. Blauer Himmel lag über blauen Bergen und goldener Sonnenschein über der rostbraunen Steppe und kahlen Steinen und grauen Kaktusbüschen. In der Nähe aber, wo die schnurgeraden Bewässerungsgräben die Ebene durchschnitten, leuchteten weiße Farmhäuser zwischen dunklen Obstgärten und goldgelben Maisfeldern. Fette Kühe weideten im hohen Klee. Ein süßer Duft von neugemähtem Heu lag in der Luft.

Eben wollte ich mich wieder in mein Schneckenhaus zurückziehen, als draußen eine mächtige Stimme ertönte:

„He, you there! – get out o'here!“ „Mach' daß du raus kommst!“

Damit hatte die Reise vorerst ein Ende gefunden. Mit traurigem Herzen mußte ich sehen, wie der Zug ohne mich weiterfuhr.

Es dauerte eine Weile, ehe meine durch den zweitägigen Aufenthalt in der Eiskiste im vollsten Sinne des Wortes geräderten Glieder es zuließen, daß ich mich in der Gegend umsah. Wo, um Himmels willen, waren wir denn? In Neu-Mexiko, in Arizona, oder gar – nein, das war wohl nicht möglich!

„Tuczon“ stand an dem Stationsgebäude geschrieben. Auf einer Karte im Fahrplan schaute ich nach. Man lernt nie aus in der Geographie. Hier waren wir also mitten im Herzen von Arizona, einige hundert Meilen westlich von El Paso. Ich konnte mit meinem Pensum zufrieden sein.

Das ist eben die Freude des echten Wandersmannes, daß das Geschick ihn ab und zu an unbekannte Gestade wirft, mit neuen Menschen und neuen Städten, mit denen man sich immer wieder abfinden muß. Wer daran keine Freude hat, der bleibe zu Hause.

Im Grunde genommen sah Tuczon nicht viel anders aus, als irgendeines der Präriestädtchen in Texas. Unendlich breite, staubige, ungepflasterte Straßen, umsäumt von niedrigen Häusern und himmelhohen Telegraphenstangen. Nur die vielen Chinesen in den Straßen verrieten die Nähe der pazifischen Küste. Sie zogen durch die Straßen und handelten mit Früchten und Fischen. Im Gastgewerbe schienen sie sogar ein Monopol zu besitzen. Wo immer an einem

Hause ein Schild zu leiblichen Genüssen einlud, da prangte auch darüber ein chinesischer Name:

Ah Sing Chinese Restaurant.

Oder:

Fung Li meals 25 cents.

In einem schmutzigen Hause mit staubigen Fenstern kehrte ich ein, um meinen Hunger zu stillen. Auf dem langen Tische standen die Flaschen mit den Mixed pickles und den scharfen Pfeffersaucen, ohne die es der Amerikaner nicht tut, wie die Orgelpfeifen.

„You like'm fish?“ fragte der Chinese in seinem Pidginenglisch.

Ich hatte nichts dagegen, und er brachte mir eine mächtige Portion gebackener Makrelen. Dann bestellte ich einen Pfannkuchen. Dann verspeiste ich drei gebratene Eier. Dann – dann schüttelte der Sohn des Himmels mißbilligend seinen langen Zopf: „Amelicanman muchee, muchee hunger“. Ich ließ mich indes dadurch nicht abhalten, einen Rostbraten und hinterher noch einen Apfelkuchen zu bestellen. Jetzt erst schaute ich mich ein wenig in dem Lokale um. Außer mir saß nur noch ein Gast an dem Tisch; ein magerer Mensch mit einem spitzen, glatten rasierten Gesicht in einem etwas fadenscheinigen Anzug. Man hätte ihn für einen Yankee halten können, wenn er nicht gerade in die Wochenausgabe der „Kölnischen Zeitung“ vertieft gewesen wäre. Wir kamen ins Gespräch, und er hielt mir einen langen Vortrag über Deutschland und die Deutschen. „Well“, meinte er, „sie sind noch immer dieselben in der alten Country. Sie reden, reden, reden. Sie begeistern sich für den Dreyfuß, für den General Botha, für den Präsidenten Roosevelt – was weiß ich, für wen sonst noch. Sie schreiben sich die Finger wund über die mecklenburgische Verfassung und über die Ansprüche des Herzogs von Cumberland. Aber was geht's uns an? Wir sind hier in Amerika!“

Nachdem er solchermaßen seinem gepreßten Herzen Luft gemacht hatte, erbot er sich, mir die Wunder „dieser aufblühenden Stadt“ persönlich zu zeigen. Es gebe hier allerlei Sehenswürdigkeiten: Eine Musikhalle, ein Kino, ein paar feine Bars, eine mexikanische Weinstube, in der sie abends Fandango tanzten. Dazu ein arabisches Kaffeehaus, eine chinesische Opiumhöhle und vor allem den Silberpalast, wo die Jungens sich nachts beim Pokern treffen. Während des ganzen Nachmittags führte er mich in der glühenden Sonne von einem Pläsier zum anderen. Es war keine kleine Anstrengung, aber da er alles bezahlte, hatte ich weiter nichts dagegen. Wie der mit den Dollars um sich warf! Die stammten gewiß nicht aus einem Eisenbahnlager; sonst hätte er sie mehr in Ehren gehalten.

Abends fanden wir uns programmäßig vor dem Silberpalast ein. Es war wieder dieselbe Herrlichkeit aus Gips und Glas, wie damals in der Houstonstraße zu El Paso. Vor der Tür war ein Kommen und Gehen von Menschen; lauter schlanke, sehnige Gestalten mit wetterbraunen, verwegen dreinschauenden Gesichtern, wie man sie auf den Ranchos und in den Bergwerken des wilden Westens zu sehen bekommt. Zwischen den funkelnden Spiegelscheiben des Salons ging es hinauf in den Pokersaal, wo hinter blauen Tabakwolken die Spieler saßen.

„Full house!“ sagte eben wieder einer.

Mir brannte es in den Fingern. Was die konnten, das traute ich mir lange auch noch zu. Einen Dollar konnte man schon dran wenden, des Spaßes halber. Ehe ich recht wußte, wie es geschehen, saß ich schon an einem grünen Tisch mit einer Hand voll Karten. Wenn's dem Esel zu wohl wird, geht er auf dem Eise tanzen.

Fünf Dollars mußte ich an der Kasse umwechseln und bekam dafür Spielmarken, die sie „Chips“ nennen.

Der Anfang war vielversprechend. Auf drei Asse konnte man schon einen Dollar wetten. Mein Gegenüber – ein Kerl mit langen Fingern und einem Blick, der die Augen aus den Karten herausstechen konnte – setzte seinen Hut noch etwas weiter in den Nacken und strich langsam über sein bartloses Yankeegesicht. Bedächtig zählte er die vor ihm liegenden Chips und schob sie über das grüne Tuch in den Einsatz.

„Drei Dollars mehr!“

Mir wurde kalt und heiß. Die Art und Weise, wie man hier mit den Dollars um sich warf, nahm mir den Atem weg.

Der andere spielte mit seiner Uhrkette und schaute vor sich hin mit einer Gemütsruhe, die einem auf die Nerven fallen konnte. Der wollte wohl bluffen!

„Drei Dollars? Hier! Lassen Sie mal sehen.“

Da er bloß drei Buben hatte, steckte ich die Schätze ein.

Das war kein schlechter Anfang, und das Glück blieb mir auch nachher noch hold. Nach einer Stunde hatte ich schon mehr als dreißig Dollars gewonnen. Es gab eine kleine Sensation im Silberpalast. Alle Kenner kamen herbeigelaufen und schüttelten bedenklich das Pokerhaupt: „Goodness gracious! Das war ja ganz gegen die Regel. Kommt so ein Farmerjunge aus Missouri so mir nichts dir nichts hereingeschneit in den Silberpalast und zieht den besten Pokerspielern dieser aufblühenden Stadt die Dollars nur so aus der Tasche. Well, I be damned! – Dabei hat das Grünhorn keine Ahnung von der ganzen Wissenschaft! Ein Pferd müßte lachen, wenn es ihm zuschaut beim Spielen!"

„Hör auf!" sagte der Deutsche, der hinter mir stand. „Jetzt fängt's an ernst zu werden."

Am liebsten hätte ich ihn niedergeboxt. – Was? – ich – jetzt – aufhören mitten im Glück? Der Bartender brachte ein neues Paket Karten, und das Spiel ging weiter. Es wurde mir zu warm in dem Zimmer und ich zog den Rock aus wie die andern. Der scharfe Tabakgeruch stieg mir in den Kopf und umnebelte die Sinne. Alles begann sich im Kreise zu drehen vor meinen Augen, aber ich spielte weiter.

Draußen auf der Straße hatte sich inzwischen die Heilsarmee versammelt „to take up the usual collection". Die Trommel lärmte, der Tambourin rasselte, und die dünnen Stimmen der Hallelujamädchen kamen durch das offene Fenster.

Ich gewann und verlor, und gewann wieder, aber der Haufen Spielmarken schmolz zusehends unter meinen Blicken. Eben war ich mit einem „vollen Haus" hereingefallen. Aus war es mit meinen Chips, und ich mußte mir neue holen an der Kasse. Diesmal wollte ich mir gleich für zehn Dollar holen und den Schaden mit einem Schlage wieder gutmachen. Ich wollte kühn und desperat spielen, als ein echter Pokermensch. Ich wollte –

Da traf ein frischer Luftzug den heißen Kopf. Der Nachtwind strich durch das offene Fenster und verjagte die dicke Atmosphäre von Whiskydünsten und parfümiertem Zigarettenrauch. Er verjagte auch die Unvernunft wie einen Spuk in der Sommernacht. Ja, das würde denen so passen, wenn ich ihnen noch mehr von meinen sauer verdienten Dollars in den Rachen werfen würde! Stillschweigend machte ich mich davon.

Drunten an der Bar lungerte der Deutsche über einem Glase Bier.

„Schon ganz kapores?" fragte er mit boshafter Miene. „Ganz ausgeplündert. Jeden Cent verloren, natürlich!"

„Nein, nur fünf Dollar", antwortete ich kleinlaut.

„Was? Fünf – nur fünf Dollar? Mensch, da bist du billig weggekommen mit deinem Lehrgeld! Mir haben sie das Fell ganz anders über die Ohren gezogen, als ich zuerst meine Hand in dem Spiel versucht habe.“

Wir schritten miteinander durch die sternklare Nacht, und der andere meinte, es wäre so recht eine Nacht zum Eisenbahnfahren. Wir könnten es mit dem Nachtexpreß nach Los Angeles probieren. Wenn wir Glück hätten, könnten wir am nächsten Morgen schon in Kalifornien sein. Ich war natürlich ganz Zustimmung. Ich konnte gar nicht früh genug nach Kalifornien kommen. Aber mit dem Expreßzug?

„Natürlich. Mit was denn sonst?“ meinte der andere. „Glaubst du, ich plage mich mit einem rumpeligen Packwagen wie ein blutiger Anfänger? Kavaliere reisen nur im Expreßzug“.

Draußen vor dem Stationsgebäude mußten wir lange warten, denn der Zug hatte zwei Stunden Verspätung. Wir hockten am Bahndamm und lauschten auf das Blöken der Schafe in einem nahen Pferch und das Murmeln des Nachtwindes in den hohen Ahornbäumen. Auf einmal flammten vor der Station die Lichter auf. Ein Zittern ging durch den Bahndamm. Heulend kam der Schnellzug herangebraust. Mich erfaßte ein wildes Eisenbahnfieber wie damals beim Schlachthof von San Antonio, als ich zum erstenmal dem Frachtzug auflauerte. Der andere faßte mich beim Arm, als ob er mich wachrütteln wollte.

„Der Kohlentender!“

Dann rannte er in vollem Lauf neben der zischenden Lokomotive her und ich hinterdrein, wie er mich geheißen hatte. Im nächsten Augenblick saßen wir beide oben auf dem Wassertank des Tenders. Noch immer zischte und fauchte die Lokomotive. Der Schornstein war ein feuerspeiender Vulkan. Die roten Funken tanzten am Himmel. Ja, das war schön! Über den Kohlenberg hinweg konnte man dem Heizer zusehen, wie er gleich einem rasenden Eisenbahnteufel an dem Feuer rüttelte und mit der großen Schaufel dem gefräßigen Ungetüm stets neue Nahrung in den feurigen Rachen warf. Noch tanzten draußen ein paar rote und grüne Lichter über den blanken Schienen. Noch zeigten sich da und dort die schattenhaften Umrisse von Hütten und Häusern. Dann war alles vorbei. Nur noch Sand und Steine tauchten auf in dem geisterhaft weißen Lichtkegel des Scheinwerfers. Telegraphenstangen huschten vorüber.

Vorbei – vorbei –

Willst du, o Mensch, einen Hauch verspüren von der Romantik des tätigen Lebens und von dem, was man so die Poesie der Maschine nennen könnte, so reise auf dem Tender der Schnellzugslokomotive.

Es war indes nicht gerade ein idyllischer Aufenthaltsort dort oben. Ruß und Rauch und kleine Kohlensplitter flogen wie die Pfeile umher, und der Qualm der Lokomotive verfinsterte selbst die dunkle Nacht. Man mußte schreien in diesem Aufruhr der Elemente, wenn man sich verständigen wollte. Mein Gefährte, der in diesem Hexensabbat anscheinend ganz zu Hause war, fing an, mir allerlei aus seinem buntbewegten Leben zu erzählen. Sein Vater sei Pastor gewesen in Mecklenburg.

„Wie?“

„Pastor –!“

„Ah!“

Er habe es in der Schule bis zur Tertia gebracht. Dann sei er davongelaufen und habe als Schiffsjunge auf einem Hamburger Segelschiff eine Rundreise um Kap Horn nach Südamerika gemacht, auf der es sehr viel Prügel abgesetzt habe. Bei seiner Rückkehr hätten sie ein Lamm geschlachtet, und er sei wieder zur Schule gegangen. Später wäre er gern Schiffsoffizier bei der kaiserlichen Marine geworden, aber die Mutter habe gemeint, das Wasser habe keine Balken, und der Vater hätte gerne einen Landgerichtsrat aus ihm gemacht. So sei er denn nach Amerika ausgewandert. Lieber wäre er ja nach den deutschen Kolonien gegangen, wenn die danach gewesen wären und wenn der dort hausende heilige St. Bürokratius einen armen Teufel ohne Geld überhaupt an Land gelassen hätte.

Oh, es sei ihm nicht immer schlecht ergangen in Amerika! Am Anfang, ja – wie er noch ein krasses Grünhorn war, da habe er sich entsetzlich plagen müssen. Er habe Disches gewaschen in einem Zehncentrestaurant an der Bowery, er sei Kegeljunge gewesen in Coney Island; Porter in einem Hotel, Hausknecht in einer Wirtschaft, Anreißer in einem Zirkus und Vorsänger in einer Methodistenkirche. Alle, alle hätten ihn ausgenutzt bis aufs Blut. Dann sei er aber allmählich smart geworden wie die anderen. Als Agent in einer Schreibmaschinenfabrik habe er plenty Dollars gemacht, worauf er sich mit einem anderen assoziiert, in St. Louis eine Teestube eröffnet und noch mehr Dollars gemacht habe. Aber dann – ja, das sei eben das Traurige in diesem Lande! Dann kam eine andere Politik, die ihm die Konzession entzogen hätte, und er habe auf einmal wieder am Boden gelegen. In dem kalten Winter habe er Eis gehackt auf dem Michigansee und

Bierfässer gefahren für eine Brauerei in Milwaukee. Dann habe er etwas vom Schlosserhandwerk gelernt. Als Dreher habe er Arbeit in einer Fabrik in Pittsburg gefunden und wieder plenty, plenty Dollars gemacht. Aber da sei ihm anscheinend zu wohl geworden. Er habe sich verliebt, ja sogar verlobt mit so einer verzuckerten amerikanischen Miß, und als er sie hernach nicht heiraten wollte, da habe sie ihn verklagt. Der Policeman sei in seine „residence“ gekommen und habe alles gepfändet. Nun sei er wieder einmal unten. So gehe es in diesem Lande; immer auf und ab. Up and down. Aber er sei wie die Katze. In Kalifornien werde er arbeiten und sparen wie ein Chinese, bis er ein paar Tausend Dollars zusammengescharrt habe. Damit könne man wohl schon ein Geschäft anfangen in der alten Country. Oder er werde hinüber machen nach Samoa und sich dort eine Farm kaufen. Oder irgend sonst etwas. Nur fort von hier. Nur nicht sterben in diesem Affenlande!

Während er so erzählte, raste der Zug immer weiter. Von Zeit zu Zeit kam der Heizer über den Kohlenhaufen geklettert, um den Wasserschlauch an den Tank anzuschrauben. Er schien nicht im geringsten erstaunt über unsere Anwesenheit. „Hallo, boys!“ sagte er gemütlich, „fine night, is it!“ Dann ermahnte er uns, an den Stationen doch ja recht vorsichtig zu sein, damit draußen keiner etwas merke. Glücklicherweise waren diese Stationen nur dünn gesät, und der Zug hielt immer nur einen Augenblick. Dann ging es wieder weiter in atemloser Hast durch das einsame Land und über das schlammige Wasser des mondbeschienenen Colorado hinein nach Kalifornien. Ich war so müde, daß mir die Augen zufielen. Nur mit halbem Ohr hörte ich auf die Geschichte, die mein gesprächiger Gefährte jetzt erzählte. Die wilde Geschichte von dem Zug, der nicht halten wollte und von der Lokomotive, die Wasser nahm „on the fly“.

„Einmal“, so erzählte er, „einmal hab' ich es versucht mit dem Schnellzug der Seeuferlinie, die von Neuyork nach Chikago fährt. Er ist der schnellste der Welt. Er jagt durch die Gegend wie ein Gespenst. Er hält sich nirgendwo auf, um Post oder Passagiere anzunehmen, und Wasser und Heizmaterial nimmt er im Vorbeifahren; im Fliegen. Die Feuer unter dem Kessel werden mit Petroleum aus dem großen Tender gespeist, und für das Wasser haben sie einen Graben, der zwischen den Schienen hinläuft. Man braucht nur von der fahrenden Lokomotive den Schlauch herunterzulassen, um das Wasser aufzufangen. Verdammt feine Einrichtung das!

Well, ich fahre mit dem Zug auf der Blindbagage hinter dem Wassertank und denke an nichts Böses. Es war so etwa um Weihnachten und es war kalt wie am

Nordpol. Der Wind pfiff abscheulich vom See herüber. Auf einmal – Klatsch! Fällt ein Hektoliter Wasser über mich her. Ich friere wie ein Schneider. Nach einer halben Stunde kommt wieder so ein Guß. Pfui Teufel! So geht es weiter mit einer Geschwindigkeit von hundert Kilometern in der Stunde, und für je fünfzig Kilometer eine neue Taufe. Ich sitze da und zittere; einmal vor Kälte und einmal vor Angst vor dem nächsten Wasserguß. Wenn der verfluchte Zug bloß halten würde! Ich denke: es ist aus und vorbei mit dem Neffen deiner Tante. Aber da kommt schon wieder der nächste Guß und vertreibt mir das Denken. Endlich halten wir auf einer großen Station, wo ich gerade noch mit Mühe herausklettern kann wie ein lebendiger Eiszapfen. Ich will meinen Hut fressen, wenn ich wüßte, wie der Spaß weiter gegangen ist. Irgendeine mitleidige Seele hat mich aufgelesen und nach dem Stadtspital gebracht. Dort haben sie mich wieder langsam aufgetaut, und die Sache hat weiter keine bösen Folgen gehabt, aber noch heute, wenn ich mich an einen Schnellzug heran mache, vergewissere ich mich vorher, ob er nicht Wasser nimmt im Fliegen."

Über dieser phantastischen Geschichte war ich langsam eingeschlafen. Nicht der wilde Zugwind des vorwärtsstürmenden Eisenkolosses, nicht das Heulen der Lokomotive, nicht der scharfe Stachel der umherfliegenden Kohlensplitter und nicht die lebendigste Darstellung eines Eisenbahnabenteuers hätte mich daran hindern können.

Ein lautes Zwiegespräch zwischen dem Mecklenburger und dem Heizer weckte mich auf. Sie waren offenbar in Meinungsverschiedenheiten geraten betreffs der weiteren Fortsetzung unserer Reise auf der Lokomotive. Der Mecklenburger konnte natürlich die Zweckmäßigkeit einer Fahrtunterbrechung nicht einsehen, aber der Heizer bestand darauf, daß wir hier abstiegen, denn bis wir die nächste Station erreichten, sei es heller Tag, und da könnten ihm Schwierigkeiten entstehen, wenn man uns entdeckte. Wir taten also, wie uns geheißen, und er verabschiedete sich von uns mit einem freundlichen „So long, boys!", während der Zug weiter in die Nacht hineinrollte. Er war ein netter Junge, an den ich heute noch gern zurückdenke, wie überhaupt an jeden, der ohne Grund nicht garstig gewesen ist in dieser Welt der Zänkereien.

Die Nacht fing in der Tat schon an zu verblassen. Der dämmernde Tag färbte alles grau in grau. Ein heller Streifen lag über dem östlichen Himmel. Auf einmal kam feurig rot die Sonne hinter den schwarzen Bergen herausgeschossen.

Wüst und leer war die Gegend. Stein, Geröll und kahle Sanddünen, und in der Ferne phantastische Bergkegel, um die die Morgensonne blaue Schleier wob. Große Felsblöcke am Abhang eines Berges warfen lange Schatten in den gelben Sand. Schwer wie Blei lag die Einsamkeit über der Wüste.

Ganz in der Nähe aber sprudelte lustiges Wasser aus einem artesischen Brunnen; stolze Palmen standen starr und unbeweglich, wie versteinert gegen den roten Himmel, und das kleine Stationsgebäude war über und über bedeckt mit einem Meer von lachenden, farbensatten Blumen.

Wir machten ein Feuer aus herumliegenden Kisten und Zeitungen und wärmten die Hände über der spärlichen Flamme. Denn der Morgen war frisch, und der frostige Hauch der Wüste kam von den kahlen Bergen. Auf dem Fahrplan studierten wir die Lage. Wir waren nicht mehr allzu weit vom Ziel.

„Nach Los Angeles – 120 Meilen" stand am Stationsgebäude zu lesen.

Nach einigen Stunden kam gemächlich ein Güterzug daher, mit dem wir am hellichten Tage die Reise fortsetzten, denn hier in der Wüste, wo nur die Schakale Zeugen sein können, kümmert sich kein Mensch um blinde Passagiere. Stundenlang fuhren wir durch die heulende Einöde. Kein Baum, kein Strauch, kein Grashalm war in der weiten Runde zu sehen. Nur Sand und Steine und grelle Hitze über schimmernden Salzseen. Die Mittagshitze flimmerte über dem Horizont, und der stahlblaue Himmel lag wie ein brütendes Ungeheuer über der Landschaft. Nur einmal wieder in meinem späteren Leben habe ich ein Land gesehen, das so öde und traurig war wie dieses. Es war die berüchtigte Wüste Atacama an der Westküste Südamerikas.

Nach einer Weile tauchten gerade voraus Schneeberge auf, die wie zwei gewaltige Pfeiler zu beiden Seiten der Bahnlinie aufragten. Je näher sie kamen, je mehr wurde es auch draußen in der Ebene lebendig. Da und dort sprangen mächtige artesische Springbrunnen aus den Steinen, und das lustige Wasser in den Gräben zauberte leuchtende Blumen und wehende Palmen in den Sand der Wüste. Immer mehr Farmhäuser tauchten auf zwischen dunklen Obstgärten und hellgrünen Kleefeldern. Singende Sägemühlen standen an murmelnden Bächen. Ein grüner Schimmer huschte über die kahlen Berghänge. Mit einem Male fuhren wir durch eine Gegend, die man recht als ein irdisches Paradies bezeichnen könnte. Da brannte die Sonne vom dunkelblauen Himmel. Da standen nickende Palmen in langen Alleen. Da leuchteten die dicken Orangen aus den dunklen Büschen, als ob das weite Land bedeckt wäre mit unzähligen

Weihnachtsbäumen. Freundliche Weingärten wechselten mit weiten Gehöften, wo die roten Oleander blühten und knorrige Feigenbäume ihre breiten Äste über die weißen Mauern reckten. Walnußbäume standen schnurgerade in endlosen Reihen wie die Soldaten. An den Abhängen weideten fette Kühe. Dunkle Wälder umsäumten die Spitzen der Berge, und über dem allem leuchteten die Schneegipfel wie die Zinnen von einem Märchenschloß. Der Duft der Orangenblüten lag schwer und berauschend in der Luft.

Schließlich hielt der Zug auf dem Bahnhof einer Stadt mit Namen San Bernardino. Hier war das Ende der Teilstrecke, und vor Einbruch der Nacht war an ein Weiterkommen mit einem anderen Zug nicht zu denken. Im Schatten eines Haufens von Eisenbahnschwellen hielten wir Mittagsschlaf. Es war ein heißer, staubiger Tag. In der brennenden Mittagshitze arbeiteten ein paar italienische Streckenarbeiter und hielten dazu ihre Zungen in schnatternder Bewegung. Es war nicht eben die Sprache Dantes, die sie gebrauchten. Ganz in der Nähe lag ein Weinberg, den aber ein europäisches Auge auf den ersten Blick eher für alles andere gehalten hätte. Ohne irgendwelche Umzäunung lag er da wie ein offenes Feld, und die Rebstöcke wucherten am Boden wie Unkraut. Mitten darin stand ein Feigenbaum mit köstlichen Früchten. Ich konnte der Versuchung nicht widerstehen. Doch als ich eben beim besten Schmausen war, stand unversehens ein wohlgekleideter Herr vor mir, mit rosiger Gesichtsfarbe, behäbigem Doppelkinn und einem gewissen Etwas, das den Franzosen verriet.

„Ho là là!“ rief er aus in der Sprache der großen Nation, „qu'est ce que c'est qu' ca?“

Ich versicherte ihm auf französisch, daß seine Feigen tadellos schmeckten, worauf er mich eine Weile von oben bis unten ansah.

„T'es Français?“ fragte er endlich.

„Oui, monsieur“, log ich ohne Bedenken, weil ich vermutete, daß das eine besänftigende Wirkung auf sein Temperament haben könnte.

„Schon lange von drüben?“ forschte er weiter.

„Vier Jahre.“

„Diable!“

„Und ein Jahr in Kalifornien.“

„Mille tonneres! Vier Jahre – Sainte vierge! Dann mußt du Englisch können wie ein Papagei!“

„Kann ich auch!“

Der andere faßte sich bedächtig an sein Doppelkinn.

„Sag' mal“, fuhr er langsam fort, „kannst du mit Pferd und Wagen umgehen?“

„Gewiß.“

„Und Heu machen?“

„Ja.“

„Schön, du kannst bei mir Arbeit haben. Ich zahle 25 Dollars im Monat und das Logis.“ Einen Augenblick stand ich unschlüssig. 25 Dollar war viel Geld, und mit meiner Barschaft war es bald zu Ende. Und die Gegend war auch ganz nett. Warum also nicht? Doch nein! Zuerst muß ich Los Angeles gesehen haben!

In der Geschwindigkeit erzählte ich dem Manne, daß ich einen kranken Onkel in Los Angeles habe, daß besagter Onkel zur Stunde vielleicht schon in den letzten Zügen liege und daß – ich kam nicht weiter mit meiner Rede, denn der Franzose fiel mir ins Wort mit einem Niagara gallischer Beredsamkeit.

„Mach, daß du weiterkommst, Vagabund! Kranker Onkel! Daß er die Pest kriege! Scher dich zum Teufel – espèce d'un gamin!“

Der Mecklenburger lag indes immer noch hinter dem Holzhaufen und blinzelte in die Sonne.

„Du bist ein Kamel“, erklärte er mir ohne Umschweife. „Bist du hier nicht besser aufgehoben, wie dort unten? Was willst du eigentlich in Los Angeles? Es ist ein großer Steinhaufen, wie alle anderen Städte. Da gibt es nichts zu sehen; am wenigsten für einen, der nur noch ein paar Batzen in der Tasche hat. In Los Angeles gibt es viele Hungerleider, die einander die Augen auskratzen um das bißchen Arbeit und Verdienst, und wenn du eine anständige Stellung bekommen willst, so mußt du doch wieder hierhergehen aufs Land.“ Er meinte übrigens, wir täten gut daran, uns heute abend eine Fahrkarte nach Los Angeles zu lösen. Die lumpigen 100 Kilometer lohnten nicht das Schwarzfahren. Darum brauche man noch lange nicht zum Verräter an der Zunft zu werden.

Wir standen auf dem Bahnsteig und warteten. Schnaubend war der Zug zum Stillstand gekommen. Vor mir hielt ein schwerer Pullmanwagen mit der goldenen Inschrift „Atchison, Topeka and Santa Fe." Er funkelte von Lack und Politur. Der außerordentlich vornehme und bis zur Sündhaftigkeit höfliche Zugführer half mir beim Einsteigen. In einem schwellenden Ledersessel hing ich meinen Gedanken nach. Also: man konnte auch mit der Eisenbahn fahren, ohne sich wie ein Aussätziger vor allen lebenden Wesen zu verbergen! Man konnte einen Schnellzug besteigen, auch ohne daß einem der marternde Nervenkitzel die Seele zerriß! War es denn nur mein Geist gewesen, der in der dunklen Nacht neben der zischenden Lokomotive herrannte? War es ein Spuk, der in diesen Tagen mit mir auf dem Tender und in der Eiskiste über den Schienenstrang der südlichen Pazifikbahn jagte?

Weiter flog der Zug durch das lachende Land. Städte und Dörfer tauchten auf und verschwanden. Die hohen Berge begannen schon im Abendlicht zu glühen. Die Fahrgäste kramten in ihren Koffern und machten sich zum Aussteigen fertig, während schmächtige Jünglinge in goldbetreßten Uniformen umherliefen und Eissoda, Kaugummi, Ansichtskarten und die neueste Nummer der „Los Angeles Times" feilboten.

Die Sonne sank hinter den Vorstädten von Los Angeles. Eine helle Landstraße, umsäumt von hohen, staubigen Eukalyptusbäumen, zog sich schnurgerade in die blaue Ferne. Nun kam ein Park mit stolzen Palmen, freundlichen Pfefferbäumen und den seltsamen Araukarien, deren zierliches Fächerkleid ein scharfes Muster gegen den roten Abendhimmel zeichnete. Dann ging es über holprige Weichen, vorbei an kleinen Vorstadthäusern hinter einem Schleier von Blumen.

Schon blitzten da und dort die Lichter auf. Aus den schnell sich verdichtenden Schatten der Nacht ragten die Umrisse der Häuser und Türme und der qualmenden Schornsteine. Immer höher wuchsen sie aus der Finsternis. Phantastische Wolkenkratzer ragten in den hellen Lichtschein über den Häusern. Ein Neuyork im kleinen.

„Los Angeles!" rief der Schaffner.

Langsam schritten wir durch das Menschengewühl der Straßen und lauschten auf das Klingeln der Straßenbahnen, auf das Rollen der Lastwagen, auf das Schnauben der Autos, das Gewirr der Stimmen und all die anderen Geräusche, die so harmonisch zusammenklingen zu jener Symphonie, die wir oft verwünschen und die wir doch so gerne hören – wir, die Großstadtpflanzen. Es war Sonntag, und die Türen zu allen Wirtschaften waren fest verschlossen, aber der Mecklenburger meinte, das brauche man nicht tragisch zu nehmen.

Zu was sonst hätten sie einen Familien-Eingang? Er kenne einen gewissen Mister Katz, der in der Ersten Straße ein Hotel unterhalte, wo man gut aufgehoben sei und auch am Sonntag ein ordentliches Glas Bier bekomme. So machten wir uns denn auf den Weg nach dieser Oase in der Wüste des puritanischen Sonntags.

Wir kamen vor ein ziemlich schäbiges Haus. Nach der Straße war es verschlossen und verrammelt wie alle anderen „Saloons" in der Stadt; aber hinter den heruntergelassenen Rolläden tönte lustiges Stimmengewirr, und eine lärmende Blechmusik schmetterte die „Wacht am Rhein" hinaus in die stille Straße. Unter der kundigen Führung meines Gefährten gelangten wir über knarrende Hintertreppen durch den „Familien-Eingang" in das Lokal. An den Tischen saßen allerlei Leute und tranken Bier von der Marke „Anhäuser Busch" und spielten dazu „Schafkopp", eine Art „Sechsundsechzig" mit doppelten Karten; das Nationalspiel der Deutsch-Amerikaner. An der Wand hingen zwei schöne, fein miteinander abgestimmte Bilder. Das eine stellte den Eisernen Kanzler vor, und das andere – o du Ironie transatlantischer Dekorationskunst! – auf dem anderen sah man, geschwärzt von demokratischem Tabaksqualm, den großen Hecker mit Stulpstiefeln und Räuberhut.

Hinter der Bar saß Herr Katz und studierte den „Kalifornia-Demokrat". Er war ein wohlbeleibter, schon etwas ältlicher Herr mit tiefliegenden Augen und einer sehr großen Nase. Als ich meine Dollars auf den Tisch zählte – man mußte vorausbezahlen – schob er mir ein mit Fettflecken und Eselsohren reich geziertes Fremdenbuch hin. „Es ist so üblich in meinem Haus", meinte er entschuldigend, „man kann hineinschreiben welchen Namen als man will." So schrieb ich denn Maier, und der Mecklenburger nannte sich Müller.

Überdem war eine neue Nummer auf das Programm gekommen. Ein unrasierter Italiener klimperte auf einer Gitarre, derweilen seine bessere Hälfte ein italienisches Liedlein zum Besten gab.

Die beiden sahen aus wie die seligen Bänkelsänger auf deutschen Jahrmärkten. Er mit Räuberhut und sie wie die Hexe aus „Hänsel und Gretel". Nun ging sie herum und sammelte Nickelstücke auf einem rasselnden Tamburin. „Adjüs, Rinaldo!" rief ihnen einer nach, als sie fortgingen, „kiek man wedder in!"

Dann nahmen weit im Hintergrund hinter den blauen Tabakswolken die Musikanten wieder ihre Arbeit auf. Eine lärmende, aufreizende Spektakelmusik; und doch – ihr, die ihr euer Lebtag geschwärmt habt für klassische Musik, die ihr Jahr für Jahr geschwelgt in den allererlesensten Genüssen einer hochgepflegten Tonkunst – laßt einmal in der Fremde einen Hauch der alten Lieder an eure Ohren klingen, so werdet ihr Verdi vergessen, und Richard Wagner wird bei euch eine Götterdämmerung erleben.

Als es drinnen immer wärmer wurde und der Tabakrauch sich in immer dickeren Wolken an der Decke sammelte, da fingen alle an zu singen vom Rhein, vom Wein, vom Wandern und von der Lore am Tore. Das Deutsche Lied wird nirgendwo so andächtig gepflegt wie drüben über dem Wasser.

„Als wir entfloh'n aus deutschen Gauen,
Durchglüht von jungem Wanderdrang,
Um fremder Länder Pracht zu schauen,
Zu lauschen fremder Sprache Klang,
Da gab zum Segen in der Ferne
Die Heimat uns das Deutsche Lied,
Das nun, gleich einem guten Sterne,
Mit uns die weite Welt durchzieht."

So schrieb einst der deutsch-amerikanische Dichter Konrad Ries. Doch da bin ich wieder unversehens weit abseits von meinen kleinen Erlebnissen und Abenteuern geraten. Wenn ich mich nicht besser an den Weg halte, so werde ich niemals fertig werden mit meiner langen, langen Reise um die Erde.

Ich sitze hier und denke darüber nach, wie ich das alles hübsch der Reihe nach auf das Papier bringe, und die Gedanken flattern dabei über blaue Meere in endlose Fernen. Nach Australien, nach Sumatra, nach fernen, einsamen Inseln, wo das blaue Meer die wilde Brandung gegen die Korallenriffe wirft, und schlanke Palmen sich im Winde wiegen. Es ist noch eine lange Geschichte.

Siebentes Kapitel

Rivierafahrten

Die Stadt der „stars“. – Was Mr. Vanderbilt sich erlaubt. – Was ich mir auch leisten konnte. – Politik auf dem Straßenpflaster. – Besuch bei der Heilsarmee. – Die Schlacht am Fabriktor. – Am Wellenbrecher. – Der Mensch als Nummer. – Erdbeben im Eisenbahnwagen. – Wieder unterwegs. – In einer deutschen Kolonie. – Was die Madam zu erzählen wußte. – Der neueste Traum: Niederkalifornien!

Los Angeles – das heißt zu deutsch: die Stadt der Engel. Ebensogut – und mit noch mehr Recht – könnte man sie die Stadt der Sterne nennen. Oder vielmehr der „stars“. Einer nach dem anderen steigen sie dort über den Horizont im Kommen und Gehen der Jahre und wandern über die zappelnde Leinwand in den entlegensten Vorstadtkinos an den Enden der Erde: Tommy Mix, Charly Chaplin, Baby Daniels, Billy, Fatty und wie sie alle hießen. Los Angeles ist Neuyork, Paris, Wildwest und Sibirien zugleich. In Los Angeles wiegen sie sich heute im Tanze bei schmelzender Musik im Palaste der polnischen Barone, in Palmbeach mit den funkelnden Dollarprinzessinnen und sitzen morgen bei den Apachen im Bouillonkeller. In Los Angeles gibt es Cowboys, Detektive, Boxkämpfer, Jimmytänzer, Gentlemanverbrecher und alles, alles was Leben und Inhalt ist für den Kulturmenschen des zwanzigsten Jahrhunderts.

Doch das ist alles Höllenspuk aus den Ateliers der Vorstadt Hollywood. Das Los Angeles, das ich in der Erinnerung habe, sieht anders aus. Da sehe ich einen großen blauen Rivierahimmel, blaue Berge, die sich blau aus der blauen Ferne abheben, und helle Schneegipfel, die glitzernd und funkelnd, wie schimmernde Märchenschlösser über dem lachenden Lande stehen. Ich fühle den Wind, der weich und schmeichelnd, wie ewiger Frühling, vom blauen Meere herüberweht, ich sehe die dunklen Orangenbäume, die in geraden, endlos langen Linien wie die Soldaten an den Berghängen stehen, die weiten Gärten, wo hohe Palmen und zierliche Araukarien sich schwarz und scharf vom zitternden Abendrot des klaren Himmels abheben und süß und verwirrend der Duft der Blumen in der regungslosen Stille liegt.

Ja, und da sehe ich wohl auch wieder mich selbst in der ganzen tollpatschigen Würde meiner neunzehn Jahre! Das große Grünhorn, das mit lüsternem Munde und gierigen Augen die Ferne mit all ihren Wundern aufsaugt.

Ich ging durch das mexikanische Viertel, wo die Hitze in den engen Gassen tanzte und man das Echo seiner eigenen Schritte auf dem holprigen Pflaster hörte. Da und dort schwankte ein schwerbeladener Esel vorüber. Da und dort saß an der Straßenecke ein altes Weib und verkaufte Empanadas und das stark gepfefferte „chili con carne", das ebenso unappetitlich war wie sie selber. Wie war das häßlich! Und doch so furchtbar schön und interessant trotz allem!

Ich ging durch andere Straßen, wo der nahe und der ferne Orient auf lautlosen Pantoffeln schlürfte, wo bezopfte Chinesen auf langen, quer über die Schultern getragenen Stangen die Körbe mit den Fischen und den Krautköpfen balancierten, wo üppige Araber vor ihren Kaffeehäusern träumten, nicht anders wie ein Scheich aus Tausendundeiner Nacht, an blitzsauberen Wäschereien in schmutzigen Häusern, wo geschäftige Söhne des Himmels ihre Zungen so schnell wie das Bügeleisen bewegten.

Ich stand vor einem Basar, der ausschaute wie ein Kapitel aus Hauffs Märchen. Alle Schätze beider Welten waren hier aufgetürmt in wildem Durcheinander und quollen über bis weit hinaus in die Straßen. Messer, Scheren, Taschenspiegel, Smyrnateppiche, japanische Holzschnitte und bemalte Buddhafiguren, die schaurig aus dem dunklen Hintergrund hervorschauten. Und ich dachte mir: so wild und verworren sieht es wohl auch in deinem Kopfe aus.

Ich kam in eine andere Gegend, wo die Droschken nur auf Gummirädern gehen und hohe, unbewegliche Palmen in starrer Unnahbarkeit wie Lakaien die Wegränder säumten. Da stand ein Hotel, das auch wie ein Märchen anmutete. Ein Märchen aus lauter Dollars. Terrassen, Säulen, Marmorstatuen, weite, teppichbedeckte Freitreppen, vor denen die Autos schnaubten. Klubsessel, in denen sich gelangweilte Gentlemen räkelten. Das waren wohl Mr. Gould oder Vanderbilt, die hier den Winter an der Riviera verbrachten? Das konnte ich mir auch leisten. Die würden hier unter Palmen spazieren gehen?

Das konnte ich auch!

Die würden sich an Kaviar und Austern und den erlesensten Früchten des Landes Kalifornien delektieren?

Ja, und bei alledem konnten sie doch nicht zweimal zu Nacht essen, beim besten Willen nicht!

Und also hatte selbst William K. Vanderbilt nichts vor mir voraus.

Je mehr ich diesen erfreulichen Gedanken nachging, desto besser wollten sie mir gefallen. Stundenlang schlenderte ich ziellos weiter durch die breiten, stillen, vornehmen Straßen mit den weißen Villen, an denen die hellen Rosen und der wilde Jasmin emporkletterten. Eine Weile blieb ich stehen und weidete mich an dem berauschenden Dufte der Blumen und klimperte mit den Dollars in der Tasche. Das gab mir ein gewisses Gefühl der Beruhigung. Im Osten der Vereinigten Staaten sind die Dollars alle nur „Greenbacks". Die rascheln und knistern wie Papier und geben keine rechte Befriedigung. Der Westen aber kennt nur Silberdollars und die großen, runden, funkelnden „yellow boys" aus reinem Golde. Von diesen letzteren besaß ich nun allerdings keine, – wo sollten sie auch herkommen! Aber ein Silberdollar fühlt sich am Ende gerade so an, und wenn man nur genug davon in der Tasche hat, so kann man sich zur Not schon vorkommen wie John D. Rockefeller in eigener Person.

Los Angeles – und mit ihm das ganze herrliche Südkalifornien ist die Riviera Amerikas. Es ist Nizza, Mentone, San Remo zugleich; der Platz, wo die Söhne und Töchter der Milliardäre und Multimillionäre beim Teetango die Dollars ausgeben, die Papa in Wallstreet gemacht hat.

Und das alles können die Vagabunden auch. Wer große Reisen machen will, der muß entweder viel oder gar nichts besitzen. Beides verleiht die gleiche Unabhängigkeit. Wie Sand am Meer ist zur Winterszeit das Heer der Ritter vom „boxcar", die hier im süßen 'dolce far niente' die Saison zubringen. Und mit ihnen kommt die ganze phantastisch-hysterische, echt amerikanische Gesellschaft der Gaukelspieler, der Straßenredner, der Wanderapostel, der Wunderdoktoren, der Patentmedizinmänner. Allabendlich stehen sie auf den Seifenkisten beim Scheine der wildflackernden Fackeln, Methodisten, Anarchisten, Mormonen, Temperenzfanatiker, was weiß ich!

An jedem Abend lungerte ich dort an den Straßenecken und begaffte den grellen Mummenschanz mit den anderen. Es war indes nicht getan mit dem Gaffen und mit dem Spazierengehen. „Time is money!" sagt die amerikanische Luft auch in Kalifornien.

Indes: Wer sich einigermaßen auskennt, der braucht nicht zu verhungern in Kalifornien, zumal zur Winterszeit, wenn die Orangen reifen, wenn die letzten an der Sonne gedörrten Feigen an den Bäumen hängen und die heruntergeschlagenen Walnüsse handhoch in den Bewässerungsgräben liegen. Solche Kost ist freilich auf die Dauer nur bekömmlich für Theosophen. Für den

Normalmenschen aber verliert selbst der blaueste Himmel seine Farben und die sanfteste Luft ihren Schmelz, wenn er nicht ab und zu ein Stück Fleisch im Topfe sieht.

Die Zeiten waren in der Tat die denkbar schlechtesten. Drüben in den Nord- und Oststaaten war heuer der Winter kalt und lang gewesen, und da hatten sich selbst die bequemsten unter den Rittern der Landstraße und der Eisenbahn auf den Weg gemacht nach dem sonnigen Süden. Es war, als ob die ganze Zunft der Ungewaschenen sich hier ein Stelldichein gäbe. Es waren ihrer hunderttausend zuviel. Selbst die wohltätigen Farmerfrauen und die freigebigsten Köche in den funkelnden Küchen der Rivierahotels wurden stutzig über die Scharen, die da wie Heuschreckenschwärme das Land heimsuchten. Und Arbeit? Sie lachten einen aus, wenn man danach fragte. Und also blieb auch hier als Rettungsanker nur der „*Employment agent*".

Es gab deren eine ganze Anzahl in einer schmutzigen Straße, wo die Ärmlichkeit zu Hause war. Vor allen Türen standen die Tafeln, die es mit Riesenbuchstaben in die Welt hinausschrien:

„Fünfhundert Mann für Goldmine Nevada!" oder etwas dergleichen.

Die sich aber hier herumtrieben, schienen nicht allzuviel zu halten von den Goldminen. Für sie war das alles nur Kreide auf der Tafel. Mürrisch standen sie davor und vergruben die Hände in den tiefen Taschen ihrer Arbeitshosen.

„Goldminen! Es macht mich krank, wenn ich davon lese! Zuckerbrot für die Grünhörner! Die Sorte ist nicht umzubringen."

An einem schmutzigen Hause stand es zu lesen in mächtigen vergoldeten Buchstaben:

„Atlantic Pacific Agency."

Über eine steile Treppe ging es hinunter in einen großen Raum, in dem nur soviel Licht war, als die kleinen, vergitterten Kellerfenster hindurchlassen wollten. Es roch nach armen Leuten und schmutzigen Kleidern, wie auf einer Pfandleihanstalt bei uns zu Hause. Dicht aneinandergedrängt saßen die Kandidaten auf den harten Bänken und warteten auf Arbeit und hatten eine tödliche Angst, daß sie sich finden würde. Unermüdlich schrieb der Boß die neuen Aufträge auf die Tafel, bald in großen, bald in kleinen Buchstaben, bald mit weißer, bald mit roter Kreide, bald mit vielen Ausrufungszeichen. Mir gingen die Augen über vor den vielen, verlockenden Stellungen mit den hohen

Gehältern, aber die da umhersitzenden Habitués hatten nur ein mitleidiges Lächeln über meine Begeisterung.

„Drei Dollars pro Tag im Salton? Muß einer schon ein ganzes Grünhorn sein, um darauf hereinzufallen! Das liegt dort drüben, mitten in der Yumawüste. Dort kannst du Sand und Steine sehen, die Schakale werden dich in den Schlaf singen und nirgendwo auf hundert Meilen in der Runde wirst du einen gesegneten Tropfen Wasser finden. Salton ha! ha! Da müßte ich erst vollends meinen Verstand versoffen haben, ehe sie mich dorthin bringen!"

Die anderen stimmten eifrig bei. Jawohl, so sei es! Los Angeles sei das Fegefeuer, Salton aber die Hölle.

Und weiter ging die zersetzende Kritik über das Orakel an der Tafel.

„Zwei Dollars Tagelohn für einen ungelernten Arbeiter? Da brauchst du keinen Dollar auszugeben, um das zu wissen! Es ist drüben in der Konservenfabrik. Pat O'Brien ist dort Meister. Er und der Boß sind gute Freunde. Zwei Vögel von gleichen Federn, und beide aus des Teufels Küche, Pat und der Boß! Die geben dir immer eine Stelle, wenn du sie haben willst. Fünf Dollars nehmen sie dir ab als Vermittlungsgebühr, und wenn du lang genug gearbeitet hast, um dir sie abzuverdienen, so setzen sie dich ganz sachte wieder auf die Straße. Das kennt man schon. Du wärst der erste nicht!"

Man konnte indes nicht allzuviel geben auf das Gerede der Ritter von der traurigen Gestalt, die hier herumsaßen. Unschwer konnte man ihnen ansehn, daß sie schon müde auf die Welt gekommen und seither nicht lebendiger geworden waren. Es wunderte mich, warum der Boß, der doch offenbar ein ungewöhnlich handfester Mann war, diese Lästerer seines Gewerbes in dem Lokale duldete. Offenbar benötigte er sie als effektvollen Hintergrund für die Abwicklung seiner Geschäfte. Jedes neue Gesicht entging nicht seinem scharfen Businessauge. Kaum war ich zur Türe hereingekommen, als er auch schon händereibend auf mich zukam. Sogar ein Lächeln versuchte er seinem harten Gesichte abzuringen.

„God morning, sir – what can I do for you?"

Ich suchte mir auf der Tafel die Stellen aus, die am besten bezahlt waren. Das waren die Waldarbeiter. Der Boß aber meinte, das wäre nichts für mich. Da müßte ich erst noch eine Weile warten. Derweilen wolle er mir eine angenehme

Stelle als Laufjunge in einer Bäckerei verschaffen. Tief gekränkt ging ich hinaus und schaute mich nicht einmal um.

Nachdem nun alles so schmählich versagt hatte, blieb nur noch die Fabrik; jene vielgenannte, vielberüchtigte Konservenfabrik, die da irgendwo im freien Felde in der Richtung nach Pasadena lag. Ein Deutscher, der sich auskannte in der Gegend, bot sich mir als Begleiter an; ein dürrer, bebrillter Mensch, so lang wie ein Tag ohne Sonne.

Ganz früh am Morgen machten wir uns auf den Weg. Der untergehende Mond guckte eben noch einmal über die dunklen Orangengärten, die hohen Eukalyptusbäume warfen lange scharfe Schatten in den hellen Sand der silberweißen Straßen. Es war alles so still und tot. Zuweilen raschelte es in den Bäumen, wenn ein Windstoß vorüberfuhr, zuweilen zwitscherte irgendwo ein Vogel wie im Traum. Dann legte sich ein dicker Nebel wie eine nasse Decke über Gärten und Felder.

Da stand auch schon die Fabrik mit den hohen Schornsteinen und den kahlen düsteren Gebäuden, die alle ins Riesenhafte verzerrt waren im Grauen des Morgens. Von irgendwoher kam ein bittersüßer Geruch von verbrannten Knochen und verdorbenem Fleisch oder etwas dergleichen. Wir stellten uns zu den rund zweihundert Menschen, die bereits vor dem Tore warteten. Wir warteten eine und noch eine Stunde, der Nebel verzog sich und die Sonne fing an zu stechen, und wir warteten immer noch. Nirgendwo verstanden sich die Leute so gut aufs Warten wie in Amerika.

Endlich erschien der Portier der Fabrik im Fenster des kleinen Hauses neben dem Tore. Einen Augenblick trat Totenstille ein, nicht anders wie in einem Raubtierkäfig, wo die wilden Tiere auf die Fütterung warten und genau so wie damals in Neuyork. Nun warf der Mann im Fenster eine handvoll Blechmarken unter die Männer, worauf ein blutiger Kampf aller gegen alle um die ausgestreuten Schätze folgte. Es gab blutige Köpfe und blaue Augen.

Ich aber ging angeekelt davon.

Zwei Tage später stand ich zum erstenmal in meinem Leben am Strande des großen Pazifik.

Dort auf den Landungsbrücken des Hafens von San Pedro. Er soll sich inzwischen zu einem ansehnlichen Umschlagsplatz ausgewachsen haben. Damals jedoch war er nicht viel mehr als ein besseres Fischerdorf. Still und verschlafen lagen die Schoner in der Bai mit schlaffen Segeln. Überall am Strande türmten sich mächtige Bretterstöße, zwischen denen die Eisenbahnwagen träumten. Da und dort brummte eine Sägemühle. In den Wirtshäusern lärmten die Matrosen. Hoch und trocken lagen die Fischerboote am Strande, wo die großen Netze zum Trocknen ausgespannt waren. Es roch nach Teer und Seegras, eine salzige Brise wehte vom Meer herüber, und es war alles so wie ich es gerne hatte. Nicht sattsehen konnte ich mich an dem blauen Himmel, dem blauen Meere und den glitzernden Wellen, die darauf tanzten, nicht an den weißen Möwen, die kreischend über den Felsen flatterten und nicht an den glatten Seehunden, die glotzend aus dem Wasser tauchten.

Es wurde dunkel, und ich merkte es kaum. Die halbe Nacht saß ich am Strande und schaute auf die hellen Sterne und die leuchtende Brandung, die schäumend und brausend immer wieder aus dem Dunkel aufsprang, und meine Gedanken waren unruhiger als das Meer und wilder als der Wind, der darüber wehte. Mir ahnte manches schon damals. Wäre mir aber in jenen Augenblicken ein Prophet begegnet, der mir ein wenig erzählt hätte, was ich in den nächsten Jahren erleben sollte an allen Ecken und Enden dieses weiten Meeres, – nur ein klein wenig!

Es ist manchmal gut für unseren Seelenfrieden, daß die Propheten nicht mehr hienieden wallen!

Am anderen Morgen in aller Frühe hatte ich endlich wieder das gefunden, was ich seit Wochen vergeblich suchte: Arbeit!

Diese Arbeit hätte ich allerdings schon vorher haben können! Tagaus, tagein war sie das nieversiegende Gesprächsthema der Stammgäste in der „Atlantic-Pacific-Agency“: „Am San Pedro Wellenbrecher! Da kann man freilich immer Arbeit bekommen! Und gut bezahlt wird man auch. Aber das ist nur etwas für Selbstmordkandidaten. Ehe du dich versiehst, wirft dich der Kran von der Brücke herunter, und du bist Futter für die Haifische, oder du wirst gepackt zwischen den Steinen und zerdrückt wie ein Pfannkuchen, und nicht ein Knochen von dir wird übrig bleiben für ein christliches Begräbnis.“ Solche Rede – geschmückt mit bilderreichen Beiworten, die ich hier nicht gut wiedergeben kann – verfehlte nicht ihren Eindruck. Je mehr ich aber davon hörte, je besser gefiel mir die Sache, und ich beschloß, meine Kunst an diesem vielgeschmähten Wellenbrecher zu versuchen. Das schmeckte nach Abenteuer, und ohnehin bewegten sich meine Gedanken in einer selbstmörderischen Richtung nach all den Mißerfolgen der letzten Tage.

In einer Bretterbude saß der Aufseher.

„Was willst du?" fragte er nicht eben höflich.

„Arbeit."

„Allright."

Er gab mir eine Blechmarke mit einer Nummer, die er dann sogleich in ein Notizbuch eintrug. Nach Name, Stand, Herkommen, Vorkenntnissen fragte er nicht. Nummer Soundsoviel – das genügte.

Draußen stand ein langer Eisenbahnzug mit Flachwagen, auf denen mächtige Granitblöcke lagen. Oben auf den Felsblöcken saßen die „Todeskandidaten", ein so freches, vorlautes Gesindel, wie man es nur immer finden mag.

„Jump up, Joe!" rief mir einer zu, als ich eben hinaufklettern wollte. Ich hatte meinen Namen weg. Denn das war hier alles Joe, Jim, Jack, Charley, Nummer eins, Nummer dreihundertfünfundsiebzig, wie's gerade trifft!

Langsam fuhren wir hinaus ins offene Meer. Schon lag die Küste weit hinter uns in blauer, verschwommener Ferne, und wir fuhren immer noch weiter. Unterwegs klärten mich die anderen darüber auf, daß dieses keine gewöhnliche Arbeit sei. Schon seit Jahren sei man daran und es werde wohl noch Jahre dauern, bis man damit fertig werde. Denn dieser hier im Bau befindliche Wellenbrecher sei der längste der Welt, und wenn er erst einmal fertig sei, so könnten die Schiffe hier alle langseit gehen, und der Hafen von San Pedro wäre der größte der ganzen Erde. Das sagten sie mit einem großen Gefühl der Befriedigung, als ob sie selbst dafür verantwortlich wären. Bis dorthin hatte es aber offenbar noch gute Weile. Vorerst war von der ganzen Herrlichkeit noch nichts zu sehen als eine Art Landungsbrücke, die in mächtigem Bogen weit ins Meer hinausführte. Auf dieser lief eine Eisenbahn, mit der die Granitblöcke herangeführt wurden.

Bald hatten wir die Arbeitsstelle erreicht: den mit einem fahrbaren Dampfkran versehenen Kopf des Wellenbrechers. Mit Hilfe von schweren Stemmeisen machten wir uns daran, die Schlingen unter den Granitblöcken anzubringen.

„Stand clear!" rief der Meister.

Der Dampfkran begann zu puffen. Alles flüchtete Hals über Kopf über die Blöcke weg in den nächsten Wagen mit einer Geschwindigkeit, die von großer Praxis und bösen Erfahrungen zeugte. Nur ich war nicht fix genug.

„Come on! Come on!“ schrien sie aufgeregt von oben. Aber schon rumpelte es unter den Blöcken. Wild fielen sie übereinander; ein Miniaturerdbeben! Mit mächtigem Schwung flog der große Block hinaus in das Meer. Im Anziehen riß er mich mit und schürfte mir die Haut von der Hand. Noch im allerletzten Augenblick faßte ich einen Balken der Landungsbrücke und hing nun zwischen Himmel und Wasser. Der Boß fluchte, und die „Jungens“, die auf den anderen Wagen standen, lachten, daß ihnen die Tränen in die Augen traten.

„Da sollst du mal lieber nachlassen mit der Luftschaukel!“ meinte einer von den Burschen, „sonst wird am Ende nicht mehr viel übrig bleiben von dem Neffen deiner Tante!“

Am liebsten hätte ich ihn auf der Stelle ermordet.

Jedenfalls war mir das Abenteuer gewaltig auf die Nerven gefallen. Nicht einen Augenblick länger wollte ich hier meine Knochen zu Markte tragen für lumpige drei Dollars im Tage. Als ich aber erst wieder in Sicherheit war und sie mich alle so höhnisch musterten, da brachte ich doch nicht die nötige Courage auf, um stehenden Fußes „den Sack zu hauen“, wie man bei uns in Deutschland sagt. Während des ganzen Tages wußte ich mir nicht zu helfen vor Angst und Unbehilflichkeit. Ringsum plumpsten und polterten die Blöcke. Wohin man blickte, war alles Leben und Bewegung. Wo man zu stehen glaubte, da rutschte der Boden unter den Füßen. Überall sausten die scharfen salzigen Spritzer, und zuweilen schossen mächtige Wasserfontänen über den Wagen. Am nächsten und übernächsten Tag ging es auch nicht viel besser, nur daß man besser aufpassen lernte, denn die Gefahr macht fixe Augen und flinke Füße. Eines Tages kam ein junger Norweger herbeigelaufen, ein strammer Bursch mit blonden Haaren und blauen Augen. Der machte sich – ganz ähnlich wie ich am ersten Tage – zu lange mit der Schlinge zu schaffen. Als der Dampfkran anzog, wurde er mit dem Block ins Meer geschleudert und war im Augenblick verschwunden.

„Damn fool!“ sagte der Boß. „Geschieht ihm recht. Warum hat er nicht aufgepaßt!“ Dann zog er sein Notizbuch heraus und strich die Nummer aus.

Nie wieder habe ich einen Menschen so sang- und klanglos sterben sehen. Ich habe einmal ein Buch gelesen von Theodor Roosevelt mit dem Titel „*The strenuous live*“. Es handelt von Cowboys, Lassos, Revolvern, Pferdedieben und was sonst noch zum Inventar gehört einer rauhen Romantik. Nun ja, der Mann hat eben noch nie Felsblöcke ins Meer geworfen am Wellenbrecher von San Pedro!

Langsam ging ein Tag um den anderen vorbei in dieser lebensgefährlichen Knochenmühle und es wären wohl noch mehr Tage daraus geworden, wenn ich nicht mit dem Boß in Meinungsverschiedenheiten geraten wäre über die beste Art der Anbringung einer Schlinge. Jeder bestand hartnäckig auf seinem Standpunkt, und da wir beide recht haben konnten, geschah was geschehen mußte. Er zog sei Notizbuch heraus.

„*Well*, du kannst gehen!"

Das nahm ich nun keineswegs tragisch. Früher – ja, als ich noch ein ganz großes Grünhorn war, und zum erstenmal so ein harter Yankee diese verhängnisvollen Worte an mich richtete, da fühlte ich mich gar hilflos und verlassen in dieser kalten bösen Welt, und ich ging tiefgebückt in meinem verletzten Arbeiterstolze. Seither hatten sie mir jedoch das schon so oft gesagt, und ich den anderen auch, daß ich beim besten Willen mir darüber keine Gewissensbisse mehr machen konnte. Denn das war hier des Landes so der Brauch. „*Hire and fire*". Das ging wie in einem Taubenschlag. „Ich gehe, du gehst, ich werde gehen –." So war es bisher gegangen hierzulande und so würde es wohl weitergehen bis an das Ende der amerikanischen Tage. Davon war ich vollkommen überzeugt. Unbekümmert rollte ich meinen blauen Schaffkittel zusammen. Vollauf befriedigt mit mir und der ganzen Welt schaute ich dem kleinen Eisenbahnzug mit den Felsblöcken nach, auf denen die anderen wieder hinausfuhren nach ihrer ozeanischen Arbeitsstätte.

Der Hölle wärst du wieder einmal entronnen! – Adieu – laßt es euch so gut gehen, wie ihr nur immer könnt! Laßt euch weiter die Hände blutig schürfen an dem harten Granit, laßt euch die Füße zermalmen unter den Steinen. Fallt ins Wasser, Jungens, und werdet Futter für die Haifische, was geht's mich an!

Schon saß ich wieder in der elektrischen Schnellbahn und sauste durch das weite Land den hohen Bergen entgegen, die weiß und verlockend wie schimmernde Schlösser aus einer anderen Welt über den blauen Nebeln des frühen Tages standen. Ich zählte die Barschaft in der Lohntüte und fühlte mich reich wie ein König, als ich dort neben einigen Silberdollars auch einen dicken, runden, funkelnden „gelben Jungen" bemerkte.

In der „Atlantic-Pacific-Agency" begrüßte mich der Boß wie einen langvermißten Freund. Ehe ich recht wußte, wie es geschehen, hatte er mir schon drei meiner sauerverdienten Dollars abgenommen als Vermittlungsgebühr für eine Stelle in einer dairy farm – einer Milchwirtschaft.

Dort hatten sie noch nicht genug mit dem Vierundzwanzigstundentag, und also mußten wir schon um elf Uhr nachts aufstehen und zur Arbeit antreten. Die Kühe wurden um Mitternacht gemolken, und zu dieser Zeit mußten auch die großen, schweren Kannen gewaschen werden. Dann mußte man in den Busch reiten und die Kälber suchen, dann mußte man die Pferde anspannen und Futter holen, und wenn man einen Augenblick auf das Mittagessen wartete, so mußte man Holz hacken zum Zeitvertreib. Zuweilen, wenn einer der Melker streikte, mußte man dreißig bocksbeinige Kühe zweimal am Tage melken, und wer das noch nicht getan hat, der weiß nicht, was schwere Arbeit ist. Abends waren meine Hände so steif, daß ich nicht einmal eine Faust ballen konnte – ja, und da wundert man sich, warum es arbeitsscheue Menschen gibt!

Nach acht Tagen packte ich meine sieben Sachen und sagte umgekehrt wie einst der Boß zu mir am Wellenbrecher:

„Well, ich werde gehen!"

Und nun sollte ich wohl wieder zur Agentur gehen, und die würden mich für teures Geld zu einem anderen Halsabschneider schicken, und so sollte es nun weitergehen in alle Ewigkeit nach der Weise, die ich nun schon allzugut kannte?

Wie war das langweilig!

Ohnehin war ich kalifornienmüde. Ein ganz neuer Traum beschäftigte die überlaufende Phantasie meiner neunzehn Jahre.

Niederkalifornien! Jene lange mexikanische Halbinsel, die sich schon auf der Landkarte so gar phantastisch ausnimmt. Irgendwo in einem chinesischen Restaurant, dort wo sie die Nudeln mit Stäbchen essen, hatte ich einen schwedischen Matrosen angetroffen, der in Santa Rosalia von einem Segelschiff weggelaufen war und fast die ganze Halbinsel zu Fuß durchmessen hatte. Was der zu erzählen wußte! Von Palmen, Blumen und kindskopfgroßen Melonen, von Schakalen, die zwischen den Felsen heulen, von hohen Schneebergen, die über endlosen Wüsten stehen, von heißen Sanddünen an blauen Meeren. Da machte ich Augen wie Teetassen. Alles was er erzählte, nahm ich auf mit gläubigem Erstaunen. In der Tat: Niederkalifornien! Das war's! Schier unfaßbar schien es mir, daß ich nun all die Zeit gelebt hatte, ohne einen Gedanken an dieses Wunderland. Noch um Mitternacht machte ich mich auf den Weg nach diesem fernen Paradiese.

Zwei Monate war ich nun schon in Kalifornien. Der Vollmond stand wieder groß und rund über der Landschaft. Ringsum war alles schwarz und weiß. Der Wind murmelte wieder leise in den Bäumen. Während der ganzen Nacht marschierte ich weiter und am Morgen dachte ich nicht ans Ausruhen. Gegen Mittag, als die Sonne schon recht heiß vom klaren Himmel brannte, kam ich nach einem kleinen, ganz unter dunklen Orangebäumen versteckten Städtchen. Wohin ich blickte, schimmerten die goldgelben Früchte aus dem dunklen Laube, und überall rieselte lustig das Wasser in den Bewässerungsgräben. Es war ein Sonntagnachmittag, aber keiner von den langweiligen puritanischen Sonntagen mit ihrer toten, bleiernen Müdigkeit. Da lärmte auf dem Platze ein lustiges Karussell, auf dem die Kinder jubelten, da standen die Burschen mit ihren Schätzen an den Straßenecken, da leuchteten helle Blumen vor den blanken Fenstern, und merkwürdig: da redeten sie alle deutsch. Und deutsch war auch der Name des Ortes: Annaheim.

In einer Wirtschaft kehrte ich ein, und da ich so abseits von den anderen an einem Tische saß, kam die Wirtin auf mich zu und sprach deutsch, als ob das so sein müßte. Sie fragte mich nach dem Woher und Wohin und was ich wohl triebe in Amerika? Ich wollte bezahlen und fortgehen, aber sie meinte, ich solle meine paar Batzen nur wieder einstecken. Die könne ich später noch nötig gebrauchen. Heute sei hier so eine Art Kirchweih im Ort. Sie hätten einen großen Kuchen gebacken, und ich solle mal ruhig dableiben und es mir schmecken lassen. Dann wurde sie immer neugieriger und fragte mich, wo ich herkäme und ob ich auch schon einmal nach Hause geschrieben hätte. Das ärgerte mich. Da sie mich aber gar so vertraulich anschaute, erzählte ich ihr alles. Nun fing sie an zu lachen und meinte, ich solle endlich das Vagabundieren an den Nagel hängen. Annaheim sei ein so guter Platz wie die anderen auch. Da solle ich bleiben und eines von den vielen Mädchen heiraten und schon wäre ich ein gemachter Mann. Die anderen hätten es auch nicht anders gemacht. Dann lief sie fort und machte einen mächtigen Lärm mit den Tellern und Schüsseln.

Am Abend kamen die Männer und erzählten von Deutschland, von den Deutschen und von ihrer Militärzeit bei den Preußen. Nachdem sie genug erzählt hatten, fingen sie an zu singen. Die alten Lieder aus Deutschland.

„Nach der Heimat möcht ich wieder."

Das machte mich ganz gerührt, trotz meiner neugebackenen amerikanischen Forschheit.

„Doch mein Schicksal will es nimmer
Fern von dir ich wandern muß.“

Und mußte ich das wirklich? Ich fing wirklich an darüber nachzudenken, zum erstenmal seit vielen vielen Monaten.

In jener Nacht schlief ich in einem so feinen, hellen, sauberen Zimmer, wie ich es schon lange nicht mehr gesehen. In einem so weichen Bett, daß ich mich ordentlich genierte hineinzusteigen. Lange lag ich dort halbwach und träumte mit offenen Augen, so schön und lebhaft, wie nur die Jugend träumen kann. Durch das geöffnete Fenster kam der süße Duft der Orangenblüten. Draußen plätscherte der Brunnen. In der Ferne knurrten die Hunde wie im Traum. Weiß und scharf fiel das Mondlicht auf den Bibelspruch an der gegenüberliegenden Wand. Der war aus den Sprüchen Salomons. Bis heute habe ich ihn nicht vergessen, wenn ich ihn auch nie beherzigt habe:

„Es ist besser eine Handvoll Ruhe, denn beide Fäuste voll Mühe und Haschen nach Wind.“

Achtes Kapitel

Auf, über und unter der Eisenbahn

Eine schwierige Eisenbahnstrecke. – Bestraftes Schwarzfahren. – Konflikt mit der Obrigkeit. – Ein gemütliches Gefängnis. – Von Dampfspritzen, Kirchenglocken und der hohen Politik. – Vor dem Friedensrichter. – „Schuldig, Euer Gnaden.“ – Ankunft in San Diego. – Allerlei Wirtshäuser. – Nachtlager auf dem Kirchhof. – Nächtlicher Spuk. – Auf der Lokomotive. – Wieder in Los Angeles. – Eine neuartige Reisemethode. – Die Radachse als Sitzplatz. – Die Fahrt unter dem Schnellzug. –

Doch was sind Vorsätze! Am andern Tage schlich ich mich früh heimlich davon und war vor der Sonne schon wieder auf dem Wege. Es war soweit alles schön und richtig, was mir die liebe Frau gesagt hatte; auch das, was auf dem

Bibelspruch stand, und ich war ganz in der Stimmung, solche Weisheit zu beherzigen. Aber wo blieb dann Niederkalifornien?

Es war schon dunkel, als ich nach einem einsamen Wassertank am Bahngeleise kam, wo die dicken Tropfen melancholisch in einen öligen Tümpel fielen. Eintönig klankte die Pumpe in der stillen Nacht. Während des ganzen Tages war ich unablässig marschiert. Ich war todmüde und schwor mir, keinen Schritt mehr weiter zu tun in der Richtung nach San Diego, obwohl die Kunden in Los Angeles und alle anderen Kenner der Verhältnisse einstimmig der Meinung waren, daß das Schwarzfahren in dieser Gegend ein Versuch am untauglichen Objekt sei. Es laufe dort eine Zweiglinie der Santa-Fe-Bahn. Da wimmle es allenthalben von *„fly cops“* und die Sheriffs seien hinter den Hobos her wie die Füchse hinter den Truthähnen auf den Hühnerhöfen, weil sie für jeden eine Prämie bekämen. Die schwierigste Strecke in den ganzen Vereinigten Staaten.

Das war in der Tat keine tröstliche Gewißheit für einen müden Wandersmann. Ich machte mir ein Feuer aus den halbverkohlten Holzscheiten zwischen den umherliegenden Konservenbüchsen in dem Dschungel und hörte mit halbem Ohr auf das Heulen der Coyotes zwischen den Steinen. Ein frostiger Hauch kroch mir kalt über den Rücken, selbst in der schwülen Stille dieser lauen Nacht. Hin und her überlegte ich mir, was da wohl zu tun wäre, als plötzlich ein langer Güterzug von Norden herangerumpelt kam. Er hatte so viele leere boxcars, die zum Fahren einluden, daß ich der Versuchung nicht widerstehen konnte. Sobald der Zug sich wieder in Bewegung gesetzt hatte, sprang ich in den ersten besten Wagen und überließ das weitere dem Schicksal. Dieses ereilte mich gleich an der nächsten Station. Ein spitzbärtiges Yankeegesicht schaute von draußen herein.

„I say, young feller – mach, daß du da 'raus kommst!“ Stolz schlug er seinen Rock zurück und zeigte mir ein Schild, auf dem es in großen Buchstaben zu lesen stand:

U.S. Deputy Sheriff.

Da hatten wir die Bescherung.

Wir gingen zusammen in ein nahes Wirtshaus, wo der Sheriff je einen Whisky für uns beide bestellte. Es war ein sehr starkes Getränk. Bis ich mit meinem Glase fertig wurde, hatte er schon zwei weitere genehmigt. Über dem war er mit einem anderen Gaste in einen Disput geraten. Sie redeten über Politik, ein Thema, das dort ebenso ausgiebig und vielseitig ist, wie bei uns zu Hause. Während des ganzen Vormittags standen sie an der Bar und hielten ihre Zungen in eifriger Bewegung.

„Jist a agrifying“, wie sie in Amerika sagen.

Der andere prophezeite eine demokratische „Lawine“ für die nächsten Wahlen. Der Sheriff aber hatte nur Hohngelächter als Antwort auf die Drohung. Ganz das Gegenteil würde eintreten. Das ganze Land werde republikanisch wählen. Und dann wollte er auch noch wissen, wie es mit dem letzten demokratischen Antrag betreffs Anschaffung einer Feuerspritze stünde. Da strich der Demokrat bedächtig den Bart und meinte, der Sheriff sei doch Presbyter an der Methodistenkirche in Okeanside, die eine neue Glocke anschaffen wolle. Wenn er sich darum in seiner Eigenschaft als Mitglied des Stadtrats von Eskondido dazu verstehen könnte, den demokratischen Antrag betreffs Anschaffung der Feuerspritze –

Der Sheriff aber wollte nichts mehr hören und verbat sich alle weiteren Anträge mit Nachdruck. Er stehe voll und ganz auf dem Boden seiner Partei und erachte es als seine oberste Pflicht, die finsteren Machenschaften seiner Gegner zu enthüllen und werde die nötigen Schritte ergreifen, damit das schändliche Angebot durch Vermittlung des „San Diego Independant“ vor die breiteste Öffentlichkeit gelange. Lieber würde er seine Würde als Presbyter niederlegen, als daß er denken müßte, daß die Glocken seiner Kirche noch einmal klingen könnten von demokratischem Golde und er wolle eher zusehen, daß sein Haus abbrenne bis zu den Grundmauern, als daß es gelöscht werde mit einer demokratischen Feuerspritze.

„So jetzt wißt ihr, was ich von euch denke, Mr. Cassidy! Von euch und eurem Angebot. Das ist, was ich von euch denke!“

Er spuckte auf den Boden, er stürzte noch einen Whisky hinunter, wütend biß er ein Stück Kautabak ab. Dann eilte er hinaus und ritt davon, ohne sich noch einmal umzusehen.

Unnütz zu sagen, daß ich diesen Vorgängen nur mit einem nassen und einem heiteren Auge zusah. Mürrisch saß ich in einer Ecke und hörte nur mit halbem Ohr auf das Gerede. Um so überraschender traf mich die dramatische Wendung. Der Wirt blinzelte mir zu mit solcher Eindeutigkeit, wie es nur Gastwirte fertigbringen. „Lauf! Nimm die Beine unter die Arme! Man muß ein gutes Ding wahrnehmen, wenn es einem über den Weg gelaufen kommt!“

Das brauchte er mir nicht zweimal zu sagen. Bald marschierte ich wieder auf der langen Landstraße, die nach Süden führte. Es war eine breite und so gut erhaltene Landstraße, wie man sie sonst nur selten zu sehen bekommt in Amerika. Es war drückend heiß. Die Hitze flimmerte über dem weiten Lande, und die Sonne stand so hoch, daß selbst die hohen pappelartigen Eukalyptusbäume nur einen ganz kurzen, harten Schattenfleck in den gelben Sand der Straße warfen.

Nach einer Weile überholte mich ein Farmer, der mich zum Mitfahren einlud. Ich hatte nichts dagegen. Die Mula griff mächtig aus, während die Milchkannen hinten im Wagen ein polterndes, rasselndes Getöse aufführten und man bei jedem Stein am Wege einen Luftsprung machte auf dem harten Sitze.

Unversehens waren wir nach dem nächsten Dorf gekommen, und da stand auch schon der Sheriff mitten auf der Straße. Sein Kollege hatte ihn telephonisch von meinem Kommen in Kenntnis gesetzt. Mit seinem großen Schlapphut und dem Revolver in dem Gürtel sah er aus wie Buffalo Bill in eigener Person, doch war er ebenso gastfrei wie der andere. In der Buggy – so nennt man dort die landesüblichen zweirädrigen Kutschen – fuhren wir nach dem etwas abseits auf einem Hügel gelegenen Wohnhause, wo die Missis schon mit dem Diner wartete. Es gab Beafsteak und Tee und eine mächtige Apfelpastete, wie sie die Amerikaner lieben. Nach dem Essen zündete der Sheriff seine Maiskolbenpfeife an, die Missis wiegte sich im Schaukelstuhl, und ich war neugierig was nun kommen würde. Nach einer Weile, als die schlimmste Mittagshitze vorüber war, spannte der Boß die Buggy an und wir fuhren hinunter nach dem Städtchen, wo an einem schmutzigen Hause, kaum entzifferbar, die Inschrift zu lesen stand:

U.S. Justice of the peace.

„*Well*", sagte der Sheriff, „ich habe an dir getan was recht ist, das mußt du zugeben. Nun sollst du mich auch nicht im Stich lassen. Eine Hand wäscht die andere. Wenn der Alte dort drinnen dich fragt, ob du schuldig oder nicht schuldig bist, so sag nur immer herzhaft: ›Schuldig, Euer Gnaden‹. Es kann dir gar nichts passieren. Er ist ein guter Junge, und ich habe schon alles mit ihm gefixt."

Drinnen saß der Friedensrichter hinter dem großen Tisch mit den vielen Akten. Neben ihm stand ein kleines vertrocknetes Männchen, das aus einem Bogen etwas vorlas, auf das ich nicht hörte und „Seine Gnaden" noch viel weniger. Es war drückend heiß in dem kleinen Raum. Draußen summten die

Mücken vor dem Moskitonetz. Endlich stockte die eintönige Stimme des Männchens. Der Richter setzte die schwarze Mütze auf seinen Kahlkopf und schaute mich an mit jener gewissen, mechanischen Feierlichkeit, die er sich durch lange Übung angeeignet hatte.

„Schuldig oder nicht schuldig?"

„Schuldig, Euer Gnaden", antwortete ich, ohne mich einen Augenblick zu besinnen.

Nun rückte „*His worship*, Seine Gnaden", die Mütze zurecht und sagte etwas, von dem ich nur die letzten Worte verstand, aber die auch klar und deutlich wie ein Menetekel.

„– – wegen Fahrkartenbetrugs verurteile ich Sie deshalb zu zehn Dollars Strafe oder zehn Tage Gefängnis in San Diego." – – –?

„Da dies jedoch die erste Übertretung ist und Sie auch sonst – hm ja! ein anständiger junger Mann zu sein scheinen, gebe ich Ihnen Bewährungsfrist für unbestimmte Zeit und hoffe, daß Sie sich das in Zukunft zur Lehre dienen lassen."

Mit einem Satz war ich draußen. Mir war es abwechselnd kalt und siedend heiß über den Rücken gelaufen in der schwülen Luft des engen Raumes, und nun, da ich wieder auf der hellen Straße stand, tanzte alles vor meinen Augen und drehte sich im Kreise. Der Sheriff, der vor der Tür auf mich gewartet hatte, mußte mich mehrmals kräftig schütteln, ehe ich wieder das Gleichgewicht gefunden hatte.

„Allright?" fragte er mit der Miene eines Mannes, der sich seiner Verdienste um die lieben Mitmenschen bewußt ist.

„Allright", antwortete ich vergnügt.

Da gab er mir einen halben Dollar und entließ mich mit den besten Segenswünschen. Ich solle es mir gut gehen lassen und auch die Adresse nicht vergessen, wenn ich wieder zurückkomme. Er meinte auch, daß seine Kollegen weiter unten in der Richtung nach San Diego alle untadelige Gentlemen seien, die einem armen Reisenden zu helfen wüßten. Diese Reisemethode schien mir jedoch zu anstrengend für meine inzwischen dünn gewordenen Schuhsohlen und also ging ich auf den Bahnhof und bezahlte meine Reise bis hinunter nach San Diego. Es war eine Blamage für die ganze Zunft.

Dicht am Strande fuhr der Zug, entlang der weißen Sanddünen, auf denen der Sonnenschein tanzte. Das Tosen der Brandung übertönte selbst den Lärm des Zuges, und eine salzige Brise kam frisch, wie das Leben selber, über das weite Meer. Allenthalben lag das Land öde und trocken, wie überall in Kalifornien, wo der Mensch nicht hinkommt mit seinen Brunnenbohrern. Auf einmal aber, als es schon anfing dunkel zu werden, wuchsen Olivenhaine und dunkle Lorbeerbüsche aus der Erde, weiße Häuser versteckten sich hinter Kastanienwäldern, und hohe Pinien standen schwarz am abendlichen Himmel. Tief unten lag die mächtige, von niedrigen Landzungen umschlossene Bai von Coronado mit der Stadt San Diego, die wie ein Schachbrett am Ufer lag.

Bei den Amerikanern – die sich bekanntlich alle gern in Superlativen ausdrücken – genießt San Diego den beneidenswerten Ruf, das mildeste und gesündeste Klima der Welt zu besitzen. Das mag vielleicht zutreffen, jedoch – ah, wenn man von der Gesundheit leben könnte!

Langsam lief der Zug in den Bahnhof ein, der mehr einer deutschen Jahrmarktsbude glich. Auf dem Bahnsteig lungerten dunkle Mexikaner mit breitkrempigen Sombreros und breiten Gürteln, die mit lauter Silberdollars besetzt waren. Ein paar Hobos saßen auf der Steintreppe und musterten die ankommenden Reisenden. Draußen standen die Eselkarren in langen Reihen. Weiß schimmerten die kleinen flachen Häuser in den letzten Sonnenstrahlen, die sich in den Fensterscheiben spiegelten. Mitten auf dem Platze träumte einsam und verlassen ein Auto. Das war San Diego. Ich hatte es mir anders vorgestellt.

In einem schmutzigen Hause einer dunklen Seitenstraße fand ich eine mexikanische Fonda (Gasthaus), die nach ihrem ganzen Äußeren einigermaßen in Übereinstimmung schien mit meinem Geldbeutel. Sie waren dort gerade beim Essen, und ich setzte mich auch dazu. Es gab ein Menü von „chili con carne“, das wie höllisches Feuer brannte, Pasteten, die mit Knoblauch gewürzt waren, und von dem roten vino carajo, der die Menschen zu Teufeln macht. Nach dem Essen setzten sich alle Gäste vor die Tür und hielten schläfrige Gespräche. Der Fondero fragte, ob ich nun schlafen wolle, was ich eifrig bejahte. Es war mir eingefallen, daß ich das schon lange nicht mehr getan hatte, sicherlich nicht mehr seit jenem Abenteuer in Annaheim. Seither war ich schon über und unter und in den Eisenbahnzügen gefahren, zweimal war ich den Händen der Obrigkeit entwischt und einmal vor His worship gestanden. Das war zuviel, selbst für meine jungen Nerven!

Das „Zimmer“ aber, das er mir zum Schlafen anwies, war nicht gerade das letzte Wort von Bequemlichkeit. Es hatte keine Fenster und war zementiert wie eine Gefängniszelle. Überall standen Kisten und Kasten unordentlich umher. Bei einiger Phantasie konnte man sich in die Höhle des Robinson Crusoe versetzt glauben. Ich warf meine Siebensachen in eine Ecke und legte mich in die Hängematte, die hier als Lagerstätte diente. Von Schlafen war jedoch keine Rede. Es war alles in allem ein ungemütlicher Abend. Die offene Tür führte in eine Art Laube, wo die Gäste lärmten. Es war ein Schreien und Schnattern, ein Schlürfen von Pantoffeln und Klappern von Geschirr, nicht anders wie in einem Affenkäfig. Ein Mexikaner klimperte auf einem Banjo und summte dazu ein eintöniges, nimmer endendes Lied, das offenbar auch den anderen auf die Nerven fiel. Es gab einen Streit, der im wesentlichen auf homerische Weise ausgefochten wurde mit großen Worten und grausamen Flüchen und Verwünschungen, vor denen sich in meiner Höhle die Balken gebogen hätten, wenn welche dagewesen wären. Eine Frau schrie hysterisch, dann bellten die Hunde. Dann kreischte ein Papagei in einem Käfig. Dann kam polternd der Wirt und verbat sich die Störung, und auf einmal krachte die Hängematte, und plumps lag ich auf dem Boden.

Das war zuviel. Ich nahm meine Mütze und ging hinaus in die nachtdunkle Straße. Lange irrte ich planlos umher. Ich kam durch stille Gassen, wo die kleinen Häuser alle geduckt und versteckt hinter Büschen standen, als fürchteten sie sich voreinander. Ich ging über weite Plätze, wo die Musik spielte und die Fröhlichkeit lustwandelte, ich kam vorbei an großen Hotels, so vornehm und fast noch vornehmer als in Los Angeles, an hellerleuchteten Restaurationen und Kaffeehäusern und sah den Leichtsinn sorglos sitzen an reichgedeckten Tischen. Immer weiter wanderte ich durch die laue Nacht. Endlich kam ich in eine stille Vorstadt, wo alles schon in tiefem Schlafe lag. Kaum ein Licht schimmerte in den engen Gassen. Etwas abseits – mitten in einem Kirchhof – stand eine Klosterkirche in dem alten mexikanisch-kalifornischen Missionsstil. „Das mußt du dir ansehn!“ sagte ich mir und betrat ohne weitere Umstände die geweihte Stätte. Es war in der Tat ein idyllisches Plätzchen. In dem kleinen Türmchen hing eine große Glocke. Ringsum führten weite Wandelgänge mit hohen Säulen, an denen wilde Rosen wucherten. Mitten im Hofe stand ein mächtiger Orangenbaum mit zahllosen goldenen Früchten. Kein Mensch war weit und breit zu sehen. Eine Weile lustwandelte ich in den weiten Hallen und schaute auf das Mondlicht im Garten. An einer Ecke, wo die Blumen üppig am

Mauerwerk wucherten und man eine weite Aussicht hatte über das nachtschwarze Meer, setzte ich mich auf das Gesims und hörte auf das Plätschern des Brunnens und schaute lange auf das weiße Mondlicht über den Fliesen. Plötzlich tauchte am anderen Ende des Ganges ein Mexikaner auf. Lautlos kam er herangehuscht auf seinen Segeltuchpantoffeln, richtig wie ein Gespenst im weißen Mondlicht.

„Buenas noches, señor!"

„Buenas noches!" antwortete ich und war ordentlich stolz auf mein Spanisch.

Dann hielt er mir eine Rede in klingendem Kastilianisch, das laut und fast feierlich widerhallte in den langen Gängen. Dann – als er merkte, wie spanisch mir das alles vorkam – wiederholte er den ganzen Sermon in bedeutend weniger sonorem Englisch, das ebenso greulich war wie mein damaliges Spanisch und sich anhörte wie ein Hohn auf dieses ritterlich-spanisch-klösterlich-katholisch-phantastisch-kastilianische Milieu.

Er sei der Portier dieses Märchenlandes und als solcher dazu verpflichtet, alle Caballeros auf das Unstatthafte des Aufenthaltes in diesen Hallen aufmerksam zu machen. Ohnehin sei hier keine passende Schlafgelegenheit für einen Christenmenschen. Wenn ich aber mit seinem Hause vorlieb nehmen wolle, so wäre ihm das eine Ehre und ein Vergnügen. Con muchissimo gusto, señor!

Ich war nicht abgeneigt, ihm diese Ehre anzutun, und also gingen wir zusammen nach seiner Hütte, die etwas abseits unter dem Schatten eines riesengroßen Feigenbaumes stand. Es war eine kümmerliche Herrlichkeit aus Lehm und Wellblech. Ein dicker beißender Rauch quoll aus der schwarzen Höhle. Ringsum trockneten große Fischnetze, die einen angenehmen scharfen Seegeruch verbreiteten. Um ein Feuer vor der Hütte kauerten fröstelnde Frauen, von denen man kaum die Nasenspitze unter der umgeschlagenen Mantilla sehen konnte. Alle standen auf und gaben mir die Hand mit spanischer Grandezza. Ein junges Mädchen servierte einen sehr starken Kaffee mit sehr viel Zucker. Dann tischten sie geröstete Maiskolben und eine große Platte in Öl gebackener Fische auf. Schweigend saßen sie dabei und rauchten Zigaretten, während der Alte mich gewissenhaft ausfragte, nach dem Woher und Wohin. Die Verständigung ging nur schwerfällig vor sich in einem hausgemachten Esperanto, und oft mußten ausgiebige Pantomimen, in denen wir beide Meister waren, die fehlenden Worte ersetzen. Nur zuweilen unterbrach ein Kraftwort im farbenreichsten Kastilisch den holperigen Fluß der Unterhaltung.

„Cosa barbara! Nach Niederkalifornien! Was wollen Sie denn dort?“

Das wußte ich eigentlich selbst nicht recht. Ich meinte, daß es ein interessantes Land wäre.

„Niederkalifornien! Aber Freund, dahin geht man doch nicht! Dahin gehen die Räuber und Ladrones und die anderen Caballeros, die etwas auf dem Gewissen haben, wie eine arme abgeschiedene Seele, die nach dem Fegefeuer geht. Und was soll es dort groß zu erleben geben? In Niederkalifornien scheint die Sonne wie anderswo auch, da stehen die Menschen morgens auf und gehen abends zu Bett wie hier und reiten auf der Mula und arbeiten und essen ihren Asado, wenn sie welchen haben.“

Spät abends gingen wir auseinander. Der Mexikaner gab mir zum Abschied eine Tüte mit gedörrten Feigen.

Die Señora drückte mir herzhaft die Hand. „Que dios le ayude!“ sagte sie fast feierlich und schaute mich dabei so traurig an mit ihren großen schwarzen Augen, daß ich hätte weinen mögen. Der Mond stand noch immer groß am Himmel, und die Grabsteine warfen lange Schatten in das weiße Land. Ganz oben, auf einem besonders hohen Grabstein, miaute eine Katze. Es war hier alles so seltsam grausig romantisch, daß ich gar nicht mehr zurückgehen mochte nach meiner üblen Miniaturhöhle mit der Hängematte in der Fonda. Ich setzte mich auf einen Stein und versuchte zu denken. Ich war todmüde, aber wacher waren die Gedanken.

Mich ärgerte das, was ich soeben gehört hatte über das Land meiner Träume. Ja, hätte er mir erzählt, daß dort die Schlangen und Skorpione hausen, daß dort die Bären hinter jedem Busch lauern und wildgeputzte Indianer auf den Kriegspfad gehen, ja dann! Daß aber auch dort die graue Nüchternheit in der grauen Wüste hause, daß dort die Menschen arbeiten, essen und schlafen und abends Zigaretten rauchen und sich in den Wirtshäusern raufen wie anderswo auch, das konnte ich nicht ertragen!

Ich schaute lange vor mich hin und fühlte die kühle Luft, die vom Meere herkam und sah tief unten die großen Segelschiffe, die sich leise vor ihrem Anker wiegten, und sah die roten und grünen Lichter, die sich zitterig im Wasser spiegelten, und das Abbild des funkelnden Sternenhimmels in der weiten Bai und hörte halb im Traum auf die leisen Stimmen der flüsternden Nacht.

„Dort unter den Myrtenbäumen
In heimlich dämmernder Pracht,
Was sprichst du, wirr wie in Träumen,
Zu mir, phantastische Nacht?“

Je länger ich dasaß, desto mehr kam ich ins Grübeln. Ein moralischer Katzenjammer schlich mir kalt über den Rücken. Unendlich verderbt und verkommen, ja fast wie ein Narr kam ich mir vor auf dieser Erde. Mir war eine Rede eingefallen, die mir meine Mutter einmal gehalten hatte. „Wenn du einmal alles das, was du bisher für wichtig gehalten hast, für unwichtig ansiehst und dich mehr mit den unwichtigen Dingen abgibst, so wirst du weniger zu denken haben und es um so weiter bringen.“ So fing ich denn an zu denken von den kleinen praktischen, nüchternen Dingen dieser kalten bösen Erde, wenn es auch schwer fiel. Ich versuchte einen Überschlag zu machen von dem amerikanischen Geschäft und war sehr wenig zufrieden mit dem Saldo, der dabei herauskam.

Länger als ein Jahr – sagte ich mir – bist du nun schon in diesem Lande Amerika. Von Meer zu Meer bist du gelaufen wie ein lebendig gewordenes Perpetuum mobile. Mit der Eisenbahn, auf der Landstraße, in den Güter- und Personenwagen, auf, unter und zwischen den Wagen, in den Eiskisten und sonstigen Fahrgelegenheiten. Auf allen Ab- und Beiwegen bist du ihm nachgelaufen, dem Glück, dem Erleben, dem Abenteuer und wem sonst noch.

Ah, nicht mehr ein Grünhorn sein, nicht davonlaufen vor der rastlosen Unruhe, dem nimmer endenden Gaukelspiele der Phantasie. In der Tat: Niederkalifornien!

Nun war's genug! Genug der Irrfahrten und Abenteuer! Ich will den geraden Weg gehen wie die anderen auch. Ich will nun endlich anfangen vernünftig zu werden. Ich will alles, alles anders machen.

Ja, anders machen! Der Weg zur Hölle ist gepflastert mit guten Vorsätzen.

In der nächsten Nacht – ungefähr zur selben Stunde – hatte ich es mit einem Lokomotivführer des Schnellzugs ausgemacht, daß er mich mitnehme als Kohlenzieher und wir fuhren hinaus in das nachtschwarze Land, Los Angeles zu. Es war derselbe Zug, mit dem ich einige Tage später tief unten zwischen den Rädern fahren sollte. So geht es zuweilen in Amerika! Up and down. Die Arbeit, die ich zu tun hatte, war nicht schwer. Ich brauchte nur zuzusehen, wie der

Kohlenhaufen im Tender immer kleiner wurde und gelegentlich noch etwas nachhelfen mit der Schaufel. Aber kalt und windig war es dort oben.

Und es war schön!

Wer sagt, daß eine Lokomotive nichts Lebendiges ist? Der ganze Eisenberg zitterte von Leben und Gier und Eile und Gefräßigkeit. Schaurig quollen die Rauchwolken aus dem kurzen, dicken, kaum über den hohen Kessel hinausragenden Schornstein. Wild stoben die roten Funken am sternhellen Nachthimmel. Wie schwarze Teufel huschten die Männer vor dem Feuer und schaufelten Kohlen in den gierigen Rachen und rüttelten mit langen Stangen in dem weißglühenden Schlunde und schlugen die Türen zu, daß es krachte. Und immer von Zeit zu Zeit, da zischte der Dampf, da heulte die Sirene; ein langes, wildes, aufreizendes Heulen, das keinen Widerspruch und keinen Widerstand duldete. Platz, Platz da, ich komme, ich, die Lokomotive! Und sage einer, die Lokomotive habe kein Leben!

Am frühen Morgen, als die Nebel noch schwer auf dem Lande lagen und die dicken Tropfen von den Lagerschuppen fielen, liefen wir wieder in den Bahnhof von Los Angeles ein. Ich tappte über das Gewirr der Schienen am Güterbahnhof, wo noch die Lampen durch den Nebel schimmerten wie große, verhangene Monde. Ich ging durch die stillen Straßen und war froh, daß ich wieder da war, trotz aller Enttäuschungen. Mir war, als ob ich nach langen Irrfahrten wieder nach Hause käme. Der Mensch ist eben doch ein Gewohnheitstier, selbst wenn er ein Wandersmann ist von Passion. Als dann der Tag ordentlich angebrochen war und die Menschen wieder in den Straßen lärmten, da begann auch gleich wieder das alte Lied der amerikanischen Tretmühle.

Diesmal war das Orangenpflücken die große Saison. Das war gerade die Beschäftigung, die ich suchte. Beschaulich, idyllisch, romantisch. Aber die umherlungernden Kenner der Verhältnisse schlugen, die Hände zusammen über solchen Größenwahn.

„Orangenpflücken! Geradesogut könntest du daran denken, als Gouverneur von Kalifornien zu „rennen", wenn demnächst die Wahlen sind. Da mußt du erstens einmal zu der „Union" gehören und zwanzig Dollars Beitrag bezahlen. Du mußt deine eigene Leiter mitbringen und alle Früchte mit deiner eigenen Schere abschneiden, denn die kannst du nicht schütteln wie die Pflaumen in Missouri. Du mußt sie alle sauber in die Kisten packen und mit Holzwolle versehen und in der Nacht nach Feierabend mußt du die Kisten nach Hause tragen und auf den Wagen verstauen, während du ausruhst. Wer sich aufs Handwerk versteht, kann fünf Dollars im Tag machen und soviel verdienen, daß er nachher einen ganzen Monat lang nicht mehr nüchtern zu werden braucht in Pat O'Briens Bar. Aber Orangenpflücken! Das tut man doch nicht!"

Und sie schüttelten alle mißbilligend die sachverständigen Köpfe.

So ist es! Ein jeder Stand, auch der geringste, hat seinen Stolz und seine Unmöglichkeiten. Willst du Steine klopfen, so mußt du eine Brille haben. Willst du die Straße kehren, so mußt du Protektion besitzen bei der Stadtverwaltung. Willst du Lumpensammler werden, so mußt du zuvor den Gewerbeschein beziehen und dir einen Sack anschaffen. Überall ist es im großen und kleinen das gleiche, nimmer endende Wechselspiel zwischen Arbeit und Anlagekapital und nur die, die nicht wissen, wie es zuweilen zugeht auf dieser armen Erde, können es so leichtsinnig dahinreden: „Ich will lieber Steine klopfen . . ."

Wenn aber alles versagte und sich selbst in der Sphäre der Straßenkehrer keine Betätigungsmöglichkeit mehr bot, was blieb da anders übrig, trotz aller guten Vorsätze?

Die alte Regel, die dem amerikanischen Wandersmann noch immer zur Richtschnur gedient hat in solchen Fällen:

„Hit the road! Go at the bum!"

Die große, helle Landstraße, oder – genauer gesagt – die Eisenbahn.

Und dazu war hier die schönste Gelegenheit. Aus irgendeinem Grunde, der eines der vielen ungelösten Rätsel ist, die mir das Land Amerika aufgegeben, sind die Personenzüge im fernen Westen der Vereinigten Staaten oftmals angefüllt mit großen Trupps reisender Abenteurer, die auf Kosten der Eisenbahngesellschaften von einer Arbeitsstelle zur anderen fahren. Warum sie es tun können, weiß ich nicht, denn von hundert Rittern der Eisenbahn, die hier das Fahrgeld schinden, sind es im günstigsten Falle drei oder vier, die die Arbeit wirklich antreten. Eine bequemere und billigere Reisemethode läßt sich in der Tat wohl kaum denken. Man geht nach dem Employmentoffice, wo es in riesengroßen Buchstaben an der Tafel steht:

„Fünfhundert Arbeiter für Eisenbahnarbeit nach Arizona. Abfahrt heute!"

Man zahlt seinen Dollar und fährt nach dem Lande seiner Sehnsucht, nicht anders wie einer, der fünfzig, sechzig oder gar hundert Dollars für die Reise bezahlt hat. Als Garantie muß man freilich sein Gepäck zurücklassen, das in dem

Packwagen mitgeführt wird. Ein richtiger Hobo führt, wie schon gesagt, nicht mehr Gepäck mit sich, als was er in der Tasche tragen kann. Da aber das Abliefern irgendeines Vorwandes von einem Bündel unbedingte Voraussetzung für solche kostenlose Beförderung auf der Eisenbahn ist, muß er sich nach einem behelfsmäßigen Ersatz umsehen. Wo ein Wille ist, da ist auch ein Weg, zumal dort, wo zahlreiche geschäftstüchtige Kinder Israels zu Hause sind. Wo immer diese in der Nähe des Employmentoffice ihre Altwarengeschäfte betreiben, da baumeln zwischen alten Hosen, rostigen Messern und schäbigen Überziehern auch die schmierigen Bündel, die im wesentlichen aus einer mit Papier ausgestopften mottenzerfressenden Schlafdecke bestehen.

„Railroadbundles sold here!“ steht darüber in großen schreienden Buchstaben.

„Hier werden Eisenbahnbündel verkauft!“

Man kauft sie für fünfzig Cents, man gibt sie ab und läßt sie in die Welt hinausfahren auf Nimmerwiedersehen.

Heute war die Tafel bedeckt mit mächtigen, beinahe mannsgroßen Buchstaben, die es aufreizend in die Welt hinausschrien:

„Nevada! Nevada! Nevada! – Ship today!“

Heute Abreise nach Nevada!

Die Menschen drängten sich in Scharen vor der Tür, und der Boß machte große Geschäfte. Was die nur auf einmal alle in Nevada wollten? Ein alter Kunde, der dabei saß und mit der abgeklärten Ruhe eines Philosophen seine Pfeife rauchte, klärte mich auf über diesen Punkt.

„Nach Nevada? Bist du aber grün! Keinen von den Jungens könnten sie mit zehn Gäulen nach Nevada bringen!“

„Wohin denn sonst?“

„Nach Frisko natürlich!“

Der Zusammenhang zwischen den beiden Begriffen war mir nicht ohne weiteres klar, aber nach einigen weiteren erstaunten Bemerkungen über den Grad meiner Grünhornhaftigkeit ließ der andere sich zu einer Erklärung herbei.

„Mensch, laß dir dein Schulgeld zurückbezahlen! Kennst du dich denn gar nicht aus in Gods own country? Wenn man von hier nach Nevada fährt, so kommt man doch in Stockton vorbei.“

„Und –?“

„Dann steigt man eben aus und fährt den Fluß hinunter – kostet dich die Reise nach Frisko einen Dollar für den Boß, einen halben für das Bündel und noch fünfundzwanzig Cents für die Fahrt auf dem Dampfer.“

Das war in der Tat ein Patent, das sich sehen lassen konnte.

San Franzisko!

Ich rannte förmlich zum nächsten Händler und kaufte mir ein Bündel. Da mich der Dollar reute, mischte ich mich unter einen eben abgehenden Trupp und stand bald auf dem Bahnsteig, bereit zur Abfahrt. Der Stationsvorsteher zählte die Häupter seiner Lieben.

„One – two – three – four . . .“

Noch einmal fing er an zu zählen.

„. . . thirtysix – thirtyseven . . . God damn! Das stimmt ja gar nicht! – Never mind! Tut nichts!“

Jeder bekam seine Fahrkarte, und fort ging die Reise . . .

An jene Reise nach San Franzisko werde ich immer denken.

Wir fuhren in dunkler Nacht durch ein wildzerklüftetes Gebirge, wo der Pfiff der Lokomotive schaurig widerhallte an den hohen Felsen; wir kamen in eine Wüste, die sich gelb und rot in endlose Fernen breitete, vorbei an kahlen Felsen, die doch in allen Farben sprühten im hellen Lichte des Tages. Dann ging es durch das endlos lange kalifornische Tal, wo dürre staubige Steppe mit trostlosen Sanddünen wechselte. Und immer wieder, wo das Wasser sprudelte, da standen fette Kühe auf grüner Weide, da sah man Obstgärten und Weinberge, da standen weiße Häuser, fast verdeckt unter leuchtenden Blumen, da standen Mandel- und Pinien- und große breitästige Feigenbäume, nicht anders wie in Italien. Eine weiche Luft kam blau geflossen, und weit, weit in der Ferne standen schimmernde Schneeberge unter dem dunkelblauen Himmel. Ehe man's gedacht, war es schon wieder Abend. Fast ohne Dämmerung kam die Nacht, und wir rumpelten immer noch weiter durch das endlose Land.

Gegen Mitternacht erreichten wir eine ansehnliche Stadt mit Namen Fresno. Dort hatten wir einen längeren Aufenthalt, und da es eine gar so warme und wollüstige Nacht war, benützte ich die Gelegenheit zu einem Spaziergang in die Umgegend. Der Wind kam weich aus den Weinbergen. Die Grillen zirpten, und die Frösche quakten in den Bewässerungsgräben. Ich fing an zu träumen unter einem hohen Nußbaum und als ich nach der Station zurückkam, war der Zug natürlich schon längst über alle Berge. Ich hätte mich ohrfeigen können. Alle Romantik der lauen Nacht war mit einemmal verschwunden. Ein kaltes häßliches Gefühl kroch mir den Rücken herunter. Während ich noch dasaß und den finsteren Gedanken nachhing, kam von Süden der Nachtexpreß herangebraust. Schnaubend fuhr er in das Stationsgebäude ein. In großen, goldenen Buchstaben stand es an den Pullmanwagen.

„Golden State Limited."

Und zu denken, daß diese schon in wenigen Stunden in San Franzisko sein würden! Der Gedanke war genug, um einen wahnsinnig zu machen. Sich abends schlafen legen in Los Angeles und morgens aufwachen in San Franzisko. Wie fein das sein mußte! Und auf einmal kam es über mich mit unwiderstehlicher Gewalt: der oder keiner! Blitzschnell überlegte ich in den paar Minuten. Alle erdenklichen Fahrgelegenheiten, von denen ich gehört und die ich selber schon ausprobiert hatte, zuckten mir durch den Kopf. Blindbagage gab es hier nicht. Kohlentender – die Lumpen hatten Ölfeuerung. Aber ich wollte, ich mußte doch unbedingt nach San Franzisko, und also blieb keine andere Reisemethode als die, die stets so viel gepriesen wurde von den anderen Jungens an der Eisenbahn, die ich aber bisher noch nicht ausprobiert hatte auf allen meinen Wanderungen, da sie mir doch gar zu abenteuerlich vorkam. „Riding the rods."

Das Fahren auf den Radachsen. Die amerikanischen Personenwagen – zumal die Pullmans an den Schnellzügen – sind sehr hoch gebaut, so daß das Gestänge unter dem Wagen eine bequeme Sitzgelegenheit bietet für den blinden Passagier. Die Sache sieht und hört sich gefährlicher an, als sie in Wirklichkeit ist. Wer sich auskennt dort unten, der fährt fast ebenso sicher und geborgen wie der zahlende Passagier im Ledersessel. Wenn trotzdem jahraus, jahrein zahlreiche Unglücksfälle vorkommen, die auf diese Reisemethode zurückzuführen sind, so liegt das nur daran, daß sich immer wieder blutige Grünhörner finden, die statt der Stangen die breiter und einladender ausschauenden Bremsblöcke als Sitzgelegenheit benützen, und natürlich bei deren Anziehen unter die Räder geworfen werden.

Das alles hatte ich theoretisch schon begriffen, denn ich hatte oft schon zugesehen, wie es die anderen machten. Nun aber, da ich es selbst ausprobieren wollte, fand ich doch einen erheblichen Unterschied zwischen Theorie und

Praxis. Es blieb indes nicht viel Zeit zum Fürchten. Schon pfiff die Lokomotive. „Nur nicht ängstlich!“ sagte ich mir. Und schon saß ich kunstgerecht auf dem abenteuerlichen Sitzplatz. Im nächsten Augenblick hätte ich etwas darum gegeben, wenn ich wieder irgendwo anders gewesen wäre. Auf den Hexensabbat war ich allerdings nicht gefaßt! Jedes Geräusch, das man oben nur gedämpft vernimmt, wird dort unten zur Höllenmusik, die kleinste Bewegung zum wilden Aufruhr. Da lärmen die Bremsen mit ohrenzerreißendem Schreien, da kracht und stöhnt es in den Fugen des Wagens, da knackt es im Eisen, da fliegen die Staubkörner vor dem messerscharfen Winde, und alles ist gehüllt in eine Wolke von fauchendem, zischendem Dampf. Bald aber kommt mehr System in den Aufruhr. Die Luft wird klar und die Staubwolken fliegen hart am Boden hin. Das Zerren und Schütteln des Wagens geht über in eine rhythmische, eintönige, fast einschläfernde Bewegung, nicht anders wie die Fahrt eines Schiffes.

Da erfaßte mich ein großes Gefühl der Sicherheit, trotz meiner abenteuerlichen Lage. So gefiel es mir. So wollte ich immer weiter fahren, wenn's sein mußte, bis an das Ende der Erde. Ich ärgerte mich, wenn ich daran dachte, wieviele kostbare Zeit ich schon verloren hatte auf den langweiligen Güterwagen und beschloß, in Zukunft nur noch auf diese Weise zu „jumpen“. Fast eine Stunde lang ging es so weiter in gleicher, eintöniger, sausender Fahrt. „Time is money, time is money –“ schien man herauszuhören aus der Musik der Radachsen. Da brüllten die Bremsen. Zischender Dampf hüllte alles in eine weiße Wolke. Mit einem Ruck, der mich fast von meinem Sitze warf, kamen wir zum Stillstand.

Minutenlang wartete der Zug auf der Station. Mir schienen sie Ewigkeiten. Draußen auf dem Kies gingen eilige Schritte. Der Bremser kam herbei und beklopfte alle Radachsen. Neugierig leuchtete er mir ins Gesicht mit der Laterne.

„Hallo, Bo!“ sagte er freundlich, „kind o, cold, to night!“

Kalt heut nacht?

Dann ging er weiter ohne ein weiteres Wort.

Im Grauen des Morgens fuhren wir über holprige Weichen in einen großen Bahnhof einer großen Stadt. Das war Oakland. Da lag auch wieder das Meer. Blutrot kam eben die Sonne hinter den Hügeln von Sacramento heraufgestiegen. Wie feiner Goldstaub lag der Morgennebel über dem hellen Wasser. Da und dort standen hohe Inseln in der weiten See, und weit, weit drüben, auf der anderen

Seite, da schimmerten Häuser und Türme einer großen, hochgebauten Stadt. – Das war San Franzisko!

Neuntes Kapitel

In San Franzisko

Endlich am Ziel. – Eine seltsame Fahrgelegenheit. – Spaziergang am Goldenen Tor. – „Kohldampfschieben“ und „Plattenreißen“. – Nachtlager auf dem Bretterstoß. – Unliebsame Störung. – Die Überraschung im Grabgewölbe. – Eine phantastische Geschichte. – Seltsamer Broterwerb. – Die Kirche auf Rädern. – Auf dem Wolkenkratzer. – Im Musterlogierhaus. – Engros-Schlafen. – 2000 first class-rooms. – Wie es dort zuweilen zugeht. – Nette Bekanntschaften. – Zinkenfritze. – Die Abenteuer des Herrn Barons. – Ich versuche mein Glück als Zeitungsjunge.

Allerlei unruhiges Volk ist im Laufe der Jahre schon nach San Franzisko gekommen. Matrosen, Goldsucher, Vagabunden, Hochstapler. Leute, denen die Abenteuerlust im Blute brannte und der wilde Übermut aus den hellen Augen schaute. Aber von allen diesen ist wohl nie einer mit so großen Rosinen am Goldenen Tor gewandert, als eben jenes Grünhorn, von dem ich hier berichte. Während der ganzen langen Reise von Los Angeles bis hierher hatte ich kein Auge zugemacht vor gieriger Lust zu schauen. Zwei Nächte hatte ich um die Ohren geschlagen, aber nun, da dieses neue wilde Leben auf mich eingestürmt kam, da vergaß ich alle Müdigkeit und saugte mit hungrigen Augen die Schönheit der Fremde mit jener wilden Unbekümmertheit, die nur die Jugend kennt.

Von Oakland fuhren Fährboote nach dem einige Meilen weiter westlich, auf der anderen Seite der Bai gelegenen San Franzisko. Es waren genaue Nachbildungen der „ferry boats“, ohne die man sich den Neuyorker Hafen nicht gut denken konnte, und alles in allem wohl die merkwürdigsten Fahrzeuge der Erde; jedes von der nüchternen Praktischkeit, wie es eigentlich nur ein Amerikaner erfinden kann. Ein Stück schwimmender Straße, das mit Wagen, Pferden, Autos, Fußgängern und allem Zubehör an einem Ende abgehängt und am anderen wieder zugesetzt wird.

Dicht gedrängt standen und saßen die Menschen, die hinüberfuhren nach ihren jeweiligen Arbeitsstätten und sich derweilen in die Morgenzeitung vertieften, nicht anders wie ihre Leidensgenossen auf der Untergrundbahn in Berlin. Ich aber stand vorne auf der Back und schaute hinunter auf das vorüberrauschende Wasser, auf das blaue Meer, das glitzernde Wasser und die hohen Inseln, die schroff und kahl in der frühen Sonne standen. An manchem vielgerühmten Ort bin ich inzwischen gewesen in einem Leben der Wanderungen und Abenteuer. In Neapel, in Genua, Valparaiso, Sidney, Rio de Janeiro und was sonst noch sich streiten mag um die Palme der Schönheit auf dieser Erde. Aber in meiner Erinnerung lebt immer noch San Franzisko als etwas Besonderes.

Noch heute sehe ich ihn deutlich vor mir, den weiten Hafen, die Schiffe, die Masten, den hohen Uhrenturm vom Fährhaus, den lachenden Morgen über dem hellen Wasser und die mächtigen Dampfer, die heulend vorüberzogen.

Schon stand ich mitten in Marketstreet, der breiten Hauptstraße, die sich endlos lang und kerzengerade durch das Häusermeer zieht. Langsam ließ ich mich treiben von dem lärmenden Leben. Mir war, als ob das nun alles stehen bleiben und mich ansehen müßte. Schau, schau, da kommt Fabers Kurt aus Deutschland! Aber das dachte gar nicht daran! Das rannte, sauste und polterte vorüber mit geradezu empörender Gleichgültigkeit. Einsamer und verlassener wie je kam ich mir vor unter den vielen Menschen. Was scherten die sich den Teufel um dich? Was kümmerte es die, wenn du hier unter die Räder kämest? Das würde höchstens so ein smarter Reporter auf dem Polizeibüro erfahren. Am nächsten Morgen würde es in der Zeitung stehen, und die Leute würden es kaum noch lesen, wenn sie auf dem Fährboot nach Hause fahren.

Während des ganzen Tages lief ich überall umher und besah mir San Franzisko gründlich in allen Ecken und Winkeln. Und das ist keine kleine Arbeit. Wenn Rom die Stadt der sieben Hügel ist, so ist San Franzisko die der hundert Berge. Abgesehen von dem dem Meere abgewonnenen Terrain des Hafenviertels geht es ständig bergauf, bergab, mit ermüdender Regelmäßigkeit. Jeder Berg ist mit dem anderen verbunden durch ein Netz von Straßenbahnen „ohne ersichtliche Existenzmittel“, wie es in der Polizeisprache heißt, sogenannte „cable cars“, die ohne die Anwendung mechanischer Kraft nur durch die eigene Schwerkraft in Bewegung gesetzt werden. Die Fahrt auf den „Kabelwagen“ aber kostet Geld, und das war der schwache Punkt auf allen meinen Wanderungen. Also wanderte ich von Berg zu Berg per pedes, nicht anders wie einst Paulus durch die heilige Stadt.

Ich kam auf einen hohen Berg, wo weiße, vom grellen Sonnenschein umflossene Paläste sich übereinanderbauten, wo blühende Pfirsiche über alle Mauern schauten, wo die Schiffe in der Bai wie Spielzeug aussahen und weit draußen das blaue Meer wie ein regungsloser Spiegel lag.

Ich stand auf einmal zwischen den armen Häusern oben auf dem Telegraphenhügel, von wo man eine weite Aussicht hat über die große Stadt und alle die anderen Hügel, und ging durch die ganze Länge der Washingtonstraße bis hinunter zum Hafen, wo die Matrosen in den Wirtshäusern lärmten und polternde Lastwagen durch die engen Straßen rollten. Viele Eckensteher aus aller Herren Länder saßen dort an der Pier im ungehemmtesten dolce far niente. Ich setzte mich auch dazu und schaute auf das Plätschern des hellen Wassers gegen die mächtigen, grünbewachsenen Pfeiler und auf das Kommen und Gehen der Boote und auf das Flattern und Kreischen der Möven.

Ah, Möven und Matrosen und qualmender Rauch und schlanke Masten im dämmrigen Morgennebel. Und Schiffe und Schornsteine und lärmende Dampfwinden und polternde Lastwagen. Und ein bißchen Teergeruch und zuweilen ein Sonnenfleck auf den tanzenden Wellen.

Unversehens fing es an dunkel zu werden, und ich mußte mich nach einem Nachtquartier umsehen. Das „Palace Hotel“ war es nicht. Aber auch die Boardinghäuser an der Missionsstraße gingen noch stark über meine Verhältnisse. Dort verkehrten die „union men“. Die Maschinisten, die Kranführer, die gewerkschaftlich organisierten Schauerleute und dergleichen Aristokraten. Ein halber Dollar für die Nacht? Das war zuviel. In einem stillen Winkel zählte ich meine Groschen zusammen. Ich durchsuchte alle Taschen, aber es wollte nicht mehr werden. Ein halber Dollar! Nein, man konnte sich den Luxus nicht erlauben, wenn man morgen noch etwas essen wollte! Und also beschloß ich „eine Platte zu reißen“, wie man fachmännisch auf deutsch zu sagen pflegt. Wer sich auskennt, der ist nie in Verlegenheit um einen Platz, wo er sein Haupt hinlege, zumal in Amerika. Überall gibt es Kisten und Ballen und Bretterstöße und leere Packwagen auf den Schienen. Es dauerte denn auch gar nicht lange, bis ich ein Plätzchen erspähte, das wie geschaffen schien für meine Zwecke. Drunten am Kai am Ende der Folsonstraße, wo mächtige Bretterstöße einen angenehm-harzigen Duft verbreiteten und leere Packwagen auf den Schienen standen, erspähte ich hoch oben auf einem Bretterstoß eine sorgfältig mit Stroh ausgefütterte und mit einem Segeltuch bedeckte Nische, die außerordentlich einladend aussah.

Ich legte mich hin, und im Augenblick schoß mir die ganze Müdigkeit der drei durchwachten Nächte in die Glieder. Für mein Leben hätte ich nicht mehr aufstehen mögen. Eine Weile lag ich lang hingestreckt und schaute, schon halb im Traume, auf das Licht der elektrischen Bogenlampen über den Schienen, auf das schlanke Gebäude der Masten und Rahen, das sich unendlich verzerrte in dem unsicheren Lichte, und hörte auf das Nagen der Ratten und das Knurren umherschleichender Hunde. Ich war schon eingeschlafen, als mich auf einmal jemand am Ärmel zupfte. Es war ein kleiner Kerl mit einem bleichen Gesicht unter einer schäbigen Mütze.

„Hallo!"

„Hallo, Jack!"

„Was suchst du hier in meinem Bett?"

Ich tat, als ob ich nichts hörte. Da zupfte er mich noch stärker am Ärmel und packte mich bei meiner Vagabundenehre.

„Bist du ein zünftiger Hobo, oder bist du es nicht? Seit einem Monat schlafe ich da schon, und keiner von den Jungens hat mir den Platz bis jetzt streitig gemacht. Bleib' meinetwegen! Ich kann's nicht ändern. Du bist groß, und ich bin klein. Aber ein Hobo bist du nicht! Nein, nicht eine Handbreit davon. Ein blutiger Schauermann, nicht besser als die da unten in den Kneipen."

Solche Bezichtigung konnte ich nicht ertragen. Ich räumte ihm den Platz ein, der ihm zukam, worauf sich seine saure Miene sofort in honigsüße Liebenswürdigkeit verwandelte. Wir saßen auf den Brettern und schauten in die Nacht. Der andere, der das Bedürfnis empfand, sich zu revanchieren für meine Nachgiebigkeit, klärte mich auf über alle irgendwie in Betracht kommenden Übernachtungsmöglichkeiten in der Gegend. Auf den Brettern – so meinte er – sei nichts mehr zu machen. Jedes einigermaßen ungestörte Plätzchen sei da längst schon belegt. Die umherstehenden „boxcars" und die Fischerboote an der Playa könnten als Notbehelf dienen. Am besten und bequemsten schlafe man immer noch auf den Heuballen am Dock der Missionsstraße. Aber da gäbe es zu viele Ratten. Nachdem er so in das richtige Geleise gekommen war, erzählte er noch von vielen anderen seltsamen Nachtlagern in aller Herren Länder, während die Nacht mir im Kopfe summte und ich Sperrhölzer brauchte, um nur die Augen aufzuhalten. Undeutlich nur schlugen die Worte an mein Ohr, wie fernes Meeresbrausen: Singapore, Valparaiso, Yokohama ... dann aber kam die

Geschichte von ihm und seinem Kameraden Bill. Die habe ich bis heute noch nicht vergessen.

. . . „Also: Ich komme nach Genua mit der Viermastbark Comliebank, wo ich Koch war. Es war im Februar, wenn die reichen Leute dort in der Gegend sind. Und der Himmel war so blau, und die Mandelbäume blühten, und die Sonne schien, und die kleinen Mädchen wandelten mit roten Tüchern um den Kopf über die Via Carlo Alberte, und ich gehe doch nimmer an Bord? Fällt mir nicht ein! Da treffe ich Kamerad Bill bei den Strandläufern dort unten an der Darsena Reale. Der eine war neuseeländischer Matrose und schon länger in Genua als irgendein anderer von den Jungens. Er kannte sich aus und wußte, wie man es anstellte, um nicht zu verhungern in der Gegend. Tagsüber saßen wir am Strande und ließen uns von der Sonne bescheinen und aßen fette Klostersuppen und lasen die Centesimis auf dem Corso Paganini zusammen, lärmten in den Trattorias und tranken den starken Rotwein, von dem man eine halbe Gallone für zehn Centesimi bekommt. Und nachts schliefen wir auf der Plaza Cavour, dicht bei der alten Mole unter einem Torbogen, hinter einem blühenden Kastanienbaum, nicht anders wie der Robinson Crusoe. Denn es war schönes Wetter, und die Sonne wollte nicht aufhören zu scheinen.

Dann aber fing es an zu regnen. Und wenn dort ein Regenwetter kommt, so läuft es nicht erst tagelang am Himmel herum wie hier in der Gegend. Das kommt schnell wie der Dieb in der Nacht und fix, und hast du nicht gesehen, wie die Messer dortzulande. Und hört nimmer auf, und ist bald kein trockenes Plätzchen mehr im Lande. Aber Kamerad Bill war nicht umsonst schon ein ganzes Jahr in Italien gewesen. Wir gingen durch die breite Via Assarotti und kamen durch ein großes Tor und endlich auf einen hohen Berg. Da standen wir auch schon im Kirchhof. Dort liegen sie alle in Schubladen übereinander, und jeder hat ein Denkmal für sich. Am liebsten wäre ich wieder fortgelaufen. Aber Kamerad Bill ging geradezu auf ein großes weißes Mausoleum, auf dem ein weinender Engel aus Marmor stand. Wir gingen hinein und machten die Türe zu. Draußen rauschte und tropfte der Regen immer weiter, und drinnen war es warm und trocken und eigentlich ganz gemütlich. Auf einmal aber – glaubst du, daß es Geister gibt?"

„Nein", sagte ich.

„Und daß die Toten wieder leben, wenn sie einmal schon gestorben sind?"

„Wer kann das wissen?"

Da schaute er mich an mit großen, gläsernen Augen, in denen eine Welt voll Schrecken stand.

„Aber ich weiß! Bisher hatte ich's auch nicht anders gewußt. Da lebt man und stirbt und kommt eines Tages unter den Boden, und dann ist's aus! So ist es bei uns und unserer Sorte. Aber nicht so bei denen, die unter Marmorengeln liegen! Nicht so bei denen, für die sie Messen lesen, damit ihre Seelen immer lebendig bleiben! Da fing es auf einmal an zu rumoren in den Kästen, und die Geister kamen auf mich zu, und die Knochen klapperten, und Kamerad Bill fing an zu lachen, daß ihm die Tränen in den Augen standen, und ich rannte hinaus in den Regen, so schnell mich die Beine trugen."

Den Schluß der langen Rede hörte ich nur noch wie ein fernes Echo, und ehe er ganz zu Ende war mit seiner Erzählung, war ich schon fest eingeschlafen, so wie ich dort saß. Wo käme man auch hin in solchem Leben der Unruhe, wenn man es nicht fertig bringen könnte, zuweilen für ein paar glückliche Stunden das alles zu vergessen, nach dem Rezept, das schon Goethe als ein ganz gescheites gepriesen:

„Schlafe, was willst du mehr?"

Am anderen Morgen in aller Frühe fand ich richtig Arbeit. Diesmal war es ein ganz besonderes Geschäft. Riesengroß stand die Anzeige in der Zeitung.

„Dreihundert kräftige Männer gesucht bei guter Bezahlung."

Ich eilte nach dem Büro in der Kearneystraße, vor dem sich schon ein ganzes Heerlager von arbeitswilligen Kavalieren versammelt hatte. Jeder wurde ohne weiteres angestellt und bekam eine Blechmarke. Dann ging es in einem Lastauto weit hinaus, zwischen die kümmerlichen Holzhäuser einer entfernten Vorstadt. Schließlich hielten wir vor einer Kirche. Der Boß stieg ab und unterhielt sich lange mit dem Reverend, der im schwarzen Talar auf der Freitreppe stand. Immer wieder nahmen sie Maß mit langen Strecktauen und begutachteten einen Haufen Baumstämme, der neben der Kirche lag. Ich war gespannt auf die weitere Entwicklung der Angelegenheit. Überdem kam ein Trupp feierlich gekleideter Herren, die sich wortlos gruppierten mit dem Zylinderhut in der Hand. Dann kam eine Schar weißgekleideter Mädchen mit Blumen in den offenen Haaren, die sich auf der anderen Seite des Portals aufstellten, mit so viel Ruhe und Feierlichkeit, wie es die Umstände erforderten. Nun sangen sie alle voll Inbrunst einen Choral:

„Nearer my God to thee – – –“

Die Sache wurde mir immer rätselhafter.

Mehrere Knaben in weißen Chorhemden schleppten einen Teppich herbei, derweilen der Reverend seine Schuhe auszog. Vorsichtig wandelte er über die Freitreppe. Dann kniete er nieder auf den Teppich, sprach ein Gebet, stand wieder auf und breitete segnend seine Hände aus gegen die Kirche, derweilen die ganze Gemeinde in nicht enden wollende Hallelujarufe ausbrach.

Das letzte Halleluja war noch nicht verklungen, als der Boß, der schon lange ungeduldig dabeigestanden hatte, die Regie des zweiten Akts in diesem Schauspiel übernahm.

„Come on, boys“, sagte er mit einem Blick auf die Baumstämme, „legt mir die Walzen da zurecht!“

Wir taten wie uns geheißen und legten die Baumstämme quer über den weiten Platz.

Und was das alles zu tun hätte mit der Kirche? fragte ich einen neben mir arbeitenden Kollegen.

„Die sollen wir doch fortfahren!“

Und so war es. Wir stellten die Kirche auf die Walzen und rollten sie durch lange Straßen nach einem anderen Platze, der ihr besser zu Gesicht stand. Das klingt wie eine Münchhausiade für ein europäisches Ohr. Nicht so für ein amerikanisches. Kirchen gibt es dort drüben wie Sand am Meer. Eine mittlere Ortschaft von etwa 10 bis 20 000 Einwohnern tut es nicht unter einem Dutzend. Alle wollen sie ihr Gotteshaus haben, die Methodisten, die Baptisten, die Redemptisten, die Zionisten, die Brüder vom heiligen Geist und wie sie alle heißen.

Um zwölf Uhr mittags heulten die Sirenen der benachbarten Fabriken. Da warfen wir alle die Arbeit hin, dort wo wir gingen und standen, wenn es nicht gerade auf den Gerüsten war, und rannten nach den benachbarten „hashhouses“, den Garküchen. Das sind dunkle, düstere Lokale mit einer Luft so dick, daß man sie mit dem Messer schneiden könnte. Auf den ersten Blick ist nichts zu sehen als eine mächtige Preisliste an der Wand.

Hinter einer langen, viereckigen, mit Wachstuch überzogenen Bar steht der Wirt, der fast noch schmutziger ist als das Haus, in dem er wohnt. Vor der Bar sitzen dichtgedrängt die Gäste auf hohen Stühlen. Wie man arbeitet, so ißt man auch. Alles wird hinuntergeschlungen mit amerikanischer Schnelligkeit. Kartoffeln, Eier, Schinken, Speck. Sie leben gut, aber sie haben keinen Genuß davon. Hin und her saust der Kellner. In einer Hand trägt er einen Teller mit Beefsteak und Kartoffeln und noch einen mit Sauerkraut und Schweinerippchen, in der anderen Speck mit Ei und eine Hafergrütze mit Milch, in einer dritten, unsichtbaren, ein Irish Stew und eine Bratwurst. Und noch dazu Biergläser, Milchgläser, Kaffeetöpfe und Brotkörbe. So ein amerikanischer Garküchenkellner muß tausend Hände haben! Plötzlich wirft er die ganze Herrlichkeit vor dich hin mit klirrendem Getöse. Eben hat einer neben dir den Stuhl geräumt, und ein anderer nimmt Platz. Schon kommt der „Omnibus" herangesaust wie ein brüllender Löwe.

„What's yours?"

„Ham and eggs."

„A ham a–a–and!" Dies mit einer Stimme gleich den Posaunen von Jericho. Von fern antwortet hinter dem Bretterverschlag der Chinesenkoch:

„Wa – wu – wa!"

Schon steht er vor einem anderen.

„Yours?"

„Gebratene Eier."

„A yellow boy!"

So ging die Abfütterung vor sich in sinnverwirrender Schnelligkeit. Und während man da saß und sein Beefsteak hinunterwürgte, da standen schon immer drei bis vier andere hinter dem Stuhle. Und der „Omnibus" brüllte, und die Teller klirrten, und die bellende Stimme des Chinesen tönte hinter dem Bretterverschlag:

„Ein lahmer Esel! – Zwei gelbe Jungens!"

„Vier tote Katzen – zurück der lahme Esel!"

„Ein Ze–e–e–bra!"

So muß man essen, wenn man arm ist in Amerika.

Allzuviel hatte ich mir nicht gespart bei diesem Handwerk. Da aber Schuhe, Mütze und andere Kleidungsstücke nach einer Ergänzung nur so schrien, mußte ich wohl oder übel in die Tasche greifen für solche Zwecke, und am Abend war meine ganze Barschaft auf einen einzigen Dollar zusammengeschmolzen. Es mögen auch bloß fünfzig Cents gewesen sein. Genau weiß ich es nicht mehr. Unter diesen Umständen war es ein wahres Gottesgeschenk, daß ich noch in derselben Nacht eine andere Arbeit fand zu dem für meine Verhältnisse geradezu fürstlichen Honorar von vierzig Cents die Stunde, beim Ausladen der Säcke auf einem der nach den Hawaiinseln segelnden Schiffe des Zuckerkönigs Spreckels.

Es war das erstemal, daß ich das Verdeck eines Segelschiffes betrat. Ich sah die weißen Planken und das schimmernde Messing auf der Brücke. Ich blickte hinauf in das schlanke, vielverschlungene Gebäude der Takelage, das scharf und schwarz und endlos hoch dastand im weißen Lichte der elektrischen Lampen. In meinen Ohren klang es wie Meeresrauschen, und ich fühlte es schon damals – ja, es gibt so etwas wie Ahnungen und Bestimmungen! – ich fühlte, wie es mich packen und nicht mehr loslassen würde, das weite Meer, in den kommenden Jahren.

Wir hantierten die anderthalb Zentner schweren Säcke und rollten sie in die große Schlinge des Dampfkrans, und der Aufseher wurde nicht müde mit Treiben und Fluchen während der ganzen langen Nacht. Am Morgen, als der Tag eben zu grauen begann, kam ein alter, nachlässig, fast schäbig gekleideter Mann an Bord. Jeder ging ihm in weitem Bogen aus dem Wege, und wie er nun so dastand und unverwandt in die Luke hinunterstarrte, da schimpfte der Aufseher noch viel lauter, und alle stürzten sich mit doppelten Eifer auf die Säcke. Auf einmal kam er auf mich zu und redete mich an:

„Bist 'n Dütscher?“

„Ja“, sagte ich.

„Von der Waterkant?“

„Nein, aus dem Elsaß.“

„Dat is ja man 'n ganzes Ende wo anners.“

Schließlich, so meinte er, sei das doch alles wieder ganz eng beisammen, wenn man es von Amerika aus betrachte. Das sagte er in einem so schönen mecklenburgischen Platt, wie man es nur immer bei Fritz Reuter lesen kann. Und ganz so wie Fritz Reuter sah er wohl auch aus mit seinen hellen blauen Augen und dem eckigen Gesicht. Ich wunderte mich derweilen über den

Aufseher, der diese ganze Szene nicht zu bemerken schien, während er sonst doch sofort herangeschossen kam wie ein Pfeil, wenn einer sich nur Zeit nahm, um den Rücken zu strecken bei der Arbeit.

Der alte Mann schien fürs Reden eingenommen zu sein an jenem Tage. Er fragte mich nach dem Woher und Wohin und erzählte mir auch etwas aus seinem Leben. In Deutschland hätte er schon als Handwerksbursche getippelt zu einer Zeit, wo wahrscheinlich mein Vater noch nicht auf der Welt gewesen wäre. In Amerika habe er dann auch das und jenes und noch einiges andere getrieben; aber dabei komme nichts heraus. Das sei hier nicht wie in der old country. Da müsse man die Ohren spitzen und den Leuten auf die Füße treten, wenn sie einem im Wege sind. Das sei so üblich hierzulande. So habe er es auch gemacht. Gnädig klopfte er mir auf die Schulter, und unter den klingenden Dollars in seiner Hosentasche suchte er ein passendes Geldstück, das er mir zum Abschied in die Hand drückte. Als er den Rücken wandte, schaute ich mir das Geldstück an. Es war ein richtiger runder, glänzender gelber Junge! Kaum war er von Bord, so kam auch schon der Aufseher herangeschossen.

„Mensch –!“

„Ja, was denn?“

„Was hat er dir denn gegeben?“

Ich zeigte ihm das Goldstück. Da machte er ein enttäuschtes Gesicht.

„Mehr nicht? Da steht er hier zehn Minuten lang und quasselt und klopft dir auf die Schulter und tut, als ob er uns alle miteinander demnächst zu Generaldirektoren machen würde, und dann – zehn Dollars! Daß er sich nicht schämt, der alte Geizhals! – Und du bist auch der Richtige! Wenn so ein gutes Ding wie das einem über den Weg läuft, so muß man es festhalten an beiden Rockschößen. Das sage ich!“

„Aber ich weiß doch gar nicht –“

„Natürlich weißt du nicht! Woher sollst du es denn wissen? Das war doch der alte Klaus Spreckels, der Zuckerkönig!“

Da machte ich ein erstauntes, bestürztes und, wie ich fürchte, wohl auch etwas dummes Gesicht. Ein Schauer der Ehrfurcht durchrieselte noch nachträglich meinen Körper, nicht anders wie einen, der in vergangenen besseren Zeiten in Deutschland den Kaiser gesehen. Ich war inzwischen Amerikaner genug geworden, um an die Heiligkeit des Dollars zu glauben.

Wenn es indes nun auch nichts war mit dem Generaldirektorposten, so war ich doch ganz zufrieden mit dem finanziellen Ergebnis. Zehn Dollars! Das konnte man ja gar nicht an den Mann bringen!

Drei Tage später dachte ich anders über diesen Punkt. Von Gold und Silber war wenig mehr übrig, und drohender denn je stand es vor mir, das graue Gespenst der Tretmühle Amerika. Arbeiten, Dollarsmachen.

Zu allem Unglück kam noch der Regen; ein scharfer, peitschender, eiskalter Regen. Die Nebel lagen grau über dem Wasser, und es sah aus, als ob es eben schneien müßte. Tagelang wütete das Wetter, und bei Nacht hörte es nimmer auf. Unaufhörlich rauschte das Wasser. Es floß in Bächen von den Bretterstößen, und das matte Licht der Laternen spiegelte sich melancholisch in dem nassen Pflaster der leeren Straßen. Da war es nichts mehr mit dem Übernachten bei Mutter Grün.

In einer deutschen Wirtschaft saß ich hinter einem Glas sauren Bieres und einer uralten Nummer der „New-Yorker Staatszeitung" und schaute trübselig hinaus in das graue Wetter. Alles in diesem Lokal atmete Solidität und bürgerliche Wohlanständigkeit. Die Gäste spielten Skat oder unterhielten sich lärmend. Alle waren wohlgekleidet und verbreiteten eine Atmosphäre von „respectability", zu der ich aufblickte wie zu einer anderen Welt. Ich war eben noch ein zu großes Grünhorn, um zu wissen, daß das größte Elend auf dieser Erde noch immer im Stehkragen einhergegangen ist. Eine Gesellschaft von älteren und – für meine Begriffe – wohlgekleideten Herren besprach eben mit großer Umständlichkeit das alte, nie versiegende Thema aus dem Buche der Lieder:

„Wie Lieb' und Treu' und Glauben
Verschwunden aus der Welt,
Und wie so teuer der Kaffee,
Und wie so rar das Geld."

Nur die Hälfte verstand ich von dem Gerede, denn sie mischten es viel mit solch bilderreichen, mir damals glücklicherweise noch ganz unverständlichen Ausdrücken, wie „Klinken putzen", „auf die Fahrt steigen", „Kohldampf schieben" u. a. Aus dem wenigen aber, was ich verstand, wurde mir bald klar, daß es sich hier um eine besondere Abart des „Lumpaci vagabundus" handelte.

Ein dicker Herr mit sorgfältig gescheitelten Haaren und einem Gummikragen, den sie den Manschettenemil nannten, führte das große Wort.

Früher – da sei das Leben noch der Mühe wert gewesen! Aber das sei nun alles aus und vorbei seit den letzten Präsidentenwahlen. Überall mangele es an barem Geld. Kein Farmer falle mehr herein auf das Patenthühnerfutter, mit dem man früher so leicht seinen Unterhalt verdienen konnte, und mit den Versicherungen sei schon gar nichts mehr zu machen. Im vorigen Jahre habe er noch ein schönes Stück Geld verdient mit einem Bilderbuch, das in zweihundertfünfundzwanzig wöchentlichen Lieferungen erschien. Aber damit locke man heute keinen Hund mehr hinter dem Ofen hervor. Der Sekretär bei der deutschen Wohltätigkeitsgesellschaft fange auch schon an, ihn mit scheelen Augen anzusehen. Bares Geld rücke er schon lange nicht mehr heraus. Nur noch Gastmarken. Von denen habe er die ganze Tasche voll, die könne man aber nur mit großem Verlust an den Mann bringen, weil der Markt damit überschwemmt wäre.

Aus allen Taschen suchte er die zerknitterten Scheine und häufte sie vor sich auf dem Tische.

„Willst sie haben?“ redete er mich an, als er merkte, daß ich einen Seitenblick darauf warf.

„Hier“, sagte er, indem er mir den ganzen Haufen unter die Nase schob, „mich dauert allemal so ein junges Grünhorn, wenn ich es sehe! Sollst nicht sagen, daß dein Onkel dich übers Ohr gehauen hat. Den ganzen Schwung verkaufe ich dir für nur einen Dollar, weil du es bist!“

Ich machte einen schnellen Überschlag. Das Geschäft war günstig. Der Dollar wechselte seinen Besitzer. Erst im Fortgehen zählte ich meine Schätze. Es waren etwa dreißig Zehncentmarken.

Das Logierhaus in der Missionsstraße, auf das die „Schlafmarken“ ausgestellt waren, trug den stolzen Namen „*Model Lodging House*“. Das war aber auch das einzige Musterhafte an dem großen, grauen, vielstöckigen Gebäude, das einem Gefängnisse ähnlicher sah als irgend etwas anderem. Von innen glich es einem Vogelkäfig. Nicht anders wie in einem riesengroßen Bienenstock waren hier die Stockwerke in Hunderte, ja Tausende von kleinen, durch dünne Bretterverschläge voneinander getrennte Zellen abgeteilt, die gerade Raum genug boten für ein „Bett“ und eine weitere Vorrichtung, die man mit viel Phantasie und Kühnheit einen Waschtisch nennen konnte. In den Garküchen aßen sie *en gros*, hier schliefen sie en gros. Auch hier war man eine Nummer. Mein Käfig war Nr. 786, das weiß ich heute noch ganz genau. Es ging aber noch viel weiter in die Tausende, wenigstens stand es so auf den Einladungskarten des Instituts:

2000 first class rooms.

Der Hausdiener, der wohl in seinen besseren Tagen einmal ein Boxkämpfer, und kein schlechter, gewesen sein mußte, brachte mich nach dem mir zugewiesenen Zimmer unter den zweitausend. Er schlug die Tür zu, die nur von außen wieder zu öffnen war, und ich war gefangen in meinem Käfig.

So wie ich war, legte ich mich auf die Pritsche und versuchte zu schlafen, ein Unternehmen, das mir vorerst nicht recht gelingen wollte. Es war in der Tat eine so seltsame Schlafgelegenheit, wie man sie sich nur immer denken konnte. Hoch oben an der Decke brannte die elektrische Bogenlampe und warf ein unsicheres Licht in die zweitausend „*rooms*". Je weiter diese vom Zentrum entfernt waren, je weniger bekamen sie ab von dem Lichte der allgemeinen Sonne, und meiner lag fast an der Peripherie. Desto mehr gab es zu hören. Denn das ist keine Kleinigkeit, wenn von zweitausend Menschen en gros geschlafen wird! Ein Stöhnen, Seufzen, Schnarchen, das sich vereinigt zu einem dumpfen, brummenden Unterton, der sich anhört wie fernes Meeresbrausen. Mir war's, als ob ich eben erst eingeschlafen wäre, als schon der Morgen anbrach, und der war eine neue Offenbarung in diesem Nachtlager an der Missionsstraße.

Mir hat einmal ein Kunde eine Geschichte erzählt von einem Gasthause im dunkelsten London, in Whitechapel, nicht allzuweit von der Oxfordstraße. Dort schliefen sie in Schichten von je acht Stunden. Die Hängematten waren nie ohne Beschäftigung. Waren die einen fertig, so standen die anderen schon parat. Damit sich aber keiner verschlafe und den Wirt um seine zwei Penny prelle, wurde jedesmal zur festgesetzten Stunde die Leine losgelassen, und alle Schläfer plumpsten auf den Boden, wie Mehlsäcke.

Hier hatten sie ein anderes Mittel, das auch seine Wirkung tat. Punkt sechs Uhr schrillten die Klingeln und hörten nimmer auf. Es gab ein Poltern, Lärmen und Fluchen, daß einem Hören und Sehen verging. Von unsichtbarer Gewalt getrieben, flogen alle Türen auf, und eine eisig kalte Luft drang durch die langen Gänge. Da war auch dem zähesten Langschläfer das Weiterschlafen verleidet. Unten gab es noch eine Tasse schwarzen Kaffee und ein Stück Brot – alles für die zehn Cents! –, dann schlug jeder seinen schäbigen Rockkragen hoch und ging fröstelnd hinaus in die kalte Straße.

Abends trafen sich dann alle wieder in dem großen, kahlen Wohnzimmer, wo sie stundenlang in einem halbwachen Zustande um den mächtigen, rotglühenden Ofen saßen, während draußen der Regen gegen die Fenster trommelte. Bei solchem Wetter ist man dankbar für jedes bißchen Wärme.

Die Zahl der Gäste schwankte sehr, je nach dem Wetter. War es draußen einigermaßen erträglich, so merkte das zuerst der Mann an der Kasse im „Musterlogierhaus", regnete es dagegen, so war kaum Platz für all die Obdachsuchenden. Dann drängten sie sich noch dichter als sonst um den heißen Ofen, dann saßen sie nahe beieinander an den langen Tischen, dann schob und drängte sich in den Gängen das graue, ärmliche Gewimmel, wie die Mehlwürmer im Topfe.

Solche Gestalten hatte ich eigentlich noch nie gesehen in allen meinen Wanderungen.

Gewiß: Es war nun schon mehr als ein Jahr verflossen seit jenem verhängnisvollen Tage, da ich bei Nacht und Nebel von zu Hause weggelaufen war auf der Reise nach Paris, und seither waren mir schon allerlei Leute über den Weg gelaufen. Das war jedoch zumeist Quecksilber gewesen, wie ich selber. Menschen, denen die Unruhe im Blut brannte.

Dies aber war nur das Gewürm, das auf tausend Füßen davoneilt, wenn das Licht darauf fällt, das Ungeziefer, das wie die Motten um das Licht der Großstadt flattert, weil gerade dort der Mensch sich vor dem Menschen so schön verstecken kann und besser als in der wildesten Wildnis. Das war die Sorte, der man in trüben Nächten an allen Ecken begegnete mit ausgestreckten Händen und einer Leichenbittermiene. „Nur zehn Cents für eine Tasse Kaffee, please!" Kaum einer von den zweitausend Gästen, die hier auf den harten Betten schliefen, wandelte auf dem Boden gut-bürgerlicher Gerechtigkeit. Trotzdem würde sich für einen Sherlock Holmes der Aufenthalt hier kaum gelohnt haben. Denn die wirklich tüchtigen Diebe logieren im Palace Hotel oder im Waldorf Astoria.

Am manierlichsten waren hier noch die Deutschen. Es waren samt und sonders Stehkragenproletarier. Während des ganzen Tages saßen sie an den langen Tischen und spielten Sechsundsechzig, wenn sie nicht gerade von den „Kommerzen" redeten. Einer unter ihnen – ein sehr langer, dürrer Mensch mit einem Schwalbenschwanzrock, den sie den Zinkenfritze nannten – schrieb lange Empfehlungsschreiben mit zierlicher Handschrift, die er zum Schluß mit Stempeln versah mit Hilfe eines hartgekochten Eis, das zum Abdruck des Originals diente. Auf alle Arten konnte Zinkenfritze schreiben. Steilschrift, Rundschrift, Kursivschrift, wie's gerade traf und wie man es wünschte: Zeugnisse, Pässe, Empfehlungen, Beglaubigungen, je nach Bedarf, für fünfundzwanzig Cents das Stück oder noch weniger, wenn er eben einen Whisky sehr dringend benötigte.

Es fehlte nie an Kundschaft für sein sauberes Gewerbe. Stellungslose Handlungsgehilfen, die die Reihe ihrer Empfehlungsschreiben ergänzen wollten, Hochstapler, die einen Bettelbrief benötigten, Matrosen, die ihre Seefahrtsbücher verloren hatten, alle wurden prompt und diskret bedient nach guten Vorlagen von Zinkenfritze. Täglich saß er viele Stunden lang über der Arbeit und schrieb hochachtungsvolle und ergebene Briefe, nicht anders wie jeder ehrbare Kontorist in irgendeinem Kontor. Nur zuweilen schaute er auf in die dicken Tabaksnebel in dem großen Zimmer und rieb sich die rot angelaufenen Augen.

„Mensch, hätt' ich zu Hause in Deutschland halb so viel gearbeitet –“

Der Stamm seiner Kundschaft waren die Kavaliere, deren Melkkuh der deutsche Hilfsverein in San Franzisko war.

Man muß sich manchmal wundern, was die Leute, die ihr gutes Geld ausgeben für die Unterhaltung eines derartigen Instituts, sich eigentlich dabei denken. Nach meinen Erfahrungen – und ich habe sie in aller Herren Länder beobachtet – sind sie leider nur zu oft Unterhaltungsinstitute für Hochstapler. Der im Ausland ansässige wohlhabende Deutsche ist im allgemeinen außerordentlich freigebig. Kirche, Schulen, Vereine und alle die anderen für die Erhaltung des Volkstums unumgänglich notwendigen Einrichtungen sind allein von den Mitgliedern der Kolonie zu unterhalten, und so wird jedes einigermaßen zahlungsfähige Mitglied für derartige Ausgaben in einer Weise gebrandschatzt, von der der Reichsdeutsche sich kaum einen rechten Begriff machen kann. Dazu kommen noch die Hilfsvereine und andere Wohltätigkeitsgesellschaften, die sich auch noch all der mehr oder minder lieben Landsleute annehmen müssen, die sich die Köpfe angerannt haben im fernen Lande.

Die Frage ist nur die, ob dieses viele schöne Geld auch an die richtige Adresse kommt. Das ist gewiß nur selten der Fall. Es gibt ein nach Tausenden zählendes

Heer von Schnorrern, die es einzig und allein auf die Kassen derartiger Gesellschaften abgesehen haben, und die es trotz aller Vorsichtsmaßregeln immer wieder verstehen, ein Leben wie die Lilien auf dem Felde zu führen auf Kosten derer, die nicht alle werden. Denn das Schnorren ist offenbar ein Geschäft wie jedes andere. Es will gelernt sein. Wie der Schauspieler seine Rolle, so studiert der Schnorrer seine Mimik der gekränkten Unschuld, der biederen Treuherzigkeit, der rasenden Verzweiflung, je nach Bedürfnis. Er kennt alle schwachen Seiten der jeweiligen Vereinsvorstände und hat seine Taktik darauf eingestellt. Stets kommt er sauber und anständig gekleidet, und für die nötigen Zeugnisse und Empfehlungen – nun ja, es findet sich überall zur rechten Zeit ein Zinkenfritze.

Kommt aber nun ein wirkliches, in Not geratenes Unschuldslamm vor das Forum eines derartigen, durch böse Erfahrungen mit siebenfachem Mißtrauen gewappneten Kassenverwalters eines Hilfsvereins, so muß es für die Sünden der anderen büßen. Vielleicht hat der arme Teufel schon vierzehn Tage bei Mutter Grün kampiert, ehe er die Überwindung aufbrachte zu dem schweren Gange. Schmutzig, abgerissen und übernächtig kommt er daher, mit einem scheuen, verschüchterten Blick in den tiefen Augen, wie ein geprügelter Hund. An seinen Kleidern hängen noch die Spuren der Nachtlager auf den Wollsäcken und Heuhaufen. Es fehlen ihm die schönen Worte, die jenen wie Öl vom Munde fließen. Nur ein paar Brocken kann er mühsam hervorstottern zu seiner Rechtfertigung, und schon trifft ihn ein Blick und ein Donnerwetter, und draußen ist er wieder auf der Straße.

Jedenfalls hätte der damals in San Franzisko bestehende Verein sein Geld nicht besser anlegen können als durch Anstellung eines Detektivs in dem Logierhause der Missionsstraße, wohin sie ihre Gastmarken ausstellten. Ganze Bücher könnte man schreiben von den Kavalieren, die da aus und ein gingen und lustig darauf loslebten auf Kosten der Gesellschaft, als ob das so sein müßte. Einer von diesen steht noch heute so deutlich vor mir, als ob ich ihn erst gestern gesehen hätte. Das war der Baron. Niemals vermochte ich mir ein Bild zu machen von dem Grad seiner Legitimität zu solchem Titel. Und ich habe auch nie gewagt, ihn danach zu fragen. Denn dieses war nicht die Umwelt, in der man sich erkundigte nach Rechtstitel und Vorleben seiner lieben Mitmenschen. Aristokratisch genug sah er jedenfalls aus mit seiner schlanken, hochgewachsenen Gestalt, dem langen blonden Bart und dem scharfgeschnittenen Gesicht. Er hatte eine langsame, gemessene Art zu reden, und alles in allem sah er gerade so aus, als ob er eben erst einem Roman der Courths-Mahler entlaufen wäre. Jedenfalls mußte er über gute Papiere verfügen, auch ohne die bereitwillige Beihilfe des Zinkenfritzen, denn sonst konnte er doch unmöglich eine so große Nummer haben bei den Herrschaften vom Hilfsverein.

Sie verschafften ihm eine Stelle als Lektor der deutschen Sprache auf der kalifornischen Landesuniversität in Berkley. Dort hielt er es drei Monate aus. Sie brachten ihn als Buchhalter in einem großen deutschen Geschäft unter. Da gab er nur eine kurze Gastrolle. Sie statteten ihn aus mit allem Rüstzeug eines Reisenden in Patentmedizin und Versicherungen. Das paßte ihm auch nicht, und also verbrachte er seine Zeit mit Nichtstun und holte an jedem Wochenende seine fünf Dollars, nicht anders wie einer, der sich sechs Tage lang darum gemüht hat im Schweiße seines Angesichts. Das ging so lange, als es gehen konnte. Nach einiger Zeit trat der gesamte Vorstand zu einer Konferenz zusammen, man beredete den Fall mit dem Kapitän eines deutschen Dampfers, und der Baron wurde abgeschoben nach Valparaiso, mit einem Stückchen Geld und einem hübschen Empfehlungsbrief an den dortigen deutschen Hilfsverein. Der Baron war's zufrieden, und der Kassenwart des Vereins rieb sich vergnügt die Hände.

So weit war alles schön und gut. Aber eine Katze soll man nicht in der Mondnacht im Walde aussetzen. Eines Tages, als schon reichlich Gras über die Sache gewachsen war und die ganze Affäre sich selbst schon im Kopfe des Kassenwarts zu verwischen begann wie ein böser Traum, da ging auf einmal die Tür auf, und herein kam der Baron mit einem äußerst lobenden Empfehlungsschreiben des Vereins in Valparaiso. Da riß ihm die Geduld.

„Unterstützung? Wie? Bedaure sehr! Wir können nichts mehr für Sie tun. Sie sind immerhin ein kräftiger Mann in den besten Jahren. Gehen Sie arbeiten!"

Im Augenblick war der Baron wie erschlagen über solche Zumutung. Dann erhob er sich zur Höhe der Situation. Er richtete sich auf in seiner ganzen Größe und starrte sein bedauernswertes Gegenüber in den Boden mit einem harten Blick, aus dem eine ganze Ahnengalerie von Baronen herausleuchtete.

„Was? Ich? Ar-bei-ten? – Nein, das ist ja lä-cherlich!"

Sprach's, ging hinaus und wurde dort nie wieder gesehen. Doch das war alles lange vor meinen Zeiten. Nun lebt er schon längst wieder in San Franzisko und nährt sich kümmerlich von Essen und Trinken. Er sitzt tagsüber in den düsteren

Kneipen in der Washingtonstraße, am Fuße des Telegraphenhügels, wo sie für zehn Cents einen Liter von dem schlechten „*dagored*“ verschenken und man zur Not sich sattessen kann an dem trockenen Schwarzbrot, das es dort als „*freelunch*“ gab, und abends geht er mit aufgeschlagenem Kragen durch die regenschwere Nacht hinunter zum Hafen, auf der Suche nach einem *box car*, wenn es nicht reicht zu einem Nachtlager im „Musterlogierhaus“. Er lebt von kleinen Diebstählen und gelegentlichen ehrenvollen Anleihen, die er aufzunehmen pflegt bei den Kunden, denen seine Erzählungen gefallen. Er hungert und friert und leidet tausend Leiden auf dieser armen Erde. Aber gearbeitet hat er nicht. Wo würde er denn!

Aber was wollte ich eben noch erzählen von den Kavalieren im Nachtlager der Missionsstraße? Ah, nichts mehr! Nicht mehr ein Wort von dieser Hölle! Noch heute tut es mir wohl zu wissen, daß sie bald darauf abgebrannt ist im großen Feuer von San Franzisko.

Ohnehin blieb mir nicht viel Zeit zu derartigen Studien, denn inzwischen hatte ich eine Beschäftigung gefunden, die, wenn sie mir auch herzlich wenig einbrachte, mich doch vom frühen Morgen bis spät in die Nacht in Atem hielt auf eine Weise, die nur in Amerika möglich ist. Nach allem Vorhergegangenen war es ja vorauszusehen, daß ich über kurz oder lang einmal dort landen würde, wo die Gassenbuben zu Hause sind, bei jener großen Armee des kleinen Gewimmels, das auf allen Wegen und Stegen, auf der Elektrischen, dem Omnibus, der Untergrundbahn immer wieder vor uns steht mit großen Augen und frühreifen und frühverwelkten Gesichtern. Moskitos der Großstadt, die mit ihren Stimmen den Lärm der Straßen übertönen. „Sun-day-morning He-rald!“ In der Tat: Was wäre Amerika ohne seine „Newsboys“, seine Zeitungsjungen? Paris hat seine Camelots, London seine Straßenaraber. Der „Newsboy“ aber hat seine eigene Note!

Die amerikanischen Zeitungen sind sehr groß und sehr billig. Für einen Nickel (fünf Cents) bekommt man ein gutes halbes Pfund Papier voll Mordtaten und Prozeßberichten und seitenlangen „Society News“, in denen über das Tun und Lassen der „prominenten“ Männer und Frauen und kleinen Kinder des jeweiligen Platzes aufs genaueste Buch geführt wird. Sonntags bekommt man ein ganzes Buch mit vielen Bildern, das man in einer Woche nicht auslesen könnte. Nur ein Bruchteil der fünf Cents bleibt übrig als Anteil des Newsboys. Hundert Stück muß er verkaufen, ehe er einen Dollar in der Tasche hat. Und die wollen verkauft sein!

Es gab in San Franzisko drei große Zeitungen: „Call“, „Chronicle“ und „Examiner“. Bei den beiden ersten war nicht anzukommen, denn das war dort alles „Union“. Wie die Alten sungen, so zwitschern auch die Jungen. Bis zu dem Dreikäsehoch waren sie sämtlich organisiert. Und wehe dem, der es wagen wollte, da zu freibeutern!

Blieb also nur der „Examiner“. Um halb 6 Uhr wurde dieser ausgegeben, aber lange vorher, wenn noch die Dunkelheit in allen Ecken hockte und die Müllwagen durch die Straße polterten, saßen wir auf den Steinstufen vor dem mächtigen Gebäude und warteten auf den Augenblick. Drinnen dröhnten die großen Rotationsmaschinen. Es roch nach Leim und Druckerschwärze. Die Autos kamen und gingen. In dem Hof herrschte ein großer, vierschrötiger Kerl, der die Nase so hoch trug, als ob er William Randolph Hearst, der amerikanische Zeitungskönig und Besitzer des „Examiner“ selber wäre. Dieser wachte über die Verteilung der Zeitungspakete und gab jedem so viel, so wenig, als ihm gerade gefiel. Ich fürchtete mich vor ihm wie vor dem leibhaftigen Bösen. Wer sein Paket hatte, der rannte davon, so schnell ihn die Beine trugen. Und wer am schnellsten rannte, der machte das Geschäft, wer am lautesten schreien konnte, was da zu lesen stand in den fettgedruckten *„head lines“*, der hatte am schnellsten seinen Dollar beisammen. Auf und ab ging es an der Straßenbahn, wohl hundertmal am Tage, und weiter durch die drängende Menschenmenge in den Straßen mit der immer gleichen Parole.

In der Schriftleitung jeder großen amerikanischen Zeitung sitzt ein sehr smarter und sehr phantasievoller Mann, der während des ganzen Tages nichts zu tun hat, als sich in der Erfindung zugkräftiger Schlagzeilen zu üben. Er muß ein Mann der Superlative sein, mit jenem dem Amerikaner angeborenen Sinn für das was *„big“*, d. h. umfänglich ist. Er muß aus einer Mücke einen Elefanten machen und den Elefanten zu einem Mammut aufblasen können. Er muß ein Zauberer sein, der es versteht, wie Moses selbst das Wasser fließen zu machen aus den härtesten Steinen der sensationslosesten Wüste. Der Verleger weiß, was er an ihm hat und bezahlt ihm märchenhafte Gehälter. Und noch besser wie dieser weiß es der Newsboy.

Denn die *head line* ist alles. Sie ist das Zauberwort, das die Nickel aus den Taschen zieht. Es gibt keinen passionierteren Zeitungsleser, oder vielmehr Zeitungsverbraucher, als den Amerikaner. Oft wird er mit einem halben Dutzend fertig auf dem Wege von seiner Wohnung bis zum Geschäft. An der ersten Ecke kauft er die erste Zeitung, liest die *head lines*, wirft sie weg. In der

Straßenbahn kauft er eine andere und vertieft sich in den neuesten Prozeßbericht.

So geht es fort von Sensation zu Sensation, in mehr oder minder mystischen Redewendungen, die nur für ein amerikanisches Ohr halbwegs verständlich sind.

Für den Newsboy ist aber das alles nur Konjunktur. Sind die ›*head lines*‹ gut, ist irgendwo ein Ereignis in der Luft, wird drunten im Zuchthaus von San Quentin ein Mörder gehenkt, so gehen die Zeitungen fort wie heiße Semmeln. Sonst aber ist es die schlimmste aller Tretmühlen. Man läuft durch den Lärm der Straßen. Man schreit sich die Lungen aus. Man meint, die Leute *müßten* stehenbleiben und in die Tasche greifen, aber vorbei, vorbei geht das Getriebe.

Jeder dieser harmlosen Piraten des Straßenverkehrs hat seinen durch Gewohnheitsrecht erworbenen, streng abgegrenzten Jagdgrund. Und das hat seine großen Vorteile. Man glaubt nicht, wie klein eine Großstadt ist! Wird man zuerst hineingeworfen in dieses wilde Leben, so ist es einem, als ob hier alles im Werden und Vergehen wäre und nichts sich gleich bliebe als der ewige Wechsel. Steht man aber erst drei Tage lang an einer Ecke, so sieht man immer wieder dieselben Gesichter, fast immer genau zur selben Minute. Alle sind sie eingeteilt in drei große Klassen: „Call“, „Chronicle“, „Examiner“. Das kann man bei einiger Übung aus ihren Gesichtern ablesen. Sehr bald bringt man sie so weit, daß sie bei „Johnnys“ Anblick auch schon in die Tasche greifen und den „Examiner“ kaufen; eine reine, gewohnheitsmäßige Reflexbewegung.

Man muß sagen, daß dieses Gesetz der Arbeitsteilung bei aller gassenbubenhaften Undisziplin doch ziemlich streng eingehalten wurde von allen Mitgliedern der Zunft. Ich selbst hatte mich nur einmal dagegen vergangen, und das war auch das Ende meiner Karriere als Zeitungsjunge.

Seit langer Zeit – ja wohl zum ersten Male, seit ich in San Franzisko war – hatte der Morgen sich nicht mit grauen Wolken und mit kaltem Regen angemeldet. Das Wetter war so warm, und die Sonne schien so hell, daß ich es einfach nicht über mich brachte, nun gleich wieder zu meiner Tretmühle am Jefferson Square zu eilen. Ehe ich mich's versah, stand ich mitten im Golden Gate Park, auf einem breiten, sandbestreuten Wege, der zwischen hohen, seltsamen Bäumen führte. Auf dem dichten Rasen standen die Pfingstrosen wie Feuergarben, am Wegrand blühten die Oleander, und in der Ferne breitete sich das dunkelblaue Meer wie ein klarer, regungsloser Spiegel. Ich setzte mich auf eine Bank, und es war mir, als ob alle Blumen mich anschauten mit großen Augen. Die Vögel sangen immer lauter, und die Sonne schien immer wärmer. Da wollte ich nimmer fortgehen. Seit Wochen hatte ich keine Blume, keinen Baum mehr gesehen, wenn man nicht die staubigen Gewächse drunten im Alamopark dafür gelten lassen wollte, und kaum einen Sonnenblick gehabt in den grauen Himmel zwischen den hohen Häusern. Nichts als Zeitungen und Zeitungsjungen und schreiende ›*head lines*‹ und schnaubende Autos und lärmende Straßenbahnen und eine einzige große Hatz vom frühen Morgen bis in die späte Nacht. Wie war das alles so häßlich!

Und wie ich beim besten Nachdenken war, da lärmten in der Ferne die Dampfsirenen. Vom Hafen her tönte ein dumpfer Schuß, der die Mittagsstunde verkündete, und ich hatte noch nicht eine Zeitung verkauft. Das fiel mir heiß auf die Seele. Ich packte meine Last und rannte in die erste beste Straße hinein, in der Richtung nach dem Presidio:

„Lest vom großen Mord und Selbstmord!“

Ich war noch nicht weit gekommen, als ein vorübergehender „Kollege“ mich anhielt und nach meiner Legitimation fragte. Im Nu erschienen noch zwei oder drei handfeste Kerle, denen ich nicht gewachsen war. Es artete schließlich in Handgreiflichkeiten aus – ja, und den Ausgang kann man sich wohl denken!

Solche Disziplinlosigkeit war natürlich auch das Ende meiner Karriere als Newsboy. Beschmutzt und zertreten lagen meine Zeitungen am Boden, zerstreut über die halbe Pacific Avenue. Ich nahm mir nicht die Mühe, sie noch einmal anzusehen. Mir war, als ob mir jeder Vorübergehende mein Mißgeschick an den Augen ablesen könnte. Also nicht einmal zum Zeitungsjungen bist du zu gebrauchen in Amerika!

Es war, als ob das Wetter selbst zu trauern begann über dem trüben Ereignis. Die Wolken schoben sich schwer vorüber nach dem kurzen Sonnenblick, und der Regen fegte wilder als je durch die Straßen. Mir war zumute wie einem in mehrfacher Hinsicht begossenen Pudel. Gewiß: Es gab wohl einträglichere Berufe als den des Zeitungsjungen. Bei allem Rennen, Laufen und Schreien hatte das nicht mehr eingebracht, als frühmorgens eine Tasse Kaffee mit Doughnuts, mittags und abends eine Zehncentsmahlzeit und einige gebratene Kastanien bei den Straßenhändlern. Und wenn ich nun am Ende den Saldo meiner Bemühungen in diesen langen zehn Tagen und Nächten zog, so blieben ganze drei Dollars übrig. Das war gewiß nicht viel. Jedoch – Rockefeller und Vanderbilt hatten auch nicht anders angefangen, und mit ihnen so viele andere, die heute ihre Dollars nicht mehr zählen könnten, und wenn sie hundert Jahre lebten.

Doch konnte – nach allem, was ich gesehen hatte in diesen zehn Tagen – ihre Gastrolle nur kurz gewesen sein in den Jagdgründen der Newsboys. Und also hatte ich auch etwas gemeinsam mit diesen. Die erste Stufe auf der Leiter zum Dollarkönig war also zurückgelegt! Das war ein guter und rettender Gedanke, der mich für den Augenblick vollständig beruhigte in meinem verletzten Stolze.

Ich kam hinunter zum Hafen, wo die großen Dampfer regungslos im stillen Wasser lagen und die Masten und Rahen der Segelschiffe sich fast verloren in den grauen Schleiern des regenverhangenen Tages. Ich kam vorbei an lärmenden Schifferkneipen, wo Schiffsmodelle, Negerspeere, Walroßzähne und allerlei anderer phantastischer Putz an der Decke hingen. An dem Pier, am Fuße der Missions- und Folsomstraße, lagen schwarzgeteerte Walfischfänger und rüsteten sich für die lange, lange Reise nach dem Lande der Mitternachtssonne. Das war ein Anblick, wie ich ihn interessanter und abenteuerlicher nicht gesehen hatte auf allen meinen Reisen. Hoch oben am Fockmast war der Mastkorb, von dem sie nach Walfischen ausspähen mochten. In der Takelage kletterten die Matrosen und salbten die Taue mit teerigen Fingern. Lange, dürre Portugiesen und andere abenteuerliche Gestalten machten sich auf dem Verdeck zu schaffen. Kisten und Fässer polterten und rollten über die Planken und verschwanden surrend in der Luke.

Ich setzte mich auf eines der umherstehenden Fässer und versank immer tiefer in das Betrachten des ungewohnten Bildes.

So etwas hatte ich schon einmal gelesen bei Gerstäcker, bei Robert Lovis Stevenson, in den Geschichten von Seeräubern, Schatzinseln, Walfischfängern, damals, als ich noch ein kleiner Junge war. Gelesen und wieder gelesen und weitergesponnen mit der ganzen überlaufenden Phantasie einer Kinderseele. Und nun stand das alles in Fleisch und Blut hier an der Werft, wie eine lebendige Illustration zu all den wunderschönen Geschichten. Wenn man so etwas auch einmal in Wirklichkeit erleben könnte!

Je länger ich dastand und mit hungrigen Augen die fremde Welt mit allen ihren Wundern aufsaugte, je mehr versank alles andere ringsum zu miserabler Bedeutungslosigkeit. Nur Meer, nur Wasser, und Walfischfänger, und Seeräuber, und ferne Inseln und Abenteuer!

Und am nächsten Morgen –

Doch das ist eine ganz andere Geschichte!

Zehntes Kapitel

Nach dem Erdbeben

Damals und heute – Abschied von den Walfischfängern. – Die Ruinenstadt. – Wildwest in Marketstreet. – Der Keller als Bankbüro. – Ich mache Karriere. – Dolmetscher im Employment Office. – Das Universalgenie. – „Wer geht nach Utah, Nevada, Arizona?“ – Ein schwieriger Fall. – Gastrolle in den „Golden State Diningrooms“. – Ein „iesiger Dschab“. – Geschirrwaschen als sportliche Betätigung. – Auf dem Wolkenkratzer. – Schwindlige Arbeiten. – Woher die Dollars kommen. – Ich bekomme es mit dem Heimweh zu tun. – Auf nach Australien!

Drei Jahre waren inzwischen darüber hingegangen, und wieder stand ich an der Pier am Fuße der Missionsstraße und schaute den Walfischfängern zu, die sich zur Ausreise nach dem Eismeer rüsteten. Wieder, wie drei Jahre zuvor, stand ich versunken in den Anblick dieser fremdartigen Welt. Es war alles noch wie damals – nur ich war ein anderer geworden. Vorbei war der Schimmer der Romantik, verflogen im Sturme des Lebens, zerrissen von der rauhen Wirklichkeit. Da war kein Plätzchen auf diesem Verdeck, über das ich nicht tausendmal gegangen wäre in diesen Jahren, keine der vielen merkwürdigen Vorrichtungen, die ich nicht wieder und wieder in Tätigkeit gesehen hätte, keines der langen Walfischboote, in dem ich nicht gesessen und gefroren hätte durch endlos lange Stunden bei jedem Wetter. Das luftige Gebilde des Tauwerks, von dem ich damals meine Augen nicht abwenden konnte, hatte sich nun aufgelöst in eine höchst nüchterne Kombination von Fallen, Schoten, Brassen, Nocks und Gordings, die ich alle selbst schon oft geteert hatte mit frosterstarrten Fingern, an denen ich jede Webleine, jede Spleiße, ja fast jedes Kabelgarn kannte.

Über drei Jahre war es her, seit ein böses Geschick oder, sagen wir besser: mein eigener Unverstand, mich hineingeworfen hatte in dieses Seeräubermilieu, und seither war alles in Erfüllung gegangen, was ich damals geträumt hatte – ja, und noch viel mehr dazu! Sturm und Not und Hunger und Skorbut und wilde Walfischjagden auf kleinen, zerbrechlichen Booten. Und Winternacht und

Mitternachtsonne, und Eskimos und Schlittenhunde und endlose Streifen durch finstere Urwälder – alles, alles hatte ich inzwischen erlebt, was immer die wildeste Phantasie sich ausdenken kann, und was ich mir damals gewünscht hatte mit der ganzen Unbekümmertheit meiner neunzehn Jahre. In der Tat: Wen der Herr verderben will, dem erfüllt er seine Wünsche.

Ich kannte auch jeden einzelnen der Menschen, die sich dort drüben auf dem Schiffe zu schaffen machten. Ich kannte sie mit allen ihren Launen, wie man an Bord die Menschen kennenlernt. Und es waren nicht wenige darunter, die ich haßte. War das nicht der lange Portugiesen-Sam, der eben auf mich zukam? – Der wollte wohl gar –?

Ein Schauder überlief mich bei dem Gedanken. Die ganze Kälte des Eismeeres ging mir durch die Adern. Ich lief davon, ohne mich umzusehen, und immer geradeaus nach der inneren Stadt, möglichst weit weg vom Hafen.

Auch San Franzisko hatte sich verändert in diesen Jahren. Vor Jahresfrist war das Erdbeben und darauf das vernichtende Feuer darüber hingegangen, und es war kaum mehr übriggeblieben als ein ungeheuerer Schutthaufen. Soweit das Augen reichte, war nicht viel mehr zu sehen als Schutt und Trümmer und darüber die von der Hitze phantastisch verbogenen Eisengerippe der ehemaligen Wolkenkratzer. Es roch nach Kalk und Mörtel. Eine dicke gelbe Staubwolke lag schwer über dem Trümmerfelde. In den Straßen, die nun alle so entsetzlich breit aussahen, zogen langsam die endlosen Wagenreihen, die Steine, Zement und andere Baumaterialien nach den zahllosen Bauplätzen schafften und auf der anderen Seite der Straßen in ebenso langen Schlangenlinien den Schutt nach dem Hafen transportierten. Dort, wo einst prunkvolle Geschäftsgebäude standen und elegante Läden mit blitzenden Spiegelscheiben zum Kaufen einluden, erhoben sich nun grell angemalte Bretterbuden, in denen die Abenteurer aus aller Herren Länder lärmten, nicht anders als im wildesten Westen. Irgendwo, an einer besonders belebten Ecke, gähnte weithin unter den Trümmern eine große Kelleröffnung, durch die es ein- und ausging wie in einem Bienenstock. Über der Öffnung wehte ein mächtiges Sternenbanner an einer hohen Fahnenstange. An einem weithin sichtbaren Schilde stand zu lesen:

– First National Bank – Entrance here!

Bei näherem Zusehen waren noch zahllose andere derartige Höhlenwohnungen zu entdecken. Banken, Zeitungsredaktionen, Restaurationen hatten sich alle in ihre Keller zurückgezogen, wo sie nach

Möglichkeit den Betrieb so fortsetzten wie gewöhnlich. Über jeder Höhlenwohnung aber wehte eine Fahne als Wahrzeichen des wieder in Gang gesetzten Betriebs. Das brachte eine freundliche und hoffnungsvolle Note, die gar keine traurige Stimmung aufkommen ließ.

Noch nie war in San Franzisko der Optimismus so zu Hause gewesen, wie damals in den Zeiten des Unglücks. Von allen Enden der Erde kam das unruhige Volk der Abenteurer, das überall dabei sein muß, wo etwas los ist, sei es nun eine neue entdeckte Goldmine, oder eine Weltausstellung, oder nur eine Feuersbrunst oder ein Erdbeben; die Schar der beutelustigen Habenichtse, die bei jeder Störung des Gleichgewichts der sozialen Ordnung noch immer aus dem Boden schießen wie das Unkraut unter den Hexenfüßen. Jeder „boxcar", der aus dem Osten kam, spie neue Scharen aus. Von Australien, von Neuseeland, von Europa selbst kam eine Schiffsladung nach der anderen.

San Franzisko war abgebrannt. Da gab es Dollars zu verdienen beim Wiederaufbau. Da brauchte man Handwerksleute und mußte sie bezahlen! Der Buchhalter kaufte sich eine Säge und nannte sich Zimmermann. Tanzmeister gingen unter die Maurer. Es gab eine große Umgruppierung aller Berufe. Zwischen den Ruinen baute sich ein Zeltlager von nie gesehener Größe auf. Die ganze Welt war lebendig von San-Franzisko-Fahrern; von solchen, die, geschwellt mit tausend Hoffnungen, zum Goldenen Tore zogen, und anderen, die mit leerem Geldbeutel, aber um eine Erfahrung reicher, von dorther kamen. Denn dieser Wiederaufbau wollte nicht so schnell und reibungslos vonstatten gehen, wie man das damals schon mit amerikanischem Überschwang in die Welt hinausschrie, während noch das Feuer in den Straßen wütete. Erdbeben oder Feuer – das war hier die Frage.

Schon seit Jahresfrist rauften sich die Advokaten hierüber vor den verschiedenen Gerichtshöfen. Je nach dem Ausfall der verschiedenen Entscheidungen gaben die Banken Kredit auf die zu erwartenden Versicherungssummen oder entzogen ihn wieder. Und dementsprechend war es tot oder lebendig auf den Baustellen. Es war ein Generalstreik mit periodischen Unterbrechungen.

Unter solchen Umständen blühte der Weizen der *Employment Offices*. Wie die Pilze waren sie aus dem Boden geschossen, und mit ihnen die Zahl der „*second hand stores*", die die Eisenbahnbündel verkauften. So schnell die Leute aus dem Osten herbeikamen, „verschifften" sie sich auch wieder über die Rocky

Mountains. Eine ganze Kolonie dieser sauberen Herrschaften hatte sich am oberen Ende der Marketstreet angesiedelt. Obenan natürlich:

„Murray and Ready!“

Vor drei Jahren, als er noch in einer dumpfen Bude in der Kaliforniastraße hauste, war er schon tonangebend gewesen auf der Börse der Ärmsten der Armen. Vor drei Jahren schon konnte man nicht in die Zeitung sehen, ohne immer und immer wieder auf die Firma zu stoßen, in immer fetteren Buchstaben, mit immer mehr Ausrufungszeichen:

„Murray and Ready!“

Nun war er immer noch da, so lebendig und unternehmend wie je. Denn die Sorte läßt sich auch durch Feuer und Erdbeben nicht imponieren. Nun hauste er in einem glorreich-smarten, aus Gips und Brettern hergestellten Palaste, direkt an Marketstreet. Die Autos brummten vor der Tür. Drei oder vier Telephone klingelten immer zu gleicher Zeit, und mitten durch das wimmelnde Menschengewühl, das sich wie ein Ameisenhaufen weit in die Straße ausdehnte, rannte noch immer so besessen wie damals der kleine Mann mit der Löwenstimme und sagte sein Sprüchlein, das er damals schon konnte und inzwischen sicher millionenmal wiederholt hatte:

„Who wants to go to Utah – Utah – Utah – Nevada – Arizona – who wants to go–o–o!“

„Wer geht nach Utah, Utah, Nevada, Arizona!“

Und stieß am Ende einen Kriegsruf aus, wie es Winnetou selbst nicht besser gekonnt hätte, und klatschte in die Hände und tanzte dazu einen Jimmy-Foxtrott, und dann kam die Kundschaft gelaufen, ob sie wollte oder nicht.

Ich saß dabei und betrachtete mir den Zauber, und mir war zumute, als ob ich noch immer das Grünhorn, der *Newsboy* von damals wäre.

Eben schrieb ein junger Mann eine neue Stelle an die Tafel: „In–ter–pre–tor“.

Da merkte ich, daß die Zeit doch nicht spurlos an mir vorübergegangen war, und ich besann mich auf die Philosophie, die ich mir zurechtgelegt hatte in den letzten Jahren:

„In Amerika kannst du gar nicht genug lügen.“

Ich ging nach dem Büro, wo eine Art Universalgenie in Hemdärmeln, das offenbar zu noch höheren Dingen berufen schien, soeben ein Telephongespräch abnahm und Notizen auf einem Block machte, während es zu gleicher Zeit der Tippmamsell einen Brief diktierte.

„*Well?*" fragte er ungeduldig, ohne mich anzusehen und ohne eines seiner verschiedenen Geschäfte zu vernachlässigen.

Ich erkundigte mich nach den Bedingungen der Dolmetscherstelle.

„Drei Dollar pro Tag", sagte er kurz.

„*Allright*", antwortete ich noch kürzer.

„Wieviel Sprachen?"

„Sechs", log ich ohne Zögern.

„Allright", antwortete das Universalgenie in Hemdärmeln.

Ich legte das als Zustimmung zu meinem Angebot aus. Ohne weitere Umstände zog ich meinen Rock aus – denn das gehörte zum guten Ton – und redete auch von Utah, Nevada, Arizona. Gleich das erste Objekt meiner Dolmetscherkünste war ein Chinese. Er redete mich an in einer Sprache, die mir so kraus und verworren vorkam, wie die fünfhundert Bücher der Mandarinenverordnung des Kaisers Wutschou. Dann setzten wir die Unterhaltung fort im schönsten Pidgin-Englisch, wie ich es im Umgang mit den Eskimos gelernt hatte, und er bekam eine Stelle in einer Wäscherei, bei einem Landsmann. Schon kam eine Gruppe italienischer Saisonarbeiter an die Reihe, und da lag der Fall erheblich schwieriger. Zur Not konnte ich fluchen in der Sprache Dantes, aber in allem übrigen war sie mir ein Buch mit sieben Siegeln, wie die der Söhne des Himmels. Wo jedoch ein Wille ist, da ist auch ein Weg, zumal dann, wenn man durch Mienen und Pantomimen, mehr als durch alle Worte, seinen Wünschen Ausdruck geben kann. Waren die Italiener fort, so erschienen Griechen, Türken, Russen, Polen, Portugiesen auf der Bildfläche. Vierzehn Stunden lang an jedem Werk- und Feiertage war es eine babylonische Sprachverwirrung rings um den bedauernswerten Dolmetscher, der alle diese schwierigen Fälle zu behandeln hatte und mit allen fertig werden mußte wie ein delphisches Orakel. Zu was sonst bezahlte man ihm seine drei Dollars für den Tag?

Frühmorgens um sieben wurde das Geschäft geöffnet, und abends um neun Uhr war man immer noch da. Kaum daß man Zeit hatte, mittags in aller Hast ein *sandwich* zu verschlingen in einer nahen *quicklunch-bar*. Von morgens bis abends klingelten die Telephone, von morgens bis abends drängten und schoben sich die Menschen in dem Halbdunkel des weiten Raumes, von morgens bis abends rannte der Boß auf und ab zwischen den Bänken, auf denen sie stumpf vor sich hinstierten, und klatschte in die Hände und brüllte das alte Lied:

„Utah, Utah, Nevada, Arizona . . .“

Von allen smarten Yankees, die mir je zu Gesicht gekommen sind, war dieser der smarteste. Er hatte die Gabe, die Leute zu faszinieren mit bloßen Gebärden. Er konnte ihnen den letzten armen Dollar aus der Tasche locken, er schickte sie nach Utah, Nevada, Arizona, ob sie wollten oder nicht und ob sie auch eine halbe Stunde zuvor eher an eine Reise nach dem Mond gedacht hätten, als an solches Unternehmen.

So mußte man Dollars machen!

Und so wie er selbst nur in Dollars dachte und nachts mit offenen Augen wie ein Hase schlief, so verlangte er es auch von seinen Angestellten. Man hätte tausend Beine und noch einmal soviele Zungen haben mögen, um allen seinen Anforderungen gerecht zu werden. Tagsüber summte es mir wie ein Mühlrad im Kopfe, und nachts träumte ich von Utah, Nevada usw. In jeder Nacht, wenn ich meine todmüden Glieder nach Hause schleppte, schwor ich mir tausend Eide, mit keinem Schritt mehr das Narrenhaus zu betreten, aber der Morgen sah mich immer wieder in der Tretmühle. Was blieb mir auch anderes übrig? Das Leben geht streng ins Gericht mit den leichtsinnigen Menschen.

Eines Tages kam ein baumlanger Bursche mit einer grünen Joppe und einem Gamsbarthut ins Lokal. Der war wohl von hinterwärts von Temesvar, denn er redete ein Kauderwelsch, das wohl noch nicht oft gehört wurde am Goldenen Tor. Da er zudem die Hände tief in den Hosentaschen vergraben hatte, versagte auch das Hilfsmittel der Pantomimen. Zusehends geriet er in Harnisch über die – wie ihm schien – etwas nachlässige Behandlung seines Anliegens. Bald war das ganze Lokal in Aufruhr. Er fluchte und wetterte in einer langen Rede, von der ich kein Wort verstand, deren Sinn ich aber unschwer erraten konnte aus dem rauhen Tonfall und dem bösen Blick seiner wilden Augen, die ungefähr folgendes sagten:

„Du Batzi, du trauriger! Geh lieber Steine klopfen! Du bist das Salz nicht wert, das sie dir bezahlen!“

So ungefähr mochte wohl auch der Boß gedacht haben in dem Augenblick. Für was ich denn eigentlich hier sei, fragte er mich; ob er denn zu all seiner anderen vielen Arbeit nun auch noch seine Zunge nach allen Degosprachen drehen müsse, wo ich doch dafür bezahlt sei? Das sei eine etwas starke Zumutung, und er könne mir hinfort nur noch zwei Dollars und fünfzig Cents für den Tag bezahlen.

„*Allright*“, sagte ich, zog meinen Rock an, ließ mir den Scheck ausstellen beim Buchhalter und war froh, als ich das häßliche Haus in Zukunft wieder von außen betrachten konnte.

Es gibt jedoch viele häßliche Häuser auf dieser Erde, und wenn man eines verlassen hat, so findet man immer wieder ein anderes, das sich damit messen kann. Ein solches war das Zehncentsrestaurant des Mister Pachmayer aus München, dem ich zunächst meine Dienste zur Verfügung stellte. Schon einmal habe ich auf diesen Blättern von einem recht preiswerten Gasthaus berichtet, in dem man für fünfzehn Cents eine erhebliche Mahlzeit vorgesetzt bekam. Doch das ist nicht nach jedermanns Geldbeutel. Der arme Mann in San Franzisko speist in den Zehncentsrestaurationen, und nicht einmal schlecht. Unglaublich, was man für zehn Cents bekommen kann! Eine Suppe, ein Beefsteak, ein Kotelett, drei gebratene Eier. Dazu Kartoffeln, Gemüse, ein Glas Wein und einen Pudding oder ein mächtiges Stück Kuchen als Nachtisch. Solcher Betrieb arbeitet naturgemäß mit kleinem Nutzen am einzelnen Objekt, nach dem Prinzip: „Die Masse muß es bringen“. Meist sind es Chinesen oder Japaner, die derartige Massenabfütterungsanstalten betreiben, weil nur diese das nötige Phlegma aufbringen. Der Normalmensch der weißen Rasse, der sich auf diesen Erwerbszweig stürzt, ist unfehlbar innerhalb eines Jahres eine Ruine. Tausend Arme und Hände und Augen wie Luchse und Nerven wie Batzenstricke muß man in der Tat besitzen, wenn man die Orientierung nicht verlieren will in diesem Chaos.

Nur meine Gutmütigkeit führte mich in diesen Hexenkessel. Meine Seele dachte nicht an Arbeit.

Langsam schlenderte ich durch die schmutzigen, vom Erdbeben zerrissenen Straßen mit den dicken gelben Staubwolken, durch die die Sonne nur matt hindurchscheinen konnte; ich hörte auf das Mahlen der „*crushers*“ an den Straßenecken und auf das Surren der Dampfhämmer, die die mächtigen Pfähle als Fundamente für die Wolkenkratzer in den Boden trieben. Ich schaute auf das wüste Treiben in den flüchtig zusammengenagelten Wirtshäusern. Vor einer besonders großen, grellweiß angestrichenen Bretterbude staute sich die Menge. In weithin leuchtenden, mindestens zwei Meter hohen Buchstaben stand dort zu lesen an einem mächtigen Schilde über dem flachen Dache:

„Golden State Dining Rooms.
Meals 10 cents.“

Ein dicker Mann in Hemdärmeln rannte vor der Tür auf und ab wie ein Besessener. Die dicken Schweißtropfen standen ihm auf der Stirn, und alle Augenblicke fuhr er sich in den schon recht dünnen Haarschopf. Jeden Vorübergehenden redete er an in einer Sprache, die ebensogut Deutsch wie Englisch sein konnte.

„„Was gibt's, Herr Landsmann?“ fragte ich im Vorübergehen.

Da packte er mich beim Kragen und zog mich in seine *„dining rooms*“, ob ich wollte oder nicht. Er setzte mir eine Tasse Kaffee vor, dann schleppte der Kellner ein Beefsteak herbei mit zwei gebratenen Eiern. Dann traktierte er mich mit einem Glase Bier und zuletzt noch mit einem Kognak. Dann erst fing er an, von den Geschäften zu reden.

Sein „Dischwascher“ – so klagte er mir, sei heute morgen plötzlich weggelaufen. Ein „Omnibus“ habe ebenfalls den Sack gehauen, und unter den Kellnern seien gleichfalls Ansätze zu einer Lohnbewegung vorhanden. Er könne aber doch nicht zu gleicher Zeit Dischwascher, Omnibus, Kellner, Kassierer und Manager sein! Nein, das könne man billigerweise nicht einmal von einem Manne in Amerika verlangen. Zwanzig Jahre sei er nun schon von der *„Old Counrty*“ fort, aber so hätte er sich noch nie multiplizieren müssen in all den langen Jahren. Und ich solle kein Herz von Stein haben und ihm die Disches waschen.

Ich war aber inzwischen Amerikaner genug geworden, um ein gutes Ding wahrzunehmen, wenn es mir über den Weg gelaufen kam.

„Fünf Dollars für den Tag“, sagte ich kaltblütig. Da schaute er mich an mit offenem Munde und starren Augen, wie einer, der einen Geist gesehen. „Fünf Dol–lars! Das bietet einiges! Das kann ich nicht erfordern! – Bei zehn Cents die Mahlzeit! Was denkst du wohl! Soviel bringen mir ja die ganzen dining rooms nicht ein! – Fünf Dollars für so einen leichten, iesigen Dschab! Du brauchst nichts zu tun, als die Disches zu waschen. Der Omnibus tut alles andere.“

Während er noch so sprach, drängten sich immer mehr Gäste in dem Lokale. Es war richtig so wie bei der Speisung der Fünftausend.

Tränen der Verzweiflung traten ihm in die Augen.

Schließlich konnte ich nicht widerstehen. Meine Seele hatte, wie gesagt, nicht an Arbeit gedacht an jenem Morgen, und am allerwenigsten ans Geschirrspülen in einer Garküche. Wir einigten uns auf drei Dollars, die der Boß als einen Nagel zu seinem Sarg und die Ursache seines unvermeidlichen Bankrotts erklärte, und dann ging es Hals über Kopf an die Arbeit.

Das „Dschab" war indes keineswegs so „iesig", wie mir der Boß vorausgesagt hatte, und alles in allem mußte ich meine drei Dollars hart genug verdienen. Von allen Küchen, die ich je gesehen hatte, war diese die kümmerlichste. Ein finsterer, fensterloser Raum, in dem es von Menschen nur so wimmelte. Erst nachdem das Auge sich einigermaßen an die Dunkelheit gewöhnt hatte, konnte man die einzelnen Teufel ausmachen, die in dieser Hölle hausten.

Vor einem Herde von riesigen Ausmaßen standen zwei gelbe, schlitzäugige Köche und schnatterten unaufhörlich auf chinesisch. Dicht dahinter ragte wie ein Schatten die mächtige Gestalt des Oberkochs, der mit dröhnender Stimme die Orders wiederholte, die von draußen hereinkamen. Diese folgten so schnell wie die Schüsse aus einem Maschinengewehr, und doch fand er dazwischen noch Zeit zum Fluchen. Es kochte, zischte und brodelte an allen Enden. Hin und her sausten die „Omnibusse", die auf großen Tragbahren das gebrauchte Geschirr herbeischleppten. So wie sie kamen, warfen sie die schmutzigen Teller und Schüsseln in einen mächtigen Kessel voll siedend heißen Wassers. Schon war er voll, und das Material türmte sich nebenan zu Haufen.

„*Hurry up!*" rief der Oberkoch und schaute mich an mit einem Blick, als ob er mich eben niederboxen wollte.

Mit Todesverachtung steckte ich die Hand in das heiße Wasser, um sie ebenso schnell wieder zurückzuziehen. Allerlei hatte ich meinen Händen schon zugemutet in den letzten Jahren. Mit Äxten und Marlinspiken und teerbeschmierten Tauen waren sie umgegangen. Sie hatten bei klirrendem Frost die hartgefrorenen Segel festgemacht und waren darüber hart wie Horn geworden und zweimal so häßlich. Aber mit Wasser von hundert Grad Celsius hatten sie bisher noch nichts zu tun gehabt. Man gewöhnt sich indes an alles. Mit Tränen in den Augen und mit Händen, die so rot waren wie gesottene Krebse, ging ich der mühsamen Arbeit nach. Jeden Teller wusch ich, wie sich's gehört, und stellte ihn auf den Ablauf. Ich bildete mir ein, daß ich meine Sache ganz leidlich machte, aber der Oberkoch war anderer Ansicht. Einen Augenblick ließ er Ordres Ordres sein und kam zu mir herübergelaufen mit abstehenden Ohren und einem bläulich-roten Anflug auf seinem eckigen Preiskämpfergesicht.

„Bist du verrückt?“

Der Omnibus sauste heran mit einer neuen Ladung.

„*Dishes! dishes!*“ rief er verzweifelt. Händeringend erschien der Boß auf der Bildfläche.

„Das bietet doch einiges!“ fuhr er mich an. „Sitzen die Gäste dort draußen und haben keine Disches mehr! Du sollst hier arbeiten und nicht in die Luft gucken. – Weg da!“

Schon hatte er seinen Rock ausgezogen und die Hemdärmel aufgestülpt. Bis über die Ellenbogen griff er hinein in das siedende Wasser. So wie es hineingeworfen wurde, holte er das Geschirr wieder heraus, und mit ebenso atemberaubender Schnelligkeit verschwand der Omnibus damit in dem Lokal. „So arbeitet man in Amerika!“ sagte er zu mir. Dann packte er mit den verbrühten Händen einen Eisblock, der eben hereingebracht wurde, und verstaute ihn im Schrank. Dann verschwand er blitzschnell im Lokal und kam wieder zurück und war überall und nirgends während des ganzen Tages.

So gut ich konnte, machte ich es ihm nach, und – seltsam zu sagen – ich fand Gefallen an dem Geschäfte. Es ist immerhin eine besondere Art sportlicher Betätigung, wenn man mit den Gästen um die Wette die Disches wäscht.

Doch nicht ein Wort mehr will ich erzählen von den *dining rooms* des Mister Pachmayer!

Nach drei Tagen schon bezog ich meine neun Dollars und machte hinfort einen Umweg, wenn mich meine Geschäfte durch diesen Teil der Kaliforniastraße führten.

Nach solchen Abenteuern in den Niederungen des Lebens war der Wunsch nach einer etwas gehobenen Stellung nur allzu begreiflich. Die großen Wolkenkratzer, die da wie die Pilze aus dem Boden wuchsen, hatten mir es angetan, und ich fühlte mich deshalb so stolz wie der Bürgermeister von San Franzisko, als ich eine Stelle fand als Gehilfe bei den Nietern, hoch oben in der Kuppel eines riesigen Neubaues. Wolkenkratzer werden fast ebensoviel in die

Tiefe wie in die Höhe gebaut. Ehe noch ein Stein zu dem luftigen Gebäude aus der Erde wächst, sind die „piledrivers“ mit dem Einrammen von mächtigen Pfählen beschäftigt. Auf diese wird das viele Meter hohe Fundament aus Beton gesetzt, und darauf erst kommt das vielgeästete, himmelstürmende Eisengerüst als bloßes Gerippe, ohne irgendwelche andere Stützung. Dort oben, auf Kirchturmhöhe, wo wir mit den Hämmern hantierten, da schwankte das ganze Gebäude und wiegte sich im Winde wie die Masten eines Schiffes. Unten, in schwindelnder Tiefe, lag das Gewimmel der Großstadt wie ein Ameisenhaufen, und man konnte nicht umhin, zu denken, was wohl passieren würde, wenn man einen Fehltritt täte auf diesen engen, stets sich verschiebenden Brettern.

Tag und Nacht ging die Arbeit weiter. Bei Tage riskierte man seinen Hals für fündundsiebzig Cents und bei Nacht für einen Dollar die Stunde. Und also arbeitete ich nach Möglichkeit nur bei Nacht. Das war einträglicher. Acht Stunden acht Dollars. Und außerdem war es schöner. Keinen phantastischeren Anblick kann es geben, als das Baugerüst eines Wolkenkratzers im Lichte der elektrischen Lampen. Wenn man von dort oben hinunterschaut in das sinnverwirrende Chaos von Eisenstangen, zwischen dem die Schatten huschen, so glaubt man sich in eine Zukunftswelt der Übermenschen versetzt. Denn hier ist nichts mehr Natur, nichts mehr Zufälligkeit. Alles Eisen und Stahl im harten Licht einer künstlichen Sonne. Alles Berechnung und Organisation bis ins kleinste. Keine Stimme der Natur übertönt das Trommeln der Hämmer, das Rasseln der Kräne und das Surren der elektrischen Bohrmaschinen. Nur zuweilen tönte von tief, tief unten im Hafen das Heulen einer Sirene, wie das Echo aus einer anderen Welt, oder von irgendwoher kam das Klingeln einer Straßenbahn, und das klang direkt komisch.

Langsam vergingen acht Tage – oder vielmehr acht Nächte – über dieser Arbeit. Bald war ich reicher, als ich je gewesen war in meinem ganzen Leben, und ich fing an das zu tun, was ich bisher noch nie getan hatte: die Dollars zu zählen!

Mehr Nächte, mehr Dollars! Und nach so und so vielen Nächten – ja, wahrhaftig! Ich fing an zu träumen, und wie immer, wenn das der Fall war, wanderten meine Gedanken nach fernen Ländern. Da wir uns aber zur Zeit in San Franzisko befanden, war Deutschland gerade noch weit genug für solche Wachträume. Ich zählte die Jahre, die verflossen waren seit jener verhängnisvollen Reise nach Paris. Waren es wirklich nicht mehr als fünf? Mir schien, als ob schon ein Jahrhundert darüber hingegangen wäre! Und wie es nun dort so aussähe? Und was sie so sagten und dachten? Und überhaupt.

Schnell wie ein Wirbelwind war etwas über mich gekommen, dessen ich mich selber schämte in meiner jungen Männlichkeit: Das Heimweh. Und mit dem Heimweh noch etwas anderes, das ebenfalls schmählich zu kurz gekommen war in den fünf unsteten Jahren der brennenden Unruhe: die Vernunft. Oder wenigstens doch eine Anwandlung vernünftigen und zielbewußten Denkens, und das war immerhin ein Fortschritt. Ich zog den Saldo meines bisherigen Wanderlebens und stellte fest, daß er nicht auf der Aktivseite stand. Mühe und Arbeit und Verdruß war es gewesen und aufreibende Unruhe an jedem neuen Tage. Und wie schön hatten es dagegen alle, die die Nächte in den warmen Federn zubrachten, anstatt auf den Wolkenkratzern, und jeden Morgen vor dem wohlgedeckten Frühstückstisch saßen. Ja, so wollte ich es nun auch einmal haben! Sparen wollte ich, wie einer von den Sackträgern in der Chinesenstadt; jeden Groschen wollte ich auf die hohe Kante legen, bis es reichte zu einem feinen Anzug und einer Fahrkarte im Pullmanwagen nach Neuyork und in der Kajüte erster Klasse nach Europa – ja, bis nach Deutschland!

Und wie ich beim allerbesten Träumen war, da kam ein vornehm gekleideter Herr auf die Arbeitsstelle. Den kannte ich. Ich war ihm schon öfter aus dem Weg gegangen. Diesmal half kein Ausweichen und Leugnen, war ich doch kein organisierter Facharbeiter. Eigens zur Untersuchung meines Falles war er heraufgekommen. Ich wartete gar nicht erst die weitere Entwicklung ab, sondern ging hinunter in das Büro und ließ mir mein Geld bezahlen. Weiter ging ich, ohne mich noch einmal umzusehen. Das Weinen war mir näher als das Lachen. Fort waren die Dollars, der schöne Anzug, der Pullmanwagen, die Reise nach Deutschland.

Es ist nun einmal das Los des Wandersmannes, daß auch bei den besten Vorsätzen das Schicksal immer von neuem mit grausamen Füßen seine Kreise zertritt.

Es war gewiß nicht nur der bloße Zufall, der mich über diesen wehleidigen Gedanken hinunter nach dem Hafen führte. Ohnehin verbrachte ich dort den größten Teil meiner freien Zeit. Wer einmal Salzwasser gerochen hat, den zieht es immer mit magischer Gewalt in das Milieu von Tauen, Taljen, Teergeruch und dergleichen. Und das war bei mir reichlich der Fall gewesen an jedem Tage der letzten Jahre, wenn ich mir auch tausendmal vorgenommen hatte, in Zukunft nie wieder ein Schiff auch nur von ferne anzusehen.

Der Hafen war voll von großen Segelschiffen, die ums Kap Horn gekommen waren mit Zement und sonstigen Baumaterialien aus Europa. Groß und breit lagen sie an der Pier, die Masten standen scharf am dunkelblauen Himmel, und alles ringsum schien zu erzählen von großen Reisen und von fernen Ländern. Mit einigen Matrosen, die, wie ich, beschäftigungslos am Hafen umherlungerten, geriet ich ins Gespräch. Sie gaben keine Ruhe, bis wir nicht den letzten Klüverbaum am letzten schmutzigen Küstenschoner begutachtet hatten. Jetzt – so meinten sie – sei eine gute Konjunktur für Matrosen. Wohl die Hälfte der Schiffe, die draußen vor Anker lagen, hätten keinen Mann mehr an Bord. Alle seien „ausgepickt", und wenn sie je einmal einen neuen anmusterten, so sei es gewiß ein Strandläufer, der es auf die Vorschußrate abgesehen habe.

Einer aber – ein junger Bursche aus Liverpool – nahm mich beiseite und erzählte mir von der englischen Bark „Samoëna", die draußen im Strome liege, klar zur Abfahrt nach Australien, und das sei doch auch ein ganz schönes Land! Der Kapitän würde schon irgendwo zu finden sein, bei einem der Agenten in der Batterystraße. Da brauchten wir keinen Heuerbaasen und könnten die Vorschußrate allein an den Mann bringen. Das war in der Tat ein Vorschlag, der sich hören ließ. Wir machten uns sogleich auf die Suche zwischen den windschiefen, notdürftig zusammengenagelten Bretterbuden. Nach vielen vergeblichen Bemühungen fanden wir ihn in einem Ausrüstungsgeschäft, wo Ölzeug und Seestiefel an der Decke baumelten und die Luft dick war von Tabakgeruch und Whiskydünsten. In einer finsteren Hinterstube, in der am hellen Tage eine rußige Lampe brannte, lag er auf einem Sofa. Er nahm sich nicht erst die Mühe, uns anzusehen, und von ihm selbst war nicht viel mehr zu entdecken als die grüngemusterten Pantoffel, die auf der Sofalehne lagen.

„Was wollt ihr?" fragte er grob.

„Anmustern!"

„Fünf Pfund im Monat!"

„Allright!"

Er zog seine Stiefel an, während wir draußen warteten. Wir gingen nach dem nahe gelegenen britischen Konsulat, und in einer Viertelstunde war alles abgemacht.

Meine Seele hat an jenem Morgen noch nicht an Australien gedacht, aber das Seltsame des Vorgangs kam mir auch jetzt noch nicht zum Bewußtsein. In jenen glücklichen Zeiten einer leichtsinnigen Jugend dachte ich von einer Reise über den Stillen Ozean nicht so viel und machte darüber auch nicht so viele Umstände wie manch einer bei einer Fahrt – sagen wir von Berlin nach Schöneberg.

Die fünf Pfund schwere Vorschußrate klimperte indes noch in der Tasche, und die mußte an den Mann gebracht werden, ehe uns abends das Schiffsboot abholte. Da ging es – soll ich's gestehen? – von einer Kneipe in die andere. Da standen die dicken Schankwirte und die geriebenen Heuerbaase mit lauernden Mienen, da drängten sich die Strandläufer, die schlampigen Frauenzimmer und all die anderen Landhaifische, die auf Jacks Leichtgläubigkeit spekulierten. Da saßen die Matrosen und führten dieselben albernen Gespräche, die ich so oft gehört hatte in den letzten drei Jahren im Mannschaftslogis des „Bowhead" von Sidney, von Singapore, von Antwerpen, von Antofagasta, das klang dumm und zwecklos. Aber man roch die See und man hörte das Donnern der Brandung über dem Lärmen der Menschen. Da fühlte ich mich erst einmal wieder zu Hause. Ich war doch schon eine richtige Wasserratte geworden in diesen Jahren.

Elftes Kapitel

Auf dem Pacific

Wieder Seemann. – An Bord der „Samoëna". – Vielversprechender Empfang. – Musikalisches Ankerhieven. – Die Welt von der Mastspitze. – Hartbrot und „Salzpferd". – Die Erbsensuppe als Oase. – Im Passat. – Lustiges Segeln. – Ein Kapitel über die Haie. – Ich werde Schiffsjunge. – In der Äquatorhölle. – Besuch auf hoher See. – Das anstößige Huhn im Topfe. – Harmlose Meuterei. – An der australischen Küste. – Sankt-Elms-Feuer. – Sturm. – Das Feuer von Sydney. – Endlich Australien.

Zur festgesetzten Stunde standen wir am Pier und warteten auf das Schiffsboot, jeder mit einem großen Seesack an der Seite und keinen Pfennig in der Tasche. Denn anders wäre es ein Verstoß gewesen gegen die Tradition. Der Jüngling aus Liverpool war fürs Weglaufen. Dann könnten wir es morgen bei einem anderen Schiffe, auf einem anderen Konsulate mit einer anderen Vorschußrate versuchen. Die Möglichkeiten seien noch lange nicht erschöpft, und man müsse ein gutes Ding wahrnehmen, wenn es einem über den Weg gelaufen komme. Ich selbst aber wäre um die Welt nicht mehr umgekehrt. Von allen Ländern dieser armen Erde erschien mir in dem Augenblick Australien als das sehenswerteste. O Erde, wie bist du voll von Namen! Heute ist es Australien, morgen Afrika, ein andermal vielleicht Valparaiso oder Singapore oder Buenos Aires. Die erfüllen dir den Kopf, die erhitzen die Phantasie, die führen dich auf weite Wege und Umwege und sind doch immer nur Namen .... Namen ....

Ehe ich recht wußte, wie mir geschah, stand ich schon auf dem Verdeck der „Samoëna", die weit draußen in der Bai vor Anker lag. Es war das erstemal in meinem Leben, daß ich mich an Bord eines richtigen großen Tiefwasserseglers befand. Ich stand vor der Back und schaute in das Gewirr der Takelage mit den mächtigen Blöcken und den armdicken Tauen an den Fallen und Brassen, zu den hohen Masten und den weit ausholenden Rahen, die mächtig und zierlich zugleich in den blauen Himmel ragten. Ich kannte jedes Tau und jeden Block in dem schlanken Gebäude. Jahrelang hatte ich nun schon gelebt im Schatten solcher Taue und Taljen, aber das war doch alles nur gewissermaßen eine Miniaturwelt gewesen im Vergleich mit dieser.

Wie musterhaft sauber und ordentlich hier alles war! Das Messing funkelte über den weißen Decksaufbauten. Auf der Brücke brüstete sich das frisch gescheuerte Teakholz, und vollends das Verdeck war mit Sand und Steinen so blank geschrubbt, daß einem das Darüberlaufen mit den schmutzigen Schuhen fast wie eine Entweihung vorkam. Das Mannschaftslogis war keine finstere Höhle mit rußiger Lampe und steiler, halsbrecherischer Treppe, wie ich das vom Walfischfänger her gewöhnt war, sondern ein helles, luftiges Deckhaus, mindestens ebenso hell und freundlich wie jene schönen, wunderschönen Salonkabinen der Schnelldampfer, die sich so herrlich ausnehmen – auf den Prospekten!

Auf dem Tisch, der fast von einem Ende zum anderen reichte, stand eine mächtige Teekanne, und auf den Bänken saßen barfüßige Matrosen, jeder mit einer Mug in der Hand, aus der er andächtig den Tee, den Kaffee, den Rum schlürfte, oder was es sonst für eine Flüssigkeit gewesen sein mochte. Im Hintergrund saß. ein Kerl, so groß wie der Riese Goliath selber und spielte auf einer Ziehharmonika.

„Hallo, kiddy", rief er, als er meiner ansichtig wurde. Ich überhörte mit Fleiß den Kosenamen und machte mich daran, meine Sachen in einer leeren Koje zu

verstauen. Da stand er auf einmal vor mir in seiner ganzen Länge von sechs Fuß und vier Zoll.

„Mal langsam, du mit deinen landlubbrigen Plattfüßen! Weißt wohl noch nicht, wie ein Junge sich zu benehmen hat an der Back? Wir sind hier Männer, und du bist nur eine Handvoll. Ich bin der Bootsmann Piet Larsen aus Göteborg in Schweden, und wenn ich mit dir rede, so sollst du gefällig ein Reff aus deiner Zunge schütteln und eine schiffsmäßige Antwort geben. Das merk' dir mal, wenn du noch lange leben und glücklich sterben willst hier an Bord!"

Herausfordernd schaute ich ihn an. Er war ein ungeschlachtes Ungeheuer. Er hatte Fäuste wie Kanonenkugeln. Er war Bootsmann an Bord, und was das zu bedeuten hatte, das wußte ich noch von meinem letzten Schiff. Aber eben dort hatte ich auch die andere Lebensregel erworben: „Laß dir nichts gefallen –"

Sicher hätte es ein großes Ärgernis gegeben, wenn nicht in dem Augenblick der Kopf des ersten Steuermanns in der Tür erschienen wäre.

„All hands! Man the windlass!"

Das ist ein Kommando, das auch dem abgebrühtesten Seemann – und dem wohl am meisten – eine gewisse Sensation bereitet. Denn das ist allemal der Anfang eines neuen Lebensabschnittes. Denn alles, was nachher kommt an Kommandos für Brassen, Fallen, Schoten, und wäre es für das Kappen der Masten und das Bemannen der Boote, es ist doch nur auf dieses eine zurückzuführen: das Kommando zum Ankerhieven.

„Man the windlass!"

Alle Mann und der Koch waren im Nu auf der Back und marschierten um das Gangspill. Es war eine eintönige Arbeit. Eine Weile hörte man nichts als das Klappern der Speichen und das Trampeln der bloßen Füße auf dem Verdeck. Langsam, ganz langsam, wie eine mächtige Schlange, kam die Kette durch die Klüse.

„Lively, lively, boys!" schrie der Steuermann von der Brücke herüber. „Ist das hier ein Begräbnis, oder ist es ein britisches Schiff mit christlichen Seeleuten?"

Der Bootsmann fing an zu singen mit brummendem Seebärenbaß, der seiner Fäuste würdig war:

„Sally Brown, ich lieb deine Tochter –"

Worauf sie dann alle einfielen mit rauhen, wetterzerzausten Stimmen, denen man anhören konnte, daß sie ihre Ausbildung am Gangspill erfahren hatten:

„Ho, he, roll' und geh!“

Und dabei ging die Arbeit noch einmal so schnell.

Es war schon ganz dunkel, als wir damit fertig waren. Die Sterne spiegelten sich in dem stillen Wasser. Da und dort stand die schwarze Masse eines Dampfers wie ein Schatten, da und dort lag mitten in der Bai ein stolzer Kap-Horn-Renner mit seiner hohen Takelage, die scharf und schwarz am helleren Himmel stand. Eintönig, fast feierlich, tönten die Schiffsglocken durcheinander, wenn sie die Glasen schlugen. Ringsum, am Fuße der dunklen Hügelhänge, standen die Lichter wie ein heller Kranz, und der Lärm der Großstadt kam herüber wie ein fernes Echo aus einer anderen Welt.

Während der ganzen Nacht lagen wir vor dem kurzgehievten Anker, während das Schiff schwerfällig schlingerte in der Dünung und die Masten gleichmäßig pendelten zwischen den hellen Sternen. Beim Morgengrauen kam der Schlepper, und wieder einmal ging es hinaus durchs Goldene Tor. Es war ein grauer, trüber Morgen. Der Nebel lag über dem Wasser. Er zog wie ein Rauch durch das Tauwerk; er tropfte in dicken Tropfen von den Rahen und Segeln, als hätte er es plötzlich mit der Rührung zu tun bekommen und weinte um unsere Abreise. Überall heulten die Nebelhörner der Dampfer und Fährboote, die unsichtbar vorüberzogen durch dieses graue Nichts.

Ganz plötzlich kamen wir aus der Nebelbank heraus ins freie Meer. Das Goldene Tor lag schon hinter uns und mit ihm die ganze kalifornische Küste, die jenseits des Nebels wie unter einer dicken Decke schlief. Groß und rot stand die Sonne im Osten, über dem Nebel. Ein frischer Nordwestwind kräuselte die Wellen, die wie Silber glänzten in dem hellen Lichte des frühen Tages. Schon hallten die Kommandos über das Schiff. Schon warfen sie polternd die Tauenden auf das Verdeck. Schon drehten sich ächzend und stöhnend die Rahen nach dem Winde. Mich hatten sie nach oben geschickt, um den Royal loszumachen; das oberste aller Segel. So hoch war ich noch nie gekommen, auch nicht auf dem „Bowhead“. Höher und höher kletterte ich hinauf durch diese Welt der Taue und Blöcke, auf schwankenden Strickleitern, die immer schwankender und flimsiger wurden, je weiter man hinaufkam. Die letzte dieser Himmelsleitern war die schwierigste. Sie schwankte in einem Winkel von fünfundvierzig Grad; die Sprossen waren morsch und nur mit Siebenmeilenstiefeln zu erreichen. Auf halbem Wege kriegte ich Angst, und es zuckte mir durch den Kopf: Wärst du doch daheimgeblieben!

Endlich stand ich oben auf der Rahe, mit klopfendem Herzen und keuchendem Atem. Krampfhaft schloß ich beide Augen, um nicht hinunterzuschauen in die schwindelnde Tiefe. Dann aber wagte ich ein Auge daran und dann noch eins. Dann konnte ich sie beide nicht weit genug aufreißen vor Wundern und Staunen. Der Nebel hatte sich verzogen, und überall leuchtete das blaue Meer in der hellen Sonne, überall glitzerten die Wellen in der frischen Brise. Qualmende Dampfer und weiß leuchtende Segler durchpflügten die See nach allen Richtungen. Dicht unter der Küste, dort wo der Wind nicht hinkonnte, lagen Fischerschoner mit schlaffen Segeln, und nach Osten, soweit das Auge reichte, leuchteten die Häuser wie weiße Farbenkleckse aus dem Grün der Gärten.

Schon kletterten die flatternden Segel an den Stagen. Schon rissen sie an den Schoten, die die mächtigen Rahsegel setzen. Schon hievten sie am Gangspill die schweren Falle. Von tief, tief unten kam der Gesang der Matrosen bei der Arbeit. Frischer und salziger wehte die Brise vom Meere und fuhr rauschend in die breiten Segel. Das Schiff begann weit überzuholen unter dem Druck der Leinwand, während die heranrollenden Wellen sich schäumend brachen vor dem scharfen Bug. Es war, als ob das tote Gebäude nun auf einmal selber Leben bekommen habe und sich jauchzend hineinstürze in sein nasses Element.

„Weiße Flügel, niemals müde,
Tragen dich fröhlich über die See."

Nordwest war der Wind an jenem Tage. Nordwest am zweiten und dritten, und so ging es vierzehn Tage lang immer hart beim Winde nach Südwesten, bis eines Tages der Wind mallte und dann unversehens wie ein wildes Tier von achtern in die Segel sprang. Das war der wilde, der schöne Nordostpassat.

Und derweilen schlug bei Tag und Nacht die Glocke die Glasen, und die Stunden der Tage und Nächte zerflossen ineinander in jener stillen, selbstverständlichen Gleichförmigkeit, wie man sie nur fern vom Getriebe der großen Welt, an Bord eines Segelschiffes erleben kann. Eintönig zirpten die Grillen in den Schiffswänden, der Wind rauschte im Tauwerk, das Wasser schäumte vor dem Bug mit ermüdender Regelmäßigkeit. Wilde Böen zogen schwarz wie die Nacht am hellen Tage über den Himmel, und in den klaren Nächten schwankten die Sterne zwischen den Mastspitzen.

Und was soll man von alledem erzählen? Es war ein britisches Segelschiff, und das sagt alles. Es gibt keine Nation, die stolzer ist auf ihre Seeleute als die englische. Auch die Behandlung – das muß man zugeben – ist besser als auf anderen Schiffen; besser jedenfalls als unter den blaunasigen Yankeeschiffern, die sonntags die Ankerkette überholen, das Verdeck mit Sand und Steinen schrubben lassen und dazwischen noch Gottesdienst halten; besser auch ganz gewiß als auf den Walfischfängern, aber – der Name eines jeden englischen Schiffes buchstabiert sich Hunger! In jedem britischen Schiffe hängt groß an der Wand des Mannschaftslogis die Verordnung des *„Board of Trade“*, die die Rationen festsetzt, auf die Seiner Majestät Matrose einen Anspruch hat.

Auf der „Samoëna“ – und die galt noch als „gutes Schiff“ im Vergleich zu anderen – bestand diese Beköstigung im wesentlichen aus jenem eigenartigen Hochseenahrungsmittel, das der Seemann „Salzpferd“ nennt. Täglich um Mittag bekam jeder seine ihm zugeteilte Portion von einem Pfund überreicht. An einem Tage war es „Schweinernes“, am anderen „Rindfleisch“, aber immer war es gleich zäh und salzig und roch nach Fäulnis und Verwesung, zehn Meilen gegen den Wind. Wer ein weniger schlechtes Stück erwischte, konnte von Glück reden, wer ein noch schlechteres zugeteilt bekam, mußte sich auch in sein Schicksal finden, und wer ein Stück bekam, in dem das Fleisch vor den Maden nicht mehr zu sehen war, der mußte sich den Riemen enger schnallen bis zur nächsten Mahlzeit am nächsten Mittag. Damit nun alles mit rechten Dingen zuging bei der Verteilung, mußte immer einer vor die Tür gehen zu einer Art Pfänderspiel.

„Wem gehört dieses?“

„Charley“ usw.

Ja, und das war eines der grimmigsten Spiele, die ich je gespielt habe in meinem Leben. Außer dieser Fleischration gab es nichts Warmes, außer einer verdächtigen, schwarzen, gallenbitteren Brühe, die sie Kaffee nannten. Wer seine Ration auf einmal aufaß – und das taten sie beinahe alle, denn man ist hungrig, wenn man jung ist – der mußte sich zur Strafe dafür einer vierundzwanzigstündigen Fastenzeit unterziehen. Mittwoch war ein Festtag, denn da gab es Erbsensuppe. Dagegen war der Freitag besonders schwarz angeschrieben im Kalender, weil es dann an Stelle des Salzfleisches Stockfisch gab, der so hart und trocken war wie Kabelgarn. Davor hatten wir alle einen besonderen Abscheu, und er wurde uns allmählich zum Markstein, wenn wir die Tage zählten, die uns noch vom Ende der Reise trennten.

„Noch so viel mal Stockfisch – –“

Sonntags endlich gab es zur Erhebung des Gemütes einen Plumpudding, der sich wie ein Bleiklumpen anfühlte und bis zum nächsten Sonntag zwischen den Zähnen steckenblieb. Das einzige nicht rationierte Nahrungsmittel an Bord waren die Biskuits. Die waren so hart und spröde wie Ziegelsteine und ein Attentat auf jedes normale Menschengebiß. Wollte man sie genießbar machen, so füllte man sie in einen Sack, den man von außen mit einem eisernen Belegnagel bearbeitete. Die Krumen trug man zur Kombüse, wo sie mitsamt den Würmern und Maden vom Koch zu einem glorreichen Brei aufgekocht wurden. Ich habe vorher und nachher schon bessere Speisen gegessen, aber keine mit größerem Appetit. Denn Hunger ist bekanntlich der beste Koch.

Das Murren über Koch und Küchenzettel ist das Vorrecht eines jeden echten Matrosen, nicht anders wie bei den Soldaten. Auch an Bord der „Samoëna“ machten wir keine Ausnahme von der Regel. Wir taten es auf deutsch, schwedisch, norwegisch, dänisch, finnisch, russisch, spanisch, nur nicht in englisch, wenigstens nicht in einem, das sich sehen lassen konnte in Westminster Abbey. Denn der Engländer betrachtete sich lieber die See am *weekend* im Seebad von Gravesend und von Scarborough, oder erlebte sie schaudernd in den Romanen von Robert Lovis Stevenson oder Jack London.

Aus diesem Grunde waren die britischen Segelschiffe der Zufluchtsort für alle unruhigen Geister. Junges Volk, das sich abenteuernd durch die Welt schlägt ohne viele Gedanken. Das ist heute Farmarbeiter, morgen Pikkolo und Zahlkellner, übermorgen Hausierer in Patentmedizin und dann wieder Matrose. Letzteres erbt sich fort wie eine ewige Krankheit. Denn wer einmal Salzwasser gerochen hat, der dreht seine Nase immer wieder nach dem Winde. Verlockend ist hier auch die gute Bezahlung. Fünf Pfund gleich 100 Goldmark im Monat bei freier Station und keiner Gelegenheit zum Geldausgeben versprechen am Endziel der Reise schon ein paar glorreiche Tage bei Wein, Weib, Whisky und dergleichen Dingen. Jedoch – die Auszahlung erfolgt erst nach der Rückkehr zum Heimathafen in England – und das ist eben der Haken.

Wer wollte dieses Quecksilber zusammenhalten, durch zwei, drei lange Jahre? Kaum ist der Anker geworfen, so sind sie auch schon über der Seite und fort, wie die Zugvögel im Spätsommer. Der Kapitän steckt schmunzelnd die Heuer ein, derweil der Deserteur mit großen Augen und mit hungrigem Magen in der fremden Welt umherirrt, bis ein des Weges kommender Heuerbas mit einer Vorschußrate kommt und einen schönen Platz auf einem anderen „guten Schiff“ anbietet.

Da denke ich in diesem Zusammenhang an den alten Tom – den armen, alten, graubärtigen Tom, der einst Schiffskamerad mit mir gewesen auf einer deutschen Bark, drunten am Kap Horn. Es war bereits das fünfundzwanzigste Schiff, auf dem er Dienste genommen, und noch niemals hatte er eine Abrechnung in seiner Hand gehabt in seinem ganzen Leben.

Ja, auch heute noch – und vielleicht mehr als je – geht mit wilden Augen die Unruhe durch die Länder und über die Meere. Auch in unserer Zeit der Motoren und der Dampfmaschinen ist noch Raum für das Abenteuer. Die Back im Mannschaftslogis, die Wände, an denen das Ölzeug und die Seestiefeln baumeln – wenn sie reden könnten, so würden sie wohl manchen Roman erzählen, der wilder und phantastischer wäre als irgendeiner von denen, die man in den Büchern lesen kann. Matrosen erzählen gern und viel, da sie viel freie Zeit haben, mit der sie sonst nicht viel anzufangen wissen. Man weiß ja, wie es zugeht, wenn so ein „oller ehrlicher Seemann“ sein Garn spinnt. Er braut sich seinen Grog, er schiebt einen Priem in den Mund, und nachdem er sich mehrmals vernehmlich geräuspert, beginnt das Garn sich bedächtig abzuwickeln, verflochten mit furchtbar nautischen Ausdrücken, bei denen es einen ordentlich mit einer Gänsehaut überläuft. So steht es in den Geschichten. Aber die sind nicht immer ein getreues Abbild dieser kalten, bösen Welt. Seemannsgarne pflegen sich zumeist ganz anders abzuwickeln. Etwa nach diesem Muster:

„Hast du den dicken Jim gekannt?“

„Den mit den Sommersprossen?“

„Nein, den nicht! Jim O'Brien mit den roten Haaren und der gebrochenen Nase, der in Caseys Bar herumlungerte.“

„Der es mit Nelly hatte?“

„Rede mir nicht von Nelly! Die hatte auch noch einen anderen. Und eben darum ist er in Streit geraten mit einer Gesellschaft von Alaskafischern. Es hat blutige Nasen und gebrochene Rippen gegeben und was sonst noch. Und der Richter hat sie eingesperrt für drei Monate.“

„Armer Jim! Er hat immer eine böse Zunge gehabt, und mit dem Messer war er fast noch schneller als mit den Fäusten. Sonst aber war er ein ganz netter Junge.“

„*Well*, Jim war Schiffskamerad mit mir an Bord der „Glenbank“. Das war vor zehn Jahren. Er war Steuermann und ich Matrose. Und es war ein so feines Schiff, wie man nur sehen wollte. Doppelte Royalrahen und Leesegel wie ein richtiger Yankeeklipper. Kommt nun eines Tages dort unten, bei den Poumotosinseln ein Kanake an Bord und bringt ein Schwein. Sagt Jim zu mir:

›Komm her, Bill! Schlachte das Schwein. Du verstehst dich aufs Handwerk.‹

Sage ich: ›*No, Sir!*‹

Sagt Jim: ›Willst du die Arbeit verweigern?‹

Sage ich: ›*No, Sir!*‹

Sagt Jim: ›Du wirst tun, was ich dir befehle!‹

Sage ich: ›Ich bin Matrose und kein Koch.‹

Sagt Jim: ›Ich werde dich in Eisen legen lassen.‹

Sage ich: (Folgt eine lange Reihe von Adjektiven, Substantiven, Pronomen, Superlativen und sonstigen Werturteilen, vor denen sich die Feder sträubt.)

Dann, nachdem das seelische Gleichgewicht wieder einigermaßen hergestellt ist, geht das Wechselspiel von Frage und Antwort munter weiter ›Sag ich, sagt Jim‹.

Über solchen und ähnlichen Geschichten waren wir – wie gesagt – allmählich in die Passatregion gekommen. Mächtig fuhr der Nordost in die Segel, und das Schiff jagte durch das blaue Meer mit der stetigen und unverdrossenen Schnelligkeit eines Dampfers.

Wer in seinem Leben noch nie durch den Passat gesegelt, der kennt das Meer nicht mit seinem Zauber. Tag für Tag ist es hier immer dasselbe Bild. Tiefblauer Himmel mit durchsichtigen Windwolken und tiefblaues Meer, auf dem die kräuselnden Wellen wie Silber glänzen. In den Nächten – den traumhaft schönen Tropennächten – der immer klare Sternhimmel und die phosphoreszierende See, die funkelnd und leuchtend, wie zahllose Diamanten, im schäumenden Kielwasser des Schiffes liegt. Dazu der immer gleiche Wind, der brausend durchs Tauwerk zieht und kühl und frisch sich in den Segeln fängt. Wer an Bord eines

Dampfers diese Meere durchmißt, der bekommt nur einen höchst unvollkommenen Begriff von den Schönheiten des Passats. Denn hier ist es immer wieder die Maschine, die die Illusion verdirbt; das Mechanische, das sich den Naturkräften entgegenstellt. Das Segelschiff dagegen ist ganz ein Spiel der Elemente. Hemmungslos gibt es sich hin an Wind und Wellen, als ob es ein Teil des Meeres selber wäre. So wie die Wellen kommen, so schwankt es in der Dünung; es legt sich über im Winde unter dem Druck der Segel. Jedes Tau ist gespannt unter der Last. Die Segel selbst scheinen etwas Lebendiges zu sein, wie mächtige Vögel, die mit den Möven um die Wette fliegen.

Je weiter man hineinkommt in die große Inselflur des Großen Pacific, desto lebendiger wird es ringsum. Kaptauben, Kormorane, langbeinige Fregattvögel flattern kreischend über dem Wasser. Ab und zu läßt sich ein ermüdeter kleiner Landvogel auf einer Rahnock nieder, oder ein mächtiger Albatros fühlt sich bemüßigt, von der Mastspitze Ausguck zu halten. In ganzen Scharen springen die fliegenden Fische vor dem Bug des Schiffes auf und huschen über das blaue Wasser wie kleine Vögel. Es ist alles so – und noch viel schöner –, wie man es in den Geschichten gelesen hat, und es ist einem, als ob im nächsten Augenblick Neptun selber aus dem Meere steigen müßte.

Wie bunt und vielgestaltig ist doch das Meer! Für den Dampferpassagier ist es freilich nichts als eine grenzenlose Wasserwüste, in der die Länder wie die Meilensteine stehen, je näher, je lieber. Anders aber sieht es von der Perspektive eines Segelschiffes aus. Da gibt es immer etwas zu sehen, und sei es nur eine vorüberziehende Wolke oder ein Schatten auf dem Wasser oder der Goldstaub eines Sonnenuntergangs, der über der Dünung liegt. Zu keiner Zeit fehlt es an Begleitern, hungrigen Mäulern, die die weißen Segel verfolgen wie etwas Verwandtes. In der Nähe des Landes sind es die schreienden Möven, und später, wenn das Meer blauer und tiefer wird, kommt der Hai.

Jeder Seemann ist ein erklärter Feind dieser Bestien. Das Angeln nach ihnen gehört zu seinem Lieblingssport in den Freiwachen. Und wehe dem Burschen, der ihm unter die Finger kommt! Er peinigt ihn mit allen Höllenqualen. Kaum ein anderes Tier hat eine so ungeheuere Lebenskraft wie der Hai. Man hat Exemplare gefunden, deren Rückgrat bereits gebrochen und von selbst wieder zusammengewachsen war. Wie dem auch sei: der Widerwille des Seemanns gegen diese Tiere ist nur allzu verständlich. Sie verpesten das Meer mit lauernden Gefahren, nicht anders wie die Schlangen im Urwalddickicht. Keinen unheimlicheren Anblick kann man sich denken als dieses schleichende Untier, wie es mit weißglänzendem Bauch und dem Gebiß voll scharfer Zähne, wie das böse Gewissen selber, in dem blauen Wasser neben dem Schiffe einherzieht, oder wenn in den warmen Tropennächten das weite, nachtschwarze Meer lebendig wird von grellen, helleuchtenden Phosphorstreifen. Jeder Streifen ein Hai, jedes Leuchten der Tod.

Der Hai ist indes keineswegs das einzige der hungrigen Mäuler der Tiefsee, die sich dem vorübergleitenden Segler als Begleiter anschließen. Da gibt es Delphine und Schweinsfische, die sich vor dem Bug des Schiffes tummeln. Am beliebtesten aber ist der Bonito, ein stattlicher, etwa anderthalb Meter langer Fisch, dessen überaus zartes Fleisch eine willkommene Abwechslung in den eintönigen Küchenzettel von Hartbrot und Salzfleisch bringt. Zu seinem Fang hat man sich eine sinnreiche Methode ausgedacht. Mit einer aus einer sehr starken Leine hergestellten Angel setzt man sich auf dem Klüverbaum fest und läßt den am Haken befestigten weißen Leinwandfetzen über dem Wasser auf und ab tanzen, um so die Illusion eines fliegenden Fisches hervorzurufen. Hat man das zappelnde Ungetüm auf der Back, so schlägt es das Verdeck mit wahrhaft teuflisch anmutenden Schlägen, die das ganze Schiff vom Kiel bis zur Mastspitze zum Erzittern bringen.

Langsam begann der Wind abzuflauen. Der Himmel fing an, sich mit einem Dunstschleier zu überziehen. Unmerklich waren wir in die Kalmenzone des Äquators gelangt, die der Seemann als „Mallpassat“ bezeichnet, offenbar ein Wort spanischer Herkunft, das mit der Silbe „mal“ die schlechten Windverhältnisse jener Meeresstriche, im Gegensatz zu den günstigen Passatregionen, bezeichnet.

Die englischen Seeleute nennen diese Gegend die *„dull drums“*; ein ungemein bezeichnendes Wort. Kommt man aus dem Passat, dem hellen, lustigen Passat mit seiner fröhlichen Brise und dem immer klaren, kristallblauen Himmel, so ist es, als ob man aus einem hellen Frühlingstage mitten in den Sommer hineinfahre. Drückende Hitze und glühende Sonne. Dampfend steigt das überhitzte Wasser in die dunstige Atmosphäre und prasselt wieder hernieder in wilden Schauern. Bald wölbt sich wie eine mächtige Glocke ein dunkelblauer Himmel, und das Wasser liegt regungslos darunter wie ein matter Spiegel aus geschmolzenem Blei. Bald wieder brauen wilde Böen am dumpfen, gewitterschwangeren Himmel. Schwarz wie die Nacht steigen sie über den Horizont und kommen blitzschnell herangefegt wie der leibhaftige Böse. Sie brüllen in den Segeln, sie schreien im Tauwerk und peitschen die Wellen zu schäumender Gischt. Unaufhörlich folgen sich die grellen Blitze im Krachen des Donners und werfen ein geisterhaftes Licht auf die weißen Schaumkämme der hohl rennenden See. Nach einer Viertelstunde ist alles vorbei und das Meer wieder so still, als könnte es durch alle Geister der Hölle nicht zum Aufruhr gebracht werden.

Dann kommt der Regen. Das Wort „tropischer Regen“ bekommt man oft zu hören, wenn es gelegentlich einmal ordentlich gießt bei uns zu Hause. Wer aber noch nie einen Äquatorialregen auf hoher See erlebt hat, der kann sich schlechterdings keinen Begriff machen von der Gewalt dieser Wolkenbrüche. Nicht in Tropfen, nicht in Strichen, nicht einmal wie mit Kübeln, sondern wie eine einzige Wasserwand kommt die Flut vom Himmel gestürzt, als ob sie Schiff und Wasser in einer neuen Sintflut ersaufen wolle. Das ist dann allemal eine Zeit der Ernte für den Segelschiffmatrosen. Das „frische Wasser“ begrüßt er mit Begeisterung, wie die Kinder Israels das Manna, das vom Himmel regnete. Überall stellt er Pützen und Balljen auf, damit so wenig wie möglich von dem Schatz verlorengehe, denn was Süßwasser bedeutet, das weiß am besten der Matrose, der damit sparen und haushalten muß an kurzen Rationen durch lange, lange Reisen.

Es kommen Tage, in denen der Wind alle drei Minuten aus einer anderen Richtung pfeift, und andere Tage und oftmals Wochen, wo nicht ein Hauch von Wind über das regungslose Wasser geht. Schlaff hängen die mächtigen Segel an den Rahen und schlagen mit donnerndem Getöse gegen die Masten, wenn das Schiff weit überholt in der langen Dünung. Brennend heiß liegt die Sonne auf dem Verdeck. Das Pech beginnt zu kochen zwischen den Planken, die selbst wie Feuer brennen und nur durch ständiges Aufgießen von Wasser einigermaßen gangbar sind für die bloßen Füße. Kein trüberes, kein niederdrückenderes Gefühl kann es geben als dieses! Man schaut über die Reling hinweg auf die unendliche Wasserfläche, die sich gleichmäßig hebt und senkt wie unter dem Atem eines Riesen. Dumpf und schwer liegt sie da im matten Scheine des dunstigen Himmels. Die heiße Luft zittert über dem Wasser. Vergeblich blickt man nach allen Richtungen, ob nicht irgendwoher eine Brise oder doch nur ein Luftzug kommen wolle. Zuweilen fährt ein Hauch in die Segel, oder es kräuselt sich irgendwo die See unter einem leisen Luftzug, den der Seemann eine Katzenpfote nennt. Aber ehe man noch richtig gehofft, ist schon wieder alles vorbei und Todesstille wie zuvor.

Das ist die Zeit, in der selbst die abgehärtesten Seeleute anfangen nervös zu werden, und die am allermeisten. Die Zeit, in der sie die Masten am Achterende kratzen und volle Rumflaschen ins Wasser werfen, um den Meergott zu versöhnen. Die Zeit, in der die Langeweile und das Mißvergnügen in allen Ecken lauern und die böse Händelsucht wie ein Gespenst über die Deckplanken schreitet. Nichts gibt es in der Tat, das niederdrückender wäre für einen ehrlichen Seemann, als schlaff von Rahe und Gaffel herunterhängende Segel. Man sieht die schwere Leinwand, die immer von neuem mit donnerndem Gepolter gegen die Masten schlägt, man spürt das Rollen des Schiffes von Reling zu Reling, ein Spiel der Dünung, wie ein totes, verlassenes, hilfloses Wrack im endlosen Meere. Da fängt man an zu maulen und zu räsonieren, wie es noch allezeit das Vorrecht der Seeleute gewesen ist und wie es so schön und bildhaft auch nur diese können.

Nur der Kapitän blieb immer derselbe. Von allen Kapitänen, die ich je gesehen habe, war dieser der merkwürdigste. Und ich bin doch schon unter allerlei Herren gefahren in meinem Leben. Grimmige Seelöwen und Seewölfe, die vor keinem Wetter die Segel strichen, hochmutstolle, arbeitswütige, die sonntags das Verdeck mit Sand und Steinen schrubben ließen, wieder andere, die jeden Morgen für sich selber Messe lasen und zwischendurch in jedem Hafen für dreißig Silberlinge den Schiffsproviant an die Händler verschacherten. Das alles waren Typen, die immer wieder auftauchen aus dem Wasser der Tiefsee, solange es Menschen und Schiffe gibt. Dieser aber war eine Klasse für sich. Gleich nach der Abfahrt von San Franzisko tauchte er unter in seine Höhle und kam erst auf der anderen Seite der Linie wieder zum Vorschein. Nicht einmal der an jedem Tage um die Mittagsstunde sich wiederholende feierlichste Akt an Bord eines englischen Seglers, die Ausgabe des *„lime-juice"*, vermochte ihn zu einer Änderung dieser Gepflogenheit zu verleiten.

Zitronensaft – englisch: *lime-juice* – ist das beste Vorbeugungsmittel gegen die große Geißel der Tiefsee, den Skorbut. Aus diesem Grunde muß laut gesetzlicher Bestimmung einem jeden Manne der Besatzung an Bord eines britischen Schiffes zu bestimmter Stunde am Tage ein Glas Zitronenwasser verabfolgt werden. Daher rührt der Name *„lime-juicer"* für britische Segelschiffe, der unter Seeleuten gang und gäbe ist. Das gänzlich ungezuckerte Zeug schmeckt abscheulich bitter. Wer immer kann, der drückt sich von der Kur, und die persönliche Anwesenheit des Kapitäns ist deshalb unbedingt vorgeschrieben. Aber selbst diese eindeutige Vorschrift vermochte den Herrn und Gebieter an Bord der „Samoëna" nicht von seiner Gewohnheit abzubringen. Unten in der Kajüte füllte er die Gläser und reichte sie dem Steuermann durch das Scheinlicht. Dieses ist für Jim, dieses für Jan, Jack, Charley usw.

Einmal, als wir noch im Nordostpassat waren, hatte der Kajütsjunge sich den Magen verdorben, und ich mußte inzwischen seine Stelle einnehmen. Das betrachtete ich als Eingriff in meine seemännischen Vorrechte. Zum Tellerwaschen, Messerputzen und Fußbodenschrubben war ich nicht an Bord gekommen. Am meisten aber ärgerte mich die Tasse, in der ich ihm jeden Morgen seinen Kaffee an die Koje bringen mußte. An der war ein wunderschöner Kranz von Vergißmeinnicht, und darin stand in zierlichen Buchstaben: „*Love!*“ Pfui Teufel!

Tief litt ich unter den mir zugedachten und zugemuteten Demütigungen. Ich wollte das Schiff abbrennen oder doch wenigstens die anstößige Kaffeetasse zerbrechen bei erster Gelegenheit. Indes: Zu etwas ist immer auch das Unglück gut. Schon während der ganzen Reise hatte ich mit einer gewissen Ehrfurcht nach dem geheimnisvollen Reich geblickt, das sich da achterkant des Großmastes ausbreitete.

Was er dort wohl treiben mochte während des ganzen Tages? Und wie es wohl aussehen mochte in dieser Höhle? Ich war deshalb nicht wenig erstaunt, wie sich alles ganz anders darstellte. Hier war alles blitzblank, sauber und jedes Ding an seinem Plätzchen. Vor dem Bullauge hing sogar ein Spitzenvorhang, und auf dem Tisch lag eine wunderschöne Kaffeedecke von gewürfeltem Muster. Der Kapitän lag lang ausgestreckt auf dem Sofa, genau so wie damals, als ich ihn zum ersten und letzten Male gesehen im Hinterzimmer beim Heuerbas in San Franzisko. Und auch diesmal war, genau genommen, nichts weiter von ihm zu sehen als die grünen Pantoffeln, die auf der Sofalehne ruhten. Mürrisch brachte ich ihm den Kaffee, mürrisch fegte ich das Zimmer und tat überhaupt das Menschenmögliche, um meine mangelnde Begabung für diesen neuen Beruf ins rechte Licht zu setzen. Der Kapitän aber schien trotz allem zufrieden zu sein mit seiner neuen „Perle“,denn als nach drei Tagen der rechtmäßige Kajütsjunge wieder auf der Bildfläche erschien, da sagte er ihm, er solle sich zum Teufel scheren und ich solle den Posten übernehmen für den Rest der Reise. Das traf mich wie ein Blitzschlag, denn so etwas glaubte ich nicht verdient zu haben nach meinen dreitägigen Bemühungen. Noch am selben Tage schüttete ich die heiße Asche seiner Pfeife auf die wunderschöne Tischdecke und wurde stehenden Fußes aus dem Paradiese verstoßen.

Wenn es einen Matrosen gibt, der den ganzen Abscheu des Seemanns herausfordert, so ist es der Jonas. Der alte, echte Jonas zwar, den der Walfisch verschmähte, hat sich längst zu seinen Vätern versammelt. Aber sein Geist erbt sich fort wie eine ewige Krankheit, solange es Schiffe und Matrosen gibt. Kommt irgendwo ein Jonas an Bord, so ist es aus mit dem Glück, und man marschiert von Verderben zu Verderben mit der Gewalt eines unabänderlichen Schicksals. Aberglauben? Gemach! Was wißt ihr von den Launen der Tiefsee?

Ich glaube fast, daß ich selbst so ein Jonas bin. Wo immer ich mir anmaßte, meinen Fuß auf die Deckplanken zu setzen, da begann auch schon ein Wetter zu brauen. Einmal war es auf einem Walfischfänger. Der blieb drei Jahre lang im Eise stecken. Ein andermal war es auf einem amerikanischen Schoner. Der wurde entmastet an der chilenischen Küste. Wieder ein andermal rannten wir mit einer schmucken deutschen Bark einen englischen Viermaster in den Grund. Und das mitten im Hafen von Falmouth. Und nun hier! Da lagen wir nun schon drei Wochen lang regungslos in der Kalmenzone an der Linie; ein willenloses Spiel der Dünung, nicht anders wie das erste beste Wrack. Immer heißer brannte die Sonne. Das Wasser lief glucksend an der Schiffsseite. Schwerfällig hob und senkte sich die glatte, ölige Fläche und warf das Schiff von Reling zu Reling. Man sah hinein in die dunstige, flimmernde, hitzesprühende Atmosphäre über dem dampfenden Wasser und wunderte sich, ob je wieder ein Windhauch kommen würde aus der brütenden Stille dieser Äquatorhölle. Die Matrosen maulten, der Steuermann ging mit hoher Fahrt auf dem Achterdeck auf und ab, und jeder war der Ansicht, daß so etwas noch nicht vorgekommen wäre seit Menschengedenken.

Es war ein Glück, daß wir uns in unserem Unglück noch mit anderen trösten konnten. Ein ganzer Kongreß von aufgehaltenen Seglern hatte sich zusammengefunden. Kein Tag verging, ohne daß irgendwo unter dem Horizonte ein Schiff aufgetaucht wäre mit schlaffen Segeln, ebenso hilflos wie wir selber.

Eines Tages kam ein Fahrzeug in Sicht, über das sämtliche Fachleute die sachverständigen Köpfe schüttelten. Es war ein breitgebautes Holzschiff, das an die Zeiten von Anno dazumal erinnerte. Auch die Takelage – eine Brigg mit sogenannten „skysails“ an den mächtig hohen Masten – nahm sich aus wie ein Kapitel aus den Seeromanen des ollen ehrlichen Kapitän Marryat. Dicht an unserer Seite trieb sie vorüber, so daß der Name deutlich zu lesen war am breit ausladenden Heck: „Pacific Queen – San Francisco“.

Es war ein sogenannter „Trader“, der die Südseeinseln abklapperte auf der Suche nach Kopra. Da sie dort zeitweilig ebensowenig zu tun hatten wie wir selber, benutzten sie die Gelegenheit, uns zu besuchen – zu „gammen“ sagt der Seemann. Drüben wurde ein Boot niedergelassen, und unter Führung eines sehr smart aussehenden Yankees kam eine Gesellschaft von braunen, hochgewachsenen Kanaken an Bord, von denen jeder einzelne ein Riese war. Sie grinsten über das ganze Gesicht und zeigten wunderschöne weiße Zähne. Es dauerte eine Weile, bis die Unterhaltung in Fluß kam mit den exotischen Gästen, die da wie Neptun selber aus dem Meere gestiegen kamen, aber dann ging es um so besser in einem glorreichen Pidginenglisch. Als Gastgeschenke brachten sie Bananen und Ananas und als besondere Zugabe ein halbes Schwein. Dieses wurde – wie sich denken läßt – mit Freuden begrüßt als Abwechslung im eintönigen Speisezettel von Salzfleisch, Stockfisch usw. Am zweiten Tage fand es ebenfalls noch Gnade vor den Augen der Feinschmecker. Am dritten fingen sie an zu murren. Als aber am vierten gar ein Huhn auf dem Tisch erschien, da kam es zur offenen Meuterei:

„Ist das auch ein Essen für Männer?“

Ein Wort gab das andere, und ehe man sich's versah, marschierten sie alle im Gänsemarsch achteraus, voran ein großer, rothaariger Bursche mit Namen Tommy, der von Anfang an das große Wort geführt im Mannschaftslogis. Und ich ging auch mit den Demonstranten, denn mit den Wölfen muß man heulen. Oben auf dem Achterdeck empfing uns der Erste Steuermann.

„Was wollt ihr?“ fragte er verwundert.

„Wollen den Kapitän sprechen!“

„*Allright.*“

Herauf kam der Kapitän mit einem großen bunten Halstuch und den unvermeidlichen grünen Pantoffeln. Erwartungsvoll schaute er sich um.

„*Well?*“

„Sehen Sie sich das an, Sir!“ sagte Tommy mit vor Zorn bebender Stimme, während er ihm die volle Suppenschüssel unter die Nase hielt.

„Denke mir, daß das ein Huhn ist“, antwortete der Kapitän mit seiner dünnen, pfeifenden Stimme.

„Haben wir für Huhn gemustert, Sir?“

„Das nicht gerade."

„Oder für Schwein?"

„Auch das nicht."

„Oder für Kokosnüsse, oder für Bananen und sonstiges Kanarienvogelfutter?"

Das war nun eine äußerst kühne Sprache, die sonst nicht üblich ist an Bord der Schiffe in Gegenwart des Kapitäns. Dieser aber ließ sich nicht aus der Fassung bringen. Offenbar kannte er seine Pappenheimer.

„Und was soll das wohl alles?" fragte er zögernd.

Einen Augenblick herrschte erwartungsvolles Schweigen. Dann fuhr Tommy in seiner Rede fort:

„Was das soll? Das wird wohl was sollen. Sonst wären wir nicht hierher gekommen. Protest der Mannschaft – beg your pardon, sir! 's ist ein Monat von Sonntagen, seit wir unsere Rationen nicht mehr bekommen haben. Seit einer Woche haben wir kein Salzfleisch und keinen Stockfisch mehr gesehen, Sir, obwohl es doch groß geschrieben steht auf der Speiserolle, die im Mannschaftslogis hängt. Darum haben wir uns die Freiheit genommen, Ihnen im Namen von allen Mann an Bord diese Klage zu unterbreiten und Ihnen zu sagen: Behaltet Eure Hühner und gebt uns, für was wir gemustert haben!"

Nach dieser oratorischen Anstrengung machte er eine komische kratzfüßige Verbeugung, und ohne ein weiteres Wort marschierten alle wieder hinunter aufs Großdeck. Überflüssig zu sagen, daß es fortan keine Hühner mehr gab im Mannschaftslogis der „Samoëna".

Die Luft war – wie gesagt – geladen mit Zündstoff, und sicher wären auf diesen ersten bald noch weitere Ausbrüche der kochenden Volksseele gefolgt, wäre nicht endlich, endlich doch eine kleine, gottgesandte Brise aufgesprungen, die uns sachte hinübertrug in die Region des Südostpassats. Wieder ging es wochenlang südwärts vor einer fröhlichen Brise. An der Steuerbordseite begann die hohe, waldige Norfolkinsel aufzusteigen, und alle fingen an zu wetten, ob wir nun Montag, Dienstag oder Mittwoch die australische Küste in Sicht bekommen würden. Nur Smutje, der Koch – einer von der deutschen Wasserkante – beteiligte sich nicht an dem müßigen Spiele.

„Von wegen australischer Küste!" lachte er wegwerfend. „Könnt froh sein, wenn ihr überhaupt noch hinkommt. Denn dieses ist ein bannig böses Wasser."

Das „bannig böse Wasser“ aber schien sich besser zu machen, als Smutjes Unkenrufe voraussehen ließen. Lustig ging es weiter vor einer frischen Brise. Schon saßen verflogene Landvögel auf den Toppen. Fern im Westen stand der Widerschein des mächtigen Blinkfeuers von Sydney unter dem Horizonte. Da starb der Wind ganz plötzlich aus. Die See war mit einemmal wieder so glatt und glasig wie nur irgendwo unter der Linie, und die Dünung rann unheimlich hoch. Überall wetterleuchtete es in der schwülen Nacht, grelle Blitze tanzten am gewitterbrütenden Himmel. Als dann die Nacht vollends hereinbrach, zeigte sich ein Anblick, den ich nimmer vergessen werde, und wenn ich so alt werde wie Methusalem selber. Auf jeder Mastspitze, auf jeder Rahnock tanzten bläulich-weiße Flammen wie das Licht über der Spiritusflamme. Wo immer ein fester Punkt hinausragte, ein Block, eine Talje, eine Rahnock, da standen die bleichen Irrlichter bis hinauf zur obersten Mastspitze, wie die Kerzen eines mächtigen Weihnachtsbaumes. Sankt-Elms-Feuer nennt man diesen auf eine elektrische Überladung der Luft zurückzuführenden Vorgang. Keine spukhaftere Erscheinung kann man sich vorstellen als diese. Nur ungern sieht sie der Seemann, denn sicherer noch als jedes Barometer deuten sie auf das Herannahen eines Sturmes.

Und er kam. Bald war er über uns mit Schreien und Toben. Herausfordernd pfiff der Wind in der Takelage. Die eben noch so ruhige See war plötzlich lebendig im Aufruhr der Elemente. Wie wilde Tiere kamen die Wellen aus dem Dunkel herausgesprungen mit grell weißen, phosphoreszierenden Schaumkämmen, die im Wüten des Sturmes zu Pulver zerstoben. Wie mächtige graue Wände türmten sie sich vor der Reling auf, als ob sie im nächsten Augenblick das schwache Gebilde des Menschen zu Atomen zerschmettern wollten.

Das ist die Zeit, in der der Seemann zeigen muß, was in ihm ist! Das ganze Verdeck ist dann lebendig in kochendem Schaum und zischender Gischt. Immer von neuem kommen polternde Sturzseen, die das Schiff in allen Fugen erzittern machen. Alles glüht und funkelt in dunkler Nacht im leuchtenden, glimmenden Phosphorlicht. Was nicht ganz niet- und nagelfest ist an Deck, wird zusammengeschlagen wie ein Kartenhaus. Durch alle Luken dringt die Flut mit unwiderstehlicher Kraft. Jedes Bullauge wird eingeschlagen. Von oben bis unten stürzt das Wasser in das Deckhaus. Schwere Seekisten rutschen polternd von einem Ende des Logis zum anderen. Das nasse Ölzeug und die Seestiefel an der Wand schwingen melancholisch hin und her und klatschen gegen die Wand bei jedem Überholen des Schiffes. Und immer tagaus, tagein das gleiche Schreien und Heulen des Windes in der Takelage, das Donnern und Poltern der Sturzwellen, das hohle Brausen der rennenden See.

Mehr unter als über dem Wasser liegt das Verdeck. Zur Ermöglichung des Verkehrs sind Strecktaue von einem Ende zum anderen gespannt, an denen man sich vorwärtstasten muß durch den Aufruhr der Elemente, wenn man nicht gewärtig sein will, im nächsten Augenblick ins Meer hinausgefegt zu werden von einer überkommenden Sturzsee. Nicht einen trockenen Faden hat man am Leibe, nicht einen warmen Bissen bekommt man zu essen in langen Wochen, weil die alles durchdringende Flut auch in Smutjes Reich über den Kochherd gelaufen ist. Frierend hockt die Wache auf dem Achterdeck, im Lee des Kartenhauses und schaut auf das Kommen und Gehen der wilden Böen, die, eine immer schwärzer als die andere, über den Horizont heraufsteigen, und kuscht sich in Erwartung des Befehls, der im Toben des Sturmes über das Großdeck hallt:

„Klar beim Bramfall!“

Gerade aus Westen kam das Wetter und trieb uns bald aus dem Bereich des großen Blinkfeuers, das schon so verheißungsvoll herübergewinkt hatte. Ein Tag verging um den anderen, und immer weiter wurden wir hinausgetrieben in die hohe See. Hart beigedreht lag das Schiff, direkt in den Zähnen des Windes. In jeder Woche mindestens einmal mußten wir über Stag gehen. Ächzend flogen die Rahen herum, während der Wind mit Ungestüm von vorne in die Segel fuhr und das mächtige „Ra!“ des Kapitäns auf der Kommandobrücke das Schreien des Sturmes übertönte.

Er war es wirklich! Was das schönste und mildeste Passatwetter nicht vermochte, das hatte der erste Hauch des heranwehenden Unwetters fertiggebracht. Bedächtig war er aus seiner Höhle heraufgestiegen, aber nicht mehr in den grünen Pantoffeln und dem scheckigen Halstuche, sondern ganz seemännisch aufgetakelt, in Ölzeug und Südwester. Und wich nicht mehr von seinem Posten in langen Tagen und Nächten und schritt auf und ab auf der Wetterseite des Achterdecks und war auf einmal ganz Kapitän, und die Steuerleute, die sich kurz zuvor noch so gebläht hatten auf dem Achterdeck, wurden ganz klein und häßlich.

Nach etwa einer Woche schlug der Wind plötzlich nach Osten um. Der Kapitän ließ die Bramsegel heißen und das Großsegel beisetzen. Da murrten die

Steuerleute und sagten, man solle ihn in Eisen legen. Reiner Selbstmord sei solches Segeln. Inzwischen taten sie doch, was ihnen geheißen, denn das kleine Männchen dort oben hatte einen bösen Blick in seinen Augen, aus dem man unschwer erkennen konnte, daß die Ära der Pantoffeln vorüber war. Wie ein wildes Tier sprang der Sturm in die Segel. Jedes Tau in der Takelage straffte sich zum Zerspringen, als ob es das ganze Gebilde aus den Fugen reißen wollte. Weit überliegend, mit der Leereling hart auf der schäumenden Gischt, jagte das Schiff durch das Wasser. Fast schien es, als ob die Nock der Großrahe die See berühren wollte. Alle Schiffsplanken ächzten und stöhnten unter dem mächtigen Druck. Wie ein Sturmvogel rannte das Schiff vor dem Orkane, und hinterher türmten sich mächtige Wellenberge wie verfolgende Ungeheuer. Das Großdeck war nur noch ein einziger Hexenkessel von zischendem Schaum und fliegendem Wasserstaub. Der erste Steuermann fluchte vor sich hin, aber der Kapitän stand unbeweglich neben dem Mann am Ruder und schaute starr in das helle Kompaßgehäuse. Mir selbst wurde unheimlich zumute bei dem Anblick, und ich wunderte mich, was wohl werden sollte, wenn der Spuk noch länger andauere. Bisher waren wir „Schip ohn' Kaptein“ gewesen; wenn es nicht bald anders komme, könnte er zur Abwechslung einmal „Kaptein ohn' Schip“ sein.

„Lenzen“ nennt der Seemann das Davonrennen eines Segelschiffes vor dem Sturme. Es ist die gefährlichste Art, einen Sturm „auszureiten“. Hat man sich erst einmal darauf eingelassen, so kann man bei orkanartigem Winde das Schiff nicht mehr beidrehen, sondern nur noch auf Gedeih und Verderb vor dem Wetter herjagen. Bei der schnell rennenden See kommt es darauf an, daß man schneller als diese segelt, da man sonst von den ungeheuren Wellen gepackt und zerschmettert wird. Aus diesem Grunde muß man möglichst viele Segel stehen lassen, selbst auf die Gefahr hin, daß sie vom Sturme zerrissen werden. Eine weitere Gefahr ist das unheimliche Schlingern des Fahrzeuges. Liegt das Schiff am Winde, so verleiht ihm der auf den Segeln liegende Druck ein gewisses Gleichgewicht, jagt es dagegen vor dem Sturme, so schlingert es hemmungslos nach allen Launen der See, als ob es die Masten selbst aus seinem Rumpfe rollen wollte.

Tagelang eilte die „Samoëna“ vor dem Oststurm. Eines nach dem anderen zerplatzten die Segel mit donnerndem Knall. Funkensprühend schlugen die schweren Schotblöcke gegen die Masten. Die zerrissenen Fetzen blähten sich wie schwarze Nachtvögel und stoben davon in das wütende Wetter. Beängstigend rollte das Schiff von Seite zu Seite, als ob es im nächsten Augenblick in die

Wellen tauchen und kopfüber in der Tiefe verschwinden wolle. Bald stand der Widerschein des Blinkfeuers von neuem hell am Himmel. Der Sturm ging über in eine frische Brise. Zwitschernde Landvögel hockten auf den Rahnocken. Seit langem schien wieder einmal die Sonne. Das Wasser glitzerte, und die Möven kreischten. Von der blauen Küste kam ein qualmender Schlepper. Bei völliger Windstille liefen wir durch die enge Einfahrt in den Hafen von Newcastle ein. Da waren wir in Australien.

Zwölftes Kapitel

Heimwärts im Heizraum

Ein verlockendes Angebot. – Ich versuche mein Glück als Schiffsheizer. – Besuch in der Unterwelt. – Die Welt unter Palmen. – Die Welt der Schiffsheizer. – Orientalische Handelsgeschäfte. – Allerlei Geldstücke. – Pidginenglisch. – Nächtliches Abenteuer. – Der verkannte Chinese. – Die Menschenjagd. – Im Indischen Ozean. – Das Rote Meer. – Die Hölle im Heizraum. – Tropenkoller. – Mann über Bord. – Die Nacht im Suezkanal. – Ankunft in Marseille. – Besuch von Bruder Straubing. – Wir füttern unsere Gäste und sie erweisen sich erkenntlich. – Das vergessene Weinfaß. – Ich werde in Ungnade entlassen. – Ein zweifelhaftes Geschehnis. – Die Landsmännin als Verführerin. – An der deutschen Grenze. – Konflikt mit der Obrigkeit. – Pa-pie-re? – Endlich zu Hause!

Von Australien nach Europa kann ein Postdampfer bequem in einem Monat fahren. Die „Altona“ hatte es weniger eilig. In gemächlichem Tempo pflügte sie durch das blaue Tropenmeer auf allen Ab- und Beiwegen Indiens, zwischen flachen Inseln, auf denen die Kokospalmen im Monsun rauschten und weiße Bungalows aus hellgrünen, breitblätterigen Bananenhainen leuchteten. Von einem weltverlassenen Hafen ging es zum anderen in beschaulicher Weise. „Komm ich heute nicht, komm ich morgen.“ Überall ankerten wir an der Leeseite der Korallenriffe, an denen die dunkelblaue See sich donnernd brach in weißleuchtenden Kämmen, inmitten stiller Lagunen, wo ein moderiger, salziger Geruch über dem erhitzten Wasser lag und ringsum auf dem niedrigen, kaum über die Meeresfläche hinausragenden Strande die hohen, windzerzausten Kokospalmen standen, als ob sie aus dem Meere selbst herausgewachsen wären.

Es kamen Leichter vom Lande mit schweren Koprasäcken und nackten, kupferbraunen Kulis. Es kamen Europäer an Bord mit weißen Anzügen und zitronengelben Gesichtern, Chinesen, die Pidginenglisch schnatterten, dunkle, beturbante Malaien, die wie Seeräuber aussahen, und sonst noch allerlei Volk, für das die Schulweisheit nicht ausreicht. Wir kamen vorbei an üppigen orientalischen Hafenplätzen mit vielen kleinen Treppen und engen, seltsam verschnörkelten Straßen, mit Moscheen, Minaretten und mauschelnden Basaren wie in Tausendundeiner Nacht. Ja, das war die weite Südsee, wie ich sie mir nur immer vorgestellt hatte in meinen wildesten Träumen, oder der bunte Orient, der auf lautlosen Pantoffeln schlürfte!

Soll ich von jenen drei Monaten erzählen? Es waren vielleicht nicht die schlimmsten, sicherlich aber die beschwerlichsten meines ganzen Lebens. Noch heute, wenn ich daran zurückdenke, so steigt es vor mir auf wie Ruß und Rauch und weißglühende Hitze vor rasenden Feuern. Zu guter Letzt hatte ich mich nämlich verleiten lassen, mich noch einmal in einem neuen Berufe zu betätigen, nachdem ich meine Kunst schon in so manchem versucht hatte auf der langen Reise um die Erde. Aus irgendeinem Grunde – oder aus gar keinem Grunde, wie das in solchen Fällen meistens ist – war auf der „Altona", die in Newcastle dicht neben der „Samoëna" lag, das Desertierungsfieber umgegangen. Alle Mann des Heizer- und Maschinenpersonals waren Knall und Fall davongelaufen nach den Goldminen, zu den Känguruhs, oder was immer sonst als australisches Wunder in ihren armen Köpfen gespukt haben mochte. Nun war an deren Stelle eine recht gemischte Gesellschaft an Bord gekommen: Strandläufer, Gelegenheitsarbeiter und ähnliche Tagediebe von der Sorte, die man in Australien „Sydney Larricans" nennt. Der erste Maschinist betrachtete sich kopfschüttelnd die Gesellschaft und meinte, daß der beste unter ihnen den Strick nicht wert sei, mit dem man ihn aufhänge. Und ob ich nicht auch einmal mein Glück als Heizer versuchen wolle? Es sei ein Geschäft wie alle anderen, wenn man sich erst einmal daran gewöhnt habe, und weniger wie die andern könnte ich doch auch nicht leisten in dem Handwerk.

Das war nun ein Vorschlag, den ich mit einem lustigen und einem traurigen Ohre anhörte. Ich war ja lange genug Matrose gewesen, um auf die Männer von der schwarzen Zunft herunterzusehen mit der ganzen Geringschätzung einer teergeschwärzten Tiefwasserseele. Das Hinuntersteigen in den Heizraum empfand ich als die tiefste aller Degradationen. Aber für sechs Pfund und zehn Schilling – so sagte ich mir – kannst du deinen Charakter schon ein wenig in die

Tasche stecken und deine Hände schmutzig machen. Ich war also mit dem Vorschlag einverstanden und ließ mich, trotz aller Bedenken, auf der „Altona“ anheuern.

Der sehr wohlbeleibte und sehr kahlköpfige Maschinist – ich habe noch nie einen ersten Schiffsmaschinisten gesehen, der anders ausgesehen hätte – führte mich selbst über die engen Treppen hinunter in den Maschinensaal. An Bord eines Schiffes hatte ich mich reichlich auskennen gelernt in den letzten Jahren. Überall war ich zu Hause, von der Royalrahe bis hinunter zum Kielboden. Dieses aber war das erstemal, daß ich hinuntersteigen mußte in die Eingeweide eines großen Dampfers. So düster war es dort unten, daß das vom Tageslicht geblendete Auge nur undeutliche Umrisse erkennen konnte. Je weiter man hinunterstieg auf den eisernen Stufen der steilen, halsbrecherischen Treppen, desto dunkler wurde es ringsum. Nur da und dort schimmerten undeutlich und unsicher verschleierte Lichter wie gelbe Punkte in der Finsternis. Ein dicker, widerlicher Ölgeruch lag schwer in der Atmosphäre. Es herrschte eine unerträgliche Hitze. Von überall her kam ein dumpfes Brummen und Summen, ein rhythmisches Stoßen und Klinken von Eisen, als ob in dieser Unterwelt der Zyklopen nicht mehr die Menschen, sondern die Dinge lebendig wären.

Langsam, während das Auge sich an die Dunkelheit gewöhnte, wuchs die Welt immer mehr aus der Finsternis. Eine nach der anderen traten die Gestalten aus dem Schatten heraus und formten sich vor den Augen wie die Gespenster. Überall leuchtete Eisen und Kupfer. Überall hingen die Thermometer, die Manometer, die Wasserstandsgläser und all die anderen Dinge, die weiß Gott was für Zwecken dienten und denen man beileibe nicht zu nahe kommen durfte. Da lagen die Zangen und Hämmer auf den eisernen Arbeitstischen; metallisch glänzende Ölflecken auf dem eisernen Fußboden. Überall Eisen und wiederum Eisen und mächtige Maschinen, die feindselig in die Finsternis schauten in ihrer funkelnden Reinlichkeit. Am Ende des Maschinenraums kam man durch eine kleine Tür in den Heizraum. Das war, wie wenn man aus dem Fegfeuer in die Hölle käme.

Eine dicke, undurchsichtige Finsternis, in der die roten Feuerscheine wie mächtige Blitze sich ständig kreuzten in phantastischem Wechsel. In jedem Feuerblitz tauchten halbnackte, von dem Irrlicht zu Riesen verzerrte Menschengestalten auf mit grinsenden Fratzen. Ein Riesenkerl, der bisher regungslos in einer Ecke gestanden, erhob plötzlich seine Stimme zu donnerndem Getöse, das selbst den Lärm der rasenden Feuer übertönte:

„Achtung! Schleuse!“ Mit einem Ruck flogen alle Türen auf wie so viele Pforten zu dem Rachen der Hölle. Und so viele Teufel stürzten sich über das Unwetter und rüttelten mit langen Stangen an den weißglühenden Eingeweiden und entfachten die Feuer zu immer rasenderer Glut. Und schlugen mit einem Krach alle Türen wieder auf einmal zu. Und augenblicklich war wieder dieselbe ägyptische Finsternis mit den zuckenden Blitzen und den schaurigen Grimassen. Das Feuer raste wilder wie je, und die Maschinen zitterten heftiger noch als zuvor in gieriger Gefräßigkeit. Ihr, die ihr noch je und je eure Kabinenplätze bei Cooks Reisebüro bestellt, die ihr flaniert und charmiert auf dem weißgescheuerten Promenadendeck, die ihr euer ›*ice cream*‹ nascht bei schmelzender Musik im Wintergarten und abends unter dem Sonnensegel den Teetango abhaltet, was wißt ihr wohl von dem Hexensabbat, der dort unter der Wasserlinie die Menschen peinigt mit allen Höllenqualen, die Dante vergessen!

Wie dem auch sei: So sah die Hölle aus an diesem ersten Tage und so war sie an noch vielen anderen, die nachher kamen. Wir fuhren nordwärts in immer wärmere Meere, wo die fliegenden Fische wie zwitschernde Vögel über das dunkelblaue Wasser huschten und überall die unheimlichen, viereckigen Flossen der Haie aus der Tiefe auftauchten; wir kamen nach kleinen, weltverlassenen Hafenplätzen an der queensländischen Küste, wo die Sonne erbarmungslos brannte und alles ringsum in eine liederlich-leichtsinnige Umwelt von Whisky und Wellblech getaucht war. Durch die heiße Torresstraße fuhren wir weiter nach Westen, mitten hinein in die nahrhafte Welt der Sundainseln, von Celebes nach Java, von Java nach Sumatra. Hin und her ging es zwischen palmenbestandenen Inseln mit Namen, die nach allen Speisen Indiens rochen.

Aber was ist das alles für den Mann im Heizraum? Er sieht nur selten den saphirblauen Himmel, nicht die phosphoreszierenden Wellen in den lauen Nächten, nicht die üppigen Inseln und die tobende Brandung, die silberhell aufspringt aus dem tiefen Blau der Tropenmeere. Je schöner und wärmer die Länder sind, desto heißer ist es drunten im Heizraum. Wir kamen nach blühenden Häfen mit hohen Palmen am Horizonte, mit violetten Hügeln und Hütten in Bambushainen, aber für den Heizer ist das alles schwarz wie die Kohle; ist alles nur Glut und Staub und bleierne Müdigkeit, und das wenige, was übrig bleibt in dieser Tretmühle für die Freuden des Lebens, das buchstabiert sich Whisky.

Manche trinkfeste Menschen hatte ich angetroffen in den letzten wilden Jahren, aber noch keine, denen der Alkohol so durch die Kehle floß, wie diesen! Kaum hatten wir irgendwo angelegt, so rannten sie, nackt und rußig wie sie waren, über die heißen Kais hinweg nach der ersten besten malaiischen Schenke, wo sie ein wirklich gutes Destillat, ähnlich dem Jamaikarum, verzapften. Singend und johlend kamen sie wieder an Bord, und es herrschte blaue Montagsstimmung bis zum nächsten Hafen. Das ganze Leben dieser armen Teufel war eigentlich nur von und für den Alkohol. Von was denn sonst sollten sie sich aufrechterhalten auf die Dauer? Von innen und außen muß man einheizen, wenn man bestehen will in solcher Hölle. Gleich am ersten Tage im Heizraum kam einer auf mich zu mit einer Flasche von konzentriertem Spiritus.

„Have a drink, Jack!“

Wohl oder übel mußte ich schon einen Schluck wagen. Das Zeug brannte wie Schwefelsäure und roch wie Haarpomade. Unwillkürlich spuckte ich es wieder aus, sehr zum Mißvergnügen meines neuen Freundes. Mit einem Blick starrte er mich zu Boden. Dann ging er fort, ohne mich noch eines weiteren Blickes zu würdigen, weder an jenem noch an irgendeinem folgenden Tage.

In Holländisch-Indien ist es in vieler Hinsicht nicht anders wie in Amerika. Die verschiedenen Städte und Hafenplätze sind alle einander gleich; von einer beleidigenden Gleichförmigkeit und Farblosigkeit, trotz des klaren Himmels, des dunkelblauen Meeres und des üppigen Pflanzenwuchses, der allenthalben förmlich überquillt aus dem reichen Boden. Wer eine gesehen hat, der kennt sie alle. Wenigstens ist das bei den Europäervierteln der Fall. Eine Atmosphäre der Ungeselligkeit liegt über ihnen allen. Weit zerstreut und wohl versteckt hinter dicken Büschen und fleischigen Blattpflanzen, als fürchteten sie sich voreinander, stehen die luftigen Bungalows. Es gibt natürlich große und kleine Bungalows, je nachdem einer Gouverneur oder Ratsschreiber ist. Aber abgesehen von dem Größenunterschied sind sie alle von einem Schema. Immer ist es dasselbe Dach aus Pech, Asbest oder sonstiger Masse, über dem die Hitze flimmert, dieselben Fenster mit den Moskitonetzen. Auf den Veranden stets dieselben Hängematten und Liegestühle, und es sind stets dieselben Menschen, die darin liegen. Es muß wohl irgendwo in Holland oder in England eine Fabrik existieren, wo solche Behausungen am laufenden Band hergestellt werden, die man fix und fertig herüberschickt und hier aufmontiert unter Palmen. So nüchtern, praktisch, tot und wesenlos sehen sie aus. So wenig passen sie in die Gegend.

Eine Atmosphäre der Langeweile und der bleiernen Müdigkeit liegt auch über den breiten, schnurgeraden, wunderbar schön gehaltenen, von hohen Palmen beschatteten Straßen, auf denen auf lautlosen Gummirädern die Rikschas fahren mit ihren Insassen, die alle gleich gekleidet sind in tadellosem Weiß, so daß man die Menschen nicht voneinander unterscheiden kann, so wenig wie ihre Häuser. Nur an der Größe des Fahrzeugs und an der mehr oder minder selbstbewußten Miene des kupferbraunen Rikschaführers kann man zur Not noch seine Schlüsse ziehen: dieser wohnt in einem großen, jener in einem kleinen Bungalow.

Anders sieht es schon aus in der Eingeborenenstadt, die abseits davon sich wie ein mächtiges Ghetto ausbreitet. Holländisches Regiment ist immer ein mildes. Leben und leben lassen ist die Parole, solange nur Mynheer dabei auf seine Kosten kommt. Im großen und ganzen läßt er dem Leben seinen eigenen Weg. In den engen Gassen, zwischen den Tempeln und Moscheen, den finsteren Basaren und den übelriechenden Speisehäusern wickelt sich das Dasein orientalisch-beschaulich ab, und nur die seltsam anheimelnden Namen auf den Schildern an den Straßenecken erinnern an die Fremdherrschaft: „Kolenweg", „Bloemenstraat", „Handelskai". Zuweilen steht auch ein Denkmal für Ons Wilhelmin je mitten zwischen hohen Palmen und Hütten aus Bast und Palmblättern. Schier unbegreiflich hoch ist der Wert des Geldes in dieser Umwelt. Wer einen Gulden sein eigen nennt, der geht wie ein König unter den anderen.

Aber wer besäße denn einen Gulden! Die gangbare Münze ist das Kupfer. Von diesen gibt es ein ganzes Museum. Runde, dreieckige, viereckige, halbmond- und schlüsselförmige, verbogene und zerhämmerte, mit dickem Grünspan überzogene uralte portugiesische von Macao, die wohl noch aus den Zeiten des Camöes stammen. Andere aus Siam und Singapore, aus Arabien und Sansibar in den phantastischsten Gestalten, aber alle mit einem Loch in der Mitte, damit man den ganzen Reichtum hübsch sauber und ordentlich an einer Schnur um den Hals tragen kann. Du schlenderst vorbei an den Basaren mit einer Last von Kupfermünzen, die dir die Taschen eindrücken und kommst dir reich vor wie ein Krösus. Vor einem Basar bleibst du stehen und betrachtest einen der vielen dort feilgebotenen wunderschönen Kakadus.

Was der wohl koste?

Darauf furchtbare Grimassen und Gestikulationen mit allen zehn Fingern.

Du legst eine Kupfermünze auf den Tisch.

Allgemeines Wutgeheul aller Anwesenden.

Du greifst in die Tasche und ziehst noch ein halbes Dutzend anderer Münzen hervor.

Erneuter Massenprotest.

„Muchee more, mistah!“

Du greifst immer tiefer in die Tasche, und der Haufen Kupfermünzen wird immer höher. Scheiben, Schlüssel, Halbmonde türmen sich bereits zu einem ansehnlichen Haufen, aber immer ist er noch nicht zufrieden.

„Muchee, muchee more, mistah!“

Zufällig kommt ein kleines Zehncentstück aus der Tasche. Da funkeln die Augen. *„Allright, mistah!“*

Hastig greift er nach dem Geldstück und schiebt zu deinem Haufen von Münzen, Halbmonden, Schlüsseln usw. noch einen weiteren, den du als Kleingeld herausbekommst auf die zehn Cents. So hast du deinen Kakadu am Ende doch noch billig eingekauft. Aber kenne sich der Kuckuck aus in den Rechenmethoden dieses Landes! Ebenso eigenartig wie diese Handelsmünzen ist die Sprache, in der sich diese Geschäfte im Verkehr zwischen Europäern und Eingeborenen abwickeln. Es ist das über den ganzen äußersten Orient und bis zu den anderen Ufern des großen Pacific verbreitete Pidginenglisch. Alles ist auf kurze Formeln gebracht, wie Kinder es zu tun pflegen, wenn sie ihre ersten Sprechstudien machen.

Für diejenigen, die der englischen Sprache mächtig sind, gebe ich eine Probe aus dieser ›Lingua franca‹:

„Catchee chow chow topside four piece man chopchop“, d. h. in Schriftenglisch: *„prepare dinner upstairs for four gentlemen, immediately“*.

Überall entlang der Küste der Sundainseln machte das Land dank der Jahrhunderte langen holländischen Kolonisationsarbeit den Eindruck einer alten Kultur und gesicherter Verhältnisse. Dies änderte sich jedoch im Quadrate der Entfernungen nach dem Innern. Zumal im Innern der großen Insel Sumatra war die Macht noch vielfach in den Händen einheimischer Sultane. Damals verging kein Jahr, das nicht mit blutigen Kämpfen ausgefüllt gewesen wäre, und es bedurfte einer großen Armee, um alle unruhigen Elemente in Schach zu halten. Der Holländer selbst fand an dem Dienst in seiner Kolonialtruppe keinen besonderen Gefallen. Er überließ den Dienst dem, der in solchen Fällen nie versagte: dem deutschen Michel.

In Strömen hat Busch und Urwald hier das deutsche Blut getrunken; nicht anders wie in Algerien, Marokko, Madagaskar, in Mexiko, in Nordamerika. Immerhin darf man die holländisch-ostindische Schutztruppe nicht in einem Atemzug nennen mit der französischen Fremdenlegion. Der Soldat wird hier menschlicher behandelt, und statt des traditionellen „Sou" bekommt er einen annehmbaren Sold, der es ihm ermöglicht, sich an jedem Zahltag einen glorreichen Rausch zu leisten. Abgesehen davon bekommt er – falls er es erlebt – nach Ablauf der zwölfjährigen Dienstzeit eine ansehnliche Pension und gegebenenfalls auch eine gute Zivilanstellung. Inzwischen sorgen Moskitos und Mikroben, und nicht zuletzt der starke Zuckerrohrschnaps dafür, daß der Staat nicht allzuviel verliert an diesen Vergünstigungen. Wie es aber trotz allem um die Zufriedenheit der Leute mit ihrem Schicksal stand, das sollte ich bald selbst an einem kleinen Erlebnis erkennen.

Das war im Hafen von Padang auf Sumatra, in einer jener schwülen, gewitterschwangeren Tropennächte, die schwer und regungslos über Land und Wasser liegen. Schwärzer noch als die Nacht standen die Wolken am Himmel. Überall zuckten grelle Blitze, und immer von Zeit zu Zeit rauschte der Regen herunter mit prasselndem Ungestüm, wie es nur die Tropen kennen. Es war etwa um Mitternacht, als alles im tiefsten Schlafe lag und nur ich allein als Wachmann auf dem Verdeck zurückbleiben mußte. Trübsinnig stand ich unter der Brücke vor dem Achterdeck und schaute hinaus in die phantastische Tropenlandschaft, die alle Augenblicke scharf und hell aus dem Dunkel aufsprang im grellen Scheine der Blitze und auf die dampfende Feuchtigkeit, die wie ein Nebel durch das Tauwerk zog. Ich sagte mir, daß man bei solchem Wetter wohl keinen Hund vor die Tür schicken möchte, als plötzlich, wie aus dem Boden gewachsen, ein Chinese vor mir stand. In Ausübung meines Amtes als Nachtwächter betrachtete ich mir diese Erscheinung etwas genauer. Dieser Sohn des Himmels schien mir nicht ganz echt zu sein! Der Zopf saß ihm auffallend schief, und die zitronengelbe Gesichtsfarbe war auch nicht waschecht, denn der Regen hatte breite Streifen abgewaschen. Zu allem Überfluß redete der exotische Herr mich noch im schönsten Schweizerdeutsch an. „Landsmann . . ."

Verdutzt schaute ich ihn an. Da riß er Zopf und Hut herunter und fuhr mit beiden Händen in die langen, wilden Haare. „Landsmann, du *müescht* mir helfe! Wenn du a Mueter hascht un a Heimat, so müescht du mir helfe!"

„Das möchte ich wohl gerne“, antwortete ich, „wenn ich erst wüßte mit was?“

„Mit was? – Ha! ha!“ – er lachte laut und verworren vor sich hin.

„'s Mul halta sollscht für zehn Rappa und d'Auga zu mache für fünf Minütle!“

Das sagte er mit so flehender, vor Erregung erhebender Stimme und starrte mich an mit so großen Augen voll irrsinniger Angst, daß ich nicht umhin konnte, so zu tun, wie mir geheißen. Ich machte die Augen indes nicht weit genug zu, um nicht zu sehen, wie er mitten im Toben des wieder losgeplatzten Gewitterregens wie ein Gespenst hin und her huschte auf dem Verdeck und dann plötzlich eine Luke öffnete und im Laderaum verschwand. Dann hörte man nur noch das Rauschen des Regens und das Krachen des Donners. Stundenlang grübelte ich nach über diesen Spuk in der Nacht, bis ich am Ende der Wache selbst zur Überzeugung gekommen war, daß alles nur ein Traum gewesen, wie er zuweilen aus den heißen Fieberdünsten der Tropengewitter aufsteigt.

Am nächsten Morgen in aller Frühe kam die Polizei an Bord. Es gab ein mächtiges Palaver auf dem Achterdeck. Dann schallte die Stimme des Kapitäns über das Verdeck:

„Wer war hüt Nacht up Wach'?“

„Koal – hab ich mir all dacht! Der Döskopp schläft ja schon am hellen Tag!“

Er wollte seine Rede noch weiter fortsetzen, als eben eine Abteilung malaiischer Soldaten kam unter Führung eines weißen Offiziers, der durch Anbringung eines königlich holländischen Siegels das Schiff in aller Form beschlagnahmte. Was nun folgte, das war ein Anblick, wie ich ihn noch nie gesehen hatte und auch hoffentlich nie wieder zu sehen bekomme. Eine richtige Menschenjagd mit allen Begleitumständen. Wohlweislich hatten sie keine weißen Soldaten hierzu ausgesucht, denn in diesem Falle hätten sie den Bock zum Gärtner gesetzt. Desto reiner und ungetrübter leuchtete die Schadenfreude und die Verfolgungswut aus den grünschillernden Augen der brauen Teufel. Im Kabelgatt, in den Rettungsbooten, in den hintersten Winkeln der dunklen Kohlenbunker schnüffelten sie nach dem Ausreißer. Sie krochen in die Winduzen und die Feuerkisten, sie stiegen hinauf in die Ausgucktonnen, sie zogen die Feuer aus den Kesseln und suchten auch dort seine Spur zu entdecken. Selbst dem glühenden Lagerraum, wo die faulende Kopra die Luft verpestete und Millionen von schwarzen Käfern den Aufenthalt zur Hölle machen, wandten sie ihre Aufmerksamkeit zu.

Mir wurde unheimlich zumute, als ich die Spürhunde dort hinuntersteigen sah. Und richtig! Schon nach wenigen Minuten kam ein fast nackter Mann zur Oberfläche. Einmal schaute er sich um wie ein gehetztes Wild und sprang kopfüber ins Wasser. Der Offizier, der bisher vom Achterdeck aus die Treibjagd geleitet hatte, sprang nach vorne und feuerte seinen Revolver in das Meer. Die Malaien taten ein gleiches mit ihren Gewehren. Zischend fuhren die Kugeln in das blaue Wasser. Es roch unangenehm nach Pulverdampf. Sie ließen ein Boot zu Wasser, um dem Flüchtling nachzusetzen. Aber er war und blieb verschwunden, als ob das Meer ihn für immer verschluckt hätte in seinem unersättlichen Rachen. Mißmutig entfernte der Offizier das Siegel vom Maste, und da wir ohnehin klar zur Abreise waren, verloren wir keine Zeit mit dem Weiterreisen.

Bald standen die hohen Berge Sumatras nur noch wie dunkle, flimsige Wölkchen über dem Horizonte, und nur die schreienden Möven gaben uns eine Weile das Geleite über die weiten, vom sanften Monsun geschwellten Fluten des Indischen Ozeans. Als aber die Nacht wieder hereingebrochen war und ringsum nichts zu sehen war als das phosphoreszierende Kielwasser und die leuchtenden Sterne in der mondlosen Nacht, wer beschreibt da das Erstaunen bei allen Mann, als mit einemmal, nackt wie Adam, der entlaufene Soldat auf der Bildfläche erschien. Die Aufregung der Menschenjagd hatte er sich zunutz gemacht und war an einem überhängenden Korkfender wieder an Bord geklettert, wo er sich bis zum Verziehen des Wetters unter dem Ankerspill verkroch. „Adam" – so nannten wir ihn fernerhin – wurde Smutje anvertraut und machte sich fortan nützlich mit Kartoffelschälen.

Ohne weitere Abenteuer fuhren wir durch die tiefblauen Weiten des Indischen Ozeans im kühlen Monsunwind, der frisch wie das Leben selbst durch die Winduzen sogar in die Tiefe des Heizraums fuhr. Durch die Bab-el-Mandeb-Straße kamen wir in den Schrecken aller derer, die vom Schicksal dazu verurteilt sind, ihr Leben im Heiz- und Maschinenraum zuzubringen, ins Rote Meer.

Seit ich hindurchgefahren bin, kann ich es den Kindern Israels nachfühlen, wie sehr ihnen davor graute. Keine Hölle ist heißer als diese! Träg und schwer und mattschimmernd wie Öl liegt das Meer unter einer mächtigen, dunkelblauen Himmelsglocke, von der die Sonne erbarmungslos herunterbrennt. Gelber Staub zittert in der flimmernden Luft. Kaum ein Windhauch zieht über das stille Wasser zwischen Wüste und Wüste. Da verkriechen die Passagiere sich unter dem Sonnensegel, das zur Not noch einigen Schutz gewährt vor den sengenden

Sonnenstrahlen auf den brennend heißen Deckplanken. Da schlürfen sie eisgekühlten Whisky und Soda und lassen sich befächeln von den elektrischen Ventilatoren. Sie liegen erschöpft auf den Deckstühlen in weißen Flanellkleidern unter mächtigen Tropenhelmen und kommen sich schon fast als Helden vor, wenn sie so in beschaulicher Siesta der Hitze dieses Höllenofens trotzen. Wer aber gedenkt dabei der Leiden des Mannes vor dem Feuer?

Vergebens bemühe ich mich, die Hölle im Heizraum des Dampfers im Roten Meere zu beschreiben. Allein im Gedanken daran erhitzt sich mir der Kopf zu soundsovielen Atmosphären, und die Worte lösen sich auf in zischenden Dampf und flimmernde Hitze, noch ehe sie über die Lippen kommen. Nein, auch die Hitze ist nur ein relativer Begriff! Hat man irgendwo staunend vor einem Thermometer gestanden mit den Schweißtropfen auf der Stirn und der tröstlichen Gewißheit im Herzen: „Höher geht's nimmer!“, so kann man schon anderen Tages einen neuen Rekord erleben, der einem die vergangene Hölle als eitel Kühle und Erfrischung erscheinen läßt. Was die Hitze des Roten Meeres besonders unerträglich macht, das ist das Fehlen des frischen Seewindes. Mochte draußen im Indischen Ozean die Hitze im Heizraum noch so groß sein, man brauchte sich nur unter die Winduze zu stellen, wo der herunterwehende Monsunwind wie Eis über den schweißtriefenden Körper lief. Hier aber war alles zitternde Hitze über dem totenstillen Wasser und höchstens nur ein sandgeschwängerter Gluthauch, der von der Wüste kommt.

Dann erst bekommt der Heizer zu spüren, warum man ihm sechs Pfund zehn bezahlt. Dann ist es dort unten ein Glutofen, ein türkisches Dampfbad, durchsetzt mit Ruß und Kohlenstaub. Sprühende Hitze, die auf dem blanken Eisen flimmert und schwer und dumpf in allen Ecken hockt, wie ein düsteres, feindseliges, unentrinnbares Etwas. Hin und her schlingerte das Schiff in der Dünung. Bei jeder Bewegung rutscht man aus auf dem glatten Eisenboden und greift ins Leere, in glühende Aschenhaufen und an sengende Eisenstangen. Bei jedem Überholen schießen mächtige Stichflammen aus den offenen Feuern, wie gelbe, gierige Zungen aus dem Rachen eines Ungeheuers.

Das ist die Umwelt, die den Wahnsinn weckt. Das ist die Hitze, die Mord, Totschlag und Selbstmord in den Köpfen ausbrütet! Wie viele Heizer hat das Rote Meer schon als Tribut gefordert?

Auch die „Altona“ kam nicht zollfrei davon.

Immer noch kann ich Jean, den kleinen, vertrockneten Franzosen vor mir sehen, wie er die Feuer fütterte in seiner letzten Stunde. Blutrot lag der Schein der rasenden Glut auf seinem schmächtigen Körper. Jean war ein Sozialist, Anarchist, Syndikalist, oder wie man das wohl nennen mag. Wenn so etwas bei einem Franzosen der Fall ist, so ist er es allemal mit Enthusiasmus und einem gewissen Elan. Wütend packt er die Schleuße, die fast so lang war wie er selber, und rüttelte damit an dem weißglühenden Feuer.

„*En voilà un pour monsieur Millerand!*“

Noch ein Stoß in das Feuer.

„*Celui là pour monsieur Bourgeois, – bon pour Jaurès!*“

So zitierte er der Reihe nach das ganze derzeitige Ministerium der französischen Republik, vom Präsidenten angefangen. Ab und zu führte er mit Hacke und Schaufel einen wilden Derwischtanz in der von dem zuckenden Scheine der Flammen durchgeisterten Finsternis auf. Dann wieder brüllte er mit greller, sich überschlagender Stimme die Internationale.

Plötzlich warf er das Handwerkszeug hin und schaute mich an mit starren, irrsinnigen Augen.

„Ich werde ein Bad nehmen“, sagte er mit unheimlicher Ruhe. „Ein kaltes Bad, wie es die Reichen dort oben alle Tage können. Das wird mir gut tun. Und sag' mir nicht, daß ein Proletarier sich das nicht leisten könne, *sacré nom de Dieu!*“

Mit affenartiger Geschwindigkeit flog er förmlich die engen, steilen Stufen hinauf an Deck und kopfüber in das Meer. Wir haben ihn nicht wieder gesehen. Und zu meiner Schande muß ich sagen: Er war auch vergessen, sobald er in den Wellen verschwunden war. Denn das war hier nichts Besonderes. Das kam auf jeder Reise vor und konnte jeden von uns im nächsten Augenblick packen. Bald waren wir mitten im Suezkanal, der mir – ich muß es gestehen – einen sehr wenig imponierenden Eindruck machte. Ich hatte mir etwas anderes vorgestellt, als diesen engen unscheinbaren Wassergraben zwischen flachen Sandufern. Nichts an der äußeren Erscheinung verrät die Großartigkeit des Bauwerks. Eigentlich sieht er nicht viel anders aus wie ein etwas breit geratener Bewässerungskanal in Arizona. Nur eine in der Abenddämmerung dahinziehende Kamelkarawane, die sich scharf abhebt von dem fahlen Lichte des späten Tages, führt uns zum Bewußtsein, daß wir uns nicht allzuweit vom Heiligen Lande befinden. Träge zogen während des Tages die Schiffe vorüber, und bei Nacht lagen wir irgendwo vertaut an einer Ausweichstelle unter dem Licht der Bogenlampen, die sich seltsam ausnahmen in dieser Wüste. Auch hier im Kanal verloren wir einen Mann über Bord. Es war „Adam", der am hellen Tage über Bord sprang und gleich darauf als ein triefendes Bündel an Land kletterte.

Einige Tage später kamen wir im Hafen von Marseille an. An diesen Tag werde ich noch lange denken. Wir fuhren vorbei an hohen, grünen Inseln, durch dunkelblaues Wasser. Überall flatterten die Möven, und überall heulten die ein- und auslaufenden Dampfer. Da stand schwarz und drohend auf einer einsamen Insel das Château d'If, ganz so wie es im Buche steht. Da war die mächtige Hängebrücke hinter dem Schleier der rauchigen, dunstigen Hafenatmosphäre und noch weiter im Hintergrund am Hange der Hügel die große Stadt in leuchtenden Farben, wie ein mächtiges Amphitheater unter dem blauen Rivierahimmel. An einem schmutzigen, weit abseits gelegenen Kai legten wir an, und die Säcke mit der Kopra wanderten auf kleinen Karren in den Schlund einer qualmenden übelriechenden Seifenfabrik. Von allen Fabriken, die ich je gesehen, war diese eine der widerwärtigsten. Fast konnte man sich nicht vorstellen, daß gerade aus diesem Chaos der Gestänke die wunderbar schöne und wohlduftende savon marseillais hervorgeht, die in der Pariser Lebewelt den Stolz des Boudoirs jeder Grisette und Minette bildet.

Abends lief ich geradewegs davon, um mir die Sehenswürdigkeiten der Stadt anzusehen. Ich kam durch gerade, neue Straßen mit düsteren Mietskasernen, die aussahen wie anderswo auch. Bald aber kam ich in einen alten Stadtteil, wo die Straßen eng und winklig den Berg hinauf liefen, wo die alten Häuser hart aneinander gepreßt waren, aus purer Geselligkeit, und große rote Blumen an den Fensterbrettern leuchteten. Da ging mir auf einmal das Herz auf vor Freude. Ein schönes, heimatliches Gefühl der Geborgenheit kam über mich, selbst jetzt, als ich noch immer ein Stück Wegs von der Heimat entfernt war. Die Matrosen, die Fischweiber schauten mich alle an, als ob sie lauter gute alte Bekannte wären, und mir war, als ob sie alle auf mich zukommen müßten, um mich zu begrüßen. Mir war, als ob die alten Häuser selber anfangen müßten, mit mir zu sprechen, als ob ich meinen heißen Kopf in jeden Brunnen tunken müßte, wie ich es als Kind so oft getan.

Da merkte ich erst, was ich vermißt hatte, ohne es selbst recht beim Namen nennen zu können. So lange hatte ich gelebt in Ländern ohne Seele, in Häusern ohne Farbe, zwischen Menschen, die keine waren, daß ich inzwischen fast schon selbst zu solchem wesenlosen, neuweltlichen Geschöpf geworden war. Hier aber waren Menschen und Dinge aufeinander abgestimmt. Hier ging jeder seinen Geschäften nach mit stiller Emsigkeit, der man anmerken konnte, daß der Großvater es auch nicht anders getan hatte und man es von den Enkeln nicht besser erwartete. Man sah alte Häuser, die Generationen beherbergt und überdauert hatten, ehrwürdige Schlösser und Kirchen, umwettert von den Schauern der Geschichte, und überall das farbige Bild unseres lieben, alten, unvergleichlichen Europa!

Als ich an jenem Abend wieder zurück an Bord kam, war ich nicht wenig erstaunt, dort einen eleganten jungen Herrn zu bemerken, der zu diesem Milieu paßte wie eine Faust auf ein Auge. Er tat sehr bekannt mit allen, und wahrhaftig – es war niemand anders als Adam, der uns auf so geheimnisvolle Weise abhanden gekommen war im Suezkanal. Wie war diese unerwartete Metamorphose vor sich gegangen? Er klärte uns darüber auf in dem ihm eigenen Telegrammstil: Ganz einfach. Komme nach Kairo. Telegraphiere an den alten Herrn, reicher Kaufmann in Zürich. Schickt Kabelgeld. Abfahrt von Alexandrien mit österreichischem Lloyddampfer. Im übrigen – so sagte er – habe er schon Übung in der Sache. Das sei nun schon das dritte Mal, daß er der Schutztruppe den Laufpaß gebe, und wer weiß, ob es das letzte sei? Die hätten dort in Holland so einen besonders guten Genever, und da sei es dann jedesmal um ihn geschehen, wenn er dort hinkomme auf Geschäftsreisen. Gnädig verabschiedete er sich von allen und schritt würdig das Gangplank hinunter in das Menschengewimmel der großen Stadt. Kleider machen in der Tat Leute. Aber wer hätte das gedacht, und noch dazu von Adam!

Noch an demselben Abend bekamen wir weiteren Besuch. Es war eine Schar deutscher Handwerksburschen, wie man sie überall in den Hafenplätzen am Mittelländischen Meere antreffen kann. Es gibt unter diesen nicht wenige, die schon ganz zu Hause sind unter der südlichen Sonne. Nachts schlafen sie bei Mutter Grün in den Anlagen oder bei schlechtem Wetter unter den Vordächern der Lagerschuppen. Tagsüber lungern sie an den Kais umher und halten einen hellen Ausguck nach Schiffen, auf denen es etwas „abzukochen“ gibt. Es waren ihrer wohl ein halbes Dutzend, die sich auf der „Altona“ zu Gast geladen hatten, und „Smutje“ hatte alle Hände voll zu tun, um ihrem Hunger gerecht zu werden. Einer unter ihnen, der in Deutschland einmal Student gewesen war und inzwischen schon fünf Jahre in der französischen Fremdenlegion abgedient hatte, wußte sehr interessant von seinen Abenteuern zu erzählen, während die anderen sich einer nach dem andern stillschweigend empfahlen. Der letzte nahm auch noch den schönen Trinkwassereimer aus dem Logis mit. Es gab einen regelrechten Aufruhr, als die Missetat offensichtlich wurde. Aber der Legionär machte sich nichts aus den Vorwürfen, die auf ihn niedergingen.

„Da braucht ihr euch keine Sorge zu machen", sagte er phlegmatisch, „die werden den Kram schon wieder bringen! Für was für eine billige Sorte haltet ihr uns denn eigentlich? Wassereimer? So etwas können wir vor jeder Haustür klauen!"

Er hatte richtig prophezeit. Nach einer halben Stunde kamen alle wieder. Zwei Mann schleppten den Eimer, der bis obenan gefüllt war mit köstlichem Rotwein.

„Sauft, Jungens!" riefen sie ermunternd, „'s ist noch mehr da, wo das herkommt, und man muß ein gutes Ding wahrnehmen, wenn es einem über den Weg läuft!" Und sie waren so gut wie ihr Wort. Jeder schöpfte heraus mit seiner großen Blechmug, und noch ehe man den Boden sehen konnte, stand schon wieder ein neuer, vollgefüllter Eimer daneben, der niemals leer wurde, wie das Öl im Kruge. Schließlich holten wir das ganze Faß, das da allein und vergessen in einem großen Lager zwischen tausend anderen leeren Fässern im Zollhafen lag. Es gab ein Bacchanal, wie man es nur unter trinkwütigen Heizern und Matrosen erleben kann. Wer einmal ermessen will, wieviel ein menschlicher Magen zu leisten vermag, der verteile einmal *„vin à discrétion"* unter Menschen dieser Sorte! Schon nahmen sie sich nicht mehr die Mühe, ihre Mugs zu füllen. Der Reihe nach hängten sie sich mit dem Mund an das Spundloch und ließen sich vollaufen bis zur Grenze des Fassungsvermögens, und als am nächsten Morgen der Maschinist nach vorne kam, da fand er das ganze Logis überschwemmt mit Rotwein und mitten darin liegend seine Mannschaft wie Leichen.

Der einzige, der aus dieser Orgie, zwar keineswegs ganz nüchtern, aber doch noch lebendig und zurechnungsfähig, hervorging, war ich, und daher war auch ich der alleinige Blitzableiter im Entrüstungssturme an maßgebenden Stellen. Aus irgendeinem Grunde, der mir bis heute noch nicht ersichtlich ist, hatte der Kapitän mich schon während der ganzen Reise als einen verkappten *fils de famille* mit großen Geldmitteln angeschaut. Wer konnte also das Faß angeschafft haben? Niemand anders als Koal! Und wer wurde nun stehenden Fußes abbezahlt und davongejagt? Koal natürlich!

Wie dem auch sei: Ich müßte lügen, wenn ich behaupten wollte, daß mir diese Schande besonders nahe ging, als ich wenige Stunden später aus dem deutschen

Konsulat herauskam mit einer Abrechnung von einigen fünfhundert Franken, die alle in blanken Goldstücken in meiner Tasche klimperten.

Unten an der Tür empfing mich eine ältliche und ziemlich verwitterte Dame, die mir vertrauensvoll die Einladungskarte eines Gasthauses in die Hand drückte.

„Zum Bremer Schlüssel."

Ich hatte kein besonderes Zutrauen zu diesem „erstklassigen Hotel", und außerdem war ich inzwischen Seemann genug geworden, um mich vorzusehen vor den freundlichen Leuten, die vor den Konsulatstüren herumlungern. Diese aber sprach ein so schönes, anheimelndes Elsässerdeutsch, daß ich nicht umhin konnte, ihr die Ehre anzutun.

Meine bösen Ahnungen wurden indes noch um einiges übertroffen. Die Kneipe lag im finstersten Marseille, in einer dunklen Gasse, die da heißet: *„rue de la pierre qui raye"* und gehörte einem Manne, der es verstand, aus allen Blüten Honig zu saugen. Für die Franzosen hieß seine Spelunke *Le marin marseillais*, für die Italiener *Trattoria Garibaldi*, für die Spanier *Fonda Español*, für die Amerikaner war sie *Washington Hotel*, die Deutschen gingen in den „Bremer Schlüssel" usw., je nach der mehr oder minder großen Kaufkraft der Valuta. An den breiten, tiefliegenden Fenstern, die wohl seit ihrer Erschaffung kein Waschwasser mehr gesehen hatten, kreuzten sich die Flaggen aller Nationen in schönster Eintracht. Im Innern – soweit Platz war zwischen den dicht gedrängten Tischen und Stühlen – hoben sich allerlei exotische Dinge aus dem Halbdunkel ab: Pfeile und Bogen, phantastischer Kopfputz aus Afrika, ausgeblasene Straußeneier, ausgestopfte Papageien und schimmelige Antilopenhörner. In einem Käfig saß ein mottenzerfressenes Eichhörnchen. Vor allem aber duftete es nach abgestandenem Bier, giftigem Absinth und billigem Seemannstabak. Der Patron begrüßte mich wie einen langvermißten Freund. „Vo Milhuse bischt?"

Gleich mischten sich noch eine Anzahl Frauen und Frauenzimmer in die Unterhaltung, eine immer gemalter und gepuderter und immer schlampiger als die andere. Von Minute zu Minute wurden sie immer liebenswürdiger, und ich war völlig machtlos, denn der Patron zahlte alles. Endlich ermannte ich mich mit einem Ruck und erklärte, daß ich noch heute nacht nach Mülhausen fahren würde. Ich müßte noch schnell eine Fahrkarte kaufen. Da schaute die Alte mich an mit einem Blick des allerhöchsten Erstaunens.

„Billett? Fahrsch nit schwarz?"

„Schwarz?"

„Natürlich! Ich fahr' immer schwarz! Vorgestern erst bin ich von Paris gekommen auf die Manier. Mit einer Bahnsteigkarte bin ich dort eingestiegen, und hier hat mich mein Tochtermann abgeholt." Die anderen stimmten eifrig zu. Wer würde denn eine Fahrkarte bezahlen? Das sei gut für die Narren und Millionäre. Der arme Mann dagegen fahre nur schwarz auf den Schnellzügen. Das sei Ehrensache.

Das war nun Wasser auf meiner Mühle. Im Schwarzfahren hatte ich inzwischen Erfahrungen gesammelt in aller Herren Länder. Warum nicht auch in Frankreich? Bei besserer Überlegung kam ich jedoch zu der Ansicht, daß das unter den gegebenen Verhältnissen – so nahe der Heimat – doch wohl nicht das Richtige sei.

Wenige Stunden später stand ich mitten im Menschengewimmel an der Gare du Nord. Immer wieder mußte ich meine Fahrkarte ansehen. „Belfort" stand darauf. Das war schon beinahe zu Hause. Von dort konnte man bequem in einem Tage nach Mülhausen laufen. In einem Tage! Fast konnte ich es nicht fassen nach all den wirren Fahrten und Irrfahrten auf der langen, langen Reise um die Erde!

Fort fuhr der Schnellzug, als eben die Abenddämmerung kam. Es wurde Nacht und wieder Tag. In buntem Wechsel flogen die Bilder vorüber. Große Städte und lärmende Bahnhöfe. Stille Dörfer, die an blauen Hügelhängen lagen und reifende Weinberge im hellen Sonnenschein. Ich sah das alles und sah es doch nicht mit wachen Augen, denn meine Gedanken waren in Deutschland.

Und als der Bummelzug von Belfort hinüberfuhr, gerade so wie er es immer getan hatte, mit denselben Leuten wie damals vor beinahe sieben Jahren und mir selbst so war, als ob ich alle die Zeit immer darin gesessen hätte und nicht eine Welt von Erlebnissen dazwischen läge, da war es mir, als sei das alles nur ein Traum gewesen.

Unversehens kamen wir über die Grenze.

„Kaiserlich Deutsch . . ." stand an dem Gebäude zu lesen, wo alle hindurch mußten, zur hochnotpeinlichen Grenzkontrolle. Schon hatte mich ein Grenzbeamter ins Gebet genommen. Es war nicht eben ein liebenswürdiger Mann, aber wie er so vor mir stand in seiner grünen Uniform in vorschriftsmäßiger strammer Haltung, da wäre ich ihm am liebsten um den Hals gefallen! Als gewissenhafter Chronist muß ich allerdings mitteilen, daß dieses Gefühl der Liebe auf den ersten Blick ein sehr einseitiges war. Dieser sonnverbrannte Abenteurer – so dachte er jedenfalls – konnte doch nur aus der Fremdenlegion kommen! Und wo ich mich wohl so die ganze Zeit über umhergetrieben habe, wie es mit meiner Militärzeit stünde und – Papiere?

Das war nun mein verwundbarster Punkt. Papiere besaß ich keine. An so etwas hatte ich nicht mehr gedacht in sieben Jahren. Ich durchsuchte alle Taschen, zum Zeichen, daß ich wahr gesprochen, und er half noch dabei nach. Dann starrte er mich in den Boden mit einem Blick, der mir die ganze Unverschämtheit zum Bewußtsein brachte, überhaupt geboren zu sein, ohne Papiere darüber bei mir zu tragen.

„Keine Pa–pie–re?"

Das *konnte* nicht mit rechten Dingen zugehen! Zusammen mit einem anderen jungen Mann, der ebenfalls von weiß Gott woher aus der Fremde gekommen war und sich anmaßte zu leben und zu atmen ohne ausdrückliche Bestätigung seiner Geburt, ging es mit dem nächsten Zuge unter Bewachung eines Grenzjägers nach Mülhausen. Und das war wahrhaftig ein Einzug, der sich würdig an die seinerzeitige Ausfahrt anreihte. Etwas ungemütlich war mir zumute, aber als der Zug durch den schönen Sundgau fuhr, als fern am blauen Himmel auf den Bergen die Burgen standen und alles ringsum heimatlicher wurde mit jedem Kilometer, da verflogen alle bösen Gedanken unter dem Himmel der Heimat. Denn es gibt auf der Welt kein Land, das so schön ist wie unseres. Das will ich auch heute noch glauben trotz allem Gerede derer aus dem gackernden, schnatternden Geschlechte der Schwätzer und der Alleswisser.

Es dauerte eine Weile, und es bedurfte der persönlichen Mitwirkung des hochmögenden Kreisdirektors, bis der unerhörte Fall des papierlosen Fremdlings zur Zufriedenheit aufgeklärt war. Dann entließ man mich in die goldene Freiheit, sehr zum Mißvergnügen des Grenzbeamten, der schon einen Orden im Knopfloch gesehen hatte.

Stundenlang wanderte ich ziellos durch die engen Straßen der alten Stadt und wunderte mich bei jedem Schritte, daß eigentlich alles noch so war wie damals. Nach all den Irrfahrten und Abenteuern der letzten Jahre wäre es mir viel natürlicher vorgekommen, wenn irgend etwas unerhört Neues inzwischen hier aus dem Boden gewachsen wäre. Daß aber im Grunde genommen sich gar nichts geändert hatte im Wandel der Zeiten, daß die Weiber noch mit ihren

Waschkübeln am Kanal hockten, daß die Epiciers noch immer in ihren langen weißen Kitteln vor der Ladentür standen und die kleinen Kneckes noch immer Klicker und Meckerle in den krummen Gassen spielten, wie wir es einst getan hatten, das kam mir unsagbar komisch vor. Ich kam zu unserem alten Haus, wo fremde Menschen feindselig zum Fenster herausschauten. Ich wagte nicht nahe heranzukommen, aus reiner Angst vor dem rauhen Schicksal, damit es nicht zuletzt noch eine Illusion zertrete nach so vielen anderen. Von ferne schaute ich über die stille Straße und erlebte noch einmal alle Träume der Jugend mit dem heißen Blut, das mein Schicksal gewesen. Und dachte an die Toten.

Spät in der Nacht kehrte ich ein im allerersten Hotel, wo die mißtrauische Miene des Geschäftsführers sich erst durch ein blankes Zwanzigfrankenstück versüßen ließ. In dem eleganten Schlafzimmer blickte ich zufällig in den großen Wandspiegel und wunderte mich über mich selber. Es war lange her, seit ich in einen ordentlichen Spiegel geschaut hatte, und es war wohl anzunehmen, daß seither sich manches geändert hatte. Daß aber einer so braun gebrannt sein könne von der sengenden Tropensonne und von der Glut der Feuer im Heizraum, daß man davon so rauh und zerzaust und ungeschlacht aussehen konnte, das hatte ich nicht für möglich gehalten. Ich besann mich darauf, daß meine Mutter mich am nächsten Tage abholen würde, und ich dachte mir: Na, die wird Augen machen!

Dann kam ich immer weiter ins Grübeln. Ich setzte mich auf den Rand des Bettes und war mit meinen Gedanken abwechselnd in Texas, Kalifornien, Australien, im Eismeer, im Roten Meer und wo immer das wilde Geschick mich hingeworfen hatte in diesen Jahren. Während der ganzen Nacht wurde ich nicht fertig mit Denken und Grübeln, und als der dämmernde Tag zum Fenster hereinkroch, da war ich immer noch dabei.

Wohl mochte ich Ursache dazu haben. Gar manches, was ich mir einst gewünscht, war nicht in Erfüllung gegangen, die Schätze, von denen ich geträumt, waren zu Schall und Rauch geworden, die schönen Jahre unwiederbringlich verloren. Und doch – wie nun die Gedanken schnell noch einmal zurückeilten über Länder und Meere, da war alles schön und gut, trotz allem. Da war auf einmal der Himmel so blau, selbst dort, wo er grau und düster gewesen. Unter rauschenden Palmen hörte ich noch einmal die Brandung toben und sah das stelzbeinige Abenteuer mit wilden Augen durch die Länder schreiten. Das alles hatte ich gesehen mit meinen eigenen Augen. Das alles war ein Schatz, wert des Bewahrens, so gut wie die anderen, die man in die Kästen legt. Und ich mochte nichts davon missen; nicht einen einzigen Tag!